Petals on the Wind

風中的花朵

［閣樓裡的小花2］

逝世後仍繼續席捲全球的傳奇小說家 V.C.安德魯絲——著

鄭安淳、簡秀如——譯

給記得那些日子的比爾和吉恩

遍地生意盎然，
明亮的日光更代憂鬱的陰暗，
暖和芬芳替換茫茫寒冽，
我嗅到了黴泥上的玫瑰！

——英國詩人湯瑪斯．胡德（Thomas Hood）

目錄

第三部

第四部

第五部

第一部

枯葉在草坪上疾馳，奔過門廊，像乾癟的褐色小鴨般依偎在我腳邊。這些全讓我重回那個禁忌的夜晚，我跟克里斯蜷坐在石板瓦屋頂上拚命祈禱，頭上的月亮宛如上帝發怒的眼睛。只犯下一樁罪行，就得付出可怕代價嗎？是這樣嗎？外婆一定會馬上說：「沒錯！你們該受到最嚴厲的懲罰！惡魔之子，我早就知道了！」

1 終於，自由了！

我們逃走的時候是多麼年少啊！終於從那可怕、孤寂又令人窒息的地方重獲自由，我們該感到多麼生氣勃勃啊！坐在緩慢南下的巴士上，我們該是多麼令人憐惜地歡欣鼓舞啊！然而，就算我們感到喜悅，也沒顯露出來。我們三個只是坐著，臉色蒼白，一語不發，直盯著窗外，眼前所見的一切嚇壞了我們。

自由。有任何字詞比它更美妙嗎？沒有。即使死亡伸出瘦骨嶙峋的手要將我們拽回去，上帝就算不在天上，至少也許就在這巴士裡與我們同行，照看著我們。在人生的某些時刻裡，我們總得讓自己相信些什麼。

時間隨著巴士程而逝。因為巴士時常靠站讓乘客上下車，我們的神經變愈來愈衰弱。巴士在休息時間停下來，接著在早餐時間停下來，然後又停下來，讓一個胖胖的黑人女士上了車，她獨自一人站在泥土小路和混凝土州際公路的交會處，花了好長好長的時間，才把自己弄上車，並拖進她隨身攜帶的大包小包行李。等她終於坐定，我們才真正跨越維吉尼亞州和北卡羅萊納州的州際邊界。

哦！離開囚禁我們的那個州真讓人感到安慰！多年來，這還是我頭一次稍微放鬆下來。

我們三個是巴士裡最年少的乘客。克里斯十七歲，俊秀非凡，飄逸金髮長度僅僅及肩就往上捲翹。他那深色瞳緣的藍色雙眼可與夏日天空的顏色匹敵，而他的個性也正如暖和夏日，儘管我們的處境渺茫無望，他仍能強作勇敢。他那筆直好看的鼻子恰恰能擔起那份成熟穩重，讓他大有可能成為像我們爸爸那樣的男人，任何女性無論跟他對視與否，都會忍不住因為他而怦然心動。他神態自若，看起來幾乎是開心的。要是他沒望著凱芮，也許真的就能夠開心。可是他只要看見她病懨懨的蒼白臉龐，便皺起眉頭，眼眸因擔憂而暗沉。他開始彈撥肩頭的那把吉他。克里斯彈起〈哦，蘇珊娜〉，並輕聲唱著，溫柔憂傷的歌聲觸動我心。我們望著彼此，對那旋律勾起的回憶感到傷悲。我沒辦法注視他太久，我怕自己會哭出來。

蜷坐在我膝上的是我妹妹。她看起來不到三歲，但實際上她已經八歲了，只是身形太過瘦小，不但瘦得可憐，而且體質虛弱。黑暗的祕密和痛苦的折磨在她無神大眼裡徘徊不去，絕非她這年紀的孩童所應知曉的。凱芮的眼神很蒼老，非常、非常蒼老。她什麼都不期待，內心沒有幸福，沒有愛，什麼也沒有，因為她人生中所有美好一切都已失去。漠然令她虛弱，她看起來亟欲由生赴死。看她在克瑞死後如此孤單，實在令人難受。

我十五歲了。這年是一九六〇年，現在是十一月。我什麼都想，什麼都要，我好怕自己這輩子能獲得的不足以彌補我所失去的。我緊張地坐著，要是再有一件壞事發生，我就會尖叫出聲。如同連接在定時炸彈上的導火線圈，我知道自己遲早會爆發，讓住在佛沃斯大宅裡的所有人都倒地不起！

克里斯將他的手覆上我的手，彷彿他能讀懂我的心，知道我正想著怎樣讓那些曾經想毀了我們的人下地獄。他低聲說道，「凱西，別那副模樣。一切會都變好。我們會撐過去的。」

他依舊是個永遠都無可救藥的樂天派，無論發生什麼事情，他都堅信一切會變好！天啊！他怎能在克瑞死後仍這麼想？怎麼可能會變好？

「凱西，」他輕聲說道，「我們得好好把握我們僅剩的，那就是彼此。我們得接受那些已經發生的事，然後繼續走下去。我們得相信自己，相信自己的才能天分，這樣一來我們就能得到自己想要的。那樣行得通的，凱西，真的可以。一定得行！」

他想當個無聊又古板的醫師，把時間都耗在小小的診間裡，讓人們的不幸環繞四周。我想要更奇特的東西，而且我要一大堆願望！我想要我所有愛與羅曼史的星光夢想在舞台上實現，我會是世上最出名的首席芭蕾舞者，只有這樣才行！我才能證明給媽媽看！

媽媽，妳該死！我希望佛沃斯大宅焚燒成焦土！我希望妳永遠不能在那張豪華天鵝床上一夜好眠，再也不能！我希望妳那年紀比妳小的丈夫找個比妳更年輕貌美的情婦！我希望他讓妳嘗到苦頭，因為妳**罪有應得**！

凱芮轉頭輕聲說道，「凱西，我覺得不太舒服。我的胃，感覺怪怪的……」我心生恐懼。她的小臉蒼白得很不自然，她昔日亮麗的頭髮垂成一綹綹黯淡的細束。她的聲音僅剩虛弱低語。

「寶貝，寶貝。」我哄了哄她，親吻她。「忍著點。我們很快就會帶妳去看醫師，不用多久我們就會到佛羅里達，在那裡我們永遠不會被人關起來。」

凱芮倒向我懷裡，我痛苦地注視窗外樹上垂掛的松蘿鳳梨，這意味著我們現在已經到了南卡羅萊納州。我們還得路過喬治亞州。還要過很久才會抵達沙拉索塔市。忽然，凱芮猛然直起身子，開始哽咽嘔吐。

上次巴士停下來休息時，我已經明智地在我的口袋裡裝滿餐巾紙，所以現在我能把凱芮打理乾淨。我把她移交到克里斯手上，好讓我能跪下來清理地板上的嘔吐物。克里斯挪到窗邊想開窗扔掉濕透的餐巾紙。不管他如何使勁推拽，車窗紋風不動。凱芮開始哭泣。

「把餐巾紙塞到座位旁邊的空隙。」克里斯小聲說道。但眼尖的巴士司機肯定早就用後視鏡偷偷關注我們，因為他大聲喝道，「坐在後頭的那些孩子，把臭垃圾丟到別的地方去！」所謂「別的地方」也唯有克里斯那台拍立得相機盒的外側口袋，是我原本當成手提包來用的，現在我只好把口袋裡的所有東西掏出來，然後塞進難聞的餐巾紙。

「對不起，」凱芮邊哭邊拚命偎向克里斯。「我不是故意的。他們現在會把我們送去牢裡關嗎？」

「不會，當然不會。」克里斯用爸爸一般的溫柔口吻說道。「不用兩小時，我們就會到佛羅里達了。努力撐到那時候，要是我們現在下車，買車票的錢就白花了，我們可沒有太多錢能浪費。」

凱芮開始抽噎又發起抖來。我碰碰她前額，觸感濕冷，現在她的臉不只是蒼白，而是慘白！就像克瑞死之前那樣。

我祈求上帝給我們些許憐憫，一次也好。我們受過的那些苦還不夠多嗎？非得持續下去不可嗎？我頓了頓，發覺自己也有股難忍渴望想要嘔吐，這時凱芮又吐了。我真不敢相信她還吐得出東西。我癱靠著克里斯，凱芮軟綿綿地倒在他懷裡，看起來難受到快失去知覺。「我覺得她要休克了。」克里斯低聲說道，他的臉幾乎跟凱芮一樣蒼白。

就在這時，有個刻薄無情的乘客還真的出口抱怨，而且是大聲抱怨，所以同情我們的那些乘客個個神色尷尬，遲疑著不知該怎麼幫我們。克里斯對上我的目光，他無聲地詢問：我們接下來該怎麼辦？

我開始驚慌失措。接下來，從走道那頭東搖西擺朝我們走來的是那位胖胖的黑人女士，她對著我們露出令人撫慰的笑容。她帶著好幾個紙袋，讓我把難聞的餐巾紙丟進去。她沒開口，只比畫動作，拍了拍我肩膀，摸了摸凱芮下巴，接著從她一個包包裡取出一捆破布遞給我。「謝謝。」我小聲說道，虛軟地笑了笑，這下子才有辦法把自己、凱芮和克里斯弄得乾淨些。她又接過那捆破布然後塞回包包裡，像在保護我們似地往後一站。

我滿懷感激地對那好胖好胖的女士露出笑容，她那穿著亮麗長袍的身軀把走道塞得滿滿的。她眨眨眼，然後回我一笑。

「凱西，」克里斯的神色比之前更加擔憂，「我們得帶凱芮去看醫師，而且要快！」

「可是我們付了車錢要坐到沙拉索塔市！」

「我知道，可是情況緊急。」

伸出援手的善心女士笑得令人安心，她倚身探頭瞧著凱芮的臉，將黑色的大手擱在凱芮濕冷的眉間，然後用手指摸凱芮的脈搏。她用雙手比了一些令我不解的動作，但克里斯說道，「凱西，她一定是不能說話。那些動作是聾人的手語。」我聳聳肩膀讓她明白我們不懂她的手語。她皺起眉頭，然後急忙從她穿的紅色厚毛衣底下的衣服口袋掏出一本彩色便條紙，迅速寫好一張便條紙遞給我。

「我叫杭妮．畢奇，」她寫道，「能聽，不能說。小女孩病得非常、非常重，需要好醫師。」我看了這些字句，然後望向她，希望她知道更多情報。「妳認識好醫師嗎？」我問道。她使勁點頭，然後飛快寫下另一張綠色便條紙。「妳們好運，跟我同班巴士，我可以帶你們找我自己的醫師兒子，他是非常棒的醫師。」

「天啊，」我把便條紙遞給克里斯，他喃喃地說道，「我們絕對是好運當頭，才會有人指路帶我們去找這樣一位醫師。」

「司機先生，聽好，」巴士上最刻薄的男子叫嚷著，「把那生病小孩送去醫院！我可不是付大錢就為了坐一台該死的臭巴士！」

其他乘客很不苟同地望著他，我從後視鏡能看到司機的臉氣得脹紅，也許是覺得被羞辱。我們在後視鏡裡對上了目光。他對我搪塞說道，「抱歉，我有太太和五個小孩，要是我不照著時刻表開車，太太小孩就沒得吃，因為我工作丟了。」我用目光默默懇求，這令他喃喃自語，「該死的星期日。平日都沒怎樣，然後星期日就來了。該死的星期日。」

這時杭妮．畢奇看起來似乎聽夠了。她再次拿出鉛筆和便條紙來寫字。她把便條紙亮給我看。「很好，坐在駕駛座的人討厭星期日。要是再一直對生病小女孩置之不理，她爸媽就得跟巴士公司老闆求償兩百萬美金！」

克里斯還沒來得及瞥那紙條一眼，她就搖搖晃晃地踏過走道，然後把紙條推到司機面前。司機不耐煩地揮開，但她又推過去，這一次司機邊留意路況邊看了紙條。

「哦，天啊，」司機嘆了口氣，我能從後視鏡清楚瞧見他的臉。「最近的醫院跟我開車的路線離了三十幾公里。」

我跟克里斯兩個人看呆了，胖胖的黑人女士比畫著手勢和動作，讓那司機跟我們之前一樣覺得受挫。她再次寫下紙條，不管她到底寫了什麼，司機隨即將巴士從寬廣公路駛向支道，開往一個叫克萊蒙的城市。杭妮．畢奇留在司機旁邊，顯然是在替他指路，不過她還是抽空回頭看我們，對我們露出燦爛笑容，向我們保證一切都會沒事。

不久我們就駛經寬闊的安靜街道，路樹在頭頂上優雅地高拱。我看到的房屋都宏大而氣派，有陽台和聳立的穹形圓頂。雖然維吉尼亞州的山上已經飄了一兩次雪，秋天的嚴寒之手還遲遲未觸及此地。楓樹、山毛櫸、櫟樹和木蘭樹的枝枒上還掛著夏葉和幾朵盛開的花。

巴士司機不認為杭妮．畢奇指對了路，老實說我也這麼想。真的，醫療機構不會設在這種住宅區街道裡。但在我開始憂慮之前，巴士就在一棟白色大房子前方猛然停下，那棟房屋坐落在低緩山丘上，四周有花圃和大片草坪。

「你們幾個孩子！」司機回頭對我們大喊，「行李拿好，車票拿去退錢或是在過期前用掉！」然後他迅速走出巴士，打開上鎖的車底行李艙，從裡頭拖出四十件左右的行李才取出我們的那兩件行李。我把克瑞的班鳩琴和吉他扛在肩上，克里斯非常小心又極度輕柔地將凱芮抬著抱在懷裡。

杭妮．畢奇像隻胖母雞，把我們一路從長長的磚道趕到前陽台上，我遲疑地呆立著，望著整棟房子和黑色的雙開大門。大門右側有個小告示牌寫著「非病患請勿進入」。這顯然是一位醫師在私宅設的診所。我們那兩只行李箱留在靠近水泥人行道的蔭蔽處，我瞄到陽台裡有個男子睡在白色的柳條椅上。我們那一如好撒馬利亞人的善心女士咧著嘴笑朝他走去，輕碰他手臂，但他依舊繼續沉睡，她便示意我們上前自行開口。然後她指向房子，比畫表示自己得進屋為我們準備食物。

我真希望她能留下來引介我們，替我們解釋為何會在星期日站在這位男士家的門廊上。我和克里斯朝他走去，步伐輕盈如銀柳般安靜，我正滿心恐懼，卻聞到空氣中有股玫瑰香味，覺得自己似乎曾來過這裡，而且對這地方很熟悉。這充滿玫瑰香味的新鮮空氣不在我意料之中，更不像值得我這種人呼吸的美好味道。「今天是星期日，該死的星期日，」我輕聲對克里斯說道，「醫師可能不太樂意看到我們出現。」

「他是個醫師，」克里斯說道，「應該習慣自己的休息時間被剝奪……妳可以叫醒他。」

我慢慢走近。他是個穿著淺灰西裝的壯碩男子，鈕釦孔裡插了朵白色康乃馨。他伸直長腿，抬放在陽台欄杆上。即使他攤手攤腳地躺著，雙手垂在椅子扶手上，看起來仍稱得上優雅。他看起來如此閒適，叫醒他讓他重回崗位，令人非常不忍。

「你是保羅．薛菲爾醫師嗎？」克里斯看到名牌上有醫師的名字，如此問道。凱芮脖子後仰，倒在他懷裡，她閉著雙眼，金色長髮在柔煦微風中飄揚。醫師很不甘願地清醒過來，盯著我們瞧了很久，好像不相信自己雙眼看到的。我知道我們身上套了好幾層衣服，看起來很怪。他甩甩頭，好像想讓雙眼聚焦，那雙淡褐色眼睛真漂亮，藍色、綠色、金色的斑點像珠寶般鑲在淺棕色裡。那對眼睛令我沉醉，然後將我吞沒。他好像很昏沉，有點醉態，因為太過睏倦所以沒戴上他一貫的專業面孔。他的目光先從我的臉移到胸口，再看向我的雙腿，然後再緩緩地往上掃視，接著他又恍惚地看著我的臉和頭髮。我知道自己頭髮太長了，而且頭頂的地方剪得很醜，髮尾又太黯淡脆弱。

「你是醫師，對吧？」克里斯追問。

「對，當然是。我是薛菲爾醫師。」他總算開口，他的注意力移到克里斯和凱芮身上。他迅速卻意外優雅地從欄杆上抬起雙腿，在我們面前起身佇立，手指爬梳著他那頭深色亂髮，接著上前低頭細看凱芮那張蒼白小臉。他用拇指和食指撐開她緊閉的眼皮，費了點時間檢視那雙藍眼珠是否透露了什麼線索。「這孩子昏迷多久了？」

「好幾分鐘了。」克里斯說道。他自己幾乎可算是個醫師，我們被關在閣樓裡時他研讀了很多書。「凱芮在巴士上吐了三次，接著開始發抖，覺得濕冷。巴士上有位叫杭妮．畢奇的女士，她帶我們來找你。」

醫師點點頭，說畢奇女士是他的管家兼廚娘。然後他帶我們走進那扇只限病患進入的門，來到一區有兩個診間和一間辦公室的空間，同時為了護士不在而向我們表達歉意。「脫掉凱芮的衣物，內褲除外。」他對我發出指示。我著手這項工作時，克里斯衝回人行道拿我們的行李。

我和克里斯懷著萬千焦慮往後倚在牆上，望著醫師檢查凱芮的血壓、脈搏和體溫，聽了她的心跳和前胸後背。這時凱芮醒了過來，讓醫師可以叫她咳一聲來聽聽。我能做的唯有不斷地想：為何所有壞事都發生在我們身上？為什麼命運要如此執拗地與我們作對？我們是不是真的像外婆說的那樣邪惡？凱芮是不是也會死？

「凱芮，」在我替凱芮穿回衣服後，薛菲爾醫師和藹地對她說道，「我們要讓妳留在這個房間裡休息。」他為她蓋上薄毯。「現在別怕。我們會在走廊那頭的辦公室裡。我知道這個檯子有點硬，不過我跟妳哥哥姊姊談談的這段期間，請妳試著入睡。」

她無神而圓睜的雙眼望著他，不太在乎那檯子是硬是軟。

幾分鐘後薛菲爾醫師坐在他那張令人印象深刻的大桌後方，手肘擱在吸墨紙墊板上，然後帶著幾許關切地誠摯開口，「你們兩個看起來很尷尬，很不自在。別擔心你們奪走我星期日的休息，因為我不太愛玩。我是個鰥夫，對我來說星期日跟其他日子沒兩樣……」

啊，沒錯。他說的也是，但他看起來很疲倦，好像長時間工作太久。我不安地坐在柔軟的棕色皮沙發上，旁邊坐著克里斯，日光透過窗戶直接落在我們臉上，醫師置身暗處。我的衣服濕透，令人難受，我突然想起衣服弄濕的原因，於是猛然起身脫掉外面那件髒裙子。看到醫師嚇了一跳，我覺得很開心。因為我替凱芮脫衣服時他特地走出了診間，他可能沒料想到我還多穿了兩件。等我在克里斯旁邊再次坐下，我身上只剩一件藍色的公主洋裝，衣服好看又乾淨。

「妳總是在星期日穿很多件衣服？」他問道。

「只有星期日我能逃跑。」我說道。「而且我們只有兩個行李箱，還得省下空間裝值錢的東西，在必要時可以拿去典當。」克里斯忽然用手肘碰我，無聲暗示著我洩露太多。但我了解醫師這種人，主要就是從克里斯身上學到的。我認為現在坐在桌子後面的那位醫師值得相信，從他的眼神就看得出來，我們什麼都可以告訴他，全都能講。

「所以說，」他慢吞吞地說道，「你們三個是蹺家逃跑的？為什麼要逃？因為爸媽不給你們一些特權，冒犯了你們？」

哦，要是他知情的話，他就不會這麼說了！「醫師，這說來話長。」克里斯說道，「現在我們只想聽凱芮的事。」

「對，」他很贊同，「你說的沒錯。那麼，我們來談談凱芮。」現在他改以專業的口吻繼續說，「我不知道你們是誰、你們從哪裡來，也不知道你們為何非得逃家不可。不過那個小女孩病得非常、非常嚴重。要不是今天是星期日，我今天就會送她去醫院做進一步檢查，在我這邊是沒辦法做的。我建議你們馬上聯絡父母。」

這些話讓我慌得不得了！

「我們是孤兒。」克里斯說道。「不過，別擔心醫藥費。我們可以自己支付。」

「你們有錢是好事。」醫師說道。「你們會很需要錢。」他敏銳的目光在我們倆身上掃視良久，打量著我們。「在醫院住上兩星期應該就足以查出你們的妹妹生了什麼病，我現在還不太清楚她是怎麼了。」我們抽了口氣，沒料到凱芮的病竟然那麼嚴重，他估算了住院開銷最多需要多少錢後，我們再次嚇傻了。我的天啊！我們偷藏的錢連一星期也付不起，更別說是兩星期。

我的目光碰上克里斯湛藍的驚愕眼神。我們現在該怎麼辦？我們付不起那麼多錢。

醫師輕易地瞧出我們的處境。「你們仍然是孤兒？」他輕輕地問道。

「對，我們仍然是孤兒。」克里斯略帶挑釁地聲明，然後用力瞥我一眼讓我明白，我得閉上嘴什麼也不說。「一旦成了孤兒，就會一直是孤兒。好了，請告訴我們你覺得我們的妹妹生了什麼病，還有你會怎麼樣讓她好起來。」

「小伙子先等等。你得先回答幾個問題。」他口吻輕柔卻夠堅定，足以讓我們明白主控權在他那裡。「首先，你姓什麼？」

「我叫克里斯多弗．道蘭根格，她是我妹妹凱瑟琳．莉爾．道蘭根格，不管你信不信，凱芮已經八歲了！」

「為什麼不信？」醫師溫和地問道。僅僅幾分鐘前，在那四四方方的診間裡，他聽到她的年紀時難掩驚訝。

「我們知道以凱芮的年紀來說她很瘦小。」克里斯的口氣十分防備。

「她確實很瘦小。」他說出這句話時目光瞟向我，又望向我哥哥，然後他兩臂交叉，身體往前倚，這種友善又想取信於人的模樣令我緊張起來。「現在聽好。別再互相猜忌了。我是個醫師，無論你對我透露什麼，我都會保密。要是你真想救你妹妹，就不能坐在那裡編謊話。你得對我說實話，要不然你只是在浪費我的時間，也是拿凱芮的性命來冒險。」

我們兩個都靜靜坐在那裡，雙手緊握，我們的肩膀相互碰擠。我感覺到克里斯在發抖，我也跟著抖了起來。我們好怕，該死地怕，害怕說出所有真相，因為這世上究竟有什麼人能相信？我們先前深深信賴的那些人都是理應高尚的，所以，我們現在怎敢再去相信任何人？可是，那個桌子後方的男人……看起來很眼熟，彷彿我以前見過他似的。「好吧，」他說道，「要是這麼難開口，我再多問一些問題。告訴我，你們三個最後吃的食物是什麼？」

克里斯放鬆地吐了口氣。「我們吃的上一餐是今天一大早的早餐。我們都吃了同樣的食物，加了所有配料的熱狗、沾了番茄醬的薯條，還有巧克力奶昔。凱芮只吃了一點點。再好的食物她也挑剔。我敢說她從來不曾有過好胃口。」

醫師皺著眉頭，把這點記錄下來。「你們三個早餐都吃了完全一樣的東西？只有凱芮想吐？」

「沒錯。只有凱芮。」

「凱芮常常想吐嗎？」

「偶爾，沒有很常。」

「偶爾是多久？」

「呃……」克里斯慢慢說道，「凱芮上星期吐了兩次，上個月大概吐了五次。我很擔心，她發病的情形好像愈來愈頻繁，而且愈來愈嚴重。」

哦，克里斯對凱芮的病情如此含糊其詞，這讓我真的很氣！在我們的媽媽做出那些事後，他到現在還在維護她！也許是我的神色出賣了克里斯，醫師轉向我，好像知道能從我這邊聽到更完整的說法。「聽著，你們來找我幫忙，我很樂意盡力而為，不過要是你們不告訴我所有事實，這對我就不公平。要是凱芮體內有傷，我沒辦法看出裡頭是哪裡受了傷，她得自己告訴我，或是得由你們告訴我。我需要資訊才能判斷，而且是全面的資訊。我現在已經知道凱芮營養失調、運動不足以及發育遲緩。我看得出你們三個人都有瞳孔擴大的症狀，也看得出你們全都蒼白瘦弱。我也不懂你們為何對花錢這麼猶豫，你們明明戴著看起來相當昂貴的手表，別人替你們挑的衣服既有品味又昂貴，雖然我猜不出衣服為何那麼不合身。你們現在坐在那裡，戴著鑲鑽金表，穿著昂貴衣服和劣質運動鞋，嘴裡說著半真半假的話。所以現在我要告訴你們一些絲毫不假的真話！」他的嗓音變得有力，愈來愈急迫。「我懷疑你們的妹妹嚴重貧血。而且因為貧血，她很容易染上其他流行病。她的血壓低得可怕，還有一些費解的病因我還弄不清楚。所以，不管你們是否打算聯絡父母，我明天得送凱芮去醫院，你們可以典當那些手表來換回她的命。好了……要是我們今天傍晚就送她去醫院，明天一早就可以開始檢查。」

「你覺得該做的話就做吧。」克里斯沉悶地說道。

「等一下！」我起身大叫，飛快地來到醫師桌前。「我哥哥沒把所有的事告訴你！」我回頭深深地望了克里斯一眼，他對我投以憤怒目光，不准我揭露所有事實。我苦澀地想著，別擔心，我會盡力維護我們珍愛的媽媽！

我想克里斯已了然於心，因為他眼中出現淚水。哦！那女人做了多少深深傷害他的事，也殘酷地傷害了我們所有人，但他依舊會為她而落淚。他的淚水讓我心裡也默默泛出淚水，不是為了她，而是為了如此愛她的他，以及如此愛他的我，也為了我們共同分享和共同承受的一切而泣……

他點點頭，好像在說「好，說吧」。於是我開口道出那個一定讓薛菲爾醫師難以置信的故事。一開始，我看得出他以為我在說謊或誇大事實。為什麼報紙每天都報導著滿懷關愛的父母對自己的小孩做了哪些可怕事？

「……所以，在爸爸出了那場致命意外後，媽媽告訴我們她欠了很多債，而且她想不出辦法養活我們五個人。她開始寫信給她住在維吉尼亞州的父母。一開始他們沒回信，可是有一天信寄來了。她告訴我們，她父母住在維吉尼亞州一間很棒很豪華的房子，而且他們極為富有，可是因為她嫁給她的半個叔叔，她失去了繼承權。我們擁有的東西全都沒了，我們得把腳踏車留在車庫裡，她甚至不給我們時間跟朋友道別，那天傍晚我們就出發坐火車前往藍嶺山脈。

「能住在豪華的房子裡讓我們很開心，可是要見那個聽起來很無情的外公就沒那麼開心了。媽媽告訴我們，我們得躲藏起來，直到她贏回他的疼愛。媽媽說，只要一個晚上就好，也許兩、三個晚上，接著我們就可以下樓去見她父親。他得了心臟病快死了，從來不爬樓梯上樓，所以只要我們不發出太大聲響就很安全。外婆准我們去閣樓玩耍。閣樓很大而且很髒，到處都是蜘蛛、老鼠和蟲子。我們待在那裡玩耍，盡可能玩得開心，一旦媽媽贏回她父親的歡心，我們就能下樓開始享受有錢人家孩子的生活。可是很快地我們就發現，外公永遠不會原諒媽媽嫁給他同父異母的弟弟，我們永遠都是『惡魔之子』。我們得一直住在那裡住到他死為止！」

雖然醫師眼中的質疑強烈得令人難過，我還是繼續往下說。「我們被關在一間房間裡，只有閣樓能讓我們玩耍，好像光讓我們承受這些還不夠，我們很快就知道連外婆也恨我們！她給了我們一張長長的清單，上頭列出我們能做和不能做的事。例如我們永遠不能從前窗往外看，也不能拉開厚窗簾，讓光線進入室內。

「一開始，外婆每天早上裝在野餐籃裡送來的食物還算不錯，可是伙食慢慢變差，只剩三明治、馬鈴薯沙拉和炸雞，從來沒有甜點，因為會害我們蛀牙，而且我們沒辦法看牙醫。當然在我們過生日的時候，媽媽會偷偷帶冰淇淋和糕餅店的蛋糕給我們，還有好多禮物。哦，當然她給了我們一切東西來彌補她對我們的所做所為，好像只靠書本、遊戲和玩具就能補償我們失去的一切，我們的健康，還有我們對自己的認同。而且最糟的是，我們開始對她失去信任！

「又過了一年，媽媽一整個夏天都沒來看我們！到了十月，她再次出現，就劈頭告訴我們她再婚了，整個夏天都在環遊歐洲度蜜月！我真想殺了她！她大可事先告知我們，但她就這麼一走了之，一點解釋也沒有！她帶了昂貴禮物給我們，買了不合身的衣服，以為這樣就能彌補一切，可是什麼也沒有彌補到！最後我終於說服克里斯，我們該想辦法逃出那房子，忘掉繼承財產的事。他不想走，因為他覺得外公總有一天會過世，他想上大學，去念醫學院當個醫師，像你一樣。」

「像我一樣的醫師……」薛菲爾醫師奇異地嘆了口氣。他的眼神柔軟中帶著憐憫，還有某種更陰鬱的東西。「凱西，這故事很怪，很難相信。」

「等等！」我大叫。「我還沒說完。我還沒告訴你最慘的部分！外公的確過世了，他的確也將我們的媽媽寫進遺囑讓她繼承龐大財產，可是他也寫了附加條款，要求她永遠不能有小孩。要是被人證實她和第一任丈夫生過小孩，她繼承的一切和她用家財買的所有東西都會被追討沒收！」

我頓了頓。我瞥向克里斯，他蒼白虛弱地坐著，用滿是懇求的受創目光凝視我。但他不需要擔心，我不會說出克瑞的事。我轉頭再次看向醫師。「現在關於你弄不懂的神祕病因，害凱芮嘔吐，還有我們偶爾嘔吐的原因，真的很簡單。這是因為當我們的媽媽知道她永遠不能公開承認我們，為了保住財產，她決定除掉我們。這時外婆開始在野餐籃裡放入撒滿糖粉的甜甜圈，我們開心地吃進肚裡，卻不知道甜甜圈裡摻了砒霜。」

我說出來了。

下了毒的甜甜圈令我們遭到囚禁的日子變得更甜一些，我們用克里斯磨製的木鑰匙偷偷跑出房間。日復一日，我們偷偷出入媽媽的豪華臥室，取走我們能找到的所有一元和五元鈔票，就這樣過了九個月。幾乎一整年的時間，我們穿越那些陰暗的漫長走廊，偷溜進她房間拿走所有找得到的錢。

「醫師，我們在那間房間裡住了三年四個月又十六天。」

等我說完我那長篇故事，醫師非常安靜地坐在那裡，用同情、震驚和關切的目光望著我。「醫師，所以你得明白，」我把話說完，「你不能逼我們去警察局把故事都講出來！他們也許會把外婆和媽媽抓去關，可是我們也會因此受害！我們不只會受到大眾矚目，還得被拆散。他們會送我們去寄養家庭或由法院監護，但我們發過誓要待在一起，永不分開！」

克里斯盯著地板，沒有抬頭就開口說話，「請照顧我們的妹妹。需要做什麼就做，只要能讓她康復，我跟凱西都會想辦法還錢。」

「等等，克里斯。」醫師用他那慢吞吞又有耐心的口吻說道，「你和凱西也吃了砒霜，需要跟凱芮一樣接受我的檢查。瞧瞧你們兩個，你們蒼白又瘦弱，需要營養食物、休息、大量的新鮮空氣和陽光。也許我能幫上什麼忙。」

「先生，你對我們來說是陌生人，」克里斯恭敬地說道，「而我們不期待也不需要任何人的施捨或憐憫。我跟凱西沒那麼虛弱，凱芮才是病得最重的。」

我滿心氣憤地轉身瞪著克里斯。我們的自尊早在很久以前就一次又一次地受挫，只為了挽回些許自尊，就拒絕這樣的好心人幫忙？我們一定是傻子。再受挫一次能有何差別？

「……沒錯，」醫師繼續自顧自地往下說，好像我跟克里斯已同意接受他慷慨好意的援助，「對『門診』病患來說費用比『住院』病患來得低，不用付病房和供餐的費用。現在聽好，這只是個提議，你們完全可以拒絕，然後繼續旅行，前往你們打算去的地方，說到這個，你們打算要去哪？」

「去佛羅里達的沙拉索塔市。」克里斯虛軟地說道，「我們在閣樓的梁柱上綁了許多繩索，我跟凱西以前常在繩索間盪來盪去，所以她覺得只要多加練習，我們可以當馬戲團的空中飛人。」這主意經他一說出來就令人覺得很蠢。我以為醫師會笑出聲，但他沒笑，他只是看起來更加難過。

「老實說，克里斯，我不願看你和凱西像那樣冒著生命危險，身為一個醫師，我覺得我不能遂你們的意。我所有的個人道德和專業道德都不願讓你們沒接受醫療就直接離開。常理判斷告訴我，我該保持距離，別在乎三個陌生孩子的遭遇。就我所知，可怕故事也許只是用來博取同情心的成堆謊言。」和藹的笑容拔掉他話語中的尖刺。「可是，我的直覺要我相信你們的故事。你們的昂貴衣服、手表、腳上的運動鞋、蒼白皮膚和眼裡憂愁的神情，全都證明了那是實話。」

他有副令人著迷的好嗓子，溫和悅耳，帶著些微的南方腔。「來吧，」他說道，就算克里斯不為所動，我也早已被哄住了，「忘了自尊和施捨吧！到我那間有十二個寂寞房間的房子住吧！上帝讓杭妮．畢奇搭上那班巴士，一定是為了引領你們到我這裡。杭妮是個出色的員工，將我的房子打理得一塵不染，可是她一直抱怨她一個女人打理十二間房間和四間浴室負擔太重，外頭的後院還有四英畝大的庭院，我另外雇了兩名園丁幫忙，因為我真的沒辦法投入那麼多時間。」此時他閃亮的雙眼直盯著克里斯。「你可以割草坪、修剪樹籬、打理庭院及協助過冬準備來賺生活費。凱西可以在屋裡幫忙。」他閃亮雙眼以詢問和戲弄的目光看向我，「妳會煮飯嗎？」

煮飯？他在說笑嗎？我們在閣樓被關了三年以上，那些早晨裡從來沒有烤麵包機讓我們將麵包烤成棕色，沒有奶油，連人造奶油也沒有！

「不會！」我斷然說道，「我不會煮飯。我是個舞者。等我成了有名的頂尖芭蕾舞者，我會像你一樣雇個廚娘。我不想被困在某個男人的廚房裡，洗他的碗盤，打理他的三餐，然後生他的小孩！那不適合我。」

「我明白了。」他面無表情地說道。

「我不是故意不領情。」我解釋著，「我會盡力幫畢奇女士的忙。我還會學著幫她煮飯，還有替你煮飯。」

「很好。」他說道。他眼神閃爍著光芒，手指架著下巴，然後露出笑容。「妳想成為頂尖芭蕾舞者，克里斯想當個名醫，你們打算靠著逃到佛羅里達在馬戲團裡表演來實現這些理想？當然我是很笨的上一代人，猜不透你們為何會這樣推斷。但這對你們來說真的行得通？」

現在我們已離開那上鎖的房間和閣樓，來到充滿日光的現實世界。不對，這行不通。這聽起來很傻，很幼稚，很不切實際，而且很蠢。

「你們真的明白想當上專業的空中飛人得面對什麼嗎？」醫師問道，「你們得和那些從很小的時候就開始訓練的人競爭，甚至有馬戲團表演者代代傳承出身的人。那可不簡單。不過我得承認，從你們的藍眼睛裡看得出你們是很有毅力的年輕人，要是你們真的非常想要就一定會得到。可是學校呢？凱芮怎麼辦？你們倆在盪高空鞦韆時，她要做什麼？不用回答。」我正想張嘴，他很快地繼續說下去。「我很確定你們會想出什麼答案來說服我，但我一定得勸你們，你們得先照顧好你們自己和凱芮的健康。你們兩個隨時都可能像凱芮一樣突然倒下，病得一樣厲害。再怎麼說，你們三個都經過了同樣糟糕的生活，不是嗎？」

是我們四個，不是三個。我耳邊傳來低語，但我沒有提起克瑞。

「如果你有意在凱芮康復前收留我們，」克里斯的眼中閃著懷疑，「我們會非常感激。我們會努力工作，然後我們能離開的時候就會走，你用在我們身上的每一分錢我們都會回報。」

「我是認真的。除了在屋裡和庭院裡幫忙，你們不用回報我什麼。所以，你們瞧，這不是憐憫或施捨，只是一樁對我們大家都有好處的買賣。」

2 新家

一切就是這樣開始的。我們悄悄搬進醫師的家，來到他的生活中。我們開始占有他，我現在懂了。我們讓自己成為他重要的人，就好像在我們到來之前，他從未好好活過。他讓這一切看起來像是我們幫了他忙，有了年輕的我們加入，他才得以擺脫陰鬱孤單的生活。他讓我們覺得，我們願意和他共享生活實在很慷慨，而且天啊，我們真的很想試著相信別人。

他讓我跟凱芮共享一間豪華臥室，裡頭有兩張單人床，有四扇朝南長窗和兩扇朝東的窗戶。我跟克里斯懷著同樣的傷痛望著彼此。好久以來這是頭一次，我們要在不同的房間睡覺。我不想跟他分開，不想只有凱芮陪我面對夜晚，她可不會像他一樣保護我。我想我們的醫師也許感覺到了什麼，讓他知道自己該避開，因為他突然出聲告退，然後往走廊盡頭離去。克里斯這才開口：「凱西，我們得小心。我們不能讓他起疑……」

「沒什麼好懷疑的。都過去了。」我如此回應，但我沒對上他的目光，儘管那樣，我思忖這一切永不會過去。哦！媽媽，看看妳做了什麼，妳把我們四個關在一間上鎖房間，讓我們就這樣長大成人，妳明知這會造成什麼後果！你們所有人早就知道了！

「別這樣，」克里斯輕聲說道，「給我個晚安吻，這裡的床上不會有臭蟲。」

他吻了我，我吻了他，我們互道晚安，僅此而已。我含淚看著我的哥哥退向走廊，他的雙眼仍望著我。

凱芮在我們的臥室裡嚎啕大哭。「我沒辦法在這麼小的床上一個人睡！」她哭喊著。「我會摔下去！凱西，為什麼這張床這麼小？」

結果最後還是得靠醫師和克里斯回到房間，移走隔開兩張床的床頭櫃，再將兩張窄床推到密合，看起來就像是一張大床。這讓凱芮非常開心，但後來，隨著一晚晚過去，兩張床之間的空隙不知為何愈來愈寬，直到有天睡不安穩的我醒來，發現自己竟單手單腳卡在空隙裡，而凱芮也被我朝著地板方向拽。

我很愛保羅給我們的這間臥室。淺藍色的壁紙和顏色相稱的窗簾讓房間看起來好美。地毯是藍色的，我們各有一張附了檸檬黃靠墊的椅子，所有家具的顏色都是古典的白色，是女孩子該有的那種臥室。房裡不陰暗，牆上沒有描繪地獄的畫作。所有的地獄都在我的心裡，因為太常回想起過去。要是媽媽真的有心，她一定早就能想到別的法子！

「她沒必要把我們關起來！貪婪、貪財，那該死的財產……因為她軟弱無能，克瑞才會死！」

「凱西，別再想了。」我們再次互道晚安時，克里斯說道。

我太過害怕，不敢告訴他我心裡的懷疑。我垂頭靠著他胸口。「克里斯，我們做的事是罪惡的，對不對？」

「那種事不會再發生。」他僵硬地說道，然後幾乎像奔跑般地朝走廊那頭離去，彷彿我追在後頭似的。我想過好日子，不想傷害任何人，尤其是克里斯。然而，我不得不在午夜時分起床去找克里斯。我趁著他熟睡時爬上床，躺在他旁邊。他聽到床墊的彈簧嘎吱響就醒了過來。「凱西，妳在這裡幹嘛？」

「外面在下雨。」我小聲說道，「只要讓我在你旁邊躺一會兒，然後我就走。」我們誰也沒動彈，甚至屏住了呼吸。接下來，不知是怎麼發生的，我們開始彼此相擁，而且他在吻我。他的吻如此熱烈，令我明明不想有反應卻也不由自主地回吻著他。這是邪惡的！這是不應該的！但我並不是真的想叫他停下來。那個沉睡在我體內的女人甦醒過來，接管了我的身體，強烈地渴望著那個他覺得他得擁有的東西，而我腦中理性精明的那個部分促使我推開了他。「你在幹嘛？我以為你說過這種事不會再發生。」

「妳來這裡……」他嘶啞地說道。

「不是為了這個！」

「妳把我當成什麼了？鐵做的人嗎？凱西，別再這麼做了。」

我離他而去，在我自己的床上哭泣，因為他遠在走廊那頭，要是我做了惡夢，沒人能叫醒我，沒人來安慰我，沒人來給我力量。然後媽媽說過的話揮之不去，我有種可怕想法，我真的跟她這麼像嗎？我真的會變成像攀牆而生的菟絲花一般總要男人保護的軟弱女人嗎？不！我要靠自己！

我想就是在第二天，保羅醫師給了我四張畫，讓我掛在牆上。那四張畫是分別擺出四種不同舞姿的芭蕾舞者。他給了凱芮一只乳白花瓶，瓶裡插滿精巧的紫羅蘭塑膠假花，他已得知凱芮熱愛所有紫色或紅色的東西。「妳們愛怎樣都行，把這房間當妳們自己的房間使用。」他對我們這麼說道。「要是你們不喜歡房間原本的配色，到了春天，我們可以換掉。」我瞪著他。等到春天，我們就不在這裡了。

凱芮抱著她那只紫羅蘭假花花瓶，呆呆地坐著，我逼自己開口說我該說的。「保羅醫師，我們不會在這裡待到春天，所以你給我們的房間，我們不敢讓自己投入太多。」

他那時站在房門口正要離開，但他停下腳步轉身看著我。他很高，至少有一百八十八公分，他的肩膀寬到幾乎填滿房門口。

「我以為妳們喜歡這裡。」他語帶不捨，深色雙眼變得憂鬱。

「我很喜歡這裡！」我飛快回話。「我們都很喜歡這裡，可是我們不能永遠利用你的好心，占你的便宜。」他點點頭，沒有回應就離開，我轉頭看到凱芮極度憤恨地瞪著我。

醫師每天都會帶凱芮一起去醫院。一開始她哭鬧著，沒有我陪同就不願去。她編了好多想像出來的故事，說他們在醫院對她做了些什麼，埋怨他們問她的所有問題。

「凱芮，我們從不說謊，妳知道的。我們三個要永遠對彼此說真話，可是我們不用到處去跟所有人講我們以前住在閣樓的生活，懂嗎？」

她用那雙憂愁大眼瞪著我。「我沒有告訴所有人，說克瑞拋下我去了天堂。我只有告訴保羅醫師。」

「妳告訴他了？」

「凱西，我就是忍不住。」凱芮將臉埋進她的靠墊裡哭泣。

所以現在醫師知道克瑞的事了，知道他按理應該是因為肺炎而死在醫院裡。那晚他找我跟克里斯問話，想知道致克瑞於死地的病情細節，他的眼神是多麼傷悲。

我和克里斯在客廳沙發上相互緊偎，聽著保羅說道，「我非常高興能告訴你們，砒霜並未對凱芮的任何身體器官造成永久傷害，沒有像我們擔心的那樣。現在，別露出那種表情，我沒有洩露你們的祕密，但我得告訴醫檢人員該驗什麼。我編了個故事，說你們是誤食毒藥，我還說你們的父母是我的好友，我正打算取得你們三個的合法監護權。

「沒錯，她會活下來，只要她不去當空中飛人盪來盪去。」他又笑了。「我已經安排你們兩個明天接受檢查，由我來檢查，除非你們有異議。」

哦，我有異議！我不喜歡脫掉衣服讓他看光光，就算有護士在場。克里斯說我太蠢，竟然以為一個四十歲的醫師看到我這年紀的女孩會有性快感。可是他說出這話時故意別開目光，所以我怎麼看得出他真正的想法？也許克里斯說得對，因為當我光著身子上了檢查檯，渾身只套了一件紙做的檢查袍，保羅醫師看起來顯得判若兩人，不像是我們待在他房子的「私宅」區域時，眼睛會繞著我打轉的那個人。他對我做的檢查跟他對克里斯做的完全一樣，不過他問了更多問題，都是些令人尷尬的問題。

「妳的月經超過兩個月沒來？」

「我的經期一直不準，真的！我十二歲開始有月經，有兩次隔了三個月到六個月。我以前很擔心，可是克里斯在媽媽買給他的一本醫學書裡讀過這個，他告訴我，焦慮過多和壓力過大會讓女孩子月經不來。你該不會覺得……我是說……我身上沒有什麼問題，是不是？」

「可以說沒有。妳看起來算是正常。太瘦，太蒼白，而且輕微貧血。克里斯也是，不過他是男孩，所以症狀比妳輕。我會開幾種維他命給你們三個。」

我很高興檢查告一段落，我終於能穿回衣服，逃出診間。診間裡那些替保羅醫師工作的女士看我的樣子怪怪的。

我跑回廚房，畢奇女士正在準備晚餐。我一進門就看到她大大的閃亮笑容，像橡膠塗了油般光滑的圓臉顯得很開心。她露出的牙齒是我見過最白、最完美的牙齒。「天啊，真高興檢查結束了！」我倒在椅子上，抓起刀子削馬鈴薯皮。「我不喜歡被那些醫師戳來戳去地檢查。我寧願保羅醫師只是個男人。他一穿上白色長大衣，他的眼睛也像跟著蒙上簾幕似的，這樣我就瞧不出他在想什麼了。畢奇女士，我很會讀人的眼神。」

她揶揄胡鬧地對我咧嘴笑，然後從硬挺白圍裙的四方大口袋裡抽出一本粉色便條紙。那件圍裙綁在她腰間，讓她看起來像條捲起的羽絨被，搖搖擺擺。我現在已知道她有先天的語言障礙。雖然她試著教我、克里斯和凱芮手語，不過我們誰也懂得不夠多，再怎麼樣也無法用手語快速交談。我想我是太喜歡她的便條紙了，她總會快如閃電地用簡化字語寫下訊息。她寫道，「醫師說，年輕人需要很多新鮮的水果和蔬菜、大量瘦肉，可是澱粉和甜點要少吃。他要你們長肌肉，不是長胖。」

我們吃畢奇女士的美味煮食才吃兩星期，體重已經開始增加，連挑食得要命的凱芮也不例外。現在她熱中進食，這對她來說可是件很了不起的事情。當我正忙著削紅皮馬鈴薯，畢奇女士又寫了一張便條紙，因為她想說的話用手語不好表達。紙條上寫著：「可愛的孩子，現在開始叫我杭妮就好。別叫畢奇女士。」

她是我認識的第一個黑人，雖然一開始跟她相處不太自在，而且我有點怕她，但與她漸漸親近的這兩星期讓我學到很多。她只不過是不同種族膚色的另一種人類，我們都抱有同樣的敏感、希望和恐懼。

我很愛杭妮，她寬大的笑容，她那有如恣肆盛開花朵的飄逸長袍，我尤其愛她那些淺色小便條紙裡的聰慧字句。慢慢地，我學會讀懂她的手語，雖然從來沒能像她的「醫師兒子」那麼出色。

保羅．史科特．薛菲爾是個怪人。明明沒什麼該讓他難過的理由，他卻總顯得悲傷，他還會笑著說，「是啊，那天上帝讓你們三個坐上那台巴士，是對我和杭妮的恩賜。我失去了一家子親人，我為他們悲傷，然而命運卻好意地送給我另一家子現成的親人。」

「克里斯，」在晚上我們又得不情願地分開時，我這麼說道，「我們住在閣樓上的時候，你就是家裡的男人，是一家之主……現在，有時候我覺得有保羅醫師在身旁，看我們做事，聽我們說話，這樣感覺好怪。」

他紅了臉。「我明白，他取代了我的位置。老實說……」他頓了頓，臉紅得更厲害，「我不喜歡他取代我在妳人生中的位置，可是我很感激他為凱芮做的。」

不知怎地，我們的醫師為我們做的一切都讓媽媽相形之下變得千倍糟糕，甚至是萬倍糟糕！

隔天是克里斯的十八歲生日，雖然我從未忘記，但我很驚訝醫師安排了生日宴會，還有許多好禮物，克里斯的目光先是發亮，接著又憂愁起來，因為我和他都很內疚。我們已經收下這麼多東西，已經計畫好要離開了。我們就是沒辦法繼續留下來，利用保羅醫師的好心，占他的便宜，現在凱芮身體已經好轉，可以繼續我們的旅程了。

宴會後，我和克里斯坐在後陽台上反覆思考。我往他臉上瞧一眼就看出他並不想走，因為，唯有這個男人能幫他實現成為醫師的理想。「凱西，我真的不喜歡他一直瞧妳的那副模樣。他的目光永遠盯著妳打轉，妳就在這裡，唾手可得，他那個年紀的男人很難抗拒妳這年紀的女孩。」

有嗎？聽到這件事感覺真棒。「可是所有醫師身邊都有一堆唾手可得的漂亮護士。」我說得很沒說服力，為了看到克里斯實現理想，除了殺人我什麼都願意做。「還記得我們第一次來這裡的那天嗎？他提到我們在馬戲團會遇到什麼樣的競爭。他是對的，我們不能去馬戲團工作，那只是個愚蠢幻想。」

他皺著眉頭放空目光。「我都知道。」

「克里斯，他只是很寂寞。也許他光盯著我瞧，是因為沒別的事更值得關注。」雖然我這麼說，但是聽到四十歲男人會對十五歲女孩沒什麼抵抗力，這真是太棒了。如果能對他們施展媽媽擅長的那種本領，真是太好了。

「克里斯，要是保羅醫師說的沒錯，我是說，如果他是真心想跟我們在一起，你會留下來嗎？」

他沉著臉，細細檢查他最近剛修剪的樹籬。他思考許久才慢慢開口，「給他一個考驗吧。要是我們跟他說我們要離開了，他卻一句挽留的話也沒提，那就意味著他其實不在意，只是想客氣地讓我們明白這點。」

「這樣考驗他，公平嗎？」

「當然。這是個好方法，可以給他機會擺脫我們又不用覺得內疚。妳知道，像他這種人常常做好事，因為他們覺得自己應該要做，不是因為真心想做。」

「喔。」

我們不是做事拖拖拉拉的人。隔天傍晚吃完晚餐，保羅也跟我們一起待在後陽台上。**保羅**。我偷偷在心裡這樣稱呼他，跟他愈是熟絡，就愈是喜歡他。他坐在他最愛的那張柳條椅上，身穿紅色麻花針織毛衣和灰色長褲，緩慢迷濛地吞吐著煙圈，看起來是那麼閒適優雅、整潔，又迷人出眾。我們三個也穿了毛衣，因為傍晚很冷，克里斯坐在我身旁欄杆上，凱芮蹲在最高的台階上。保羅的庭院令人讚嘆不已，踏過三公尺寬的大理石矮階，再多走幾步就能走上另一道台階，來到更高處。有座漆成紅色的日式步橋橫在小溪上。光裸的男女雕像隨意擺放，讓庭院的氛圍增添了一點俗世聲色的誘惑感。

那些都是古典裸像，姿態優雅而端莊，可是，可是……我知道那庭院的真實樣貌，因為我曾在夢裡來過。

風變得更冷，枯葉也被吹得到處亂飛，醫師正對我們說他每隔一年就會出國旅行，到處蒐羅漂亮的大理石雕像，然後託運回家成為他的收藏品。他上次運氣很好，偶然找到了原尺寸複製的羅丹雕塑作品《吻》。

我隨風嘆息。我不想走。我喜歡這裡，這裡有他，有杭妮，有深深吸引我而且令我心生嚮往的美麗庭園。

「所以我的玫瑰全都是古典品種的玫瑰，它們真正的醉人芬芳還沒有釋放出來。」保羅醫師說道，「要是玫瑰不飄香，何必種玫瑰？」

在一日將盡的泛紫漸暗光線中，他閃動的雙眼對上我的目光。我脈搏變快，不得不嘆了口氣。我猜想著他的妻子不知是什麼模樣，被他這樣的人所愛又是什麼感覺。我內疚地移開目光，避開他那宛如探詢般的長久注視，害怕他會看出我在想什麼。「凱西，妳看起來心神不寧，怎麼了？」他逗著我問道，好像他早已知悉我的祕密。克里斯轉頭警告似地瞪我一眼。

「你那件紅色毛衣，」我傻傻地說道，「是杭妮替你織的嗎？」

他吃吃輕笑，然後低頭看看自己穿的那件漂亮毛衣。「不，不是杭妮，是我姊姊織了這件毛衣給我過生日，然後用包裹寄來給我。她住在城鎮的另一邊。」

「為什麼你姊姊給你的禮物要用寄的，而不是親自送給你？」我問道，「還有，為什麼你不告訴我們你過生日？我們也會送你禮物的。」

「哦，」他開口，舒服地倒回椅上蹺起雙腿。「在你們來這裡之前，我生日才剛過。要是杭妮沒提過的話，我四十歲了。我當了十三年鰥夫，自從我太太和年幼兒子意外喪生，我姊姊亞曼達再也沒跟我說過話。」他的聲音慢慢變弱，他陰鬱、嚴肅又冷淡地望著天空。

枯葉在草坪上疾馳，奔過門廊，像乾癟的褐色小鴨般依偎在我腳邊。這些全讓我重回那個禁忌的夜晚，我跟克里斯蜷坐在石板瓦屋頂上拚命祈禱，頭上的月亮宛如上帝發怒的眼睛。只犯下一樁罪行，就得付出可怕代價嗎？是這樣嗎？外婆一定會馬上說：「沒錯！你們該受到最嚴厲的懲罰！惡魔之子，我早就知道了！」

我倉惶失措地坐在那裡，克里斯開口直說。「醫師，我跟凱西討論過了，我們覺得既然凱芮已經康復，我們就該離開了。我們深深感激你所做的一切，雖然可能要花好幾年時間，但我們一定會分文不差地償還……」他的手指覆在我手指上緊握，警告我別多說其他的話。

「克里斯，等等，」醫師打斷他的話，從椅子上猛然起身，雙腳穩穩地站在地板上。顯然他很認真。「別以為我根本沒料到會有這麼一天。我每天早上都很擔心，很怕醒來發現你們已經走了。我一直在研究怎樣才能取得你們三個的法定監護權。我發現事情沒有我預期的那麼複雜，逃家的小孩似乎多半都說自己是孤兒，所以你們必須給我證據來證實你們的爸爸確實已經過世。要是他還活著，我就需要他的同意。你們媽媽的同意也是需要的。」

我屏住呼吸！媽媽的同意？意思是說我們得再見到她！我不想見她，絕不！

他繼續往下說，看我憂慮不安，他眼神開始變得溫柔。「法院會發文給你們的媽媽要她出庭。要是她住在本州，就得在三天內出庭，不過因為她住在維吉尼亞州，法院會給她三星期的時間。如果她不現身出庭，那麼我取得的就不僅僅是臨時監護權，而是永久監護權，不過這得要你們證明我是個稱職的監護人。」

「你真是太棒了！」我大叫。「可是她不會出席的！她想將有關我們的事永遠保密！要是世人發現我們的存在，她就會失去所有財產。她現任丈夫要是知道她把我們藏起來，說不定也會跟她翻臉。你可以拿自己的人生打賭，要是你真想拿到永久監護權，你會拿到手的，然而也許你最後會後悔這麼做！」

克里斯把我的手握得更緊，凱芮的大眼吃驚地仰望。

「再過幾星期就是聖誕節。你們要拋下我，讓我再次一個人寂寞過節嗎？你們在這裡待了快三個星期，我已經告訴每個問我的人，說你們是我剛過世親戚的小孩。我沒有盲目投入，我跟杭妮都思考了很久。我們兩個都覺得，有你們三個對我們是好事。我們都想要你們留下來，房子裡有了年輕人才更像一個家。我覺得自己現在身體比往年都好，心情也更愉快。自從我太太和兒子死後，我一直很想擁有家庭。這些年來我從未習慣恢復單身。」他那極有說服力的語調變得充滿渴望。「我覺得是命運要我來監護你們。我覺得是上帝安排杭妮坐上那班巴士，只為了讓她引領你們到我面前。當命運介入而且下了決定，我又憑什麼拒絕呢？我接受這個事實，你們三個就是上帝派來的，為了幫我彌補我過去犯下的錯。」

哇！上帝派來的！我的勝算已經過半。我知道人們總是會替自己所想要的一切找個正當動機，這點我很清楚。然而，我還是淚眼盈眶地朝著克里斯看。他迎上我的視線然後為難地搖頭，拒絕了我所想要的。他的手如鋼鐵般緊緊箍著我的手，他開口時仍然看著我，而不是看保羅醫師。「先生，我們為你失去妻兒感到遺憾。但我們不能代替他們，我也不知道讓你承擔三個不是你親生小孩的花費，這樣到底對不對。」然後他直視醫師雙眼，接著說道。「你也該考慮這件事。當你成了我們的監護人，你會很難找到下一任妻子。」

「我並未打算再婚。」他回的話有點怪。然後他以令人費解的態度繼續說道，「我太太叫茱莉亞，我兒子叫史科帝，他只有三歲就去世了。」

「哦，」我嘆了口氣，「失去這麼年幼的兒子真是糟透了，失去你太太也是。」他顯而易見的痛苦和悔恨向外蔓延而且觸動了我，我和那些心懷痛苦的人之間很容易起共鳴。「他們是像我們父親那樣因為車禍意外身亡嗎？」

「是意外，」他激烈地說道，「但不是車禍。」

「我們的父親出事時只有三十六歲，我們那時正在為他祕密籌備一場生日宴會，有蛋糕，有禮物……然而最後，他一直沒來，只來了兩個州警……」

「是的，凱西，」他溫柔地說道，「妳對我說過。青少年時期對誰來說都不好過，而且年少無知又要自力更生，沒受適當的教育，只有少許金錢，沒有家人，沒有朋友……」

「我們還有彼此！」克里斯堅定地說道，為了繼續考驗他。「所以我們永遠不會是真正孤單。」

保羅繼續說下去。「要是你們不想跟我在一起，覺得我能給你們的還不夠多，那就帶著我的祝福去佛羅里達吧。克里斯，你就拋開你苦讀的那些漫長時日吧！就算你只差臨門一腳。還有妳，凱西，妳得忘了妳成為頂尖芭蕾舞者的夢。你們難道不再考慮一下，對凱芮來說這會是更健康、更快樂的人生？我不是要說服你們留下來，因為你們真的想做的事就會去做。所以，現在下定決心吧！你們想選擇跟我在一起，把握實現願望的機會？還是選擇置身艱難未知的世界？」

我坐在欄杆上依偎著克里斯，我的手被緊握在他手裡。我想留下來。我想要醫師能給克里斯的那一切，我和凱芮的就更不用說了。

南方的微風不停地吹，撫過我的臉頰對我極富信心地輕訴，它說一切都會順利實現的。我可以聽到廚房裡的杭妮在揉新鮮麵團，用來做我們早上吃的餐包，塗上奶油後會變成金黃色。奶油是我們以前不許吃的其中一樣食物，是克里斯最懷念的奢侈品。

所有一切都在誘惑著我，這種氛圍和醫師眼裡那柔和溫暖的光芒。就連杭妮那些鍋碗瓢盆的乒乓聲響都開始發揮魔力，我那長期擔負著煩惱而深感沉重的心開始覺得輕快了些。也許童話故事以外的世界也存在著完美，也許我們的確夠善良美好，足以在上帝的晴空下昂然自傲地行走，也許我們不是從錯誤的土壤裡滋生的惡種，更不是從那惡種萌發的不潔幼苗。

而且比起醫師所說的話，或是他閃爍雙眼裡所暗示的一切，在我心中眩惑著我的是眼前在冬日仍盛開的玫瑰，那香氣真是無與倫比的甜美。

但是，下決定的人不是我，也不是克理斯，而是凱芮。她忽然從台階上站起來，然後朝醫師伸出的雙臂飛奔過去。她撲進他懷裡，將她細瘦雙臂環在他頸間。「我不想走！保羅醫師，我愛你！」她幾乎瘋狂地大喊。「我不要佛羅里達，不要馬戲團！我哪裡也不想去！」然後她哭著，宣洩出她因為失去克瑞而感到的所有痛苦，壓抑許久的痛苦。他抱起她，將她擱在膝上，先親了親她淚濕的臉頰，接著用手帕為她擦掉淚水。

「凱芮，我也愛妳。我一直都想要有個金色鬈髮和藍色大眼的小女孩，就像妳這樣。」但他雙眼注視的不是凱芮。他是在看我。

「而且我想在這裡過聖誕節。」凱芮啜泣說道，「我從來沒有看過聖誕老人，一次也沒有。」她當然見過，在很久很久以前，我們的爸媽帶雙胞胎去了百貨公司，爸爸替雙胞胎拍了一張他們兩個坐在聖誕老人膝上的相片，但也許她忘了。

一個陌生人怎能如此輕易地來到我們的人生中，而且給我們那麼多愛？尤其當我們自己的血親只想為我們帶來死亡。

3 人生的二次機會

凱芮做了決定。我們要留下。就算她沒下這個決定，我們也會留下來。我們怎能不留？

我們試著把僅剩的錢交給保羅醫師。他不收。「你們把錢留著吧！你們拚了命才拿到那些錢的，不是嗎？你們大概也知道我見了我的律師，讓他能寫好訴狀以便請你們的媽媽來克萊蒙出庭。我知道你們堅信她不會來，但這很難說。要是我運氣夠好，能贏得你們的永久監護權，我每星期都會發零用錢給你們。每個人口袋裡都要有點錢，才會覺得自由快樂。我大部分同事都給他們正處於青少年時期的兒女每星期五美元的零用錢，凱芮這年紀的女孩應該每星期三美元就夠用了。」他打算買齊我們上學所需的所有衣物和用品。我們只能睜大眼睛愣愣地望著他，再一次對他的慷慨感到驚愕。

聖誕節前幾天，他開車帶我們去購物中心，那裡鋪著紅地毯，天花板是玻璃圓頂，到處播放著流行聖誕樂曲，人潮洶湧。那裡就像童話王國！我興奮地脹紅了臉，凱芮和克里斯也是，我們的醫師也不例外。他的大手牽著凱芮的小手，我跟克里斯也手牽著手。我看到他望著我們，滿足於我們的驚訝目光，所有事物都是如此吸引著我們。我們感到畏怯、感動，而且充滿渴望，但又怕醫師會看穿，然後努力想滿足我們所有欲望。

我們走到青少女服飾部門時，我到處打轉。這麼多衣服讓我眼花繚亂又目眩神迷，我左看右看，就是沒辦法決定要買什麼，每件都那麼漂亮，而且我以前從來不曾有機會替自己買東西。我的猶豫不決令克里斯大笑。「去吧，」他鼓吹著，「現在妳有機會給自己挑絕對合身的衣服，喜歡什麼就去試穿吧。」我知道他在想什麼，因為我一直小家子氣地埋怨媽媽買給我的東西從不合身。

我用心而節儉地挑選自認適合上學的外出服，我們一月就要開始上學。我需要一件外套、一雙鞋以及成套的雨衣、雨帽和雨傘。那個好心慷慨的男士准我買的任何東西都讓我內疚，好像我們在占他便宜。

為了回敬我慢吞吞又不敢買太多的行為，保羅不耐煩地說道，「凱西，看在老天的份上，別以為我們每星期都會像這樣採購。我要妳今天就買足一整個冬天需要的東西。克里斯，等我們這邊買完了，你就衝去青少年那一區開始選你要的東西。你挑東西的時候，我跟凱西就替凱芮挑她需要的衣服。」

當我哥哥朝著青少年服飾的部門走去，我發現店裡所有正值青春的少女都轉頭看他。我們終於要變成正常的孩子了。然後，當我一時放下心來，凱芮發出足以震碎倫敦水晶宮的嚎叫！她的哭嚎令店員慌亂，顧客也受到驚嚇，有位女士將嬰兒推車撞上一具假人模特兒，假人轟然倒地。推車裡的小嬰兒也加入凱芮的哭泣行列！

克里斯連忙跑來，瞧瞧是誰害他心愛的小妹哭。她兩腳大張地站著，頭往後仰，臉頰上淌著兩行沮喪的淚水。

「天啊，現在又怎麼了？」克里斯問道，而我們的醫師看起來嚇呆了。

男人，他們怎麼會懂？給凱芮試穿的那些粉嫩漂亮小洋裝，顯然激怒了她。那些都是嬰兒服，那就是她哭泣的原因。儘管如此，所有衣服都太大件，沒一件是紅色或紫色，完全不是凱芮喜歡的！「去童裝部門看看。」梳著蜂窩頭的高傲金髮女郎沒良心地建議道。她對我們一臉尷尬的醫師親切地笑著。

凱芮已經八歲了！連提到「童裝」都是種侮辱！她的臉擰得像皺巴巴的梅乾。「我不能穿童裝去上學！」她哀嚎著。她把臉按在我大腿上，抱住我雙腿。「凱西，別讓我穿粉紅色和粉藍色的嬰兒衣！大家都會笑我的！我知道他們會的！我想穿紫色和紅色，不要嬰兒服的顏色！」

保羅醫師安慰她。「寶貝，我喜歡金髮藍眼的小女孩穿粉色衣服，所以要不要等妳再大一點才穿那些鮮豔的？」

面對這種半騙半哄的懦夫，凱芮這般頑固的女孩才不會輕信他的話。她瞪大了眼，握起拳頭，正要跺腳放聲尖叫時，有個肥胖的中年女店員沉著地建議，說凱芮可以找人訂製衣服，她家中一定有個像凱芮這麼大的孫女。凱芮半信半疑地猶豫起來，看看我，又看看醫師，接著看看克里斯，又回頭看著那位中年女店員。

「這個解決辦法最好！」保羅醫師很感興趣地說道，看起來終於鬆了口氣。「我會買台縫紉機，凱西可以幫妳做紫色、紅色和靛藍色的衣服，一定會很引人注目。」

「不要引人注目，只要鮮豔就好。」凱芮噘著嘴，而我卻目瞪口呆。我是個舞者，不是個裁縫！然而凱芮明白這點的。「凱西不懂怎麼做漂亮衣服，」她說道，「她什麼都不做，只會跳舞。」

還真是忠心耿耿呢。除了克里斯的少許幫助，教她和克瑞認字閱讀的可是我呢。「凱芮，妳在幹嘛？」克里斯厲聲說道，「耍什麼小孩子脾氣？記住，只要凱西決心要做，她什麼都做得到！」醫師欣然同意。於是，我們去買電動縫紉機時，我什麼也沒說。

「不過凱芮，現在先買幾件粉紅色、黃色和藍色的洋裝，好嗎？」保羅醫師取笑似地咧著嘴。「凱西縫她自己的衣服也可以幫我省很多錢。」

雖然最後我得去學縫紉，然而那天對我們而言簡直有如置身天堂。我們滿載而歸，全都在理髮店和美容院弄得漂漂亮亮，每個人都有一雙硬底新鞋。我有了自己第一雙高跟鞋，還有好幾雙尼龍絲襪！我有了第一雙尼龍絲襪和第一件胸罩，更棒的是，還有滿滿一袋的化妝品。我花了好長時間挑化妝品，醫師站在後頭看著我，表情非常古怪。克里斯發著牢騷，說我不需要口紅、眼影、眼線筆和睫毛膏。「女孩子的事，你根本不懂。」我帶著優越感回應。我第一次這樣大買特買，天啊！我簡直是極盡所能地買！我得擁有我在媽媽那超棒梳妝台上見過的一切東西。就連她用的抗皺乳霜和保持緊實的泥狀面膜也不例外。

我們一踏出車外卸下採買的東西，我、克里斯和凱芮就馬上衝到樓上試穿所有新衣服。還真可笑，我們以前輕輕鬆鬆就拿到新衣服，卻從未像現在這樣高興。那時沒人會看我們穿新衣。然而，即使我已經成了現在的我，當我套上那件正面有一整排小鈕釦的藍色天鵝絨洋裝時，我還是想起了媽媽。我如果想為我們失去的那個媽媽而哭泣，那個我決定要永遠恨她的人，那還真是諷刺。我坐在我那張單人床的床沿，仔細思考這件事。媽媽會給我們新衣服、玩具和遊戲，是因為她對自己所做所為和剝奪我們正常童年心生愧疚，那是一段我們再也沒有機會挽回的童年，失去的那些歲月正該是最美好的年歲，而且現在克瑞躺在墳墓裡沒新衣服穿。

他的吉他放在房間裡一個角落，好讓凱芮睡醒一睜眼就能看到吉他和班鳩琴。為什麼受苦的總是我們，不是她？這時，我忽然想起來了！巴特．溫斯洛是南卡羅萊納州人！我跑到醫師位於樓下的書房，偷拿他的大本地圖集，然後跑回臥室，在書裡尋找南卡羅萊納州的地圖。我找到克萊蒙市了……但我不敢相信自己眼睛看見的，克萊蒙竟然和格林列納是雙子市！不，這實在太巧了，是巧合嗎？我仰頭放空目光。是上帝有意要我們來到這裡的，如果她會來她丈夫故鄉格林列納作客的話，我們等於是住在離媽媽很近的地方。這是上帝給我的機會，讓我宣洩些許痛苦。我要盡快去格林列納，查出關於他和他家人的所有情報。我一星期有五美元零用錢，可以訂份社區小報，裡頭會報導佛沃斯大宅附近有錢住戶的所有社交活動。

沒錯，我的確逃出了佛沃斯大宅，但我仍得知道她所有一舉一動，而且也要知道她何時會來南卡羅萊納州這裡！媽媽遲早會收到我寄的信，然後明白我永遠、永遠不會原諒她。不知為何，我深信，在某種層面上，她會比我們痛苦十倍！

我做了這個決定，然後加入克里斯和凱芮的行列，在客廳展示所有新衣服給醫師和杭妮看。杭妮的笑容閃亮有如耀眼太陽，而我們的善心贊助人卻若有所思地皺眉，讓雙眼蒙上陰影，在那雙宛如鑲嵌珠寶般的眼睛裡，看不見一絲欣賞或贊同之意。他突然起身走出客廳，牽強地搪塞說他得工作。

杭妮很快地成為我的家事導師。她從頭教起，讓我學會烤餅乾，還教我如何做出鬆軟的餐包。

砰！杭妮的手搥進麵團裡，她抹掉手上的麵粉，飛快寫好一張便條紙。「杭妮眼睛差，看不了針孔那種小東西。妳眼睛好，幫醫師小子的襯衫補釦子，好嗎？」

「好啊，」我毫無熱忱地同意，「我會補衣服，還懂棒針編織、鉤針編織、針繡和絨繡。我媽媽教了我這些東西，好讓我不會太閒。」我忽然說不出話來，好想哭。我在腦海中看見了媽媽那動人的臉龐，還看見了爸爸。我看見兒時的我和克里斯放學急忙趕回家，還沒拍掉肩上的雪花就衝進屋裡，看到媽媽正替雙胞胎編織嬰兒衣物。我忍不住低頭俯在杭妮膝上開始放聲哭喊。杭妮不能說話，但她那溫柔的手按在我肩上，彷彿要我知道一切她全都明白。我抬頭一看，發現她也在哭。大顆飽滿的淚珠向下滑落，弄濕了她鮮豔的紅洋裝。「杭妮，不要哭。我很樂意替保羅醫師縫鈕釦。他救了我們，我什麼事都肯為他做。」她表情古怪地看了我一眼，起身去拿長年堆積的待補衣物，也許裡面有一大堆襯衫都缺了鈕釦。

克里斯一有空就去找保羅醫師幫忙輔導學業，好讓他能在期中進入一間專門預科學校就讀。凱芮是我們最大的難題，她會讀能寫，但她實在太瘦小。公立學校的學童可不一定都很友好，她怎麼應付得了？「我打算送凱芮去私立學校。」我們的醫師這麼說明。「那是一間非常好的女校，辦學相當出色。因為我是校董會成員，我想凱芮會得到特別待遇，不會讓她受到任何壓力。」他意味深長地瞥向我。

那是我最怕的事，因為凱芮頭太大而身材又太瘦小，我怕她會被人嘲笑然後覺得難為情。凱芮以前的身材比例非常棒，非常完美。都是因為在光陰虛度的那幾年，我們過著不見天日的生活才害她這麼瘦小。就是這個原因，我知道一定是這個原因！

法院開庭的那天媽媽理應現身，我擔心得要命，好怕她真的會來。不過我很有把握她不會來。她怎麼可能會來？這對她有百害而無一利。除了累贅重擔之外，我們還能是什麼？而且她還可能得面對殺人罪嫌和牢獄之災……

我們非常安靜地跟保羅坐在一起，穿上最好的衣服在不公開審理的法官辦公室裡出席等待，然後等了又等。我的內心像繃直的鋼繩拉得好緊，我以為自己會崩潰大哭。她真的不要我們了，她的缺席再次告訴我們，她是多麼不在乎！法官同情地看著我們，讓我為我們自己感到難過，同時對她感到憤怒！哦，她該死！她生下我們，聲稱自己愛著我們的父親！她怎能這樣對待他的子女，而且是她自己的親生兒女？她是個什麼樣的媽媽啊？我不要法官同情，也不要保羅同情。我仰起頭，咬緊牙關不讓自己叫出聲。我斗膽瞥了克里斯一眼，看到他眼神茫然地坐在那裡，但我知道他已心碎，就跟我一樣。凱芮坐在醫師膝上，整個人縮成一團，醫師用雙手不斷安撫她，在她耳邊輕聲說些什麼。我想他說的是：「不要緊，沒關係。妳有我當爸爸，有杭妮當媽媽。只要我活著，妳什麼也不會缺。」

那晚我哭了。為了我曾深愛的那個媽媽，我哭濕了枕頭，一想起爸爸仍在人世時我們的家庭是那麼美滿，我的心就好痛。我為了她曾替我們做過的所有好事而泣，尤其為了那個時候，她曾如此慷慨給予我們的所有愛意而泣。我為克瑞哭得更多，他就像我自己的親生小孩。然後，我忽然開始停止哭泣，痛苦而激烈地思考著如何報復。當你決心打倒某個人，最好的辦法就是用那個人的角度來思考，想想怎樣才能傷她最深？她根本不願想起我們，她試著忘掉我們曾經存在。哦，她忘不掉的，我保證不會讓她忘掉。今年聖誕節，我一定會寄卡片給她，署名「來自妳不要的四個瓷娃娃」，而且我還會把這行字畫掉改成：「妳不要的三個瓷娃娃還活著，另外一個死掉了被妳帶走再也沒回來。」我想像她會瞪著那張卡片，她心裡會想著：**我只是做我該做的事**。

我們卸下防衛，再度變得脆弱。我們允許誠實、希望和信任到來，然後像仙子般在我們腦海裡跳舞。

童話故事也能成真。

那些故事就發生在我們身上。邪惡皇后離開了我們的生活，總有一天白雪公主會統治王國，她不會成為那個吃下毒蘋果的人。但每個童話故事都得屠龍，得戰勝女巫或是遭遇某些阻礙，事情一定會變得困難。我試著預想未來，猜想誰會是那頭惡龍？阻礙又會是什麼？我只知道女巫是誰，最悲哀的是，我知道女巫將會是我自己。

我起身走到二樓陽台上仰望月亮，看見克里斯站在陽台欄杆旁，他也望著月亮。他的肩膀向來自信挺拔，現在，我從他低垂的肩就明白他此刻心中悲痛，就和我一樣。我踮起腳尖想嚇他一跳，但就在我靠近時，他轉過身來張開雙臂。我沒多想就直接投入他懷中，雙手環住他脖子。他穿著媽媽去年聖誕節給他的那件溫暖睡袍，不過已經太小件了。等這次聖誕節早上他往聖誕樹下一瞧，就會得到我給的另一件睡袍，上頭繡著他姓名的花押字母「CFS」，因為他不想用F開頭的佛沃斯這個姓，只想用S開頭的薛菲爾。

他藍色的雙眼低垂，凝望著我的眼睛。這是兩雙如此相似的眼睛，我愛他就像愛我自己好的那一面，開朗快樂的那一面。

「凱西，」他輕聲說道，他撫著我的背，兩眼發亮，「妳如果想哭，就哭吧，我懂的。連我的份也哭夠。我一直希望、祈禱媽媽會來，然後她會設法給我們一個合理藉口解釋她為何要那麼做。」

「殺人的合理藉口？」我苦澀地問道，「她怎麼想得出夠聰明的藉口？她沒那麼聰明。」他看起來好痛苦，我收緊環抱他脖子的雙臂，一手溜進他髮間纏繞，另一手垂下來撫摸他臉頰。「愛」這個字眼意義如此廣泛，與「性」這個字不一樣，而且更難以抗拒。當他將臉埋進我髮間然後啜泣，我感覺對他充滿愛意。他一再低喃著我的名字，好像我是世上唯一真實可靠又足以信任的人。

不知怎地，他的唇碰上我的唇，我們開始親吻彼此，吻得如此熱烈，使他燃起胸中的欲望，想將我拉進他房間。「我只想抱抱妳，就這樣，沒別的。等我出外就學，我需要更多東西讓我堅持下去。

凱西，現在給我更多一些，拜託。」我還沒來得及回話，他就再次將我擁入懷裡，雙唇火熱地吻著我，我開始感到害怕，卻也忍不住興奮起來。

「住手！不要！」我叫喊著，但他不聽，繼續撫摸我胸部，然後掀開我的睡袍好讓他吻上去。

「克里斯！」我嘶聲說道，生起氣來。「克里斯，別愛我。等你離開後，你對我的感情就會慢慢消失，就像不曾有過一樣。我們要逼自己去愛別人，這樣我們才能真的讓自己清白無罪。我們不能成為爸爸媽媽的翻版，我們不能犯下同樣錯誤！」

他抱我抱得更緊了，一句話也不說，但我知道他在想什麼。不會有別人。他不會讓這件事發生。一個女人就已傷他太深，在他年紀如此幼小，又如此脆弱時，已經無情無義地背叛了他。只有我他能相信。

他往後退，眼角各有一顆淚珠閃爍。此時此刻，由我來切斷這縷羈絆。這是為他好。為了某個人好，每個人什麼都願意做。

我沒辦法入睡。我一直聽到他在呼喚著我，渴望著我。我起床，遊魂似地走過走廊，再次來到他床上，而他也正等著我。「凱西，妳永遠離不開我的，永遠不能。只要妳活著，就只有我和妳。」

「不對！」

「沒錯！」

「不對！」但我卻吻了他，接著從他床上一躍而起，奔回我房間，將我身後的門啪一聲關上落鎖。我在幹嘛？我不該再進他房間，到他床上了。難道我真的像外婆說的那麼邪惡？

不，我不是。

我不能是那樣！

第二部

「所以妳在閣樓裡跳舞，活在自己的奇思異想裡，回到地面上之後發現唯一能愛的人是妳哥哥？」他冰冷而激烈地說道。他的雙眼閃著怒火，烙進我眼裡。「對不對？妳給了妳雙胞胎弟妹另一種愛，不是嗎？妳是他們的媽媽。我知道的。從妳每次望著凱芮的眼神，以及提到克瑞名字的神情，我就看得出來。但妳對克里斯是哪種愛？是母愛？手足之愛？還是……」他脹紅著臉頓了頓，然後搖晃我身體。「妳被關在閣樓裡孤單一人的時候，妳和妳哥哥是什麼關係？」

4 幻影

聖誕節來了。聖誕樹高高地碰上四公尺高的天花板，鋪在樹下的禮物多到十個小孩都夠分！我跟克里斯已不是小孩了，但聖誕老人給的所有禮物都讓凱芮興奮不已。我和克里斯用我們偷存起來的錢替保羅買了件好看的紅色寬袍，還替杭妮買了件鮮豔的寶石紅天鵝絨袍子，而且是五十八號尺碼的！她讚嘆又高興地拿著袍子在身上比畫。然後她寫了一張感謝便條：「上教堂穿很好。所有朋友都會嫉妒。」

保羅試穿他那件我們大手筆購入的嶄新寬袍。那種顏色他穿起來顯得好聖潔，非常適合他。

接著是最大的驚喜。保羅朝我大步走來，接著一屁股坐下，從錢包裡抽出五大張黃色票券。就算他苦思一整年，也不會想出比這更能取悅我的事了。在他好看大手裡展成扇形的，是羅森科弗芭蕾學校演出的《胡桃鉗》戲票。

「我聽說那是非常專業的舞團。」保羅解釋著。「我自己不太懂芭蕾，不過我到處打聽過了，大家都說那是最好的舞團之一。他們也有教授初級、中級和高級課程。妳的程度是？」

「高級！」克里斯代我聲明，我盯著保羅，高興得說不出話來。「凱西住進閣樓時還在初級。但住在閣樓期間出了不可思議的事，芭蕾名伶安娜．帕芙洛娃的鬼魂上了她的身，凱西成功地自學了踮立腳尖的動作。」

那晚我們所有人包括杭妮，大家一起坐在中間區第三排的位子看得入迷。台上的舞者跳得不只是好，他們跳得超棒！尤其是那個首席舞者，叫做裘利安．馬奎特的英俊男子。中場休息時間，我像做夢一般跟著保羅來到後台，因為我要去見那些舞者！

他帶我們走向站在舞台側邊的一對男女。「羅森科弗夫人，喬治，」他對一位皮膚像海豹般光滑的嬌小女子和她身旁不太高大的男子打招呼，「這位是我監護的凱瑟琳，就是我跟你們提過的。這位是她哥哥克里斯多弗，這位小美女是凱芮，然後是你們以前就見過的杭妮．畢奇……」

「對啊，當然。」那位女子回答，她長得像個舞者，說話像個舞者，那頭髮型也像個舞者。她將一頭黑髮全往後梳攏，盤成一個大髮髻，在黑色緊身衣上面套了件輕飄飄的黑色雪紡紗洋裝，洋裝上頭又罩了件豹皮短上衣。她丈夫喬治是個安靜的人，身材結實，一臉蒼白，頭髮出奇的黑，嘴唇紅得像凝血而成。他們是一對夫妻，沒錯，因為她的嘴唇也抹得鮮紅，雙眼像白色糕餅麵團上的兩個黑炭漬。這兩對黑色雙眼掃向我，再望向克里斯。「你也是個舞者？」他們問我哥哥。天啊，他們總是這樣異口同聲地說話嗎？

「不是！我不跳舞。」克里斯顯得很尷尬。

「哦，那真可惜。」那位夫人遺憾嘆息。「你們兩個在舞台上會是多麼出色的一對啊。人們會成群到來只為一睹你和你妹妹擁有的美貌。」她垂眸瞄了瘦小的凱芮一眼，不加理睬，凱芮害怕地緊握我的手。

「克里斯打算當個醫師。」保羅醫師解釋著。「哈！」羅森科弗夫人嘲笑著，好像克里斯一定是瘋了似的。她和她丈夫烏黑的雙眼又開始看向我，他們如此強烈地專注看我，令我開始覺得發熱冒汗又發怯。

「妳學過芭阿蕾？」她總是念成「芭阿蕾」，好像這個詞裡原本就有那個「阿」字。

「學過。」我小聲回答。

「幾歲開始？」

「四歲。」

「妳現在……幾歲？」

「到四月就滿十六歲。」

「很好。非常、非常好。」她瘦長雙手的手掌相互摩挲。「十一年以上的專業訓練。妳幾歲開始踮立腳尖？」

「十二歲。」

「太好了！」她叫出聲。「我從不讓女孩子在十三歲前做踮立腳尖，除非她們是一流的。」然後她質疑地皺起眉頭。「妳是一流的，或者只是二流的？」

「我不知道。」

「妳是說沒人跟妳講過？」

「沒有。」

「那妳一定只是二流的。」她半譏半諷地說道，轉頭看她丈夫然後傲慢地揮手打發我們走人。

「妳等一下！」克里斯變得激動，臉色泛紅非常生氣。「今晚舞台上沒有一位舞者跳得比凱西好！一個也沒有！外面那個跳主角克拉拉的女孩，她有時沒跟上音樂節拍，凱西從來不錯拍。她的節奏感很完美，她的音感很完美，她在跳同一段的旋律時，甚至每次跳都會稍微修改，所以從來不會跳得一模一樣，總是即興地創造，跳得更好、更美而且更動人。有凱西這種舞者待在妳舞團裡，是妳運氣好！」

那雙黑玉般的上挑眼眸望向他，細細咀嚼他激動的言詞。「你是芭蕾舞權威嗎？」她的口吻略帶輕蔑。「你懂得怎樣從一群人裡挑出真正有天賦的舞者？」

克里斯像做夢一樣站在那裡，話卻說得宛如雙腳牢牢站穩般，連他的粗啞嗓音也流露著情緒。「我只知道自己瞧見什麼，我只知道凱西跳的舞帶給我的感受。我知道當音樂響起，當她隨著音樂舞動，我的心就靜滯不動，等她跳完，我知道自己為了舞動之美不復存在感到心痛。她跳的不是劇碼角色，她就是戲中人，她讓你相信她就是戲中人，因為她自己也深信如此。妳的舞團裡沒有任何女孩能使我心揪緊，甚至悸動不已。妳就打發掉她，讓別的舞團受惠於妳的愚昧吧。」

羅森科弗夫人的黑玉雙眼銳利地盯著克里斯好久好久，就像保羅醫師一樣，然後她緩緩看向我，將我從頭到腳打量一遍。「明天下午一點整。來我的練舞室參加甄選會。」這句話並非請求，而是不可違抗的命令，不知為何，此時我明明應該感到高興，但我卻很氣惱。

「明天太趕了。」我說道，「我沒芭蕾舞衣，沒緊身衣，也沒芭蕾舞鞋。」那些東西全留在佛沃斯大宅的閣樓裡。

「那是小事。」她沒理會我，線條優美的手高傲一揮。「妳需要的東西我們都會提拱，只要妳人到場而且別遲到，因為我們要求團裡的舞者在所有方面都得遵守紀律，包括守時！」她以女王般的姿態將我們打發走，優雅地跟她丈夫連袂走遠，而我愣在那裡，瞠目結舌，完全說不出話來。我察覺了那位叫做裘利安・馬奎特的舞者，就在一旁顯得熱切而好奇，他一定碰巧聽見我們所有對話了，一雙深色的眼眸閃著興奮和激賞的光芒。「凱瑟琳，請為妳自己感到榮幸吧。」他對我說道，「她和喬治通常都會讓人等上好幾個月才能參加甄選，有時甚至還得等上好幾年。」

那晚我在克里斯懷裡哭泣。「我太久沒練。」我啜泣著。「我知道我明天一定會出洋相。她不給我更多時間準備，這不公平！我需要練習熱身。我會很僵硬，很不靈活，然後他們就不收我了，我知道他們不會！」

「哦！凱西，別亂說！」他收緊雙臂抱著我。「我見過妳在這裡扶著床柱，做妳扶把訓練的下蹲和擦地動作。妳並沒有太久沒練，也沒有僵硬或不靈活，妳只是害怕。妳向來都容易怯場，只是這樣罷了。而且妳沒必要擔心，妳跳得很棒。這點我很清楚，妳自己也明白。」

他輕觸我嘴唇印下晚安吻，收回雙臂退向門口。「今晚我會跪下來為妳禱告。我會請求上帝讓妳明天技驚四座。我也會得意萬分地在現場看他們震驚的表情，因為沒人相信妳是跳舞奇才。」

他說完這話就離去，留下心痛而滿懷渴望的我。我在被窩底下扭來扭去，清醒地躺著，滿腹惶恐。

明天是我的重要日子，是我證明自己的好機會，看看我是否有攀上最高峰所需的不凡才能。我必須成為最棒的，其他都不行。我必須讓媽媽、外婆、保羅、克里斯和所有人看到！我不邪惡也不墮落，更不是惡魔之子。我就是我，世上最頂尖的芭蕾舞者！

我翻來覆去，苦惱煩躁得惡夢連連，而凱芮睡得很安穩。在夢裡，我搞砸了甄選，而且更糟的是，我沒做對任何一件事，就這樣過完一生！我最後成了在某個大城市街上行乞的乾癟老太婆。在黑暗中，我遇上媽媽，向她乞討。她依然年輕貌美，穿著豪華衣服，戴著珠寶、披著皮草，還有永遠年少忠貞的巴特．溫斯洛陪在她身旁。

我從夢中醒來，夜晚還沒過去。多麼漫長的一夜啊！我偷溜下樓看到聖誕樹的燈泡亮著，克里斯躺在聖誕樹下方的地板仰望樹上枝葉。我們兩個還是小孩時一向會這樣做。雖然我早該知道，我卻仍無法抗拒地走向他，然後躺在他旁邊，仰望聖誕樹裡閃爍的另一個世界。

「我以為妳忘了。」克里斯沒看我，小聲說道。「還記得我們在佛沃斯大宅時，那棵聖誕樹小到只能放桌上，沒辦法像現在這樣躺在樹下。看看都發生了哪些事，讓我們再也別忘記了。就算我們的未來像一棵只有三十公分高的樹，我們也會把樹舉得高高的，好讓我們躺在樹下。」

他的語氣令我擔心，我慢慢轉頭注視他的側臉。他真好看，一頭金髮不斷變幻色彩，每縷髮絲似乎都染上不同的虹彩色調，等他轉頭迎上我的目光，他的雙眼也映著色彩繽紛的光芒。「你看起來……好聖潔，」我壓抑著自己的嗓音，「我彷彿在你眼裡看到七彩糖果，還有英格蘭皇冠上的珠寶。」

「不對，凱西，那才是我在妳眼裡看到的。妳穿著那件白色睡袍簡直美極了，我很愛妳穿白色的藍緞帶睡袍。」他靠得更近了，我的頭髮被他的頭壓住。他甚至將頭偏得更近，直到我們前額相碰。

他暖熱的吐息撲上我的臉，我挪了挪，將頭向後仰，拱起脖子。當他溫暖雙唇吻上我喉間凹處然後頓住不動，我還覺得不太真實。我屏住呼吸。我等了好久好久想等他移開，想讓自己往後退，但不知為何我做不到。不知不覺間，一股美好安詳的感覺油然而生，還有一股刺痛感令我身體發顫。「別再親我。」我小聲說道，我朝他靠得更近，將他的頭壓向我喉間。

「我愛妳。」他哽咽說道，「對我來說妳是唯一。等我變得很老很老，我會想起妳躺在聖誕樹下的這一晚，不會忘掉妳是多麼美好，而且肯讓我像這樣抱著妳。」

「克里斯，你一定得離開這裡去當醫師嗎？你不能留在這裡去做別的事嗎？」

他抬起頭俯視我的雙眼。「凱西，還用問嗎？那是我這輩子唯一想做的事，可是妳……」

我再次嗚咽。我不想讓他走！我拿一撮頭髮搔他的臉，直到他發出聲來然後親我嘴唇。這是如此輕柔的吻，這個吻想要親得更大膽，又怕如果真的這麼做了會使我別開臉。等我們親完，他開始說些荒唐瘋狂的話，說我看起來多像天使。「凱西，看著我！別轉頭假裝妳不懂我做了什麼或說了什麼！瞧瞧妳讓我受的折磨！妳已經在我骨頭裡生根，成為我血肉的一部分，我還能如何去找別人？當我血液流動速度加快，妳的血液不也是？當我眼神發燙，妳的眼神也是！別否認！」他顫抖的雙手開始笨拙地解開我睡袍上的蕾絲小鈕釦，將我的睡袍敞開至腰間。我閉上雙眼，意識再次回到閣樓裡，那時他不小心用剪刀刺傷我身側，所以我現在還在受傷流血，需要他雙唇親吻來消除痛楚。

「妳的胸部真漂亮。」他低嘆一聲，傾身用鼻子輕拱我胸部。「我還記得妳胸部很平的時候，以及後來妳開始發育之後的樣子。妳很在意怕羞，總是要穿寬鬆毛衣想讓我看不到。妳為什麼要難為情呢？」

我的意識恍惚，彷彿徘徊在上空，望著他輕柔甜蜜地吻著我的胸部，而內心某個深處的我正在顫抖。為什麼我任憑他做這種事？我的雙臂摟著他，讓他身體緊緊靠向我，我的雙唇再次迎上他的嘴唇，而我的手指似乎正解開他睡衣，讓他赤裸的胸膛貼上我胸口。在我們像亟待滿足的欲望火焰緊緊交融前，我突然叫出聲來，「不行，這是罪惡的！」

「那就讓我們犯罪吧！」

「那就別離開我！忘掉要當醫師的事！留在我身邊！別走！別離開我！你不在的話，我好怕我自己！有時候我會做出瘋狂的事。克里斯，拜託別丟下我一個人。我從來沒有孤伶伶一個人過，拜託留下來！」

「我得成為醫師。」他說道，然後呻吟抱怨。「要我放棄任何別的事，我會同意。但別叫我放棄唯一能讓我不分崩離析的事。就像妳不會放棄跳舞，不是嗎？」

我不知道，當我回應他的索吻，我們之間的火愈燒愈烈，壓垮我們然後帶我們來到地獄邊緣。「我好愛妳，有時候不知道該怎麼辦。」他喊道，「要是我能再跟妳做一次就好了，不會讓妳痛，只有歡愉。」

他火熱的雙唇突然張開，他的舌頭逼我張嘴，有股電流貫穿了我！「我愛妳，哦，我好愛妳！我整天都夢著妳、想著妳。」然後他一直繼續下去，他的呼吸愈來愈急促，等到他開始喘氣，我已屈服於自己亟需獲得滿足的身體。我的理智想拒絕他，我卻同時也想要他！我正羞恥地喘著氣！

「別在這裡。」他在親吻之間輕柔地低喃。「去樓上，我房間。」

「不行！我是你妹妹。而且你房間離保羅房間太近，他會聽見。」

「那就用妳房間。打仗都吵不醒凱芮。」

我還搞不清楚狀況，他就抱起我衝上後樓梯，進了我房間跟我一起跌在床上。他脫下我睡袍，也脫了他睡衣，他躺到我旁邊，再次打算將他之前做的事做完。我不想這樣。我不要這種事再發生！「住手！」我喊道，然後從他身下滾開。我跌在地上。他一下子也來到地上和我一起扭成一團。我們一再翻滾，兩具光裸身子忽然撞到某個堅硬東西。

那東西讓他停下動作。他瞪著那個箱子，裡頭有奧利奧餅乾、一塊麵包、蘋果、橘子、一磅切達乳酪、一條奶油以及幾盒鮪魚、豆子和番茄汁罐頭。滾出箱子外的有開罐器、碗盤、玻璃杯和銀餐具。「凱西！妳幹嘛要偷保羅的食物還藏在床底下？」

我甩甩頭，有點迷糊，不知道自己為什麼拿了食物還藏起來。然後我坐了起來伸手拿他脫下的睡袍，羞怯地將睡袍擋在身前。「出去！讓我一個人靜靜！克里斯多弗，我愛你，但我只把你當哥哥愛！」

他上前用雙臂摟住我，垂頭靠在我肩上。「對不起。哦，寶貝，我知道妳為什麼要拿那些食物。妳覺得手邊得有食物，妳怕哪天我們又會被處罰。妳不明白**只有我會懂**嗎？凱西，讓我再好好愛妳一次，只要一次，我們這輩子就足夠了。僅僅一次，讓我給妳上次沒能讓妳體驗的歡愉，只要一次，就夠撐過我倆這一生了。」

我一巴掌甩上他的臉！「不行！」我厲聲說道，「再也不行！你答應過的，我以為你會信守承諾！要是你非得當個醫師，非得離開這裡，棄我而去，那更是永遠不行！」我突然噤口。我不是有意的。「克里斯……不要那樣看我，拜託！」

他慢慢穿上睡衣，難過地看了我一眼。「凱西，要是我不當醫師，我就失去了人生意義。」

我將雙手摀在嘴上不讓自己尖叫。我是怎麼了？我不能逼他拋棄夢想。我跟我媽媽不一樣，她會讓所有人受罪，好讓她能為所欲為。我早已察覺自己對哥哥那四季恆春的愛情已然萌芽，但這份愛意永遠永遠不會開花綻放。後來，當我一個人睜著眼睛躺在床上，我絕望無趣地了悟，就算低谷裡沒有山巒，依然會有風吹拂。

5 甄選

那天是聖誕節隔天。我在下午一點鐘必須抵達格林列納，那裡就是巴特・溫斯洛的老家，也是羅森科弗芭蕾學校的所在地。

我們所有人都擠上保羅的車，提前五分鐘到場。

羅森科弗夫人要我叫她瑪芮莎夫人，要是我能通過甄選的話。要是我沒通過，無論是哪種稱呼我都再也用不上。她只穿著黑色緊身衣，突顯出她凹凸有致的好身材，雖然她一定年近五十了，卻仍保持得很苗條纖瘦。她的乳頭在黑色衣料底下突出，硬得像金屬尖頭。她丈夫喬治也穿了黑衣賣弄自己肌肉發達的身軀，微突的腹部開始洩露年紀。共有二十位女孩和三位男孩來參加甄選。

「妳選哪個劇碼？」她問道。看來她丈夫從不開口，但他一直用明亮如鳥眼的雙眼看著我。

「《睡美人》。」我溫順地說道，經典劇目的所有考題中，我覺得奧羅拉公主的角色是最考驗人的，所以為何要選難度低的？「我不用舞伴就可以跳〈玫瑰慢板〉。」我自誇著。

「真棒。」她挖苦地說道。然後又再奚落一句，「我從妳的長相就猜妳要跳《睡美人》。」

這讓我好希望我選了難度低一點的。「妳舞衣要什麼顏色？」

「粉紅色。」

「我想也是。」

她丟給我一件褪色的粉紅舞衣，然後漫不經心地從三大排芭蕾舞鞋裡隨便挑了一雙。聽起來令人難以置信，但她扔給我的那雙竟然完全合腳。我身上披掛著未穿上的舞衣和舞鞋，坐在長條的梳妝台前，對著與台面同寬的長鏡子綁頭髮。我知道夫人會想看我頸間線條，不需要有人事先告訴我，我擺的每個姿勢肯定都會令她不悅。我早就知道。

包圍在一群女孩子的咯咯笑聲中，我好不容易穿上舞衣舞鞋，弄好頭髮，瑪芮莎夫人從半開的門探頭看我準備好了沒。她黑玉雙眼挑剔地掃視我。「還行。跟我來。」她下了指示就邁開大步，她強健雙腿的肌肉好發達。她怎能練成這樣？我才不要踮太多腳尖動作，弄到雙腿像她這樣粗壯，絕對不要！

她帶我走上一個很大的圓形舞台，打亮的地板看似光滑，卻沒那麼滑。觀眾席沿著牆邊成排列著，我看到克里斯、凱芮、杭妮和保羅醫師。現在我真希望自己沒叫他們來。要是我沒通過，他們就會親眼目睹我蒙羞。旁邊還有八到十位其他觀眾，但我沒多留意他們。舞團裡的男孩女孩也聚集在舞台側邊觀看。我比自己想像的更害怕，的確，打從逃出佛沃斯大宅後我是做過些練習，可是沒像在閣樓時那樣全心努力。我早該熬夜練習然後一大早來這邊暖身，那樣的話也許我就不會緊張到想吐。

我希望最後一個甄選，這樣就可以看其他人先跳，發現他們犯的錯得到教訓，也能領會他們出色之處，受惠得益。如此一來我就能估算自己該怎麼跳。

喬治自己坐下來彈鋼琴。我嚥了嚥口水，我的嘴好乾，我緊張得心裡七上八下，我的目光張望觀眾席尋找克里斯，他的藍眼睛裡有吸引我的磁石。他一如往常地坐在那裡笑著，流露出他對我的自豪自信和永恆的仰慕之意。我親愛的克里斯多弗．瓷娃娃總是在我需要的時候出現，總是為我付出，有了他，我就能表現得更好。上帝啊，我禱告著，讓我跳得好。讓我不辜負他的期待！

我沒辦法直視保羅。他想當的是我父親，不是我的試金石。要是我失敗了害他難堪，他看我的眼光肯定會有所差別。我會失去我對他的吸引力，我會變成平凡人。

有人碰了碰我手臂，我嚇得蹦跳起來，一轉身，我就和裘利安．馬奎特面對著面。「祝妳好運。」他小聲說道，然後笑著露出他極白的完美牙齒。他的深色眼睛淘氣地閃動。他比大多數的男舞者都高，幾乎快一百八十公分，我很快就知道他十九歲了。他的膚色跟我一樣白，不過在他深色頭髮反襯下顯得太過蒼白。他挺翹的下巴有美人溝凹痕，凹痕右側上還有另一個凹窩時隱時現，任他隨心所欲地挑逗人心。我謝過他的祝福，他驚人的好相貌很吸引我。「哇！」當我一笑，他嗓音粗啞地說道。「妳真是個漂亮女孩。可惜還只是個小孩。」

「我不是小孩！」

「那妳是什麼，十八歲的老太太？」

我笑了，很高興能被認為年紀有那麼大。「也許是，也許不是。」

他笑得好像他什麼都懂。從他吹噓自己是紐約一個舞團最紅的舞者之一看來，也許他的確什麼都懂。「我只有放假的時候會待在這邊，幫夫人一點忙。我很快就要回紐約，回到屬於我的地方。」他四下張望，好像這個「州」對他來說無聊得難以置信，而我心裡一陣翻騰。我原本希望他是我的舞團同伴。

我們又交談了幾句，然後提示我該上場的樂聲響起。突然間，我彷彿是獨自一人身處閣樓，那裡有長串七彩紙花垂掛，那裡沒有別人，只有我和總是在我前方舞動的神祕戀人，從來不讓我靠近看清他的臉。我開始舞動，一開始很害怕，但我所有動作都沒跳錯，擊足跳，揮動手臂，單足軸轉。我一直都睜著雙眼並將臉朝向看不見的觀眾。然後神奇的力量降臨在我身上。我無需衡量計算，音樂會告訴我要跳什麼，以及該怎麼跳，因為我就是音樂的代言人，不會犯錯。那個男子一如往常地現身與我共舞，但這次我看見了他的臉！他那蒼白的出色面容，有深色的靈動雙眼，藍黑色的頭髮和寶石紅的雙唇。是裘利安！

我像做夢一般地看見他張開強健的雙臂，單腳跪地，另一隻腳優雅地向後點地。他的目光示意叫我跑過去躍向他等待承接的雙臂。看到他這樣一位專業舞者站在那裡，令我陶醉不已，我正往他那邊跳，突然覺得下腹傳來一陣劇烈疼痛。我彎下腰喊出聲來！我的腳邊有一大灘血！血從我雙腿間淌流下來，弄髒我的粉色舞鞋和舞衣。我失足倒地，我虛弱到只能躺著聽尖叫聲。不是我的尖叫聲，是凱芮在叫。我閉上雙眼，無法理會是誰上前抱起我。我聽到保羅和克里斯的聲音從遠處傳來。克里斯關切的臉懸在我上方，他的愛意溢於言表，這讓我既安心又驚嚇，因為我不想讓保羅瞧見。克里斯說著別害怕之類的話，然後黑暗降臨，將我帶往好遠好遠的地方，那裡沒人要我。

而我的舞者生涯，還未開始就已結束，完了。

我從一個有好多女巫的夢中醒來，發現克里斯坐在病床旁邊握著我無力的手……那雙藍眼睛，哦天啊，那雙眼……「嗨，」他柔聲說道，捏了我手指。「我一直在等妳醒。」

「我才想跟你說嗨。」

他笑著傾身親我臉頰。「凱瑟琳．瓷娃娃，我得告訴妳，妳真懂得怎樣讓舞蹈的收尾引人注目。」

「是啊，那可是天分。真正的天分。我想我更適合去演戲。」

他淡淡地聳肩。「我想妳做得到，不過我不認為妳會去演戲。」

「哦，克里斯，」我虛弱地大怒。「你知道我毀了什麼機會！為什麼我會流那麼多血？」我知道自己眼中滿是恐懼。害怕他對原因再清楚不過。他上前把我拉起來靠在他懷裡，牢牢地把我擁在胸前。

「凱西，人生不是只有一次機會，妳明白的。妳動了個子宮擴刮手術。明天妳身體就好轉到能下床走路。」

「什麼是子宮擴刮？」

他笑了笑，然後輕撫我臉頰，他老是忘記我不是他那種精通醫學的人。

「擴就是指擴張女性的子宮頸，刮就是用一種叫刮匙的器械把子宮壁上的老舊物質刮掉。妳那些沒來的月經一定都在體內凝成血塊，才會這樣一口氣排出來。」

我們四目相對。「凱西，就是這樣……**只是這樣而已**，沒什麼。」

「是誰幫我動手術的？」我小聲說道，很怕會是保羅。

「一個叫賈維斯的婦產科醫師，是我們醫師的朋友。保羅說他是這附近最好的婦產科醫師。」

我躺回枕頭上，不知道自己該思考什麼。有史以來第一次發生像這樣的事，在我當著所有人的面努力想打動他們的時候。我的天啊，為什麼人生要對我這麼殘忍？

「我的凱瑟琳女士，張開眼睛。」克里斯說道，「妳想太多了，沒什麼大不了的。往那邊的櫃子瞧一眼，看看那些漂亮鮮花，都是真花，不是假花。我希望妳不介意我偷瞄了卡片內容。」我當然不介意他做了什麼，他隨即從櫃子那頭走回來，在我虛軟手裡放了一個白色小信封。我望著那一大束花，心想那是保羅送的，直到我目光瞄向手中卡片。我手指顫抖著打開信封，裡頭的小信箋寫著：

祝妳早日康復。預計下星期一下午三點整見到妳。

瑪芮莎夫人

瑪芮莎！我通過了甄選！「克里斯，羅森科弗學校要收我！」

「他們當然會收。」他溫和地說道，「他們要是不收就傻透了，不過那個女的把我嚇得要死！我可不想讓她控制我人生，就算她很矮。不過我想妳可以應付得很好，妳可以一直在她面前流血。」

我坐了起來用雙手環抱他。「克里斯，我們會一切順利嗎？你真的覺得會嗎？我們會那麼好運嗎？」

他點點頭，笑著指向另一束花，那是裘利安．馬奎特送的，上頭附了另一張短箋。

凱瑟琳．瓷娃娃，等我從紐約飛回來就去見妳，所以別忘了我。

正當克里斯的雙臂緊擁著我，保羅從他身後走進病房，他先是在門口遲疑了片刻，皺眉看著我們，然後才擺出笑容走過來。我和克里斯飛快分開。

6 重返校園

一月的某一天來臨後，我們就必須分離。我們參加了考試評量學力，令我和克里斯驚訝的是，我們的成績都非常好。我被分到高一，凱芮分到小三，而克里斯進了預科學校。但凱芮一點也不開心，她叫喊著，「不要！不要！」她雙腳蓄勢待發地隨時想踢人，雙拳隨時可能揮向任何逼迫她的人。「我不想去可笑模樣的小女孩念的私立老學校！我不要去！妳不能逼我去！凱西，我要跟保羅醫師講！」她氣紅了臉，含淚的嗓音是警報器的尖嘯。

讓凱芮去城外十幾公里的私校就讀，令我不太高興。等她離家就學後，克里斯也將啟程，我會被留下來一個人念高中，而我們鄭重發過誓，永遠永遠不分開（後來我逼自己把藏起來的儲糧放回去，這件事除了克里斯沒人知道）。我將凱芮抱到自己膝上，向她解釋保羅醫師為何特別挑選這間學校，而且他已經繳了昂貴學費。她半瞇著眼不想聽進去。「凱芮，那裡不是給可笑模樣的小女孩念的。」我哄著她又親她額頭。「那是給爸媽付得起好學校學費的富家女孩念的。有保羅醫師當我們的監護人，妳該自豪而且明白自己是多麼好運。」我說服她了嗎？我曾說服過她任何事嗎？

「我還是不想去。」她頑固地大叫。「凱西，為什麼我不能去妳的學校？為什麼我得一個人去沒有人的地方？」

「沒有人？」我笑著隱瞞自己的感受，那是她內心恐懼的倒影。「寶貝，妳不會是一個人。會有好幾百個跟妳年紀差不多的女孩。妳的學校是小學，我要去的學校是高中。」我把她抱在懷裡搖啊搖，撫摸她流瀑般的閃亮長髮，然後將她潑辣的洋娃娃臉蛋轉向我。哦！她真是個漂亮的小東西。只要她的身材長得夠高大，跟她大大的頭比例相符，她就會是個美人。「凱芮擁有四個好愛妳的人。保羅醫師、杭妮、克里斯和我。我們都想把最好的給妳，就算我們距離好幾公里遠，我們心裡還是有妳，而且想著妳，每到週末妳就可以回家。再說不管妳信不信，學校不是可怕的地方，那裡很好玩，真的。妳會跟一個同年紀的女孩子共住一間漂亮房間。妳會有專業的教師，而且最棒的是，妳會跟一群女孩子在一起，她們會覺得妳是她們見過最漂亮的女孩。妳一定也想跟其他女孩在一起，我知道跟一大堆女孩在一起超好玩的。妳們可以玩遊戲、組小團體、開宴會，一整晚說悄悄話笑個不停。妳會愛上那裡的。」對。沒錯。她會愛上那裡的。

凱芮哭了一整座瀑布的淚水才勉強同意，她懇求的目光告訴我，她去那裡只是為了討好我和她深愛的大個子贊助人。她願睡在釘床上，只為讓他高興。對她來說，去女校上學就像一張她必須勉強忍受的釘床。保羅和克里斯走進客廳，正好能聽見那句：「我得在那裡待很久很久嗎？」他們兩個在保羅書房裡閉關好幾小時，保羅正輔導克里斯一些化學知識，克里斯住在閣樓的時期就稍稍學過一些。保羅瞧見凱芮悲慘的模樣，便走向門廳櫥櫃，他很快回到客廳，手拿著一個裹著紫色包裝紙，上頭繫著三吋寬紅緞帶的大盒子。「送給我最愛的金髮女孩兒。」他親切地說道。

凱芮的憂愁大眼盯著他瞧，然後才勉強一笑。「哦！」她一打開禮物包裝就欣喜叫喊，她看到了一只鮮紅色的皮箱。皮箱裡附了一個化妝盒，配備了金色梳子、毛刷、鏡子和小巧瓶罐，還附了一個皮革文具盒可以讓她寫信回家給我們。「好、漂、亮！」她大喊，立刻就被所有紅色的美麗玩意征服。「我從來不知道世界上有紅色的皮箱，而且裡頭還放了金色鏡子和好多東西。」

我不得不看向保羅，他一定不覺得小女孩需要化妝品才對。

他彷彿讀了我的心似地說道，「我知道那比較像給大人用的，不過我想給她一些能用上好多好多年的東西。從現在起，每當她看到皮箱，她就會想起我。」

「那是我見過最漂亮的皮箱。」我興高采烈地說道，「妳可以把牙刷、牙膏、痱子粉和淡香水放在化妝盒裡。」

「我才不要把臭兮兮的淡香水放在皮箱裡！」

這讓我們所有人大笑。然後我起身跑向樓梯，急忙回房拿了個小盒子，然後又衝回來找凱芮。我小心翼翼地捧著盒子，不知道自己該不該給她盒子喚醒舊日回憶。「凱芮，裝在盒子裡的是妳以前的玩伴。等妳去了艾蜜莉．迪恩．卡霍恩小姐的少女教養學校，覺得有點寂寞的時候，就打開這個盒子看看裡頭的東西。裡頭的東西別給所有人看，只能給特別的朋友看。」

她看到盒裡的東西就瞪大眼睛，那是她特別喜愛的迷你瓷人偶和小寶寶，全都是我從那個驚人的巨大娃娃屋裡偷出來的，她曾在閣樓裡玩那個娃娃屋度過漫長歲月。我甚至連娃娃屋裡的嬰兒床都偷拿出來了。

「是帕金斯先生和帕金斯太太……」凱芮抽了口氣，她藍色大眼裡閃著喜悅的淚光，「還有小寶寶克拉拉！凱西，它們從哪來的？」

「妳知道它們是從哪來的。」

她抱著那個盒子望向我，盒裡鋪滿棉花，用來保護脆弱的瓷偶和手工木製嬰兒床，那些全是無價的傳家珍寶。「凱西，媽媽在哪裡？」

哦天啊！恰恰是我不願她問的問題。「凱芮，妳知道我們該告訴所有人，我們的爸媽都死了。」

「媽媽真的死了？」

「沒有……可是我們得假裝她死了。」

「為什麼？」

我再次向凱芮解釋，為什麼我們永遠不能告訴別人我們真實的身分，不能讓人知道我們的媽媽還活著，要不然我們就會被送回那個位於北側廂房的可怕房間。她坐在地板上，旁邊擱著她那只閃亮的紅色新皮箱，裝著人偶的盒子放在她膝上，她用那雙憂愁眼睛凝視著我，一點也不明白我說的話。

「凱芮，我是認真的！妳永遠不能說妳的家人除了我、克里斯、保羅醫師和杭妮以外還有別人。」

妳懂嗎？」

她點點頭，但她沒弄懂。她顫抖的雙唇和滿懷渴望的神色訴說著，她還是想要媽媽！

然後討厭的那一天終於來了。我們載著凱芮前往克萊蒙市外十幾公里的地方，送她去有錢人家女孩念的昂貴私校。漆成白色的校舍很大棟，校舍正面有門廊和學校常見的白色圓柱。正門旁有個黃銅牌板，上頭寫著「創立於一八二四年」。

艾蜜莉．迪恩．杜赫斯特小姐在一間溫暖舒適的辦公室接待我們，她是學校創辦人的後代。這位女士莊嚴漂亮，一頭白髮令人驚訝，她臉上絲毫沒有洩露年紀的皺紋。「薛菲爾醫師，她真是個可愛孩子。我們一定會盡力讓她就學期間過得開心自在。」

我彎腰抱住發抖的凱芮，對她輕輕說道，「開心點，努力讓自己過得愉快。不要覺得被人拋棄。我們每到週末就會來接妳回家。這樣還是感覺很糟嗎？」

她臉色一亮，硬擠出笑容。「嗯，我會努力。」她細聲低喃。

把凱芮留在那棟漂亮的殖民式白色校舍然後開車離去，這並非一件容易的事。

隔天就輪到克里斯出發去那間預科男校，哦，看他打包行李我真難受。我只能望著他，說不出話來。我和克里斯連正眼相對都做不到。

他的學校離得更遠。保羅開了快五十公里路才抵達校園，那裡有玫瑰色的磚造校舍，校舍也有慣例的白色圓柱。保羅察覺我們需要獨處，用了些站不住腳的藉口說他要去參觀學校庭園。我和克里斯沒有真正獨處，只是待在一個有大片凸窗的凹室。年輕男孩不斷路過往凹室裡瞧，並看向我們。我好想投入他懷裡，與他臉頰相碰。我想讓這場道別成為愛情的永別，徹底告別，好讓我們明白那一切已經永遠結束，至少是永遠結束這樁錯誤。「克里斯，」我幾欲落淚，結巴地說道，「沒有你，我該怎麼辦？」

他那雙藍眼睛不斷變化著色彩，交織著他千頭萬緒的情感。「凱西，什麼也不會變。」他沙啞地輕聲說道，緊握著我的手。「等我們下次見到彼此，我們還是會有同感。我愛妳，我會一直愛妳，不論對錯，我情不自禁。我會勤奮念書，好讓自己沒時間想起妳或思念妳，不去猜想妳生活過得如何。」

「然後你就會變成人類史上最年輕的醫學院畢業生。」我出言斥責，但我聲音跟他一樣沙啞。「留一點愛給我，然後藏在你心裡最深處，就像我也會藏住我對你的愛一樣。我們不能重蹈父母犯下的錯。」

他長嘆一聲低頭看腳下的地板，或許他看的是我的腿，穿了高跟鞋讓我雙腿更顯纖長美麗。「妳要好好照顧自己。」

「那是當然，你也得照顧好自己。別念得太過頭，找些有趣的事做，至少每隔一天寫信給我，我可不想讓我們花太多錢講電話。」

「凱西，妳實在太美。也許美過頭了。我只要看著妳，就覺得好像再一次見到我們的媽媽，妳擺手揮臂的樣子，還有妳側著頭的樣子。別讓我們的醫師太著迷妳。我是認真的，再怎麼說他是個男人。他沒有太太，而妳又跟他住在同個屋簷下。」

他抬起頭，眼神頓時銳利起來。「別為了逃避妳對我的感情就貿然行事。凱西，我是認真的。」

「我保證我不會亂來。」這個承諾如此薄弱，他的話已喚醒我體內的原始衝動，那欲望早該被壓抑直到我年紀夠大足以應付。現在我只想要得到滿足，找個我有好感的人來愛我。

「保羅，」克里斯試探地說道，「他是個很棒的人。我愛他。凱芮愛他。妳對他有什麼感覺？」

「跟你和凱芮一樣，愛，感激。沒什麼不對的。」

「他沒做出什麼超出界線的事吧？」

「沒有。他是個高尚有禮的人。」

「凱西，我見過他看著妳的樣子。妳那麼年輕漂亮，而且那麼……充滿渴望。」他頓了頓然後臉紅，愧疚地別開臉才繼續說道。「問妳這種問題的我真是醜惡，他幫了我們那麼多，可是有時我還是覺得他之所以接納我們只是為了……嗯……只是為了妳。因為他想要妳！」

「克里斯，他比我大了二十五歲。你怎能這麼想？」

克里斯顯得鬆了口氣。「妳說得對。」他說道，「他是妳的監護人，而且妳年紀又太小。醫院裡一定有成群美人樂意跟他在一起。我想妳很安全。」

他終於露出笑容，輕輕把我拉進他懷裡，低頭將他嘴唇印上我的嘴。只是個「過一陣子再見」的輕柔吻別。「聖誕節那晚真對不起。」我們吻完後，他這麼說道。

我往後退與他離別，我的心疼痛幾欲崩潰。沒有他在身邊，我的日子要怎麼過下去？這是她害的。害我們太過在乎彼此，我們不該在乎成那樣的。**是她的錯，都是她的錯！我們人生出的每個差錯都要歸罪於她！**

「克里斯，別太拚命念書，要不然你很快就得戴眼鏡。」他咧嘴笑著答應，擺出不甘願的道別姿態。我們誰也不想勉強說出「再見」二字。我轉身跑開，眼中含淚奔過長廊，然後跑到燦爛的陽光下。我坐在保羅的白色車子裡，壓低身子失聲痛哭，就像凱芮那樣嚎啕大哭。

保羅忽然從某個地方冒出來，靜靜地坐上駕駛座。他發動車子，倒車然後調頭再次開向公路。他沒問起我發紅的眼或是我捏在手裡用來擦拭的濕手帕，我淚流不止，他也沒問我為何如此安靜，不發一語，我通常會開口說些玩笑，或傻氣地喋喋不休，就是為了不想讓場面太過安靜。**安靜，無聲。聽得見鳥羽落地，聽得房子嘎吱作響。那就是那幢陰暗閣樓裡的聲音。**

保羅精心養護的有力雙手從容地駕馭車輛，他輕鬆地靠著椅背。我端詳他的雙手，由於我看男人是先看眼睛，接下來就看手。然後我的目光移向他的雙腿。那雙強健的大腿裹在貼身的藍長褲裡，好看的形狀顯而易見，也許太過合身了，因為我突然不再悲傷鬱悶，而感覺到感官的享受。

寬闊的黑色道路兩旁有成排的大樹，樹幹暗沉，生著樹瘤，枝葉茂盛且樹齡悠久。「是洋玉蘭。」保羅說道，「可惜現在不是花季，但不用等太久。我們這邊的冬季很短。有件事妳一定得記得，絕對不要對著花吹氣或觸碰花朵，要是妳這麼做，花朵就會枯萎死去。」他戲弄地瞟了我一眼，害我看不出他到底說的是真是假。

「妳和妳哥哥妹妹還沒來這裡的時候，我很怕開車拐進我家那條街道。我總是好孤單。現在我能開心地開車回家了，能再次感覺到愉悅真的很棒。凱西，謝謝妳，謝謝你們沒往西或北邊去，而是選擇南下。」

我們一回到家，保羅就進了他辦公室，而我去了樓上想藉著扶把練習排解心中寂寞。保羅沒回家吃晚餐，這讓我心情更糟。他在晚餐後也沒現身，所以我早早上床睡覺，孤伶伶的。只有我一個人。凱芮走了。我堅貞不渝的克里斯多弗．瓷娃娃也走了。這是頭一次，我們在不同的屋簷下入眠。我想念凱芮。我覺得好糟好害怕。我需要有個伴。整棟房子的寂靜和夜晚的深暗圍繞著我尖叫。**孤單，一個人，妳孤單一人，沒人在乎，沒有人在乎**。我想起食物。手邊沒有一堆存糧令我好擔憂。我覺得自己需要來點溫牛奶，溫牛奶應該能助眠，而我現在最需要的就是睡眠。

7 ……我是迷人女巫？

客廳裡映著柔和火光。灰白木柴在壁爐裡燜成餘燼，保羅裹著他那件溫暖紅袍，坐在高背扶手椅上慢慢抽著菸斗。

我望著他那被煙霧繚繞的腦袋，彷彿看見了一個熱情、充滿需索、嚮往及渴望的人，而我也滿懷渴求與想望。我像平時一樣傻氣地光腳行走，無聲地接近他。他這麼快就穿上我們送的禮物，真好。我穿的也是他送的禮物，一件布料輕薄的水綠色柔軟罩衫，輕飄飄地罩著裡頭的同色睡衣。

他注意到我的出現，在深夜裡離他的椅子這麼近，但他沒開口破除魔咒，那個將有共同需索的我倆連繫在一起的魔咒。

我對自己還有很多未解之處，我也不明白是什麼衝動令我抬手撫上他臉頰。他的皮膚摸起來好刺，好像需要修容刮臉。他仰頭靠著椅背，側過臉來面向我的臉。

「凱瑟琳，妳為什麼碰我？」

他用緊繃冰冷的嗓音問我，我被斥責，該感到難受，可是他的眼神柔和，宛如一汪滿是欲望的清澈水塘，而我之前見識過欲望，但沒在他這樣的眼裡看過。「你不喜歡被人碰？」

「不喜歡被穿著輕薄衣服又比我小二十五歲的年輕性感女孩碰。」

「小二十五歲又七個月，」我糾正他，「而且我祖母嫁給一個五十五歲的男人，那時她只有十六歲。」

「她是個傻子，那男人也是。」

「我媽媽說她是個好妻子。」我不太確定地補了一句。

「為什麼妳還不上床睡覺？」他喝斥我。

「我睡不著。我猜是明天要上學讓我太亢奮。」

「那妳最好趕快睡，才能好好表現。」

我舉步想走，真的，因為我腦中還想著溫牛奶，但我也想著別的事，更誘人的事。「保羅醫師……」

「我討厭妳這樣叫我！」他打斷我的話。「請叫我名字，或是乾脆別跟我講話。」

「我覺得我該表現出你應得的敬意。」

「敬意不值一提！我跟其他人沒什麼不同。凱瑟琳，醫師可不是永不犯錯。」

「為什麼你要叫我凱瑟琳？」

「為什麼我不該叫妳凱瑟琳？那是妳的名字，而且聽起來比凱西更成熟。」

「但就在剛剛，我碰你臉頰，你的目光就衝著我發火，好像你不希望我像個大人。」

「妳是個女巫。妳一下子從無邪女孩變成性感挑逗的女人，好像完全明白自己用手摸我的臉是在做什麼。」

他的猛烈抨擊令我不得不閃避目光。我覺得好熱，好不自在，當下很希望自己剛剛直接去了廚房。我望著書架上的精美書籍和看起來是他很想要的迷你小擺飾。舉目所及的每個地方都提點著我，他最想要的就是美麗事物。

「凱瑟琳，我現在要問妳一個跟我無關的事，但我一定得問。妳和妳哥哥到底是怎麼回事？」

我的雙膝開始緊張地顫抖。**哦天啊，從我們臉上就看得出來嗎？**他為什麼要問？這不干他的事，他沒資格問這種問題。常識和良好判斷力早該將我舌頭黏在上顎，這樣我就不必心懷羞恥又半掩半蓋地吐露過去。「我們被關在同個房間，四個人一直待在一起，每天都像毫無邊際似地漫長，有時我和克里斯沒把彼此看作兄妹，聽到這些你會很吃驚嗎？他為我在閣樓裡裝了根扶把，好讓我維持筋骨柔軟，好讓我能繼續堅信有天能成為芭蕾舞者。當我在柔軟的朽木地板上跳舞，他就待在閣樓教室裡花好幾小時研讀陳舊的百科全書。他會聽見我跳舞的音樂，走過來站在暗處看……」

「說下去。」我頓了頓時，他便催促我。我低頭專注回想過去，忽略了他，然後他忽然傾身抓住我，把我拉到他膝頭坐下。「告訴我後來的事。」

我不想告訴他，但他的眼神熱烈而迫切，讓他看起來像另一個人。

我先忍了忍，不情不願地繼續說道，「音樂一直都對我有不尋常的影響，連我年紀小的時候也是。音樂會掌控我，鼓舞我，讓我跳出舞來。當我情緒激昂，除了去愛某個人，沒有其他方法可以讓我變得平靜。要是平靜下來，感覺到自己踩在地面上卻沒人能愛，就會很空虛失落。我不喜歡感到空虛或失落。」

「所以妳在閣樓裡跳舞，活在自己的奇思異想裡，回到地面上之後發現唯一能愛的人是妳哥哥？」他冰冷而激烈地說道。他的雙眼閃著怒火，烙進我眼裡。「對不對？妳給了妳雙胞胎弟妹另一種愛，不是嗎？妳是他們的媽媽。我知道的。從妳每次望著凱芮的眼神，以及提到克瑞名字的神情，我就看得出來。但妳對克里斯是哪種愛？是**母愛**？手足之愛？還是……」他脹紅著臉頓了頓，然後搖晃我身體。「妳被關在閣樓裡孤單一人的時候，妳和妳哥哥是什麼關係？」

我驚慌地搖頭，將他的手從我肩上掰開。「我和克里斯很有分寸！我們盡力了！」

「盡力？」他很激動，看起來冷酷而挑釁，彷彿我認識的那個溫和有禮男子只是假面具。「這句該死的話是什麼意思？」

「你需要知道的就這些！」我激動反擊，我的雙眼閃著跟他一樣的滾燙怒氣。「你說我引誘你，那才是你做的事，你坐在那裡盯著我的一舉一動！你用眼睛脫我衣服，你用眼睛把我帶到床上跟你睡。你提了芭蕾課，說要送我哥哥去念大學和醫學院，你一直暗示自己遲早會討回報，我知道你想要什麼回報！」我雙手扯開罩衫，露出裡頭那件暴露的水藍色睡衣。「看看你送了我什麼禮物。這是十五歲女孩穿的睡衣嗎？不是！這是新娘在新婚夜穿的那種！你送我這種衣服，你看到克里斯皺了眉頭，而你甚至連紅個臉的禮貌都沒有！」

他的笑聲嘲弄著我。我聞到濃濃的紅酒味，他喜歡在睡前喝紅酒。他的吐息熱熱地撲在我臉上，他的臉離我好近，我可以看清他皮膚冒出的每一根深色強韌體毛。是酒精讓他這麼失態，我心想。只是因為酒。任何坐在他膝上的女人都行，任何女人！他戲謔地輪流觸碰我雙乳乳尖，然後大膽地將手滑進我睡衣下，好讓他能摸上我幼嫩的雙峰，而我的身體也在他突如其來的撫摸下燃起熱度。我乳尖變得硬挺，我的呼吸像他一樣又重又急。「凱瑟琳，妳會為我脫掉妳的衣服嗎？」他語帶嘲諷地輕語。「妳會光著身子坐在我腿上，讓我對妳為所欲為嗎？或是妳會抓起那只威尼斯玻璃菸灰缸，往我頭上一敲？」

他望著我，然後猛然驚覺自己的手正捧著我的左胸，他倏地抽回手，彷彿我的胴體將他灼傷。他為我重新穿好那件輕薄易破的罩衫，掩住了他方才飢渴的眼睛所貪看的美麗事物。他盯著我等待親吻的微啟雙唇，就在他打算吻我之前，我想他恢復了理智，於是將我推開。就在這時，我們的頭頂上空響起雷聲，一道嘶嘶響的鋸齒閃電擊中戶外的電話纜線，劈啪一聲冒出火花。我嚇了一跳，叫出聲來。

就像他迅速收手一樣，他很快就擺脫了迷惘，恢復他平常的模樣，那個決意疏遠他人的冷淡寂寞男人。無辜如我是多麼聰慧，在他還沒出言斥責之前就知道他會說什麼，「妳該死地幹嘛半裸坐在我腿上？妳為什麼任我為所欲為？」

我什麼也沒說。從壁爐裡快要熄滅的火光和閃電的間歇亮光中，我能看出他很羞愧。他心裡想著各種自責念頭，正嚴厲地鞭笞他自己，我知道是我害的，一如往常，是我的錯。

「凱瑟琳，我很抱歉。我不知著了什麼魔才會這樣。」

「我原諒你。」

「妳為什麼原諒我？」

「因為我愛你。」

他再次別過頭用側臉對著我，我沒辦法仔細瞧清他眼裡訴說什麼。「妳不愛我，」他冷靜地說道，「妳只是感激我做了那些事。」

「我愛你，如果你想要我，我就是你的。你大可說你不愛我，但你撒謊，因為每次你望著我，我都從你眼裡瞧出你愛我。」我偎向他，手捧他的臉，要他轉回來對著我。「我被媽媽拋棄之後，我發誓等我自由以後，要是愛來找我向我討求，我會開門迎接。我頭一天來這裡就在你眼中找到愛。你不用娶我，只要在你需要我的時候，愛我就好。」

他抱著我，我們注視外頭的暴風雨。冬季與春季交鋒，最終落敗。現在只下著冰雹，不再閃電打雷，我覺得……感覺真好。我和他，我們是如此相像。「妳為什麼不怕我？」他輕聲問著，他溫柔的大手輕撫我的背部和秀髮。「妳知道妳不該在這裡，隨意讓我這樣抱妳碰妳。」

「保羅……」我試探開口，「我不是壞孩子，克里斯也不是。我們被關起來的時候，老實說我們盡力了。可是我們就這樣被關在同一間房裡，一起長大。外婆定了一長串的規矩，我們連正眼看對方都不被允許，現在我想我明白原因了。我們以前太常對望，他一個字都不用說就能安慰我，他說我的眼神對他來說也是一樣。那樣不是不道德的，是不是？」

「我不該問的，你們當然得看對方。我們的眼睛就是用來看東西的。」

「我們那樣生活了好久，我不太了解其他同年紀的女孩，但打從我身高只有桌子那麼高時，任何美麗事物都能點燃我心火。只要看到日光照在玫瑰花瓣上，看到陽光穿透樹葉映出葉脈，看到雨落在馬路上形成的虹彩油漬，這一切都讓我覺得好美。而勝過這一切的就是音樂，尤其是我喜歡的芭蕾樂曲，這時，陽光、花朵或新鮮空氣我都不需要。我的心被點燃，不管我人在哪都會不可思議地來到大理石宮殿，或是發現自己在樹林裡狂野又自由。我以前在閣樓時常會這樣，總是有個深色頭髮的男人和我一起跳舞。儘管我們試著碰觸對方，卻從未碰得到。雖然我很想看他的臉，我從沒看清楚。有次我叫了他名字，但等我回神卻記不得那名字。所以我猜我是真的愛上他了，不管他是誰。每次我看到深色頭髮的優雅男人，我就懷疑是那個人。」

他咯咯笑著，將他修長手指穿過我披散的頭髮。「天呀，妳真是愛幻想。」

「你取笑我。你覺得我只是個孩子。你覺得自己就算親我也不會興奮。」

他咧著嘴笑接下這個挑戰，緩之又緩地低下頭，直到他的雙唇碰上我的嘴唇。哦！原來陌生人的親吻就是這種感覺。觸電的感覺在我雙臂間瘋狂地來回竄動，我這年紀的「孩子」不該有的所有敏感神經都著了火！我怕得猛然退卻。我是邪惡不潔的，我依然是惡魔之子！

克里斯會多震驚啊！

「我們該死地在幹嘛？」他斥責著，從我施的魔咒中掙脫出來。「妳是什麼樣的小惡魔，任我這樣親密地對待妳又吻妳？凱瑟琳，妳非常漂亮，但妳只是個孩子。」他揣測我的動機，某種領悟讓他目光陰沉。「現在把這句話塞進妳漂亮的腦袋瓜裡，妳不欠我，什麼也不欠！我為妳做的，為妳哥哥妹妹做的，都是我樂意自願去做而且不求任何回報，妳懂了嗎？」

「可……可是……」我結結巴巴。「我總是討厭夜裡颳風下大雨。在壁爐前和你在一起，是我頭一次覺得溫暖又有安全感。」

「安全？」他略帶嘲弄。「妳以為自己像那樣坐在我膝上親我，跟我在一起很安全？妳把我當成什麼？」

「跟別的男人一樣，但比他們好。」

「凱瑟琳，」現在保羅的嗓音更加溫柔和善，「我的人生犯了許多錯，是你們三個給了我贖罪機會。要是我又對妳出手，我希望妳能尖叫求救。要是沒有別人在場，就跑回妳房間，或是抓個東西往我頭上敲。」

「哦，」我小聲說道，「我以為你愛我！」淚水從我臉頰淌下。我再次覺得自己像個孩子，因為過度放肆遭到斥責。我居然相信愛已叩上我的心門，真是傻。他將我從他身上抱起挪開，我憤憤不平。他輕輕地扶著我讓我站好，但他凝視我的臉時，雙手一直沒離開我腰間。

「天啊，但妳真是如此漂亮又令人渴望。」他嘆息地說道，「凱瑟琳，別勾引我，這是為妳好。」

「你不需要愛我。」我垂頭用頭髮掩住臉，不知羞地說道，「只要在你需要我的時候，利用我就行，這樣就夠了。」

他靠回椅背上，雙手從我腰上撤回。「凱瑟琳，別再讓我聽到妳說這種話。妳沒有活在現實世界，而是活在童話世界裡。小女孩玩大人遊戲會受傷。替妳要嫁的男人守住自己，但看在上帝的份上，先等妳長大再說。別急著和第一個想要妳的男人發生關係。」

我往後退，現在怕起他來，而他起身走到與我伸手可及的距離。「漂亮的孩子，全克萊蒙的目光都懷疑地關注著我和妳。我的名望可沒好到鑲著金邊。所以為了我的行醫生涯著想，為了我的靈魂和良心著想，離我遠一點。我不過是個男人，不是聖人。」

我再次驚恐後退。我飛奔到樓梯上，彷彿後頭有人追逐似的。因為他終究不是我想要的那種男人。不是像他這樣的一位醫師，或者也許他還是個好色之徒，他這種男人最不可能為我實現我那永恆完美又忠貞不渝的愛情夢想！

保羅送我去的是一間又大又現代化的學校，那裡有室內游泳池。我的學校同學覺得我長得好看，講話像個北方佬那樣好笑。我一講到有某些字，他們就笑我的腔調。我不喜歡被笑，我不喜歡跟別人不同，我想跟其他人一樣，雖然我很努力，我發現自己跟他們就是不一樣。不然還能怎樣？是**她**害我跟別人不一樣的。我知道克里斯在學校感到孤單，因為他也是這世間的異類，這個世界少了我們，時光依然自顧自地流逝。我好怕凱芮一個人在學校也覺得自己與眾不同。媽媽該死，她做了那麼多事害我們與別人不一樣，讓我們無法融入人群，沒辦法講他們講的，沒辦法信他們信的。我是外人，學校所有同學在各方面都令我有這感覺。

只有一個地方讓我覺得有歸屬感。一上完學校的課，我就搭公車去上芭蕾課，我扛的背包裡塞了芭蕾舞衣、舞鞋和小手提包。一群女孩在更衣室裡分享所有祕密。她們講著荒謬笑話和黃色故事，有些人甚至好下流。性欲彌漫在空氣中將我們包圍，需索無度地緊盯著我們。她們女孩子氣又傻愣地討論，該不該為丈夫守住自己的身體。親密接觸的時候該不該脫衣服，或是該不該「做到底」，還有「天真無邪地」讓男人動心時該怎樣讓他停手？

因為我自認比其他女孩聰明得多，我什麼祕密也沒講。要是我敢講出我的過去，講出那些年我住在「哪也不是」的地方，還有那荒蕪土壤裡萌生的愛情，我能想像她們的眼珠一定會嚇得突出來！我不能責怪她們，不，我誰也不能責怪，除了那個害這一切發生的人！媽媽！

有天我從公車站牌跑回家，匆匆寫下一封惡毒長信給我的媽媽，然後我不知道該把信寄去哪。在我找出那個位於格林列納的住址前，我把信擱置一旁。有一點能確定的是，我不想讓她知道我們住哪。雖然她曾接到法院的通知信，那封信上沒寫保羅的名字或我們住處的地址，只有法院的地址。不過她遲早會接到我的信，並且懊悔她做下的事。

每天的芭蕾課裡，我們一開始都穿著厚羊毛保暖襪套，在扶把邊練習直到血流加速身體發熱，我們冒了汗後就能脫下襪套。我們的頭髮和刷地板的老太太一樣盤梳得很緊，頭髮一下子也濕透，所以每逢練舞八到十小時的星期六，我們一天就得沖兩三次澡。扶把不是用來抓緊的，只是用來保持平衡，幫助我們掌握身體控制和優雅儀態。我們做下蹲、擦地、滑步、單腿蹲和地板畫圈等動作，而且沒有一個動作是容易的。有時穿著全套芭蕾裝束轉動髖部會讓我痛到想尖叫。接下來是踮立四分之三腳尖的小彈腿、空中畫圈、大小靠合、伸展動作和所有讓我們肌肉拉長強健與柔軟的暖身訓練。然後我們會離開扶把，在中央圓形舞台不抓扶把，再次重複所有動作。

那部分算是好做的，接下來的愈來愈難，要求的舞技動作做起來極其艱難。

聽到我受讚揚表現很好，甚至是一流的，讓我不禁情緒高昂……所以在閣樓裡跳舞，甚至在垂死時跳舞，確實令我有所獲益，當喬治敲彈那台老舊直立鋼琴，我下蹲再下蹲，一再反覆下蹲時，我一邊這樣想著。裘利安也一直在那裡。

有什麼一直將他拽回克萊蒙。我覺得他來這邊只為了自吹自擂，好讓我們在地板上坐成一圈看他在中間表演，炫耀他過人的精湛舞技，他的轉圈動作快到看不清楚。他那不可思議的跳躍高度違反地心引力，大跳之後的落地動作像鵝絨羽毛般輕柔。他把我拉到一旁，說那是「他個人」喜歡的跳法，為表演增添許多刺激。

「凱西，說真的，妳沒去過紐約就不算見識過芭蕾。」他像是很無趣似地打著呵欠，將他放肆的黑玉雙眼瞟向諾瑪．貝爾，她穿的白色舞衣暴露薄透。我隨即問他，要是紐約是最好的地方，他何必一直常回克萊蒙。

「我是來探望我的父母，」他說得冷淡無疑。「妳知道的，夫人是我媽媽。」

「哦，我不知道。」

「妳當然不知道。我不喜歡宣揚這件事。」然後他極端淘氣地笑著。「妳還是處女嗎？」我告訴他這不干他的事，令他又笑了。「凱西，妳在這鄉下地方好過頭了。妳與眾不同，我說不上來，可是妳讓其他女孩顯得笨拙無趣。妳的祕密是什麼？」

「你的祕密又是什麼？」

他咧嘴笑，將手平貼在我胸口。「我很棒，就這樣。是那裡最棒的。全世界很快就會知道。」我氣得拍開他的手。我往他的腳上重重一踩接著後退。「住手！」

就像他迅速對我生出興趣一般，他興致全無時也是如此迅速，他突然離開，留我在原地乾瞪眼。

大部分的日子我上完芭蕾就直接回家，和保羅一起度過傍晚時光。他不累的時候，跟他在一起好玩得多。他隱去病人姓名對我訴說他們的事，講他童年的故事，還有他是如何一直想當醫師，就像克里斯一樣。晚餐後他隨即得去三間地區醫院巡診，其中一間在格林列納。我努力在飯後幫杭妮的忙，等待保羅回來。有時候我們看電視，有時候他帶我去看電影。「妳沒來這裡以前，我從不看電影。」

「從不？」我問道。

「呃，幾乎從不。」他說道，「妳來這裡之前，我約過幾次會，不過自從妳來了，我的時間好像消失不見。我不知道時間都用到哪去了。」

「被我榨乾了。」我對他說，逗弄地將手指滑過他剛刮過鬍子的臉頰。「我想除了克里斯和凱芮，世上所有人裡我最懂的就是你。」

「不，」他緊繃地說道，「我不會告訴你一切。」

「為什麼不？」

「妳不需要知道我的所有黑暗祕密。」

「我把自己所有的黑暗祕密都告訴你了，而你聽了並沒疏遠我。」

「凱瑟琳，去睡覺！」

我一躍而起，跑過去親親他紅透的臉頰。然後我奔向樓梯。等我來到二樓樓梯口，我轉頭看到他站在樓梯扶手立柱旁往上望，彷彿我一身玫瑰色細肩帶短睡裙的雙腿風光深深吸引著他。

「別穿成這樣在屋裡跑來跑去！」他朝我喊道，「妳該穿長睡袍。」

「醫師，這件衣服是你買給我的。我不認為你希望我把自己包得緊緊的，我覺得你想看我穿這件。」

「妳想太多。」

我上午很早起，六點前起床以便跟他共進早餐。他喜歡餐桌旁有我在，儘管他沒這麼說。不過我看得出來。我讓他中了魔咒，深深受我吸引。有關如何像媽媽那樣，我學會的愈來愈多了。

我覺得他想躲我，但我不會遂他的意。是他讓我領悟自己該懂什麼。

從我臥室沿著走廊走到底就是他的臥室，但我從未膽敢在夜裡去找他，像我曾去找克里斯那樣。

我思念克里斯和凱芮，每當我醒來，沒看到他們倆在房裡躺在我身旁，我的心就好痛。早餐時沒在桌邊看到他們，我的心更痛，要不是有保羅在，我想我會用眼淚開啟我的每一天，而不是強顏歡笑。

「我的凱瑟琳，為我笑吧。」有天早上保羅這麼說道。我正坐著看自己盤裡的粗玉米粉粥、炒蛋和培根。我抬頭看，從他嗓音裡聽出某種東西，某種渴望，彷彿他需要我似的。

「別再那樣叫我。」我啞聲說道，「克里斯以前都說我是『他的』凱瑟琳女士，我不喜歡聽到別人說我是『他的』凱瑟琳。」

他沒再多說什麼，只是把報紙擱到一旁，起身走向車庫。他會從那邊直接出門去醫院，然後再回到他私宅診所，直到晚餐時刻我才會再見到他。我見他見得太少，對我在乎的人永遠都看不夠。

只有在週末克里斯和凱芮回家時，他似乎才能和我處得真正自在。然而，等克里斯和凱芮返校後，我們之間有某種東西，某種隱約的火花揭露我和他彼此相互吸引，我猜想他真正的理由是否與我雷同。是否他想藉著讓我駐進他心裡，來逃避他對茱利亞的回憶？就像我想逃避克里斯一樣？

但我的羞恥感比他更重，也許是我自己這麼認為。我以為自己是唯一擁有黑暗醜惡過去的人。我從沒料到，像保羅那麼出色高尚的人，在他的人生裡也會有醜惡。

才過了兩星期，裘利安又從紐約飛回來。這一次他表現得很明顯，他回來是為了見我。我覺得備受討好又有點尷尬，因為他已是個成功舞者，而我還只能懷抱如此希望而已。他有一輛破銅爛鐵般的舊車，說自己花費的只有時間沒花半毛錢，因為所有零件材料都取自廢車場。「除了跳舞，我喜歡修車。」上完芭蕾課後，他開車送我回家。「有一天等我變得有錢，我的豪華車要有三輛或四輛，也許要七輛，一星期七天每天開不同的車。」

我大笑，這聽起來既揮霍又擺闊。「跳舞能賺那麼多錢嗎？」

「等我的表演價碼達到一流水平就可以。」他自信地回應。我不得不轉頭看他俊美的側臉，如果一一端詳他的五官，就會在他臉上看出缺陷，因為他的鼻子可以再更好看些，他的皮膚得多點血色，也許他的嘴唇太厚，太紅太性感。可是把那些特徵合起來看，他的相貌就很出色。「凱西，」他開口說話，他那台鐵皮車軋軋地行駛時，他朝我投來長久的目光，「妳會愛上紐約的。在那裡有好多事可以做，好多事可以見識體驗。跟妳住在一起的那個醫師不是妳親生父親，妳不該為了討他歡心就留在這裡。考慮一下，盡快搬去紐約吧。」他一手攬著我的肩將我攏向他那邊。「我和妳，我們會是多棒的搭檔啊。」他溫柔地半哄半誘，描繪著我們在紐約的生活會是如何光明的景象。他明確地讓我明白，我會受他庇護而且會是他的人。

「我不了解你。」我回答，掙脫他手臂，坐得離他愈遠愈好。「我不了解你的過去，你也不了解我的。我們一點也不像，雖然你的殷勤讓我覺得被討好，你也讓我很害怕。」

「為什麼？我又不會強上妳。」

我討厭他說這種話。我怕的不是強暴。老實說我不知道自己為何怕他，除非我更怕的是跟他在一起的自己。「裘利安．馬奎特，告訴我你是誰。告訴我你的童年，告訴我你的父母是什麼樣的人。告訴我，你為何覺得自己對舞蹈界和所有你遇上的女人來說，是上帝賜予的禮物。」

他若無其事地點了根菸，他不該抽菸的。「今晚讓我帶妳出去玩，所有妳想知道的事我都會回答。」

我們抵達了貝爾菲車道上的大房子。他在屋前停車，我望向玫瑰色黃昏薄暮輕柔照亮的窗戶。我幾乎瞧不出杭妮的深色身影，她正在往外探看是誰在她家門前停車。我想著保羅，但我想得最多的是克里斯，那是我較好的另一面。克里斯會認同裘利安嗎？我不覺得他會，但我還是同意今晚跟他約會。這會是怎樣的一個夜晚啊！

8 初次約會

我不太想把裘利安的事告訴保羅。今晚是星期六晚上，克里斯和凱芮都在家，而且說實在的，我寧願和保羅他們一起去看電影。我百般不願地說出我和裘利安·馬奎特有約。「保羅，是在今天晚上，你不介意吧，對不對？」

他疲倦地瞄了我一眼，微微一笑。「我想是妳開始跟人約會的時候了。他年紀不會太大吧？」

「不會。」我小聲說道，他沒反對讓我有點失望。

裘利安在晚上八點準時出現。他穿了新西裝打扮得很整齊，鞋子也擦亮，他難馴的亂髮變得溫順服貼，舉止完美到看起來不像他。他和保羅握了手，彎身親吻凱芮臉頰。克里斯對他怒目相向。我跟保羅聊著我初次約會的話題時，這兩個人就僵持不下，就連裘利安拿著我的春季新外套時，我都感到克里斯的不滿。

他開車帶我去一間非常雅致的餐廳，那裡有旋轉的七彩燈光，播放著搖滾樂。裘利安帶著令人訝異的自信看了酒單，然後試飲侍者取來的酒後點了頭，說那瓶酒很不錯。這一切對我來說都如此陌生，我覺得好緊張，害怕自己會出洋相。裘利安把菜單遞給我。我的雙手抖得好厲害，我將菜單交還給他要他來點餐。我不懂法文，從他迅速點餐的樣子看來他會法文。等沙拉和主菜送上，餐點就像他保證的那麼美味。

我穿著一件新洋裝，領口開得很低，對我這年紀的女孩有點超齡。我想表現得成熟世故，儘管我完全不是。

「妳真好看。」他說道，那時我心裡也想著他很好看。我的心感覺好怪，彷彿自己背叛了誰一般。「好看到不該困在這種鄉下小地方，讓我媽媽剝削妳的才華。凱西，我其實跟之前對妳說的不一樣，我不是男首席，我是群舞成員裡的二等舞者，我只是想讓妳印象深刻。可是我知道要是我有妳當舞伴，我們兩個就能闖出一番成就。我們兩個之間有某種神祕力量，是我跟別的舞者從未有過的。妳當然也得先當群舞成員。不過佐爾妲夫人很快就會瞧出妳的才能遠遠超乎妳年紀和經驗之上。她是隻老烏鴉，但不是笨蛋。凱西，我跳了這麼久才有現在的地位，但我可以讓妳的路走得輕鬆一點。有我支持妳，妳的地位會爬得比我更快。我們兩個在一起會是絕佳搭檔。妳的金髮和我的黑髮互補，那會是完美襯托。」他講個不停，讓我有點相信自己已經跳得很棒，但某部分的我深切明白自己其實沒那麼出色，而且也還沒跳得好到能去紐約。要是我去紐約就見不到克里斯，凱芮也需要我在週末陪她。至於保羅，他也占據了我生活的某個部分，我知道他有一席之地。問題是，在哪？

裘利安請我吃飯喝酒，然後帶我去跳舞。我們一下子就跳得好熱烈，好像在場其他人都做不到似的。所有人都往後退看我們跳舞，然後為我們鼓掌。跟他靠得好近，還有我喝的那些酒都讓我暈暈然。返家途中，裘利安拐進一條僻靜小路，情侶會在那裡停車親熱。我從沒跟裘利安這樣難以抗拒的人親熱過，也還沒打算這麼做。

「凱西，凱西，凱西。」他喃喃說道，親吻我脖子和耳後，他的手探向我大腿。

「住手！」我叫喊，「不要！我還不夠了解你！你太急了！」

「妳太孩子氣了。」他惱怒說道，「我大老遠從紐約飛回來只為了跟妳在一起，妳甚至不肯讓我親妳。」

「裘利安！」我發火，「帶我回家！」

「小孩子。」他憤憤地低語，發動車子。「不過是個該死的漂亮小孩，招惹人又不給碰。凱西，放聰明點。我可不會一直等下去。」

他已經在我的世界裡了，我那充滿誘惑的舞蹈世界，我忽然害怕失去他。「為什麼你說自己姓馬奎特，你父親的姓不是羅森科弗嗎？」我問道，伸手將車子熄火。

他笑著靠向椅背，然後轉頭看我。「好吧，要是妳想聊天的話。我覺得我和妳很像，就算妳不承認。喬治和夫人是我的父母，可是他們從沒把我當兒子看待，尤其是我父親。我父親把我看作他自己延續的一部分。要是我成為傑出舞者，那不會是我的功勞，只會因為我是他兒子而且擁有他的姓氏。所以我把自己的姓改掉，斷了他那種念頭。馬奎特這個姓是我編造的，就跟任何想改名換姓的表演者一樣。」

他繼續說下去。「妳知道我打過幾次棒球嗎？一次也沒有！他們不准我打。美式足球就更不用說了。而且他們一直讓我忙著練習芭蕾舞動作，我累到沒辦法做別的事。小時候，喬治從來不准我叫他爸爸。過了不久就算他跪著求我，我也不肯叫他爸爸。我該死地盡力討他歡心，卻從沒成功。他總是會挑出某些瑕疵，某些極小差錯，讓我的表現永遠不可能完美。所以我要靠自己的能力去做，等我做到了，沒人會知道他是我父親！也沒人會知道瑪芮莎是我媽媽！所以妳可別對班上的其他人亂說，他們毫不知情。是不是很可笑？要是他敢說自己有個兒子，我會大發雷霆然後拒絕再跳舞。這令他受不了，所以我去紐約的事他沒多管，他覺得少了他的姓氏，我不會成功。可是我做到了，沒靠他幫忙，我想這讓他受不了。現在換妳告訴我妳的事了。妳為什麼跟那個醫師住在一起，沒跟妳父母住？」

「我爸媽過世了。」他的問題令我不快。「保羅醫師是我爸的朋友，所以他讓我們住他那裡。他覺得我們很可憐，又不想讓我們進孤兒院。」

「妳真好運。」他的話說得有點酸。「我從沒那麼好運。」然後他靠了過來，直到他的額頭和我相碰，我們的嘴唇只離了幾吋遠。我可以感覺到他熱熱的呼吸吐在我臉上。「凱西，我不想說出或做出任何事來傷害妳。我想讓妳成為我最好的際遇。我出身男芭蕾舞者世家，我是第十三代的男芭蕾舞者，多半的人都娶了女芭蕾舞者。妳覺得這讓我有什麼感覺？不太好運，沒錯。我從十八歲就待在紐約，二月時我將滿二十歲。我花了兩年的時間，可我還是沒成為芭蕾明星。有妳的話，我就能做到。我得向喬治證明我是最棒的，比他以前更棒。我之前從沒告訴任何人，小時候我就弄傷了背，那時我想抬一個太重的引擎。背傷一直困擾著我，但我還是繼續跳舞。不只是因為妳嬌小而且體重不重。我也認識其他嬌小輕盈的舞者，不過我抬舉妳身體時，大概是妳的身材比例似乎恰恰達到平衡。又或者是妳將自己身體調整到適合我雙手承接……不管是不是妳做的，妳是我的絕配。凱西，跟我去紐約吧，拜託。」

「要是我去了，你不會占我便宜吧？」

「我會是妳的守護天使。」

「紐約好大……」

「我對紐約瞭若指掌。妳很快會像我一樣那麼了解紐約的。」

「我的哥哥和妹妹在這裡。我還不想離開他們。」

「妳最終還是得走。妳待得愈久就愈難道別。凱西，懂事點，做妳自己。妳不可能永遠待在家裡讓別人管妳。」他移開目光，陰沉的臉孔顯露苦澀。我覺得他好可憐，也不禁被他觸動。

「或許吧。讓我再想想。」

我走進臥室換衣服時，克里斯就在外面的陽台上。我看見他穿著睡衣站在那裡，低垂的肩膀令我忍不住朝他走去。

「約會怎麼樣？」他沒看向我就問道。

我雙手緊張亂揮。「我想還可以。我們晚餐時點了酒，我想裘利安有點喝醉。也許我也有點醉。」

他轉頭凝視我的眼。「凱西，我不喜歡他！我真希望他會待在紐約，把妳一個人拋下！根據我在妳舞團所有成員那裡聽來的消息，裘利安已經宣稱妳是他的，所以現在沒有別的舞者會約妳出去。凱西，他來自紐約。那裡的傢伙手腳不安分，妳才十五歲！」他走過來將我摟在他懷裡。

「那你呢？你在跟誰約會？」我喉間一哽，忍不住問他。「別告訴我你沒跟任何女孩交往。」

他臉頰貼著我的臉，緩慢地回答，「我認識的女孩，沒一個比得上妳。」

「你念書念得怎麼樣？」我問道，希望讓他分心不再想著我的事。

「很好。只要不去想醫學院第一年我得念的那些大體解剖學、顯微解剖學和神經解剖學，我抽空準備大學的課業。」

「你空閒的時候在做什麼？」

「哪有空閒的時候？我總是擔心妳生活不知過得怎樣，等我想完就沒空了！凱西，我很喜歡學校，要不是妳一直出現在我腦海，我真的樂在其中。我永遠在等待週末來臨，再次見到妳和凱芮。」

「哦，克里斯……你得努力忘了我，找個人愛。」

但只要久久凝視他那飽受折磨的雙眼就能明白，很久以前就開始的事沒那麼容易結束。

我得試著找個人愛，他才會知道這段感情已經結束，永遠結束。我的思緒飛向裘利安，他是如此努力地想證明自己是比他父親更棒的舞者。和我多麼相似啊！我得在所有方面勝過我媽媽。

等裘利安再次從紐約飛回來，我已做好準備。這一次，當他約我出去，我馬上一口答應。也許那個人就是他了，畢竟我們有相同的目標。我們看完電影後去了夜總會，我喝無酒精的飲料，他喝了啤酒，然後他再次開到那條情侶小路，好像每個城市裡都有這種路。這次我允許他做的比親吻再多一點，但他一下子就喘得又熱又急，熟練無比的觸碰讓我立刻起了反應，就算我不想要那樣。他將我推倒在椅背上。我忽然明白他要做什麼，我抓起手提包開始往他臉上拍打。「住手！我之前就跟你講過，你太急了！」

「是妳自找的！」他大怒。「妳不能勾引我然後又讓我掃興。我瞧不起這種挑逗。」

我想起克里斯，然後開始哭。「裘利安，拜託。我喜歡你，我真的喜歡。可是你不給我機會愛上你。拜託別再急著對我出手。」

他抓住我的手，無情地將我手臂反扭到背後，直到我痛得叫出聲。我以為他想折斷我的手。但就在我快尖叫出聲時，他鬆開了手。

「凱西，妳聽好。我已經有點愛上妳了。可是沒有女孩能把我當成什麼鄉巴佬來愚弄。願意交出自己的女孩很多，所以我沒像自己想的那麼需要妳，絕對不會！」

他當然不需要我。除了克里斯和凱芮，沒人真正需要我，儘管克里斯對我的需求走錯了方向。是媽媽歪曲了克里斯，讓他轉向我這邊，然後現在他回不去了。為此，我絕對不會原諒她。她得為她造就的所有錯誤付出代價。如果我和他之間有罪，**都是她害我們的**。

那晚我想了又想，怎麼才能讓媽媽付出代價，我想到怎樣的代價能確實地傷她最深。絕對不會是錢，她有太多錢了。那必須是她看得比錢更重要的東西。有兩樣，一個是她因為嫁給半個叔叔而微微玷汙的高尚名聲，另一個是她年輕的丈夫。等我解決了她，這兩者都會離她而去。

然後我哭了。為克里斯而哭，為長不大的凱芮而哭，為此刻在墳裡大概只剩骨頭的克瑞而哭。

我翻過身摸索，想將凱芮拉進我懷裡。可是凱芮人在城外十幾公里的私立女校。克里斯也離我快五十公里遠。

雨開始下得好大。上方屋頂斷斷續續的滴答雨聲是軍樂鼓聲，帶我入夢，回到我一點也不想回去的地方。我被扔在一間上鎖的房間，裡頭凌亂地擺著玩具遊戲，房裡有深色厚重家具和掛在牆上的地獄畫。我坐在一張快散架的老舊木頭搖椅上，膝上抱著一個蒼白瘦小的弟弟，他叫我媽媽，我們在椅子上搖啊搖，然後地板裂開，風吹雨打，而在我們的四面八方，那棟有無數房間的巨大房子正等著將我們吞食。

我討厭雨聲落在我頭頂上，就像我們待在閣樓時的那種雨聲。下雨的時候，我們的日子變得好糟，房裡潮濕陰冷，閣樓裡什麼也沒有，只有可悲的陰暗和牆上成排的死人相片。像外婆鐵灰色衣服的髮帶在我頭上箍得好緊，扼殺我的思緒，只讓我困惑驚恐。

我沒辦法睡，我起床披了件輕薄睡袍，出於某種好奇原因，我偷偷走向保羅臥室，小心翼翼地打開他緊閉的房門。他床頭櫃上的鬧鐘顯示現在是半夜兩點，可他還沒回來！房子裡除了杭妮沒有別人，可是杭妮的臥室在好遠好遠的房子另一側，就在廚房旁邊。

我甩甩頭，再次盯著保羅床上平整光滑的床面。哦，克里斯想當醫師真是瘋了！他會永遠不能一夜好眠。而且外頭下著雨。雨夜時常有意外事故。要是保羅萬一遇害的話，那我們要怎麼辦！**保羅**，**保羅**。我對自己吶喊著，一邊奔向樓梯飛快跑下樓，跑到看得見外面的客廳落地窗前向外探看。我希望能看見一輛白車停在車道上，或是正要開進車道。上帝啊，我祈禱著，別讓他出事！拜託，拜託，別像帶走爸爸那樣將他帶走！

「凱西，妳怎麼還沒睡？」

我轉過身。保羅安適地坐在他最愛的那張椅子上，在黑暗中吞吐著香菸。光亮正足以讓我看清他穿著我們在聖誕節送他的那件紅袍。看到他安然無恙，而非毫無生機地躺在太平間裡，我感到莫大寬慰。真是病態的思想。**爸爸，我幾乎想不起你的模樣，記不起你的聲音，而你的獨特氣味早已淡去**。

「凱瑟琳，什麼事不對勁嗎？」

不對勁？為什麼我們晚上獨處時就叫我凱瑟琳，白天卻只叫凱西？一切都不對勁！我訂的那份維吉尼亞州報紙會寄去芭蕾學校，這份報紙和格林列納的報紙雙雙報導了巴特洛繆・溫斯洛太太將會造訪格林列納在那裡過冬。全面翻修工程屆時將會竣工，她丈夫的老家會跟當年剛蓋好時一樣新，這一切只為了給我媽媽最好的！出於某種自己也不明白的原因，我像個潑婦對保羅大罵。「你回家多久了？」我尖銳地盤問。「我在樓上擔心你，擔心到睡不著！而你一直都在這裡！你今天沒回來吃晚餐，昨晚也沒回來吃晚餐，你昨晚本來該帶我去看電影，而你全忘了！我老早就做完作業，穿上最好的衣服坐著等你回來，而你忘了！你為什麼任由你的病人占用你那麼多時間，結果讓你沒有自己的生活可過？」

好長一段時間他都沒回話。然後當我再次啟唇要說話時，他語氣平和地說道：「聽起來妳真的很氣。我想我能給的唯一理由就是，我是個醫師，一名醫師的時間永遠不是他自己的。我很抱歉自己忘了看電影的事，沒打電話給妳說我有急診病人不能回家，這點我道歉。」

「忘了，你怎麼可以忘？昨天你忘了帶我要你買的東西，所以我今天等你回家一連等了好幾小時，呆坐著以為你也許會回家，然後把我要的洗髮精拿給我，可是你沒有！」

「還是很抱歉。有時除了電影和妳要的美容用品，我還把別的事放在心上。」

「你這是在諷刺我嗎？」

「我試著控制我的脾氣。要是妳也能不亂發脾氣，那會是好事。」

「我沒發脾氣！」我大喊。他和媽媽好像，那麼泰然自若又沉著，我從來就做不到！他不在乎。所以他才能坐在那裡，用那種眼神看我！要是他許下承諾又沒履行，他不會真心在乎，跟她一樣！我就像要打他似地往前衝，但他截住我雙拳，極其訝異地瞪著我。「凱瑟琳，妳要打我？錯過一場電影對妳來說那麼重要，重要到妳不能明白我為何會忘記？現在妳要向我道歉，因為妳對我大聲叫嚷，就像我讓妳失望向妳道歉一樣。」

折磨我的不僅僅是失望！世上沒有任何我能倚靠的人，只有克里斯，而他卻是我的禁忌。只有克里斯從來不會忘記我想要什麼、需要什麼。

我渾身顫抖。哦！天呀！我到底是什麼樣的人？難道我真的跟媽媽那麼像，只要我想要就一定要得到，不管別人付出什麼？她做的事我想讓保羅來償還？明明全都不是他的錯。「保羅，我很抱歉我剛剛對你大叫。我明白的。」

「妳一定是太累了。也許妳把芭蕾課看得太重了。或許妳該放鬆一點。」

我該怎麼告訴他我不能放鬆？我得成為最棒的，任何事情要做到最好就意味著很久很久的努力。

我一心想放棄其他同齡女孩喜歡的所有消遣。不是舞者的男友就不交，不跳舞的同性朋友就不來往。任何擋在我和目標中間的事我都不要，可是……可是……坐在那裡仰頭看我的，是那個說他需要我的男人，我的可憎舉止讓他難受。

「我今天在報紙上看到我媽媽的消息，」我說得很牽強，「和一棟為她改建裝修的房子。她想要的總是能得到。我卻一直都得不到。所以我才會表現得那麼討人厭，忘了你做過的所有事情。」我往後退了幾步，自覺羞愧心痛。「你回家多久了？」

「從十一點半開始。」他回應。「我吃了沙拉和杭妮放在保溫箱留給我的牛排。但我特別累的時候睡不好。而且我不喜歡雨打在屋頂上的聲音。」

「因為雨會讓你與世隔離，令你感到寂寞？」

他似笑非笑。「是啊，有點像這樣。妳怎麼知道？」

他的心情全顯露在臉上，有如這大房間一般陰暗。他想著她，他的茱莉亞，他死去的妻子。他心裡想著茱莉亞時，總是看起來很悲傷。我走向他的椅子，衝動地伸手摸他臉頰。「你為什麼非得抽菸？你怎能叫病人戒菸，自己卻一直抽？」

「妳怎麼知道我對病人說了什麼？」他溫柔地問道，那口氣令我背脊發麻。我緊張地笑了笑，告訴他診所辦公室的門有時沒關緊，要是我偶爾恰巧經過後走廊，不管我想不想聽，就是會聽見一些對話。他叫我上床睡覺，不准在我不該去的後走廊亂晃，還有他的菸是想抽就抽。

「有時候妳表現得像個妻子一樣，問著那些問題，氣我忘了去藥妝店替妳買東西。妳確定自己沒有非常需要那瓶洗髮精？」

現在他讓我覺得自己好傻，我又生起氣來。「我只叫你買那些東西，因為你會順路經過一間折扣商店，那裡的東西全都比較便宜！從現在起我再也不會叫你買我要的東西了！當你邀我去餐廳吃飯或看電影，我會做好失望的心理準備，這樣一來我就不會感到失望。也許我也該開始習慣別人對我很糟。」

「凱瑟琳！妳想恨我的話就恨吧，讓我替妳受過的折磨付出代價，那麼也許妳晚上就可以睡個好覺，不會在睡夢中翻來覆去說夢話，像個三歲小孩一樣呼喚妳媽媽。」

我震驚地盯著他。「我叫了**她**？」

「對，」他說道，「好多好多次，我聽見妳呼喚妳媽媽。」我看到他眼中的憐憫。「凱瑟琳，別為了人之常情感到羞恥。我們都期盼從媽媽那裡得到最好的。」

我不想談她的事，所以我挪近幾步。「裘利安回來了。因為你昨晚放我鴿子，我今天晚上跟他出去了。裘利安覺得我可以去紐約了。他覺得比起他媽媽、他的舞蹈老師佐爾妲夫人能讓我進步更快。他覺得我們會是出色的一對搭檔。」

「那妳覺得呢？」

「我覺得我還沒準備好去紐約，」我小聲說道，「可是他好強勢，有時候我會相信他的話，因為他看起來那麼肯定。」

「凱瑟琳，慢慢來。裘利安是個英俊的年輕人，有著十人份的自負心。用妳自己的可靠常識來判斷，別被某個可能只想利用妳的人影響。」

「我每晚都夢到自己在紐約的舞台上。我看到我媽媽坐在觀眾席不敢相信地盯著我。她想殺我。我想讓她看見我跳舞，讓她明白我對這世間的貢獻比她更多。」

他皺起眉頭。「為什麼妳那麼想報復？我以為我讓你們三個住進來，盡我所能地對你們好，你們就能得到安詳寬恕。妳就不能原諒或遺忘？倘若我們這些可憐人類能有機會仰賴上帝，那就是學會原諒與遺忘。」

「你和克里斯，」我痛苦地說道，「你把原諒和遺忘講得那麼容易，因為你從來不曾和我一樣是個受害者。我失去親生兒子般的弟弟。我愛克瑞，她卻偷走他的命。我為此痛恨她！我有千萬個恨她的理由，所以別跟我提原諒或遺忘，她要為自己做的事付出代價！她對我們說謊，用那麼糟的方式背叛我們！她什麼也沒告訴我們，不讓我們知道外公已經過世，好讓我們繼續被關在那裡，關了好長好長的九個月，在那漫長的九個月裡我們吃著有毒的甜甜圈！而你竟敢對我提原諒遺忘！我不知道該怎麼原諒或該怎麼遺忘！我只知道該怎麼恨！你不會像我一樣明白恨是什麼感覺！」

「我不懂嗎？」他平淡地問著。

「不，你不懂！」

他將我拉到他膝上，我臉上淌著眼淚啜泣。他就像個父親一樣哄我，輕輕吻我，雙手溫柔撫慰我。「凱瑟琳，我有個自己的故事要告訴妳。也許在某些方面來說，這故事跟妳的同樣令人震驚。也許我說完故事後，妳能從我的教訓學到一些東西。」

我瞪著他的臉。我的身子往後仰時，他雙臂輕輕地托住我。「你要告訴我茱莉亞和史科帝的事？」

「沒錯。」他話中的冷硬稜角令他嗓音一變。他目光注視著雨絲漫流的窗戶，他的手緊握著我。「妳以為只有妳媽媽會對她愛的人犯下罪行？哦！妳錯了。這種事每天都有。有時是為了金錢，有時是為了別的理由。」他頓了頓嘆口氣，然後繼續說道，「我希望等妳聽了我的故事，妳今晚就能好好睡覺，忘了那些仇恨。要是妳忘不了，妳會把自己傷得比別人更重。」

我不信會這樣，因為我不願相信。但我很渴望知道茱莉亞和史科帝為何會在同一天過世。等保羅開始講起茱莉亞的事，我害怕聽到故事結局。我緊閉眼簾，當下好希望自己的耳朵不用去聽，因為我不需要知道更多，將過世的男孩令我感受到的劇痛上再增添新的痛苦。但他這麼做是為了救我，彷彿真有什麼能拯救我似的。

「我和茱莉亞是青梅竹馬。她從沒交過別的男友，我也從沒交過別的女友。我讓所有男孩都知道，茱莉亞是我的。我從沒讓她和我自己有機會體驗跟別人在一起的感覺，這是個嚴重錯誤。我們都傻到相信我們的愛永恆不變。

「我們感情穩定，雖然她就住在幾個街區外，我們還是互寫情書。茱莉亞愈長大就愈漂亮。我覺得自己是世上最好運的男人，而她覺得我完美無缺。我們都把對方捧得很高。她會是完美的醫師妻子，我會是完美丈夫，然後我們會有三個小孩。茱莉亞是獨生女，她父母很溺愛她。她仰慕她父親，常說我跟她父親很像。」話說到這裡，他的聲音低沉下來，彷彿他要說的那些話令他痛苦。

「茱莉亞十八歲那天，我在她的手指套上訂婚戒。那時我十九歲，那時我正在上大學，我很思念仍住在這裡的她，也猜想是否有哪個男人會看上她。我怕要是我們不結婚，我就會失去她。所以她十九歲就嫁給我。而我二十歲。」

他的嗓音變得苦澀，他眼神茫然，他抱著我的雙臂一緊。「我和茱莉亞親吻過許多次，我們總是手牽手，但她從不准我做出真正的親密舉動，必須等她手上套了婚戒才行。我有過幾次性經驗，但次數不多。她沒有經驗，而且認為我也沒有。我沒有輕視婚誓，我想成為能給她快樂的那種丈夫。我很愛她。所以在我們的新婚夜，她光是在浴室脫衣服就脫了兩小時。她走出浴室時穿著一件白色長睡袍，她的臉色跟那袍子一樣白。我看得出她很害怕。我讓自己相信，我會很溫柔、很深情，成為我的妻子她會很享受。

「凱西，她一點也不享受。我極盡所能想讓她興奮起來，但她整個人往後退縮，瞪大的雙眼滿是震驚，當我想脫掉她睡袍，她發出尖叫。她求我再給她一些時間，於是我就此罷手，心裡想著隔晚再試。隔天晚上同樣事情再次重演，但情況更糟。『為什麼？為什麼你不能躺在這裡抱著我就好？』她含淚問我。『為什麼一定要做這麼可怕的事？』

「我自己不過還是個孩子，不知道怎樣處理這種情形。我愛她而且想要她，到最後我強暴了她，她反覆說著類似的話。我還是很愛她，我大半的人生都愛著她，我不相信自己愛錯人。所以我開始讀遍自己能找到的性愛書籍，試遍所有技巧想令她興奮，讓她想要我，而她卻只有反感。我從醫學院畢業後開始酗酒，有欲望的時候就找個樂意跟我上床的女人。一年年過去，她跟我保持距離、打掃我的房子、洗我的衣服、燙我的襯衫、縫我的釦子。她是那樣美麗令人渴望，而且又近在眼前，就算她事後會哭泣，有時我還是強迫她。然後她發現自己懷孕了。我很高興，我想她也是。沒有一個小孩比我兒子更受人寵愛與溺愛，幸好他是那種再多寵愛也寵不壞的孩子。」

這時他的聲音降到更低沉的音域，我往他懷裡偎得更靠近，害怕接下來的故事，因為我知道那會很可怕。

「在史科帝出生後，茱莉亞淡淡地告訴我，說她盡了本分替我生了個兒子，從今以後我不能再去煩她。我樂得不再親近她，但自己也深深受到傷害。我和她媽媽談了我們的問題，她媽媽含蓄提起茱莉亞過去有些不為人知的祕密，有個親戚在茱莉亞只有四歲時對她做了某些事，我從來沒能知道他到底做了什麼，但不管他做了什麼，我太太在性方面有了永久創傷。我向茱莉亞提議，說我們該去找個婚姻諮商師或心理師，但她覺得那太尷尬而不願意去，問我為何不能別去煩她？」

他繼續說下去。「之後我的確沒再去煩茱莉亞。我周遭總是有女人願意迎合男人，我診所有個漂亮的櫃台小姐，她讓我知道她唾手可得，無論何時何地。我們的婚外情持續了好幾年。我認為我們都很低調，而且沒人知道。然後有天她跑來告訴我，說她懷了我的小孩。我不相信，因為她告訴過我她長期吃避孕藥。我連孩子是我的都不信，因為我知道她還有別的情人。所以我說了不，我不會跟我太太離婚，冒著失去史科帝的可能，去當可能不是我親生小孩的父親。她氣炸了。

「那天傍晚我回到家，面對的是一個我以前從來不知道的妻子。茱莉亞痛斥我對她不忠，而她盡心盡力，還為我生下我想要的兒子。現在我背叛她，違背我立的婚誓，讓她成了全城的笑柄！她威脅我說她要自殺。她尖叫喊著，說她會讓我嘗到痛苦的滋味，我很同情她。她以前就威脅過要自殺，但從來沒有付諸行動。

「我以為這次吵架可以讓我們前嫌盡釋。茱莉亞再也沒對我提起我外遇的事。老實說只有史科帝在身邊時她才跟我說話，因為她想讓他有正常家庭，表面和樂的父母親。我給了她一個兒子，她愛他愛得沒道理。

「然後六月來臨，史科帝的三歲生日也到了。她打算為他辦個生日宴會，邀了六位小賓客，那些小孩當然也會把他們的媽媽帶來。那天是星期六。我待在家裡，史科帝為了他的宴會非常興奮，為了讓他鎮靜點，我給了他一艘小帆船，可以搭配他要穿的小水手裝。茱莉亞帶著他走下樓梯，她穿著一身藍色玻璃紗。她動人的深色頭髮用一條藍緞帶往後紮起。史科帝緊抓著他媽媽的手，空著的另一隻手拿著那艘小船。茱莉亞對我說，她怕自己替宴會準備的糖果不夠，既然天氣這麼好，她和史科帝可以走到最近的藥妝店再多買一些。我提議開車載她。她不要。我提議陪他們一起走過去。她說她不想讓我去，她要我留在這裡等，以免有哪個客人提早上門。我坐在前陽台上等。屋裡的餐桌已布置好宴會的東西，汽球飄浮在吊燈邊上，有生日拉炮、生日帽和其他小道具，杭妮還烤了個大蛋糕。

「下午兩點左右賓客開始抵達。茱莉亞和史科帝還是沒回來。我開始擔心，所以我坐進車子駛向藥妝店，希望能看到他們走在回家的人行道上。我沒看見他們。我向藥妝店店員詢問他們是否來過，沒有任何店員見到他們。那時我才開始真正驚慌。我在街上繞來繞去尋找他們，停車問路過的人是否見過穿藍衣的女士帶著穿水手裝的男童。我想我問了四、五個人，然後才有個騎腳踏車的男孩說他見過，他有看到一位身穿藍衣的女士，她身旁有個小男童拿著小船，接著他指出他們往哪邊走。

「原來他們往河邊去了！我的車子開得盡可能地快，然後跳下車沿著泥土小路奔去，每分每秒都怕自己到那邊已經太遲。我不敢相信她真的那麼做。我不斷讓自己鎮定下來，想著史科帝只是想讓他的小船漂在水裡，就像我以前那樣。我跑得好快，快到心臟發疼，然後我抵達了長滿草的河岸邊。他們就在那裡，兩個人都面朝上地浮在水裡。茱莉亞把史科帝困在她雙臂間，他顯然試過掙脫她的懷抱，他的小船順著河水漂航。她髮間的藍緞帶已然鬆脫並浮在水上，她漂蕩的頭髮像黑色絲帶纏在水草上。河水高度僅僅及膝。」

我發出一些細微聲音，喉間因而哽住，感覺到他極度的劇烈痛苦，但他沒聽見。他繼續往下說道：「我立刻將他們兩個抱在懷裡，把他們帶到岸上。茱莉亞勉強還活著，但史科帝好像毫無生氣，所以我先查看他的狀況，徒勞地想讓他甦醒。我盡可能地將他肺中的河水壓出來，但他還是毫無生氣。然後我改去救茱莉亞，也做了同樣動作。她咳出了河水，還沒睜開眼，但至少有了呼吸。我把他們兩個運到車上開往最近的醫院，他們拚命想救回茱莉亞但失敗了。我也一樣救不回史科帝。」

保羅頓了頓，深深地凝視我眼裡。「那就是我的故事，有個女孩以為自己是世上唯一受苦、有所失落並且傷心的人。哦，我就和妳一樣傷心，但我也背負罪過。我早該知道茱莉亞的情緒是多麼反覆無常。僅僅就在史科帝生日前幾天晚上，我們看了電視上播的《米蒂亞》[1]，當時她對那齣戲異常地感興趣，她明明不愛看電視。我太愚蠢，竟然沒明白她心裡想著什麼打算。然而即使到了現在，我還是不明白她怎能殺害我們的兒子，她那麼愛他。她大可跟我離婚然後撫養他。我不會從她那邊奪走他的。可是對茱莉亞來說那樣的報復還不夠。她必須殺掉我最愛的人，那就是我兒子。」

我說不出話來。茱莉亞是怎樣的女人啊？像我自己的媽媽？我媽媽殺人是為了謀財。茱莉亞殺人是為了報復。我也會做同樣的事嗎？不，不會，當然不會。我報復的方法比較好，好得多，因為只要她活著就會受苦，永遠受苦。

「我很遺憾。」我斷斷續續地說道，遺憾到我得親吻他臉頰。「不過你可以再生其他小孩。你可以再婚。」我的雙臂環抱著他，他搖搖頭。

「原諒茱莉亞！」我喊道，將我雙手摟上他脖子，緊緊依偎在他懷裡。「你不是一直要我原諒和遺忘？原諒你自己，忘懷茱莉亞的遭遇。我還記得我的父母，他們總是相親相愛。從我還是個小女孩的時候我就知道，男人需要被愛、被觸碰。我以前見識過我媽媽怎樣讓生氣的爸爸變得溫順。她用的是親吻、溫柔的眼神和輕輕的碰觸。」我仰頭對著他笑，就像我見過媽媽對爸爸微笑那般。「告訴

1 譯注：《米蒂亞》，希臘三大悲劇之一，劇中女主角因丈夫變心，親手殺死自己的二名親生兒子。

我，一位妻子在新婚夜該怎樣做。我可不想讓我的新郎失望。」

「我不會告訴妳這種事！」

「那我只好假裝你是我的新郎，然後我才剛脫掉衣服從浴室走出來。或許我該當著你的面脫衣服。你覺得呢？」

他清了清喉嚨，試著推開我，但我像顆刺果緊黏在他身上。「我想妳該上床睡覺，別再玩遊戲了。」

我沒挪動身體。我一再親吻他，他很快有了反應。我察覺他身體變熱，可是他被我雙唇壓住的嘴抿成堅決的直線，他的雙手托住我肩下和膝窩。他抱著我起身走向樓梯。我以為他要帶我去他房間跟他親熱，我驚慌羞愧但又興奮渴望。可是他直接走進我房間，在我的窄床旁邊停下來。他將我緊緊按向他心口，時間久到令人難受，外頭的傾盆大雨打在窗玻璃上。保羅好像忘了我是誰，他刺人臉頰摩挲著我的臉，這回用了他臉頰來愛撫我，而不是他的手。一如往常地，我得再次開口破壞氣氛。

「保羅。」我怯生生的聲音將他從某種深沉遐想中拉出來，要是我沒開口，我可能很快就被引向那永恆的狂喜，那正是我身體所渴求的。「我們被關在閣樓裡時，外婆總是說我們是惡魔之子。她說我們是種在錯誤土壤上的罪惡種子，生來就做不出什麼好事。她讓我們質疑自己，不確定自己是否有資格活在世上。媽媽嫁給只大她三歲的半個叔叔，她做的事真的那麼糟嗎？只要女人還有一顆心就抗拒不了他。我知道自己就做不到。他和你很像。外公外婆堅信我們父母犯下邪惡罪行，所以瞧不起我們，連年幼可愛的雙胞胎也不屑一顧。他們說我們是不健全的東西。他們是對的嗎？他們想殺我們是對的嗎？」

我完全沒說錯話，讓他驟然回神，立即放下我。他別過頭去，所以我讀不出他的眼神。我討厭人們對我遮掩目光，這樣我就看不清真相了。

「我想妳的父母非常相愛而且非常年輕，」他嗓音緊繃，語調古怪地說道，「相愛到沒停下來思考未來和後果。」

「哦！」我憤慨叫嚷。「你覺得外公外婆是對的，我們是邪惡的！」

他回頭面對我，他張開豐厚性感的嘴唇，神情狂怒。「別把我說的話扭曲成妳想聽的，就為了報復。除了自衛，永遠沒有任何理由可以為謀殺開脫。妳不邪惡。妳的外公外婆是頑固蠢蛋，他們早該學會接受現況然後將錯就錯。你們父母給了他們四個值得自豪的孫兒女。要是你們的父母決定生小孩是精心考量的賭注，我得說他們贏了。上帝和勝算都站在你們這邊，給了你們太多美貌和審美能力，也許還給了太多其他天賦才能。最令人不需懷疑的是，有個年輕女孩在心裡堆積了太多成人情緒，多到她年紀和體型堆不下。」

「保羅？」

「凱瑟琳，別這樣看我。」

「我不知道自己是怎樣看的。」

「凱瑟琳．薛菲爾，去睡覺，現在就去！」

「你叫我什麼？」他往後退走向房門口時，我這樣問他。

他對著我笑。「這可不是佛洛伊德式錯誤[2]，要是妳心裡是這麼想的話。道蘭根格這個姓實在太長了。薛菲爾會好得多。我們可以合法地將妳姓氏更改成監護人的姓氏。」

「哦。」他讓我失望得好難受。

「凱瑟琳，妳聽好。」他在房門口說道。他身材壯碩到幾乎擋掉走廊照進來的光線。「妳在玩危險遊戲。妳想勾引我，而妳如此漂亮又令人難以抗拒。可是妳在我生命中的位置就像是我的女兒，僅此而已。」

2 譯注：佛洛伊德式錯誤（Freudian Slip），表面上是無意說溜嘴，其實透露了內心真正的想法。

「茱莉亞和史科帝下葬的那天有下雨嗎？」

「有什麼差別嗎？只要是埋葬所愛之人的那一天就是雨天！」然後他離開我房門口，大步飛快地穿越走廊進了他房間，砰的一聲把門關上。

所以我出手了兩次，他也拒絕了我兩次。現在我可以隨心所欲地以我那愉快的毀滅手段繼續跳舞，直到我成為頂尖舞者。然後證明給只會刺繡編織的媽媽看，看誰才是最有才華、最聰明的人。她會知道有人只靠自己也能賺大錢，不需要出賣自己的身體，也不需要為了繼承財產而墮落到必須殺人！

全世界將會知道我的存在！他們會把我和安娜．帕芙洛娃相比，而且說我跳得更棒。媽媽會參加為我舉辦的慶祝宴會，還會帶著她先生前來。她會看起來蒼老疲憊，而我年輕有朝氣，她親愛的巴特會直接走向我，親吻我的手然後滿眼讚嘆。「妳是我見過最漂亮的女人，」他會這麼說道，「而且是最才華洋溢的。」只要看他的眼睛，我就知道他愛我，比他給她的愛多上十倍。等我得到他，她就會孤伶伶的，我會告訴他我是誰，他一開始不會信。然後他會信的。他會恨她！他會拿走她所有財產。那些財產會給誰？我猶豫著，被這問題難倒。要是從媽媽那裡拿走她的財產，那些財產會給誰？會給外婆嗎？財產不會落到我們手上，不會給我、克里斯或凱芮，因為對佛沃斯家來說我們並不存在。然後我對著自己笑，想起自己發現了四張出生證明，就縫在我們其中一只舊皮箱的內襯裡。我開始大笑。哦！媽媽，妳做了多傻的事！想想看，居然把出生證明藏起來。有了那些證明文件，我就能證明克瑞確實曾活在人間，要是沒有那些文件，她就能否認我的說法，除非警方回格拉斯通找到接生雙胞胎的醫師。還有我們以前的保姆辛普森太太，和爸爸的好友金．詹斯頓。哦，我希望沒人搬家，希望他們還會記得四個瓷娃娃。

我知道自己很邪惡，就像外婆一開始說過的，生來就會做壞事。然而我沒做任何邪惡事情就遭受懲罰，所以何不真做出有罪的事好讓那懲罰名副其實？我沒理由該感覺困擾或自毀，只因為在很久以前我最悲慘的時刻，我投入自己兄長的懷抱尋求慰藉。我會走向那個最需要我的男人。將他嘴上否認但眼神裡苦苦懇求的都給他，倘若那是邪惡的，就讓我是邪惡的！

我愈來愈睏，我開始在腦中計畫要怎麼做。那個男人不會拒絕或厭惡我，因為我不會讓這種事發生。他不會想傷害我，他會選我，然後他會認為自己非得這麼做，他不會有罪惡感，一點也不會。

一切將全是我的罪過。克里斯會恨我，然後轉身去找別人，像他原本該做的那樣。

9 比任何玫瑰更芬芳

一九六一年四月，我十六歲了。正值花樣年華發育成熟的我，一旦走在街上所有男人都會轉頭盯著我瞧，不分老少，尤其是年過四十的男人。我如果站在街角等公車，路上車輛就會開得很慢，因為男駕駛忍不住目瞪口呆地看我。

他們看得著迷，我自己更陶醉。我在保羅家裡的許多面鏡子前細心打扮，總是看見一個漂亮動人，甚至美得令人喘不過氣的女孩，有時令我自己都驚訝不已，而輝煌的真相是——鏡中的那個女孩是我！我令人讚嘆，這點我知道。裘利安時常從紐約飛回來用他渴望目光盯著我，那目光明明白白地訴說著他知道自己想要什麼，就算我不想要。我只有週末才會見到克里斯，我知道他依然想要我，依然愛我勝過任何他能再愛上的人。

克里斯和凱芮在我生日那週末為了我返家，我們又笑又抱而且講話超快，彷彿我們再怎麼聊時間都不夠用，尤其是我和克里斯。我很想告訴克里斯，說媽媽不久就要來格林列納久住，但我怕他會試圖阻攔我打算做的事，所以我從未提起。過了一會兒，凱芮抽身去找我們善心的贊助人，坐在那裡用悲傷大眼望著他。那個壯碩的英俊男人叫我穿上最好的衣服。「何不穿上那件妳一直想留到特殊場合再穿的洋裝？今天妳生日，我帶大家去我最愛的餐廳『農場屋』吃美味大餐。」

我立刻衝上樓開始著裝，我要好好享受我的生日！我的臉其實不太需要化妝，但我還是上了全妝，包括黑如墨水的睫毛膏，以及用睫毛夾弄出的鬈翹睫毛。我的指甲如明亮珍珠般閃亮，我的禮服是巴黎粉紅色。哦！我美不美？我在穿衣鏡前精心打扮，那面鏡子是為了我的化妝台而買的。

「我的凱瑟琳女士。」克里斯在敞開的房門口說話。「妳的確看起來耀眼奪目，可是自戀到非得親吻自己的鏡中身影，這可是令人震驚的糟糕品味！凱西，說真的，一定要等別人來稱讚妳，別自己誇自己。」

「我怕沒人會對我這樣說，」我防備地說道，「所以我講給自己聽，讓自己更有自信。我看起來不只美麗，而是美麗非凡，對嗎？」

「是啊，」他的嗓音古怪而緊繃，「我懷疑自己能否再遇見至少像妳現在一樣漂亮的女孩。」

「你是說我以後會更漂亮？」

「我再也不會稱讚妳了！難怪外婆要打破所有鏡子。我自己都很想這麼做。妳是如此地自戀！」

我皺起眉頭，不願想起那個老女人。「克里斯，你看起來很棒。」我給了他大大的溫暖笑容。

「我可不覺得稱讚別人會令我羞恥尷尬，如果他們值得稱讚。例如你就跟爸爸一樣英俊。」

他每次從學校回來就更顯成熟英俊。雖然當我趨近細看，就會發現學識讓他眼裡多了幾許古怪，讓他看起來比我年長許多。他也看起來比我更悲傷，更脆弱，二者結合起來非常吸引人。「克里斯，你為什麼不開心？」我問道，「你的生活讓你失望嗎？我們被關在閣樓時對未來有好多夢想，是不是過得比不上你原本想的那樣？你現在是不是後悔決定當醫師？還是你更希望和我一樣當舞者呢？」

我靠近一看，哦！他的雙眼簡直一目了然！但他垂眸遮掩，試圖用雙手丈量我腰圍，但我的腰並沒那麼細，又或是因為他的手不夠大。也許他只是想做點什麼來碰觸我？用玩笑掩蓋自己的認真。是這樣嗎？我低頭盯著他的臉，在他臉上瞧見我想找到的愛意，然後好希望自己沒發現。

「克里斯，你還沒回答我。」

「妳問了什麼？」

「你的生活和醫學訓練，有達到你的期望嗎？」

「哪方面？」

「你的回答聽起來好諷刺。這是我的說話風格，不是你的。」

他抬起頭，笑得好燦爛。哦！天啊！「有，」他說道，「外面的生活就像我原本想的那樣。我很實際，跟妳不一樣。我喜歡學校和我交到的朋友。但我還是想念妳，和妳分離是那麼難，我總是想著妳不知道在做什麼。」他的眼神再次變換，蒙上陰影，因為他渴求的是根本不可能的事。「生日快樂，我的凱瑟琳女士，」他輕聲說道，然後雙唇輕撫過我的嘴，只是一個羽毛般的輕吻，沒有太放肆。「走吧。」他毅然地說道，握住我的手。「大家都準備好了，只差愛挑剔又神經質的妳。」

我們手牽著手走下樓梯。保羅和凱芮都穿好衣服等著我，杭妮也是。整棟房子感覺好怪，那麼安靜又充滿期待，而且暗得好古怪，只有走廊上的燈還亮著。真怪。

然後一連串聲響忽然在黑暗中響起。「想不到吧！想不到吧！」大家齊聲叫喊，所有的燈都亮了，我芭蕾課的團員湧向我和克里斯。

杭妮送來一個三層的生日蛋糕，每一層都比下面那層小一圈，她得意地表示蛋糕是她親手烘烤裝飾的。**希望我想做的事情都能成功**。我閉上雙眼許下願望，然後吹熄所有蠟燭。**媽媽，我在追趕妳，每天都變得更年長、更有見識，所以當時機一到，我會準備好當妳的對手**。

我那口氣吹得很成功，融化的粉色蠟液滴在糖霜做的粉紅玫瑰上，每朵玫瑰都甜蜜地依偎著淺綠色的葉子。在我正對面的是裘利安，他烏黑的雙眼目不轉睛，無言地一再問著同樣問題。

每當我想和克里斯正眼相對，他就別開目光或低頭看地板。凱芮擠在保羅旁邊，保羅坐在離喧鬧的盛宴中心有點遠的地方，努力不讓自己板起臉孔。我一拆完所有禮物，保羅就起身抱起凱芮，雙雙上樓離去。

「凱西，晚安。」凱芮喊道，她開心發紅的小臉帶著睏意。「這是我參加過最棒的生日宴會。」

我差一點心痛到哭出來，因為她快九歲了，除了克里斯去年十一月的生日宴會之外，她記憶中有印象的生日宴會都是我們努力用少得可憐的東西撐起來的。

「為什麼妳看起來很難過？」裘利安問道，他上前將我一拉轉身投進他懷裡。「開心點，妳現在有我樂意替妳效勞，隨時能讓妳的心和身體著火。」

老實說他做那種舉動的時候，我很討厭他。他百般表態，想宣示我是他的，而且只屬於他。他送的禮物是一只皮革托特包，可以裝我的芭蕾舞衣、舞鞋等等東西。我跳著舞步跳離他身邊，今晚不想被人宣稱所有權。所有沒被裘利安迷住的女孩都立刻愛上克里斯，而這絕不會讓裘利安對我哥有好感。我不知道究竟是什麼事在克里斯和裘利安之間丟進了一支火把，角落裡的他倆突然吵起來，幾乎揮拳相向。「我才不管你在想什麼！」克里斯平靜地像颱風眼一般。「我妹妹年紀太小不能交男友，而且她也還沒打算去紐約！」

「你！你……」裘利安反擊。「你懂什麼芭蕾？你什麼也不懂！你甚至連抬腳不踩到自己都做不到！」

「也許確實如此，」克里斯冷冰冰地說道，「但我有別的長處。再說我們談的是我妹妹的事，而且她未成年也是事實。我不會任你遊說她陪你去紐約的，她連高中都還沒念完！」

我的頭從這邊轉向另一邊，很難說他們兩個到底誰比較帥。他們向所有人展現他們對彼此的敵意，這讓我很難受，因為我很希望他們能友好相處。我渾身發抖幾乎快要大喊「停，別再吵了」，但我什麼也沒說。

「凱西，」克里斯叫我，目光分秒不離裘利安，裘利安看起來很想出手拳打腳踢，「妳真的相信自己已經準備好去紐約登台亮相嗎？」

「還沒……」我小聲到幾近耳語。

裘利安朝我這邊怒視，因為他纏著我，我們在一起的每分每秒都對我提出要求，想讓我陪他去紐約當他的女人和舞伴。我明白他為何想要我，我的身高體重和平衡力都和他相配得完美無缺。若想跳出令人印象深刻的雙人舞，找個完美舞伴是最為重要的。

「我祝妳每次生日都是人間地獄！」裘利安走向大門時這樣說著，然後用力甩門關上。我的生日宴會就這樣結束，所有人神情尷尬地回家。克里斯沒向我說晚安就邁著大步上樓回房，我眼中含淚開始收拾客廳地毯上的垃圾。我在絨毛綠地毯上發現一個破洞，是被一根粗心掉落的香菸燒出來的。有人把保羅的手工吹製玻璃珍藏打破了一個，那是閃亮水晶玻璃製成的一朵透明玫瑰。我撿起破損的玫瑰，考慮買個膠水將它黏回原樣，正如我想了個法子來遮掩地毯上那些破洞，以及除掉桌面那些白圈水漬。因為非得有法子才行。

「別介意那朵玫瑰，」保羅的聲音從我身後傳來，「那不過是個便宜裝飾品。我可以再買一個。」

我轉頭看他。他很隨意地站在大廳拱門邊，他那溫柔和善的目光迎上我含淚的眼神。「那是一朵很漂亮的玫瑰，」我哽咽著，「而且我知道那很貴。要是我能找到一模一樣的就再買一個給你，要是找不到，我就買個更好的東西給你，等我能……」

「別在意。」

「再次感謝你送我的那個漂亮音樂盒。」我的雙手緊張地擺在自己大膽暴露的衣服領口位置，想隱匿那道乳溝。「我爸爸送過我一個銀質音樂盒，裡頭有個芭蕾舞者，可是我不得不把它留在……」我的聲音慢慢變小，我再也說不下去，因為想起爸爸總是讓我再度滯留在陰鬱無望的童年廢墟裡。

「克里斯對我提過妳父親送妳一個音樂盒，我試著找了個類似的。我找的很像嗎？」

「對。」我說道。雖然不是一模一樣的。

「很好。現在去睡吧。別管客廳這一團亂，杭妮會打掃的。妳看起來很睏。」

我很快上樓進房，令我驚訝的是克里斯正等著我。

「妳和裘利安是怎麼回事？」他猛烈砲轟。

「沒事！」

「凱西，別對我說謊！他可不會沒事經常大老遠飛回來！」

「克里斯多弗，管你自己該死的事！」我惡毒地說道。「我可沒指點你的一舉一動，我同樣要求你這樣對我！你不是聖人，我也不是天使！問題就在於，你不過是另一個以為自己能為所欲為的男人，認為我得規規矩矩地坐在一旁等人來娶我！哦！我不是那種女人！沒人能擺布我，叫我做自己不想做的，再也不能！保羅不行！夫人不行！裘利安不行，你也不行！」他聽著這些話，努力壓抑自己不開口打斷，他的臉色變得慘白。「克里斯多弗，我要你別管我的事。我會做我得做的，為了攀上最高峰，任何得做的事我都會做！」

他用那對天空般湛藍的眼睛怒視我，對我投以宛如雷電般的可怕目光。「在我聽來，要是有必要的話，妳會跟任何男人睡。」

「我得做的就會去做！」我怒吼反擊，雖然我沒想過要那麼做。

他似乎差點要打我耳光，但立刻自制地將雙手垂在身側，握成拳頭。他緊閉的雙唇抿出一條白線。

「凱西，」他難過地開口，「我沒料到妳會變成另一個投機份子。」

我痛苦地與他對望。他以為自己在做什麼？我們走運地碰上一個不幸的寂寞男人，而我們利用了他，我們遲早為此要付出代價。我們的外婆一再告訴我們，沒有人會做好事不求回報。但不知為什麼，我自知不能再傷他更深了，保羅的事我一個字也說不出口，他讓我們住進來而且做了他能做的所有事。說真的，我有充分理由明白他真的沒期待任何報償。

「凱西，」他懇求著，「妳剛才說的每句話我都討厭。妳明知我多愛妳、多尊重妳，妳怎能像剛剛那樣對我說話？我沒有一天不想妳。我活著就是為了週末能見到妳和凱芮。凱西，別討厭我，我需要妳。我一直都需要妳。一想到我在妳人生中一點也不重要，我該死地嚇壞了。」他抓住我雙臂想把我拉向他胸口，但我甩開他並背過身去。沒人在乎的時候，我怎麼分辨得出什麼是對什麼是錯？

「克里斯，」我斷斷續續地開口，「我很抱歉自己那樣對你說話。我很重視你的想法，但我的內心已破得粉碎不堪了。我覺得自己得立刻擁有所有東西，來彌補我失去的一切和所受的苦。裘利安想要我跟他去紐約。我並不覺得自己準備好了，我還沒練夠所有必要的訓練，夫人一直這樣對我說，況且她說的沒錯。裘利安說他愛我，說他會照顧我。但我不確定那是什麼愛，不確定他是真的愛我或只想叫我幫他達成目標，雖然他的目標也正是我的目標。所以，你告訴我吧，我怎能看得出他是愛我，還是只想利用我？」

「妳讓他跟妳做愛嗎？」他淡淡地問道，眼神麻木。

「沒有！當然沒有！」

他的雙臂環住我，將我緊擁。「凱西，至少再等一年。相信瑪芮莎夫人，別信裘利安。她懂的比他多。」他頓了頓，逼我抬起低垂的頭。我細看他英俊臉龐，不明白他為何遲疑下來，而且沒有進一步動作。

我是一具受渴望驅使的傀儡，充滿貪婪欲望，只想實現心中所有浪漫的美夢。我也害怕著自己的內心到底是什麼，好怕自己會像媽媽。當我望向鏡子，我見到媽媽的那張臉開始清楚浮現。長得像她令我高興，但我馬上又對於自己變成她的鏡影而感到厭惡起來。不，不對，我的內心不像她，像她的只有外表。我的美麗不是只有膚淺而已。

在我專程前往格林列納的鬧區時，我一直這樣告訴自己。我在市政廳用了些理由搪塞說要查媽媽的出生證明，好讓我能找到巴特·溫斯洛的出生文件。結果，我發現他比媽媽小八歲，我也找到了他家的確切地址。我走過十五個街區才來到一條有成排榆樹的安靜街道，那裡的老舊宅第都荒廢破敗。除了巴特·溫斯洛家的房子！他家到處都是鷹架。許多工人正在為剛粉刷好的磚砌房屋裝上木板護窗，這棟房子有白色門廊和白色鑲框的窗戶。

另一天，我在格林列納的圖書館研究溫斯洛家族。令我欣喜的是，當我翻找舊報紙時，我發現有個社會版面的編輯好像把她的專欄多半用來專門報導巴特·溫斯洛和他的驚人財富，以及他漂亮非凡的妻子與她的貴族背景，並稱她為「國內富豪家族之一的女繼承人」。

我暗地剪下那篇專欄報導，偷偷帶回家給克里斯。我不想讓他知道媽媽將會住在格林列納。他掃視那篇報導時，神情有些憂傷。「凱西，妳在哪裡找到這篇文章的？」

我聳聳肩。「哦，在報攤裡賣的某份維吉尼亞州報紙上。」

「她又去了歐洲。」他語氣古怪。「我不懂她為什麼一直去歐洲。」他那雙藍眼轉向我這邊，恍惚的神情柔化他的面容。「還記得她去度蜜月的那個夏天嗎？」

記得？說得好像我可能會忘記似的，好像我竟可能允許我自己忘記似的。等我也變得有錢又出名，有一天，媽媽會聽到我的消息，等她聽到，她最好有心理準備，因為我的計謀已漸漸成形。

裘利安沒像我十六歲生日宴會之前那麼常來格林列納了。我想克里斯把他嚇退了。我不知道那樣是否讓我開心。當他去探望他父母時，他沒理我。他開始留意我最好的朋友洛琳．杜瓦。出於某種原因我不只對他感到難過憤慨，我也對洛琳有同樣感覺。我半掩半遮地在舞台側邊望著他們跳著熱烈的雙人舞，這時我決定了，我要比之前加倍認真練舞，因為我要讓裘利安見識一下！我會讓所有人見識我這個人是用什麼做的！

在這鑲了褶邊又傻氣的薄紗芭蕾舞裙底下的，是個鐵做的人！

10 屋頂上的貓頭鷹

現在我要說的是凱芮人生裡的一樁事件，因為那不僅是她一個人的故事，也是我和克里斯的故事。我現在仔細回顧凱芮的人生，我真切相信凱芮在艾蜜莉・迪恩・卡霍恩小姐的少女教養學校的遭遇和她未來如何看待自己有很大關係。

哦，在我開始說這故事之前，請先挖口井讓我哭泣，因為我好愛她，而她背負的痛苦，我至今仍背負著。

就我從凱芮本人、杜赫斯特小姐和學校其他幾位同學得到的事件拼圖碎片看來，這是凱芮一心忍耐的恐怖夢魘，而我將盡可能如實呈現。

凱芮和我們一起度過週末時光，但她又退縮回那副安靜漠然的模樣，恢復成雙胞胎弟弟去世後就永遠如此痛苦的小傢伙。凱芮整個人都令我憂心。然而我問她話時，她堅稱一切都很好，不願說任何有關學校、同學或老師的壞話。她只提起一件事，只用這一件事來表達對於上學的感想，而那是怎樣的一條線索啊。「我喜歡那裡的地毯，顏色很像草地。」就這麼一句而已。她讓我困惑擔憂，試圖猜測到底是什麼事情令她苦惱。我知道有事不對勁，而她沒有告訴我。

每星期五的下午四點左右，保羅會開車接凱芮和克里斯回家。他盡量讓我們每個週末都過得難忘。雖然凱芮和我們在一起顯得很高興，但她很少大笑。我們努力嘗試讓她發笑，還是只能得到她微微一笑。

「凱芮怎麼了？」克里斯小聲地說道。我只能聳聳肩。在人生漫漫長路上的某處，我早已丟失了凱芮的信賴。她的藍色大眼盯著保羅，那雙眼睛無聲地懇求他。但他一直關注的人是我，不是凱芮。

每當開車送凱芮回學校的時刻逼近，她就會漸漸陷入異常的安靜，眼神變得茫然而認命。我們向她吻別，告訴她要乖，要交朋友，還有：「需要我們的時候，妳知道怎麼打電話。」

「知道。」她弱聲說道，她的雙眼低垂。我抱住她，再次告訴她我多愛她，要是她過得不開心就大聲講出來。「我沒有不開心。」她如此回答，眼神卻悲傷地盯著保羅。

那真的是一間漂亮的學校。我會很喜歡在這種學校上學。在雙人房宿舍裡每個女孩獲准可將自己的那一半空間布置成想要的樣子。杜赫斯特小姐只有一項條件，那就是每個女孩都要挑選「適當又淑女」的擺設。南方人相當看重溫柔順從的女性特質。柔軟又沙沙作響的衣著，輕飄飄的花邊飾條，悅耳的聲音，低垂的目光，虛軟擺動的雙手透露著無助軟弱，絕對不能和男人的意見有所分歧，而且永遠永遠不能讓男人知道妳的腦袋可能比他聰明。我仔細考慮後，心想這間學校恐怕完全不適合我。

凱芮的床是一張單人床，鋪了亮紫色床罩。她在床上放了玫瑰色、紅色、紫色、紫羅蘭色和綠色的抱枕。放在她床邊的是床頭櫃，上頭擺著那只保羅送她的乳白花瓶，裡頭還是插著紫羅蘭假花。每當他能買鮮花給她時，他就會帶來鮮花。奇怪的是，比起很快就枯萎死去的鮮花，她更喜歡那一小瓶的紫羅蘭假花。

因為凱芮是學校裡一百名學生裡頭最小的，她分配到的室友是全校第二小的女孩，名叫西希．托爾斯。西希有紅棕色頭髮，細長的翠綠色眼睛，紙般白皙的薄皮膚，和未曾在大人面前顯露的卑鄙惡毒脾氣，只有那些她深知如何恐嚇的女孩見過她這一面。最糟的是，雖然她是全校第二小的女孩，她卻遠遠比凱芮高出十五公分！

凱芮遭逢苦難的前一星期，她才剛歡慶自己的九歲生日。那時是五月，而苦難就是從那個星期四開始的。

學校下午三點下課。在五點半的晚餐前，學校裡的女孩有兩小時能在戶外玩耍。所有學生都身穿制服，制服顏色依年級區分。凱芮是三年級，她的制服是黃色的絨面呢上衣，外搭一件精美的白色薄棉無袖連身裙，凱芮非常討厭黃色。黃色對她來說，就跟我和克里斯的觀感一樣，那是我們遭囚禁而且覺得自己不健康、沒人要、沒人愛的那個時期，所有美好事物的顏色象徵。黃色也是太陽的顏色，那是我們得不到的東西。克瑞最想見到太陽，現在所有的黃色東西都唾手可得了，但失去了克瑞以後，黃色變得令人討厭。

西希．托爾斯熱愛黃色。她羨慕凱芮的金色長髮，瞧不起自己那頭紅鏽色的鬈髮。也許她也羨慕凱芮的美貌，凱芮擁有洋娃娃般的臉蛋，藍色大眼上是深色鬈翹的長睫毛，還有草莓一般紅潤的嘴唇。哦！沒錯，我們的凱芮是個漂亮寶貝，她有精緻的臉蛋和動人的金髮，最遺憾的是，這美麗容貌在太過瘦小的身體上晃盪，脖子太柔弱，幾乎支撐不住頭顱，那頭顱應安放在某個更高大的人身上。

黃色占領了西希那半邊的房間。西希有黃色床罩和套上黃布的椅子，她的金髮洋娃娃全穿著黃衣服，她的書本包著自製的黃色書衣。西希甚至在返家的時候穿黃色毛衣和裙子。西希不適合穿黃色，顯得她氣色不佳，但這並未減低她用黃色惹惱凱芮的決心。這一天，出於某些從未得到解釋的無聊理由，她開始用卑鄙惡毒的手段譏笑凱芮。

「凱芮是侏儒……是侏儒……是侏儒。」西希忽然唱起一首單調的歌來。

「凱芮該去馬戲團……馬戲團……馬戲團。」西希繼續唱個不停。然後她跳到自己桌上，擺出嘉年華會怪胎秀攬客員的厚臉皮叫嚷模樣，西希開始大喊，「來啊！大家來啊！一枚二十五分硬幣就可以來看拇指姑娘活生生的姊妹！來看世界上最小的女人！來啊，付錢看這眼睛好大好大的小傢伙，像隻貓頭鷹一樣！來看好大好大的頭長在這麼瘦小脖子上！只要一枚二十五分硬幣就可以看我們的小怪胎脫光光！」

十來個小女孩擠進房間盯著凱芮，凱芮蜷在地板一角，她低著頭，長髮掩住她羞辱驚恐的臉。

西希打開她的小錢包收錢，那些富家小女孩愉快地將二十五分硬幣往裡頭丟。「侏儒小怪胎，現在把妳衣服脫掉。」西希一聲令下。「讓客人花的錢值回票價。」

凱芮顫抖著開始哭泣，她緊緊蜷成球狀，抬高膝蓋祈禱，希望上帝能想辦法讓地板打開一個洞。可是地板永遠不會在真正該打開時仁慈地開一個洞把人吞進去。她腳下的地板依然結實堅固，而西希譏笑的聲音持續響著。

「看她抖啊抖……看她晃啊晃……她要弄出……一場地震！」

所有女孩都咯咯發笑，只有一個普通體型的十歲女孩同情憐憫地望著凱芮。「我覺得她很可愛。」蕾西．聖約翰說道，「西希，別鬧她。妳做的事很不好。」

「當然很不好！」西希大笑著說道，「可是這麼好玩！她是這麼沒膽的小老鼠！妳知道嗎？她從來不說一句話。我不覺得她會講話！」西希從椅子上跳下來，跑到凱芮那邊用腳戳凱芮。「小怪胎，妳會說話嗎？來啊，大眼小怪胎，告訴我們妳怎麼會長得這麼怪。妳的舌頭被貓咬了嗎？妳有舌頭嗎？伸出來！」

凱芮的頭垂得更低。

「瞧，她沒舌頭！」西希蹦蹦跳跳地宣稱。西希轉了個圈，張開雙臂。「瞧瞧他們給我一個什麼室友，一隻沒舌頭的貓頭鷹！我們怎樣才能讓她說話？」

蕾西保護似地更靠近凱芮。「好了，西希，適可而止，別鬧她了。」

西希轉身用力踩上蕾西的腳。「閉嘴！這是我房間！妳在我房間就要照我的話做！蕾西．聖約翰，我不只跟妳一樣大，我爸爸賺的錢更多！」

「我覺得妳是個卑鄙下流又心地醜惡的女孩，妳竟然這樣折磨凱芮！」蕾西說道。

西希揚起拳頭，擺出職業拳擊手的姿勢跳來跳去，對著蕾西快速揮舞拳頭。「想打架？來啊，把手舉起來！看是妳先打中我，還是我先把妳揍出黑眼圈！」蕾西還沒來得及抬手防衛，西希一個右拳直接擊中蕾西的左眼。然後西希的左勾拳揮上蕾西筆直的漂亮鼻子！血到處噴！

這時凱芮抬起頭來，看到那女孩被打得滿身是傷，由於學校裡只有她對凱芮表露出一絲善意，這就足以讓凱芮動用她最可怕的武器，那就是她的嗓門。凱芮開始尖叫，她使出所有力氣，仰頭放聲尖叫！

當時，艾蜜莉・迪恩・杜赫斯特小姐在一樓的書房裡聽見了，她猛然直起身子，帳本不小心沾上了墨水漬。她跑去按響走廊的警鈴，所有女教師忽然一團亂。

那時是晚上八點，大多數教職員都回自己房間休息了，教師們身穿浴袍睡衣，其中一人穿著緋紅色晚禮服，顯然正準備偷溜出去，眾人飛快跑向那喧鬧房間。她們衝進凱芮和西希合住的宿舍房間，瞧見裡頭的可怕場面。十二個女孩混戰打成一團，還有其他女孩站在一旁觀看。混戰圈的其中一人跟凱芮一樣只是不停尖叫，但其他十一個人都在地板上大叫、拳打腳踢、拉頭髮又扯衣服。而凌駕所有爭吵喧嘩聲之上的，是一名瘦小人兒驚恐的刺耳大喊。

「哪裡有男人，男人在哪？」隆霍斯特小姐喊著，她便是穿緋紅色晚禮服的那名教師，她的雙峰幾乎要從低胸領口蹦出來。

「隆霍斯特小姐，冷靜點！」杜赫斯特小姐發號司令，她迅速判斷出情勢並擬好對策。「這裡沒有男人。女孩們！」她大聲喝道，「立刻別再吵鬧，要不然妳們所有人這週末都不許外宿！」然後她低聲對那位性感女教師說道，「等這裡的場面控制住了，妳來我辦公室報到。」

房間裡，正被拉著頭髮或被抓傷臉蛋的所有女孩頓時變得靜止沉默。她們驚恐地環顧四周，發現房間裡擠滿教師，最糟的是杜赫斯特小姐也來了，儘管放肆喧嘩的情形時常發生，可沒聽說過她會輕饒這種行徑。所有人都噤聲不語，只有凱芮仍在尖叫，她閉緊雙眼，蒼白小手緊握成拳。

「為什麼這孩子在尖叫？」杜赫斯特小姐問道，一臉犯錯的隆霍斯特小姐偷偷溜走想脫掉她的犯罪證據，那身晚禮服證明了某處有個男人躲藏等候。

很自然地，最先恢復常態的是西希・托爾斯。「杜赫斯特小姐，這一切是她起頭的。全是凱芮的錯。她就像個小嬰兒。妳一定要給我一個新室友，要不然跟小嬰兒住這麼近，我會被害死。」

「托爾斯同學，把妳剛才講的再說一遍。再告訴我一次，我應該怎麼做。」

西希略帶恐懼，笑得很不自在。「我是說，我很想要一個新室友。跟一個瘦小到那麼不合常理的人住在一起，我住得很不舒服。」

杜赫斯特小姐冷冷地瞥著西希。「托爾斯同學，妳真是殘忍得不合常理。從現在開始，妳就住到一樓我房間隔壁，我會密切注意妳。」她銳利的目光橫掃整個房間。「至於妳們其餘的人，我會通知家長妳們這週末的外出假取消了！現在每個人都去找立陶頓小姐報到，好讓她把你們記過處分。」女孩們咕噥抱怨著，魚貫走出房間，讓自己的名字被打上扣分記號。直到這時杜赫斯特小姐才上前走向凱芮，她手腳著地趴伏著，聲音只剩微弱的抽抽搭搭，但她的頭仍歇斯底里地不停左右搖動。「道蘭根格同學，妳現在是否夠冷靜，可以告訴我發生什麼事嗎？」

凱芮說不出話來。驚恐和濺血場面將她帶回那個上鎖房間，回到挨餓的日子，那時她曾被迫喝下鮮血，不然就會餓死。杜赫斯特小姐受她觸動，但也被她難倒了。在校四十年間，她看著女孩來來去去，她知道女孩能跟男孩一樣極度醜惡又殘忍。「道蘭根格同學，妳若不回答我，這週末就不能回家探親。我知道妳吃過不少苦頭，我很想好好對待妳。能不能請妳說明發生了什麼事？」

凱芮現在整個人癱在地板上，她仰頭一望。她看著矗立在自己面前的年長女士，那身藍裙子幾乎藍得發灰。灰色是外婆穿著的衣服顏色。外婆做了可怕的事，不知怎地外婆害死了克瑞，現在她也來抓凱芮了！

「我恨妳！我恨妳！」凱芮一再尖叫，直到杜赫斯特小姐被趕出房間，然後派了學校護士替凱芮打了一針鎮靜劑。

那個星期五我接到電話，杜赫斯特小姐打來告訴我們，有十二名同學違規不遵守她的命令，凱芮也是其中一人。「我很抱歉，真的很抱歉。但我不能懲罰其他人，卻給妳妹妹特權待遇。她也在那間房間裡，我叫她安靜時她不肯聽話。」

我一直等到傍晚才在餐桌上和保羅討論這件事。「保羅，把凱芮留在那邊度過週末錯得離譜。你知道我向她保證，她每個週末都可以回家。她那麼小，不會自己去做違規的事，所以她也被懲罰並不公平！」

「凱西，說真的，」他放下叉子，「杜赫斯特小姐告訴妳這件事之後，她立刻又打給我。她有她的規矩，要是凱芮不守規定，她就得和其他女孩一樣受罰。而我尊重杜赫斯特小姐，就算妳並不同意我。」

回家過週末的克里斯贊同保羅的話。「的確如此，凱西，我和妳都知道凱芮想胡鬧的時候會大鬧一番。即使她什麼也沒做，只是尖叫，這也會讓妳抓狂然後覺得自己聾了。」

少了凱芮的週末過得很糟。我不能不惦記凱芮，只能焦慮不安地擔心著她。我好像聽到她在叫我。我閉上眼睛，看到她那蒼白小臉和她恐懼縈繞的大眼。她真的會沒事！她一定沒事，是吧？待在艾蜜莉·迪恩·杜赫斯特小姐這樣可靠可敬的女士掌管的昂貴學校裡，一個小女孩能出什麼事？

凱芮傷心時，與這世界或與她自己僵持不下時，身邊沒有人愛她，她逃避現實回到過去，迷你瓷偶娃娃給她可靠慰藉，她小心翼翼地將娃娃們藏在她所有衣服下方。現在她是全校唯一獨居一間房間的女孩。她之前從來沒有一個人獨處過。在凱芮的九年人生歲月裡，她從未在一個房間裡獨自過夜。她現在孤伶伶的，而她明白這點。學校裡的所有女孩都沒站在她這邊，就連漂亮的蕾西·聖約翰也是。

凱芮從她非常隱密的藏匿處取出她的瓷偶娃娃——帕金森先生、帕金森太太和可愛的小寶寶克拉拉，然後像她過去被關在閣樓時那樣對著娃娃說話。「而且凱西，」她後來告訴我，「我當時心想也許媽媽在上帝的天堂裡，在那個有爸爸和克瑞的花園，而且我好氣妳和克里斯，因為妳讓保羅醫師把我送去那個地方，妳知道我多麼喜歡跟你們大家在一起。而且凱西，我恨妳！我恨所有人！我恨上帝讓我這麼瘦小，所以大家都笑我頭大身體小！」

走在鋪著綠地毯的長短走廊上，凱芮聽到女孩們竊竊私語。她朝她們望過去時，她們會偷偷移開目光。「我告訴自己我不在乎，」凱芮小聲沙啞地告訴我，「但我其實在乎。我告訴自己，要像妳、克里斯和保羅醫師希望的那麼勇敢。我一直讓自己覺得很勇敢，但我不是真的勇敢。我不喜歡黑暗。我告訴自己，上帝會聽到我的祈禱讓我長高，因為每個人隨著年齡增長都會長高，所以我也會長高。」

凱芮繼續說。「凱西，那裡好黑，房間裡感覺好大好可怕。妳知道我不喜歡晚上，也不喜歡待在黑暗裡不點燈，那裡沒有別人只有我。我甚至想讓西希回來，有她總比沒有人好。陰影裡有東西在動，我嚇壞了，雖然我們不該開燈，我還是開了。我想去拿我的迷你娃娃陪我睡覺，這樣我就有伴了。我睡覺時會小心不翻身，免得弄斷它們的頭。

「我總是把娃娃放在衣櫃最下面那格抽屜裡，帕金森先生和帕金森太太一左一右地夾著中間的小寶寶克拉拉。我先拿起中間的棉花襯墊，然後摸到硬硬的東西。可是凱西，當我一看……當我仔細一看，裡頭沒有小寶寶，只有一根小木棒！我打開帕金森先生和帕金森太太的襯墊，裡頭也只有木棒，而且比較大根！找不到它們讓我好難過，我開始哭。我所有的迷你瓷偶娃娃都沒了，全都變成木頭，所以我明白上帝永遠不會讓我長高，因為祂把我的漂亮娃娃變成木棒。

「然後好怪的事發生在我身上，好像我自己也變成木頭。我覺得好僵硬，看不太清楚。我跑去蹲在角落等壞事發生。外婆說過要是我弄壞娃娃，可怕的事就會發生，對不對？」她沒再說下去，但我從其他人口中得知後來發生了什麼事。

在黑暗中，過了半夜很久之後，被杜赫斯特小姐處罰不准回家的那十二個富家小女孩全都偷溜進凱芮的房間。這是正直的蕾西．聖約翰告訴我的，但她只在杜赫斯特小姐走遠聽不到時才說出口。

十二個女孩全都穿著白色的棉質長睡衣，這是學校規定的睡衣，她們一個接一個走進凱芮房間，每個人都舉著一根蠟燭，所以燭光會從下巴往上照亮她們的臉。這種光源讓她們的雙眼看起來像凹陷的黑窟窿，讓她們年輕的臉龐增添可怕喪屍般的樣貌，足以嚇壞一個依然蹲在房間角落的小女孩，而這個小女孩早已處在恐懼纏身的失神狀態。

她們在凱芮面前圍成半圓俯視著她，每個人頭上都罩了枕頭套，枕頭套挖了兩個洞以便視物。她們開始進行儀式，比畫著某種複雜難懂的儀式化圖案，持續揮舞蠟燭，像真正的女巫一般喃喃念誦。她們從凱芮身上驅散「最小」。她們想讓她和她們自己「不受」某種邪惡影響，為了保護自己不受某個「瘦小怪異到不合常理」的人傷害，她們被迫做出那種邪惡的事。

其中一個聲音特別刺耳，凱芮認出那是西希．托爾斯。對凱芮來說，所有穿白睡衣、戴白頭罩又挖了眼洞的神祕女孩全是來自地獄的惡魔！她開始嗚咽發抖，哦！她好怕，好像外婆再次來到房間裡，不過這一次外婆變成好多個，持續增加成總共十二個外婆！

「別哭，別怕。」一個看不到嘴巴的頭罩下傳出夢魘般的聲音安慰她。「要是妳能活過今晚，活過這場入社儀式，凱芮．道蘭根格，妳就會成為我們最祕密的不公開社團一員。要是妳成功了，從今晚起，妳就能共享我們的祕密儀式、祕密宴會和祕密貯藏的糖果。」

「哦，」凱芮呻吟著，「走開，別煩我，走開，別煩我。」

「安靜！」那個刺耳的聲音下令，「除非妳獻出妳最心愛珍貴的所有物，不然妳沒機會成為我們的一員。獻出東西，或是忍受我們的考驗。」

凱芮蜷縮在角落，她只能盯著那些白色女巫身後移動的影子，她們威脅她。蠟燭發出的亮光愈來愈大，將她的世界變成只有黃色和緋紅色火焰的地方。

「給我們妳摯愛珍惜的東西，要不然妳就要受苦、受難、受苦受難。」

「我什麼也沒有。」凱芮老實地低聲說道。

「那些娃娃，漂亮的迷你瓷偶娃娃，把娃娃給我們。」那個刺耳的聲音吟誦著。「妳的衣服太小件不適合我們，我們不要。給我們妳的娃娃，妳漂亮的男瓷偶、女瓷偶和小寶寶瓷偶。」

「娃娃都不見了。」凱芮哭了，好怕她們會對她發火。「它們變成了木棒。」

「呵呵！真會編故事！妳撒謊！小貓頭鷹，所以現在妳必須受苦，成為我們的一員，要不然就去死。選一個吧。」

這很好選。凱芮點點頭，努力不發出哽咽聲音。

「好吧，從今晚起，凱芮．道蘭根格，妳這怪名字、怪臉孔的傢伙，會成為我們的一員。」

她們究竟是如何抓住凱芮、遮住她的眼睛，然後將她小手縛在背後的？她們將她推到走廊上，爬上一段陡峭樓梯，然後她們忽然到了戶外。寫下這一切實在令人傷心。被蒙住眼睛的凱芮這時感覺到夜晚涼爽的空氣和支撐光裸腳下的斜坡，她準確猜到那些女孩帶她爬上了屋頂！對凱芮而言，這世上只有一件事比外婆更加值得害怕，那就是屋頂，任何屋頂！那些女孩料到凱芮會大聲叫喊，事先堵住了她的嘴。「現在乖乖躺好或坐好，像隻貓頭鷹該有的模樣。」那個刺耳的聲音說道，「好好待在靠近煙囪的屋頂上，頭頂上有月亮，等到早上妳就會成為我們的一員。」

凱芮開始瘋狂掙扎，試圖抵抗那麼多拖著逼她坐下的人。然後更糟的是，她們突然放手，接著把她留在漆黑的屋頂上，獨自一個人。她聽到遠處傳來她們離去的低聲嗤笑以及門閂落下的喀答輕響。

凱西，凱西，她對自己尖叫，**克里斯，來救我！保羅醫師，為什麼送我來這裡？難道沒人要我嗎？**凱芮眼睛被蒙住、手腳被綁縛，嘴巴又被堵了起來，她只能啜泣著發出細小如貓叫的聲音，勇敢面對陌生大屋頂的陡峭斜面，開始往門閂聲響起的地方前進。凱芮坐著用屁股挪動身體，一吋一吋地往前移，每移動一吋就祈禱一次別讓她摔下去。從她許久之後才肯含糊告訴我的話中聽來，她似乎不只靠直覺來指引她前進，她在即將到來的春日雷雨中，聽到遠處傳來克瑞美妙的嗓音歌唱，輕輕彈著他那首再次尋找家園和太陽的憂愁歌曲。

「哦，凱西，在那麼高的地方感覺好怪，然後，忽然間開始風吹雨打，有雷聲隆隆響，還有落下的閃電讓我隔著遮眼布也能看見明暗，克瑞一直都唱著歌引領我走向那扇暗門，我用腳撬開門，不知怎地扭進門口。然後我就摔下樓梯了！我跌進黑暗裡，聽到骨頭斷掉的聲音，然後疼得像有牙齒咬我一樣，接著我再也看不到也感覺不到任何東西，甚至連雨聲也聽不見。然後克瑞走掉了。」

星期日早上來臨，我、保羅和克里斯在餐桌上吃早午餐。

克里斯手裡拿了個熱騰騰的手工奶油餐包，他張開大嘴一口咬下至少半個餐包，就在這時走廊上的電話響起。保羅咕噥一聲放下他的叉子。我也咕噥抱怨，因為我第一次做了起司舒芙蕾，這種甜點必須出爐後馬上趁熱吃掉。「凱西，妳可以去接電話嗎？」他問道。「我真的很想挖一口妳做的舒芙蕾。看起來很美味，而且聞起來超棒。」

「你就坐著吃吧，」我立刻站起來急忙去接電話，「我會盡我所能，保護你不受那討厭的威廉森太太打擾……」

他輕笑著對我亮出被逗樂的眼神，再度拿起叉子。「也許不是我那又添了什麼小病痛的寂寞寡婦女士打來的。」克里斯一逕地進食。

我接起電話，用我最成熟周到的禮節應答，「這裡是保羅．薛菲爾醫師公館。」

「我是艾蜜莉．迪恩．杜赫斯特。」電話另一頭的嚴厲聲音說道。「請立刻叫薛菲爾醫師接聽。」

「杜赫斯特小姐！」我感到驚惶。「我是凱芮的姊姊凱西。凱芮還好嗎？」

「妳和薛菲爾醫師需要馬上過來這裡！」

「杜赫斯特小姐……」

但她沒讓我把話說完。「妳妹妹似乎神祕失蹤了。那些受罰不能回家的女孩星期日必須出席教堂禮拜。我親自點名，叫到凱芮名字時她沒有應答。」我的心跳得愈來愈急，擔憂接下來會聽到的話，我移動手指按下電話上的按鍵，讓杜赫斯特小姐的聲音能從附設麥克風擴音外放，就算克里斯和保羅還在用餐也能聽見。

「她在哪裡？」我小聲問道，滿心恐懼。

她冷靜地開口。「今天早上我點到妳妹妹名字然後問她人在哪裡時，氣氛沉默到很古怪。我派了一名教師去查看妳妹妹房間，她不在那裡。然後我下令全面搜查戶外地方，整棟校舍從地下室搜到閣樓，但還是沒發現妳妹妹。要是妳妹妹不是這種個性，我可能會以為她逃出學校踏上回家的路。不過那氣氛是某種警訊，表示這裡至少有十二名女孩知道凱芮出了什麼事，她們不肯講出來也不認罪。」

我瞪大眼睛。「妳是說妳現在還是不知道凱芮人在哪裡？」

保羅和克里斯不再進食，他們兩個現在都關切地盯著我看。「很抱歉我得說我不知道。凱芮從昨晚九點起就不見人影。就算她一路走回家，她現在也應該到家了。現在時間接近中午。要是她沒在那裡，也沒在這裡，那麼她可能受傷迷路，或是遇到什麼別的事故……」

我差點尖叫出聲。她怎能講得那麼冷靜！為什麼，為何每次我們的人生出了可怕事情，告知我們壞消息的都是平淡冷漠的聲音？

保羅的白色車子沿著公路疾速開往凱芮的學校。我像個夾心餅乾擠在前座的保羅和克里斯中間。我哥哥帶上他的行李，等他弄清楚凱芮出了什麼事，就能搭公車返校。他緊握著我的手，向我保證我們的這一個孩子會活得好好的！「凱西，別再看起來那麼擔心。」克里斯一手環住我肩膀，讓我的頭倚靠他肩頭。「妳懂凱芮是怎樣的人。她大概是躲起來，只是不想出聲回應。記得她在閣樓時怎麼了嗎？就算克瑞想，她也不願待在那裡。凱芮會溜去做自己的事。她不會逃出學校。她太怕黑。她會躲在某個地方。有人做了一些讓她傷心的事，所以她讓她們擔心來懲罰她們。她沒辦法面對夜深人靜的世界。」

夜深人靜！哦，天啊！我真希望克里斯沒提起閣樓，在克瑞上天堂去見爸爸前，他曾經差點死在木箱子裡。克里斯親吻我臉頰，擦掉我淚水。「好了，別哭了。我說的全都不對。她會沒事的。」

「妳說不知道我的被監護人在哪，是什麼意思？」保羅冷酷地發火，他冷冰冰地望著杜赫斯特小姐。「就我所知，這間學校裡的女孩一天二十四小時都受到妥善監督！」

我們待在艾蜜莉．迪恩．杜赫斯特小姐的漂亮辦公室裡。她沒坐在那張令人印象深刻的大桌子後面，反而不停在地板上踱步。「薛菲爾醫師，說真的，本校從未發生過這種事。我們從沒弄丟任何女孩。我們每晚都會查房確認女孩們是否熄燈躺在床上，凱芮那時候還在床上。我親自去看她，若她願意的話我想安慰她，但她不願看我也不肯開口。當然這一切都是從你的被監護人房間裡發生打鬧事件開始，處罰導致她們失去週末外宿的許可。所有教職員都協助我搜查，我們也訊問了學校裡的女孩們，她們聲稱一無所知。我猜想她們應該知情，但她們若不肯說，我也不知道接下來該怎麼辦。」

「妳發現她失蹤時，為什麼不立刻通知我？」保羅問道。然後我開口請她帶路去凱芮房間。杜赫斯特小姐熱切地看向我，渴望逃離醫師的震怒。當我們三個人跟隨她踏上樓梯，她傾吐長篇大論的辯解，好讓我們明白管理如此多的調皮女孩是多麼艱難。當我們終於進了凱芮房間，好幾個學生跟在我們後面，竊竊私語說我和克里斯長得多像凱芮，只不過我們沒有「那麼怪胎般地瘦小」。

克里斯轉頭對她們沉下臉。「要是妳們會說這種話，難怪她討厭這裡！」

「我們會找到她的，」克里斯擔保著。「就算我們得待個一星期拷問這裡的每位小女巫，我們會讓她們說出她在哪裡。」

「年輕人，」杜赫斯特小姐動怒，「除了我，沒人能拷問我學校的女孩！」

我比任何人都了解凱芮，我徐徐地繞著她腦袋那一套思路打轉。那麼要是我的年紀跟凱芮一樣大，我會試圖逃離一間不許我回家的不公平學校嗎？我會！我真的會那麼做。但我不是凱芮，我不會只穿睡衣就逃出學校。她所有的小制服都在房間裡，那是杭妮為她親手縫製的，還有她的小毛衣、裙子、上衣和漂亮洋裝也全都在房間裡。她帶來這間學校的所有東西都放在該擺的地方，只有瓷偶娃娃不見了。

我仍在凱芮衣櫃前雙膝著地，跪坐在自己腳跟仰望保羅，對他展示那個盒子，裡頭空無一物，只有棉花襯墊和幾根木棒。「她的娃娃不在裡頭，」我沉悶地說道，一點也不明白為何會出現那些木棒，「就我所知，她唯一少了的衣服是一件睡衣。凱芮不會只穿睡衣就跑出學校。她一定在學校裡，在某個沒人瞧過的地方。」

「我們所有地方都瞧過了！」杜赫斯特小姐不耐煩地說道，好像我沒資格談這件事，她只想尋求監護人醫師的幫助，就算保羅又對她投以嚴峻冷酷的眼神。

出於某些我無法解釋的原因，我轉頭留意到一道「貓吃了金絲雀」的目光。目光來自一位擁有蒼白病容和紅鏽色鬈髮的瘦削女孩，凱芮只對我略略提過她室友的事，光聽了那些我就厭惡她。也許不過是因為她的眼神，或是她不斷撫弄自己薄棉無袖連身裙的方形大口袋，讓我瞇起眼睛想看穿她的內心深處。她臉色一白，綠色雙眼瞟向窗外，不安地左右挪動雙腳，飛快地把手抽出口袋。那是一個有內襯的口袋，而且口袋鼓起的形狀非常可疑。

「妳，」我說道，「妳是凱芮的室友，對不對？」

「對。」她低聲說道。

「妳口袋裡放了什麼？」

她的頭猛然轉向我這邊。她眼裡閃著綠色怒火，唇邊肌肉抽動著。「不干妳的事！」

「托爾斯同學！」杜赫斯特厲聲鞭撻。「回答道蘭根格小姐的問題！」

「是我的錢包。」西希．托爾斯挑釁地對我怒目相向。

「真是個凹凸不平的錢包。」我驟然衝上前去一手抓住西希．托爾斯的膝頭。她掙扎怒喊，我用另一手從她口袋掏出一條領巾。領巾裡滾出了帕金斯先生、帕金斯太太和小寶寶克拉拉。我將那三個瓷偶娃娃托在手上，然後開口盤問，「妳拿我妹妹的娃娃做什麼？」

「那是我的！」她銳利的眼睛瞇成細縫。圍繞旁觀的那些女孩開始竊笑，彼此低聲談論。

「妳的？那些娃娃是我妹妹的。」

「妳撒謊！」她反擊。「妳偷了我的娃娃，我爸可以把妳關進牢裡！」

「杜赫斯特小姐，」那個小惡魔下令，她的手伸向娃娃。「妳叫這個人別來煩我！我不喜歡她，也不喜歡她的侏儒妹妹！」

我矗立在她面前，帶著保護意味將娃娃移到我背後。她得殺了我才能拿到！

「杜赫斯特小姐！」那個小魔鬼邊尖叫邊襲擊我。「我爸我媽在聖誕節給了我這些娃娃！」

「妳這說謊的小惡魔！」我好想掌摑她挑釁的臉蛋。「妳從我妹妹那裡偷走這些娃娃和嬰兒床。因為妳做了這種事，凱芮現在的處境非常危險！」我明白的。我感覺得到。凱芮需要幫助，而且要快。「我妹妹在哪裡？」我憤怒不已。

我冷酷地盯著那個叫西希的紅髮女孩，我知道她能回答出凱芮人在哪裡，但也明白她永遠不會告訴我。她的眼神，她那卑鄙惡毒的眼神讓我明白這一點。就在那時，蕾西．聖約翰大膽開口，把她們前一晚對凱芮做了什麼告訴我們。

哦，天啊！世上沒有任何地方比屋頂更能嚇壞凱芮，無論是哪一種屋頂！我暈眩地回到往日，那時我和克里斯試圖帶雙胞胎到佛沃斯大宅的屋頂上，想抱著他們晒太陽，讓他們呼吸新鮮空氣，好讓他們能長大。他們卻像嚇得發瘋的孩童般又踢又叫。

我緊閉眼皮，一心一意地想著凱芮在哪裡。哪裡？到底在哪裡？我彷彿看見她蜷在一個黑暗角落，她身旁像是高聳峽谷包圍著她。

「我想親自去閣樓裡瞧瞧。」我對杜赫斯特小姐說道，她隨即表示她們已全面搜索過閣樓並且一再呼喚凱芮的名字。但她們不像我那麼了解凱芮。她們不知道我的小妹妹受到打擊時，她會置身於無法言語的幻想天地。

我、克里斯、保羅和所有教師爬上閣樓樓梯。那裡和以前那個閣樓非常相似，是個幽暗又滿是灰塵的廣大空間。只不過那裡並沒有覆蓋著蒙塵灰布的舊家具和過往的殘留物品。那裡只有一堆又一堆的重木箱。

凱芮在這裡。我可以感覺得到。我感覺到她的存在，彷彿她伸手碰我一般，雖然我環顧四周只看到箱子。「凱芮！」我盡力大聲呼喊。「是我，凱西。別因為害怕就躲著不出聲！我找到妳的娃娃了，保羅醫師和克里斯都跟我在一起。我們來帶妳回家，我們再也不會把妳送去學校！」我用手肘輕推保羅，「你現在也這樣告訴她。」

他用溫柔的嗓音放聲大喊，「凱芮，要是妳聽得到我說話，事情就像妳姊姊說的那樣。我們想要妳回家跟我們在一起。凱芮，我很抱歉。我以為妳會喜歡這裡。現在我知道妳不可能過得開心。凱芮，拜託出來，我們需要妳。」

接著我覺得自己聽到一聲輕柔嗚咽。我往那聲音的方向跑，克里斯緊跟在我腳後。我很熟悉閣樓，知道該怎麼搜索找人。

我猛然停下腳步，克里斯撞上我。就在前方，在聳立堆疊的重木箱造就的黯淡陰影處，我瞥見凱芮，她仍穿著睡衣，衣衫破爛，全身骯髒帶血，嘴巴被堵上而且眼睛被矇住。她流洩的金髮在微光中閃爍。在她身下，一隻腿扭成古怪模樣。「哦，天啊，」克里斯和保羅同時低聲說道，「她的腿好像斷了。」

「等等。」保羅低聲提醒，我正輕率地想衝去救凱芮，他的雙手鉗住我肩膀。「凱西，看看那些木箱，只要妳不小心踏錯一步，箱子就會全垮下來壓在妳和凱芮身上。」

在我身後某處，一名教師呻吟著開始禱告。在眼盲受縛的狀態底下，凱芮是如何拖著自己身體爬下狹窄通道的，實在令人難以置信。成熟大人是爬不過去的，但我可以，我身形還夠嬌小。

我開口說話時已經有了打算。「凱芮，照著我說的去做。身體別靠右邊也別靠左邊。肚子朝下平躺在地上，頭朝向我聲音這邊。我會爬進去抓住妳的胳肢窩。妳的頭要抬高才不會刮傷臉。保羅醫師會抓住我腳踝，把我們兩個一起拖出來。」

「告訴她，拖動身體會讓她的腿很痛。」

「凱芮，妳聽到保羅醫師說的嗎？拖動身體會讓妳的腿很痛，要是覺得疼也不要亂動，只要一、兩秒就能拖妳出來，保羅醫師會治好妳的腿。」

我感覺似乎花了好幾小時才慢慢爬過那條通道，那些木箱持續搖晃，當我終於抓住她的雙肩腋下，我聽到保羅醫師大喊，「凱西，抓好！」然後他飛快地使勁一拽！那些木箱也轟然倒下，灰塵到處飛揚。在一團混亂中，我為凱芮取下她嘴裡的堵塞物和眼睛的遮眼布，醫師替她鬆綁。

然後凱芮緊緊依偎著我，光線太過刺眼讓她不停眨眼，她痛到哭出來，見到那些教師和自己扭曲的腿簡直嚇壞了她。

送凱芮去醫院的那輛救護車裡，我和克里斯坐在車上共用同張凳子，我們各握住凱芮一隻手。保羅開著他的白色汽車跟在後面，他會到場監督那位替凱芮的斷腿正骨復位的整形外科醫師。在凱芮頭部旁邊，面朝上躺在枕頭上的是她的三個瓷偶娃娃，有著呆板笑容和僵直的身體。我還清楚記得那個畫面。現在那個嬰兒床也不見了，就像多年前不見的另一個娃娃屋嬰兒床一樣。

凱芮的斷腿搞砸了我們的暑期長假旅行計畫，那是保羅醫師原本為我們大家安排的。我心裡再次對媽媽發怒。是她的錯，我們受到的懲罰總是她害的！這不公平，凱芮得困在床上而且我們不能北上旅行，我們的媽媽卻四處閒晃享樂，去參加宴會，去跟電影明星以及那些搭飛機到處旅遊的富豪階級一塊喝酒，好像我們完全不存在！現在她人在蔚藍海岸。我從格林列納報紙的社會版面剪下這則新聞，貼進我那大本的復仇剪貼簿上。這篇報導我先拿給克里斯看，然後才放進簿子裡。我不想讓他看到所有報導文章。我不想讓他知道我訂了維吉尼亞州的報紙，上頭記述了佛沃斯家的人做的每件事。

「妳在哪看到的？」他出聲盤問，仰頭看我然後把剪報遞還給我。

「是格林列納的報紙，它比克萊蒙的《每日新聞》更關注上流社會的消息。我們的媽媽是熱門焦點，你不知道嗎？」

「我努力想忘記，跟妳不一樣！」他尖銳地說道。「我們現在沒過得那麼糟，不是嗎？我們幸運地遇上保羅，凱芮的腿會康復到跟以前一樣好。之後還會有暑假能讓我們去新英格蘭。」

他怎麼知道？不是任何事都有第二次機會。也許之後的暑假我們太忙或是保羅太忙。「身為一個『算是』醫師的人，你不知道她那條腿打上石膏時可能不會生長嗎？」

他看起來莫名地不自在。「要是她的生長速度像一般小孩那樣，我想可能會有這種風險。可是凱西，她沒長大多少，所以幾乎不可能會變成一腳長一腳短。」

「哦，你就繼續埋頭讀《格雷醫用解剖學》吧！」我動怒，氣他總是在我提及任何可能怪罪媽媽的事時就刻意輕描淡寫。他明知凱芮為什麼沒像我一樣快速地生長發育。被剝奪了愛、陽光和自由，她還能倖存已是奇蹟！還有砒霜！該死的媽媽該下地獄！

日復一日，我忙著從許多份報紙剪下新聞剪報和模糊照片來增添自己的剪貼簿收藏。我大部分的「零用錢」都用在這裡。雖然我對所有照片裡的媽媽投以憤恨嫌惡的目光，我卻仰慕地注視著她丈夫看。她的年輕丈夫是多麼英俊，體格多麼魁梧，有著精瘦修長的肌肉和古銅色皮膚。我盯著一張照片看，那張照片裡頭的他高舉一杯香檳和他的妻子乾杯歡慶結婚兩週年。

那晚我決定要寄一封短信給媽媽。寄普通平信，郵局會轉寄給她的。

親愛的溫斯洛太太：

我還清楚記得妳度蜜月的那個夏天。那是個很棒的夏天，在永遠不能開窗的上鎖房間裡，住在山上是如此清爽宜人。溫斯洛太太，恭喜妳並致上我最誠摯的祝福，我真心希望妳記得妳的瓷娃娃曾經度過什麼樣的春夏秋冬，那些回憶會在妳未來的每個春夏秋冬揮之不去。

再也不是妳的
醫師瓷娃娃
芭蕾舞者瓷娃娃
希望長高的瓷娃娃
還有那個死掉的瓷娃娃

我跑去寄信。然而我剛把那封信投入街角郵筒，就立刻好希望自己能取回信件。克里斯會恨我這麼做的。

那晚下著雨，我起身望著外頭的暴風雨。我的臉上淌下兩行淚水，就跟窗玻璃上淌流的雨水一樣多。因為那天是星期六，克里斯在家。他在陽台上任憑風吹雨打，他的睡衣淋濕了，黏在他皮膚上。

我看見他時，他差不多同時也瞧見我，他一語不發地踏入我房間。我們緊緊相偎，我哭著而他努力不哭出來。我很想叫他走，雖然我緊擁著他在他肩頭哭泣。「為什麼，凱西，為什麼哭成這樣？」他問道，而我哭個不停。

「克里斯，」等我終於開得了口，我這樣問道，「你並不是還愛著她，是不是？」

他還沒回話就先遲疑了。那讓我的脾氣激動到沸騰翻滾。「你還愛她！」我大喊，「她對克瑞和凱芮做出這些事，你怎能還愛著她？克里斯，你該和我一樣恨她時卻繼續愛她，你是怎麼了？」

他還是什麼也沒說，他的沉默卻給了我答案。他繼續愛她，是因為他若要繼續愛我就非得愛她不可。每次看到我的臉，他就瞧見她和她年少時的模樣。克里斯就跟爸爸一樣，對我擁有的這種美貌毫無抵抗能力。但這不過是外表相似而已！我不懦弱！我不是什麼都不會！我能想出上千種方法來謀生，不會把我自己的四個小孩關在悽慘房間裡，把他們留給一個邪惡老女人照顧，那個老女人想看他們因罪惡而受苦，那些罪惡甚至不是他們自己犯下的罪！

當我思索著報復的念頭，擬定計畫，打算等待時機毀了她人生時，克里斯輕柔地吻我，我專注得甚至沒注意到他在吻我。「住手！」我察覺他的嘴唇正印上我的雙唇時，我喊叫著。「別煩我！你不愛那個想要被愛的我，不是因為我就是我。你愛我是因為我的臉像她！有時候我恨自己的臉！」

他退向門邊，看起來深深受創。「我只是想安慰妳，」他聲音沙啞地說道，「別把這件事變得那麼醜惡。」

我對凱芮的腿拆掉石膏後可能長短腳的擔憂，已證實是無稽之言。她的腿擺脫石膏束縛後，她馬上就能走來走去，走得跟以往一樣好。

秋季將至，我、克里斯和保羅商量後決定送凱芮去公立學校，畢竟每天下午都能回家對她而言最好不過。她只需要到離家三個街區的地方搭校車，同一輛校車會在下午三點送她回家。我上芭蕾課時她可以和杭妮待在一起，在保羅的舒適大廚房裡。

很快地，九月再次來臨，然後十一月也過去，凱芮還是沒交到半個朋友。她非常想成為團體的一份子，但她永遠是個局外人。她想要找個像姊妹般親暱的人，但她只獲得猜忌、敵視和嘲笑。看來在凱芮找到朋友前，她會時時走遍小學的每條長廊。

「凱西，」凱芮會對我說道，「沒人喜歡我。」

「他們會喜歡的。他們遲早會知道妳多棒多可愛。而且妳有我們大家愛妳、欣賞妳，所以別為了別人煩憂！別管他們怎麼想！」她抽了抽鼻子，因為她在乎，她確實在乎！

凱芮睡在她的單人床上，我們的床併攏在一起，每晚我都見到她跪在床邊，小手在下巴前擺出禱告姿勢，她低著頭祈禱，「上帝，拜託讓我再次找到我媽媽。我真正的媽媽。最重要的是，上帝啊，讓我長高一點點就好。祢不需要讓我長到像媽媽那麼高，只要差不多像凱西那麼高就好，求求祢上帝，拜託，求求祢。」

我躺在自己床上聽到這段禱告詞，我黯然仰望著天花板，我恨媽媽，我真的很鄙視、很厭惡她！為什麼凱芮還會想要那麼殘忍的媽媽？我們的親生媽媽打算殺了我們，以及她如何害凱芮變得這麼瘦小的種種可怕事實，我和克里斯瞞著她是對的嗎？

凱芮將她所有的不幸和孤單都歸罪於她的瘦小。她知道自己有漂亮臉蛋和動人秀髮，但是臉蛋和秀髮是頭顱的一部分，而那頭顱對瘦小身體來說太過巨大，所以臉蛋秀髮又有何用？凱芮的美貌完全沒有讓她贏得朋友和讚賞，只有反面效果。「娃娃臉，天使髮。嘿！妳這矮人，還是說妳是侏儒？妳要加入馬戲團當他們最小的怪胎嗎？」她會從校車站牌跑過三個街區一路跑回家，驚恐地哭泣，被毫無人性的孩童再次作弄。

「凱西，我不好！」她將臉埋在我大腿上嚎啕大哭。「沒人喜歡我。他們不喜歡我的身體，因為太小，他們不喜歡我的頭，因為太大，他們連漂亮的部分也不喜歡，因為他們覺得生在我這麼小的人身上太浪費！」

我說了自己能說的一切言語來安慰她，但我覺得自己很沒資格安慰她。我知道她每分每秒都在瞧我，把我的身材比例拿來和她的比。她明白我的身材比例非常好，也明白自己的身材比例顯得怪異。

要是我能把自己一些身高分給她，我會欣然這麼做。我為她禱告來當作替代。夜復一夜，我也跪下來祈求上帝：「拜託讓凱芮長大！拜託上帝，她年紀還那麼小，這讓她很傷心，她已經受了那麼多苦。善待她吧。上帝啊，請祢垂眼看看我們！傾聽我們！」

有天下午凱芮去找那個唯一能幫她的人。他幾乎什麼願望都能實現，所以何不為她的身高幫點忙？

保羅坐在陽台上啜飲著酒，小口啃著起司和餅乾。我那時在上芭蕾課，所以我只聽到保羅敘述的事情經過。

「凱西，她來找我，問我有沒有拉長身體的機器可以把她拉得長一點。」

他告訴我的時候，我嘆了口氣。

我相信他懷著好意、愛和同情對她說話，沒有嘲笑她。「我告訴她，『要是我有這種機器的話，拉長的過程會非常痛。寶貝，要有耐心，比起妳剛來這裡的時候，妳已經變高了。時間會讓妳生長發育。哦，我看過最矮的年輕人到了青春期突然一夜之間就躥得好高。』她用那雙藍色的憂愁大眼望著我，我瞧出她很失望。我辜負了她。從她低頭垂肩緩步離開的樣子我就看得出來。她學校那些殘忍孩童斥責她，要她去找『拉長身體的機器』時，她的期望一定放得很高。」

「近代醫學沒有任何辦法能幫她長高嗎？」我問保羅。

「我正在研究，」他緊繃地說道，「為了見到凱芮長到她想要的身高，我願獻上我的靈魂。要是我能給，我會把我身高的好幾公分送給她。」

11 媽媽的陰影

我們和保羅醫師住在一起已經一年半了，那些日子真是令人愉快又困惑。我就像隻走出黑暗的鼴鼠，發現亮光底下的日子完全不像我以為的那樣。

我曾以為一旦我們逃出佛沃斯大宅獲得自由，而我也快成年以後，人生會帶領我走向一條通往名利幸福的康莊大道。我有天分，我從夫人和喬治讚賞的目光中看得出來。夫人對舞蹈技巧和掌控身體的每個小瑕疵格外地嘮叨，她的句句苛求都告訴我，我值得她付出所有心力來培育我，讓我不僅成為一流舞者，而且是出色非凡的。

暑假期間克里斯在一間小餐館找了份服務生工作，從早上七點工作到晚上七點。他八月就會再次離家去杜克大學讀大二。凱芮把她的時間虛度在玩盪鞦韆和玩她的小女孩玩具，雖然她現在已經十歲，不該再玩娃娃。我一星期有五天要上芭蕾課，星期六還得再上半天課。只要我在家，我這瘦小的妹妹就像影子一樣緊跟在我後面，我不在家時，她就成了杭妮的影子。她需要一個年紀差不多的玩伴，但她找不到那樣的人。她只信賴自己的瓷偶娃娃，因為她覺得自己年紀大到不該在我和克里斯面前像個小寶寶，而且她也突然不再埋怨自己的身高。但她的雙眼，那對悲傷無比的渴望眼睛訴說著，她多想跟那些在購物中心裡走動的女孩一樣高。

凱芮的孤單令人如此難受，我再次想起媽媽，該死的她得下地獄！我希望她倒吊在永不熄滅的火焰上，被惡魔用長矛戳刺。

我愈來愈常寫短信給媽媽，無論她身在何處，我都要折磨她陽光般的生活。她從未在一個地方待得夠久，久到能接到我的信，或也許她即使收到了也不回信。我等待那些信件蓋上「地址不明」的郵戳遭到退信，但一封也沒退回來。

我每天傍晚仔細閱讀格林列納的報紙，試著找出我媽媽人在哪又做些什麼。有時會報導這類消息：巴特洛繆．溫斯洛太太離開巴黎，飛往羅馬拜訪義大利的時尚女裝設計師新銳。我剪下那份剪報，添加到我的剪貼簿裡。哦，我遇到她時該怎麼辦！她遲早會來格林列納住進巴特．溫斯洛的家，那棟房屋已重新裝修整建。我也剪下了這篇報導文章，緊盯那張比她本人遜色的照片看了好久。這一張很不尋常。她通常會堆出燦爛笑容，讓全世界知道她對自己的生活多麼快樂滿足。

克里斯在八月離家去上大學，就在我高中開學的兩星期前。我一月底就會畢業。我等不及趕快完成高中課業，所以我瘋狂念書。

秋季時光迅速飛逝，與過去幾個秋季差別頗大，那時的光陰單調地緩慢行進，我們日漸長大並失去年少青春。僅僅是追查我媽媽的行蹤就讓我很忙，然後當我真正開始埋頭研究巴特的家族史足跡，我必須耗費更多寶貴時間。

我在格林列納花了好幾小時鑽研有關格林列納創始家族的老舊書籍。他的祖先和我的祖先差不多在十八世紀同一時期來到此地，他們都來自英國，在維吉尼亞州的某個地區落腳安頓，那地區現今歸屬於北卡羅萊納州。我仰頭放空目光。他的祖先和我的祖先都曾是「失落殖民地[3]」的移民，這也是巧合嗎？當時有些已婚男移民搭船回英國尋求更多補給，數年後返回卻發現殖民地已然荒廢，無人倖存，其中緣由不得而知。在獨立革命後，溫斯洛家族遷徙到南卡羅萊納州。真奇妙。現在佛沃斯家的

3 譯注：失落殖民地（The Lost Colony），英國於一五八四年開拓的首處美國殖民地，位於北卡羅萊納州的羅阿諾克島（Roanoke Island），但因與原住民紛爭不斷且食糧缺乏，殖民地領袖返英求援並在三年後返回，但島上百餘名殖民地居民下落不明，至今仍是未解之謎。

人也來到南卡羅萊納州。

我在格林列納的熱鬧街道上購物行走時，沒有一天不期待見到我的媽媽。我一瞥見金髮的人就盯著瞧。我走進高檔商店找她。勢利的女店員會默默出現在我背後，然後詢問她們是否幫得上忙。她們當然幫不上忙。我在找我媽媽，她可沒掛在吊衣桿上。但她就在市區裡！我從報紙社會版的專欄得知這個資訊。我任何一天都可能瞧見她！

某個晴朗的星期六我匆忙地幫瑪芮莎夫人跑腿，然後我突然發現前方的人行道上有對如此眼熟的男女，我的心幾乎停止跳動！是他們！光看她漫不經心地在他身旁漫步，一副自得其樂的模樣，我就陷入恐慌！酸苦的膽汁湧上我喉頭。我大膽拉近距離，緊跟在他們身後。她若回頭一定會看見我，那時候我要怎麼辦？往她臉上吐口水？沒錯，我很想那麼做。我會絆倒她，讓她跌在地上，看她怎樣丟臉。那會很棒。但我聽著他們談話，什麼也沒做，只是發著抖，覺得難受。

她的嗓音是如此柔軟甜美，那樣文雅有教養。我訝異她還是那麼苗條，她淺色的閃亮秀髮輕輕擺盪，多麼迷人。當她轉頭再次對身側的男人開口，我瞧見她的側臉，忍不住嘆了口氣。哦天啊！我媽媽穿著一身昂貴的玫瑰色套裝。我曾如此深愛那樣漂亮的媽媽。我那殺人犯媽媽依舊能奪走我的心將之擰乾，因為我曾相信她而且如此愛她……我內心深處仍是個小女孩，像凱芮一樣，仍然想要一個能夠去愛的媽媽。媽媽，為什麼？為什麼妳非得愛錢勝過愛妳的小孩？

我忍住嗚咽聲，因為她可能會聽見。我的情緒狂怒失控。我想跑上前去在她丈夫面前尖叫控訴，讓他震驚、讓她嚇壞！我也很想跑上前去張開雙手抱住她，哭喊她的名字，求她再次愛我。但我所有激烈情緒都被怨恨復仇的潮汐波浪淹沒。我不會上前搭話，因為我還沒準備好面對她。我不有錢也不出名，我還不是什麼不凡的人，她卻依然美麗絕倫。她是這一帶最有錢的女人之一，也是最好運的女人之一。

那天我相當大膽，但他們沒轉頭看到我。我媽媽不是那種會回頭往後看或盯著路人瞧的人。她習慣當那個吸引所有仰慕目光的人，她像個被鄉巴佬圍繞的女王。她散步的那種神態，就好像街上空無一人，只有她和她的年輕丈夫一樣。

當我看夠了她，我望向她丈夫，看遍他那陽剛如黑豹般的另一種獨特英俊。他不再蓄著大把濃密的八字鬍。他深色的頭髮柔順地往後晃動，髮型很時髦。他讓我有點想起裘利安。

我媽媽和她丈夫交流的話語沒特別透露什麼。他們討論該去哪間餐廳用餐，他是否覺得就算他們去紐約買家具，他們今天下午買的會比較好？「我很愛我們挑的那個凸形展示櫃。」她說話的口吻讓我回到兒時。「真讓我想起克里斯出事前我剛買的那個櫃子。」

哦，沒錯。那個凸形展示櫃花了二千五百美金，放在客廳裡非常需要和其他擺設取得平衡。然後爸爸死在公路上，所有沒付清的東西都被沒收，包括那櫃子。

我跟著他們走，挑釁命運，想讓他們瞧見我。他們就在那裡，住在巴特．溫斯洛的家。當我緊隨他們，滿懷報復計畫，鄙夷著她，仰慕著他，我盤算著怎樣才能傷她最深。然後我做了什麼呢？臨陣脫逃！我什麼也沒做，完全沒有！我對自己狂怒生氣，回到家站在鏡子前大發脾氣，討厭起自己的鏡中身影，因為我渾身到處都像她！該死的，她該下地獄！我從保羅為我買的法式鄉村獨特小桌上，抓起一個沉重紙鎮使勁地直接擲向鏡子！**媽媽，妳瞧！妳現在碎成一片片了！沒了，沒了，沒了！**然後我哭了，之後來了個技工把鏡框上的鏡面換掉。傻瓜，那就是我。現在我浪費了一些錢，那是我打算要為保羅四十二歲生日買個超棒禮物的錢。

有一天我會報復，用一種我自己不會受創的方式。到時將不會只是一面破碎的鏡子，還會有許多別的選項。

12 一個生日禮物

醫學學術會議和病患毀了我很多計畫。在這獨一無二的日子，我蹺掉芭蕾課，放學後直接衝回家。我發現杭妮在廚房裡辛苦烹煮我安排的美食菜單，全都是保羅最愛的菜色。紐奧良什錦燉飯裡加了蝦子、米飯、綠甜椒、洋蔥、大蒜、蘑菇和好多其他佐料，我覺得自己永遠量不完這個半茶匙和那個半茶匙，量完後所有蘑菇和其他蔬菜必須先快炒一遍。那是一道很費功夫的菜色，我不想再煮第二次。

這道燉飯一送進烤箱，我就開始重做一個蛋糕。第一個蛋糕糕體中間塌陷而且太濕潤，我把中間的凹坑覆蓋上厚厚的糖霜，然後把蛋糕給了街坊的小孩。杭妮忙進忙出走路跌跌撞撞，搖頭對我投以挑剔的目光。

我從擠花嘴擠出最後一朵玫瑰糖花時，克里斯帶著他的禮物從後門衝進來。「我太遲了嗎？」他氣喘吁吁地問道，「我最晚只能待到九點，我得在點名前回學校。」

「你剛好趕上。」我緊張不已，慌亂地上樓梳洗打扮。「杭妮在弄最後一道沙拉，你去桌子那邊擺餐具。」擺餐具對他來說當然有失體面，但這一次他毫無怨言地幫忙。

我洗了頭髮上了大捲子，指甲擦上閃亮的銀粉色，我的腳趾甲也擦了。我用專家般的技巧塗抹臉蛋，瑪芮莎夫人和百貨專櫃店員的長時間諮詢以及長達數小時的練習造就了我的化妝技巧。等我化好妝，沒人能猜出我只有十七歲。我輕飄飄地走下樓梯，我哥眼中顯露的讚嘆、凱芮眼裡的羨慕和杭妮笑得合不攏嘴的大大笑容把我捧得差點飛上天。

我百般挑剔地再次整理餐桌，挪移生日吹笛、生日拉炮和鮮豔可笑的生日紙尖帽。克里斯吹了幾個汽球，讓它們飄浮在吊燈旁。然後我們全都坐下來等保羅回來，享受他的「驚喜宴會」。

結果保羅沒回來，好幾小時過去，我起身在地板上踱步，就像媽媽在爸爸的三十六歲生日宴會上的模樣，然而那一次他根本沒回家，再也沒有。

最後克里斯得走了。然後凱芮開始打呵欠抱怨，我們餵飽她，讓她上床睡覺。她現在睡在她自己的房間，房裡特地用紫色和紅色來布置。接下來只剩我和杭妮看著電視，保溫的紐奧良什錦燉飯變乾，沙拉失了水分，然後杭妮打著呵欠去睡覺。現在只剩我一個人踱步擔憂，我的宴會毀了。

十點，我聽到保羅的車子駛進車道，他從後門大步走進來，拎著那兩只他帶去芝加哥的行李箱。他隨意地對我打了聲招呼，才注意到我盛裝打扮。「呃……」他往飯廳投以狐疑目光然後看見那些宴會裝飾，「我是不是壞了妳什麼計畫？」

他對自己晚了三小時回家這件事真是該死地漠不關心，要不是我那麼愛他，我可能會宰了他。我痛罵他，就像對著那些總是想隱瞞真相的人，「為什麼你非得去那個醫學會議不可？你早該料到你生日這天我們會有特別計畫！然後你去了芝加哥後打電話告訴我們你預計幾點到家，結果卻又晚了三小時……」

「我的飛機延誤……」他開始解釋。

「我辛辛苦苦地替你做了個蛋糕，吃起來就和你媽媽做的一樣好……」我打斷他的話，「然而你沒回來！」我衝過他旁邊，從烤箱裡拿出燉飯。

「我餓壞了，」保羅謙卑地認錯，「要是妳還沒吃，這裡看起來原本會是很歡樂開心的宴會場地，我們不妨充分利用吧。凱西，可憐可憐我。天氣不是我能掌控的。」

我僵硬地點點頭，表明自己起碼稍微體諒。他笑了笑，用手背輕撫過我臉頰，「妳看起來美極了，」他溫柔地低聲說道，「所以，別皺著臉，把東西準備好，我會在十分鐘內下樓。」

十分鐘內，他沖好澡，刮了臉，而且還換了衣服。在四根蠟燭的照明下，我們兩個在飯廳長桌上落座，我坐在他左邊。這一餐的菜色是我安排的，所以我不用跳上跳下地端菜給他，所有需要的東西都放在餐車上。需要熱騰騰上桌的多道菜餚放在電子加熱裝置上，香檳放在桶子裡冰鎮。「香檳是克里斯拿來的，」我解釋著，「他喜歡上了香檳。」

他從冰桶裡提起酒瓶，瞥向酒標。「年份很好，一定很貴。妳哥哥有了美食家的品味。」

我們吃得很慢，好像無論我何時抬眼都能對上他的目光。他回家時顯得疲倦骯髒，現在他看起來完全恢復了精神。他去了好長好長的兩星期，這真是毫無生氣的兩星期，我思念他總是在我練習時出現在我開敞房門口的身影，我在早餐前做扶桿暖身練習，讓靈魂在美麗的曲調中自由翱翔。

用餐完畢，我衝進廚房然後滑步返回，捧著一個豪華的椰子蛋糕，蛋糕上頭有綠色的迷你蠟燭搭配紅色的玫瑰糖花。我用擠花嘴努力地寫下「祝保羅生日快樂」的精巧字樣。

「妳覺得怎麼樣？」保羅吹熄蠟燭後問我。

「什麼怎麼樣？」我反問他，小心翼翼地取下蛋糕上的二十六根蠟燭，在我看來，他就是這個年紀，我也希望他是這年紀。我覺得自己十足是個青少女，在成人世界的流沙裡掙扎。我身上的正裝短禮服是火焰色的雪紡紗，細肩帶，露出大片乳溝，但即使我成功地在外表上顯得世故老練，我的內心卻對自己打算扮演勾引男人的角色感到茫然。

「我的八字鬍，妳肯定注意到了。妳已經盯著鬍子盯了半小時。」

「很好看。」我結結巴巴地說道，我的臉像我禮服顏色一樣紅。「很適合你。」

「打從妳來這裡以後，妳不斷暗示我蓄鬍子的話會更加英俊有魅力。現在我不辭勞苦地蓄了鬍子，妳卻只說『很好看』。凱瑟琳，『好看』是個很沒分量的說法。」

「那是因為……因為你真的看起來很英俊，」我說得很不流利，「所以我只能想到這麼沒分量的詞語。我怕黛瑪．梅克爾已經用過所有很有分量的話來奉承你。」

「妳到底是怎麼知道她的？」他瞇起漂亮的眼睛對我發火。

哎呀，他該知道的，是因為八卦，所以我是這樣告訴他的。「我去了黛瑪．梅克爾擔任三樓護理長的醫院。我就坐在護理站後面看了她好幾小時。在我看來，她不太漂亮但很健美，而且我覺得她非常頤指氣使。還有，如果你不知道的話，她其實對所有醫師都眉來眼去。」

我讓他大笑而且眼睛發亮。黛瑪．梅克爾是克萊蒙紀念醫院的一位護理長，那邊的所有人似乎都知道她一心想成為第二任保羅．史科特．薛菲爾太太。但她不過是個穿著消毒白制服的護士，又距離那麼遠，而我就在他眼前，擦了令人陶醉的新香水撩撥他的感官——就像廣告說的，迷人誘惑的魅力芳香，男人無法擋。和我這樣的人相比，二十九歲的黛瑪．梅克爾能有什麼機會？

我喝了三杯克里斯拿來的香檳，感到頭昏眼花，幾乎完全沒警覺保羅已經開始拆禮物。我為他繡了一幅刺繡畫，畫上繡了一棟白色的薑餅屋，樹林從屋頂後方冒出頭，繡出房屋側邊的小片磚牆和小簇花朵。克里斯替我畫了草圖，我忙了好幾個小時才大工告成。

「這真是漂亮極了的藝術品！」他說得感動敬畏。我不禁想起外婆，我們想獲得她的情誼，抱著耐心又滿懷希望地向她示好，她卻殘酷拒絕。「凱瑟琳，真謝謝妳為我費了這麼多心思。我要把它掛在我辦公室，所有病患都能瞧見。」

淚水盈滿我雙眼，我的睫毛膏暈開，我偷偷擦掉痕跡，不讓他發現我這般美貌並非燭光造就，而是三小時的事前準備。他沒留意到我的眼淚，或是我從低胸禮服的乳溝裡抽出的手帕。他還在欣賞我如此仔細繡出的精緻針法。他把禮物擱到一旁，閃亮雙眼察覺我的目光，他起身扶我站起來。「這夜晚太過美麗，睡覺太可惜了，」他瞥了手表一眼。「我有種渴望想在月光下的庭院散步。妳有過這種渴望嗎？」

渴望？我是由許許多多的渴望組成的，半數渴望是如此青澀，太過夢幻而難以成真。我在他身旁漫步，穿越富有魔力的日式庭院，踏過紅漆小橋。我們走下大理石台階攜手共行，我感受到我們都走進了神奇的幻想天地。在那裡的當然是那些大理石雕像，真人大小的大理石雕像冰冷地全裸矗立。

微風吹動樹上的松蘿鳳梨，保羅得彎身閃躲，而我直挺挺地站著發笑，身高太高確實會造成一些我不需要碰上的困擾。「凱、瑟、琳，妳嘲笑我，」他說道，就像克里斯以前為了逗弄我，故意一個字一個字緩慢念出我的名字。**我的凱、瑟、琳女士**。

我往前奔去，踏下大理石台階來到庭院中心，羅丹的《吻》在那裡俯瞰庭院。一切事物綻放著泛銀的藍光，看起來很不真實，明亮的月亮圓滿地笑著，長條黑雲在月亮的臉上留下一條條痕跡，讓月亮看起來時而凶險時而歡快。我嘆了口氣，因為這一切就像我和克里斯爬上佛沃斯大宅屋頂的那個奇特夜晚，我們兩個都害怕自己會在地獄的永恆火焰中炙燒。

「可惜和妳一起待在這裡的是我，不是那個和妳跳舞的漂亮男孩。」保羅說道，猛然將我從昔日回憶裡拉出來。

「裘利安？」我驚訝地問道，「他這星期在紐約，不過我猜他下星期又會回來了。」

「哦！」他說道，「那下星期就歸他了，不是我的。」

「那很難說……」

「怎麼說？」

「有時我想要他，有時又不想。有時他看起來不過是個男孩，而我要的是男人。不過他有時候又很世故，那讓我印象很深。我和他跳舞時會瘋狂愛上他扮演的那個王子。他穿那些戲服真是好看極了。」

「的確，」他說道，「我自己也注意到了。」

「他的頭髮是烏黑色，你的頭髮是接近棕色的霧黑色。」

「我想烏黑比接近棕色的霧黑更浪漫？」他取笑著。

「那很難說。」

「凱瑟琳，妳是個徹頭徹尾的女人，別再給我這種難以捉摸的回答。」

「我沒有難以捉摸，我只想告訴你，只有愛或浪漫是不夠的。我想讓自己有養活自己一輩子的能力，這樣我就永遠不用囚禁自己的小孩，只為了繼承一筆不是自己賺來的財富。我想知道怎樣賺到錢養活我們自己，就算沒有男人可倚靠和給予資助。」

「凱瑟琳，凱瑟琳。」他低聲說道，牽起我雙手然後緊緊握住。「妳被妳媽媽傷得多重啊！妳說話的時候是那麼像個大人，又那麼冷酷。別讓痛苦回憶奪走妳最寶貴的一項資產，那就是妳溫柔深情的模樣。男人喜歡照顧自己的心愛女人和他的小孩。男人喜歡被人倚靠、受人欽佩和尊敬。強硬專橫的女人是上帝最可怕的造物之一。」

我甩開他然後跑向鞦韆一屁股坐下。我讓自己盪得好高好快，並繼續盪得更高更快，高到足以帶我重回閣樓，再次看見閣樓裡的鞦韆。那時的夜晚總是漫長悶熱。現在，我在這裡，自由地在外頭瘋狂擺盪，想讓自己回到閣樓！再次見到媽媽和她丈夫令我絕望不已，讓我深深地渴望那理應等我更年長才做的事。

我盪得好高、好瘋狂又好恣肆，我的裙子向上掀起遮住我的臉讓我看不見，我忽然暈眩墜地！保羅跑到我身邊，跪下來把我抱到他懷裡。「妳受傷了？」他問道，我沒來得及回答前他就吻我。沒有，我沒受傷。我是個舞者，知道自己該怎麼摔。他開始在親吻間低喃著我渴望聽到的愛語，他親得愈來愈緩慢而長久，他眼裡的目光比任何法國進口香檳更令我陶醉昏眩，眼冒金星。

我的雙唇在他的長吻下也不禁微微張開。我抽了口氣，因為他舌頭觸上我的舌頭，他的親吻火熱輕柔而濡濕地繼續吻上我眼皮、臉頰、下巴、脖子、肩膀和乳溝，他的雙手不停在我周身最私密的部位遊走探索。

「凱瑟琳，」他喘著氣，拉開距離低頭看我，他的眼神火熱，「妳只是個孩子。我們不能讓這件事發生。我發過誓，永遠不會讓這事發生，不能跟妳發生。」我將雙臂環上他頸間扼殺了這些無用話語。我的手指插進他濃密的深色頭髮間，我沙啞地喃喃說道：「我想買台閃亮的銀色凱迪拉克給你當生日禮物，可是我買不起。所以我想我能給你第二好的禮物，那就是我自己。」

他低聲呻吟。「我不能讓妳這麼做，妳不欠我。」我笑著親吻他，不知羞地給了他一個深深長吻。

「保羅，是你欠我！好久了，你給了我這麼多充滿渴望的目光，就為了現在對我說你不想要我嗎？你要是這麼說，那就是撒謊。你把我當成小孩，可是我很久以前就長大了。別愛我，我不在乎。因為我愛你，那就夠了。我知道你會愛我，用我想被愛的那種方式，因為就算你不承認，你的確愛我，也想要我。」

月光點亮了他的眼，讓他眼睛閃閃發亮。「不行，妳是個傻瓜，竟然以為這樣行得通。」雖然他嘴裡這麼說，他的眼神裡說的卻完全不同。

在我看來，他的極度壓抑恰恰證明了他確實非常愛我。要是他沒那麼愛我，他老早就能熱切地這麼做了，我不會拒絕他。所以當他不再受到誘惑，想起身離開時，我抓住他的手然後放在最能取悅我的地方。他發出呻吟。當我的手也放在最能取悅他的地方，他開始呻吟得更大聲。我的行徑很無恥，我自己明白。我不去想克里斯會怎麼想，也不去想外婆是否會認為我是個淫蕩的妓女。哦，媽媽放在床頭櫃的那本書已經清楚地告訴我該如何取悅男人和回應男人，這究竟是幸或不幸？

我以為他會帶我到草地躺在星空下，但他將我一把抱起帶回屋裡。他無聲溜上後樓梯。我們誰也沒說話，但我雙唇繼續撫遍他的脖子和臉頰。在遠處的廚房後面房間，我能聽到杭妮的電視傳出聲響，她在聽深夜脫口秀。

在他床上，他讓我躺下，開始只用眼神和我親熱，我沉溺在他眼裡，一切愈來愈模糊，我的情感高漲，有如潮汐波浪般吞沒我們。我們的肌膚相貼，一開始只是緊抱，分享彼此給予的快樂，感受戰慄。他嘴唇和雙手每次碰觸都讓我全身傳遍興奮與感官刺激，直到我終於狂亂地想讓他進入，再也不只想要溫柔，而是想熱情地和他強烈需索的渴望共赴我們共同追求的最高頂點。

「凱瑟琳！快啊，快啊，來！」

他在說什麼？我就躺在他下面做我能做的。來哪裡？他流汗的身軀十分濕滑。我抬高雙腿夾緊他腰間，我能感覺到他極力壓抑然後不停地叫我來，來，來！然後他悶哼一聲不再動作。

滾燙的液體在我體內快活地噴了五、六次，然後就結束了，全都結束了，他抽身退出。我還沒攀上任何山顛，沒聽見幸福的鐘聲響起，或感覺自己整個人爆炸，跟他不一樣。他臉上完全流露出自己現在放鬆平靜，茫然而喜悅。我心想男人還真輕鬆，我卻還想要更多。我來到了獨立紀念日煙火的迸發邊緣，然後就沒了。一切都結束了，只剩他發睏的雙手摸遍我身體，探索我所有的山巒起伏和裂谷，然後他才熟睡。他沉重的大腿現在壓在我腿上，徒留我眼裡含淚仰望天花板。**克里斯多弗．瓷娃娃，再見。你現在自由了**。

陽光從窗戶照進來，將我早早喚醒。保羅挑起一邊眉頭，迷濛地俯看著我。「妳是如此年輕漂亮，令人充滿欲望。妳不後悔，是不是？我希望妳現在不會希望自己從沒這麼做？」

我緊貼著他光裸皮膚。「拜託解釋一件事。你為什麼一直叫我『來』？」他放聲大笑。

「凱瑟琳吾愛，」他總算克制住自己的笑聲，「我差點弄死自己就為了憋到妳高潮。現在妳躺在這裡，用天真的藍色大眼問我那是什麼意思！我以為妳那些跳舞玩伴全都告訴過妳了。別告訴我妳沒在書裡看過這方面的事！」

「哦，我在媽媽的房間裡有找到一本……可是我只有看圖片。我從來不讀文字，不過克里斯看了文字，他後來比我更常偷溜去她的臥室套房。」

他清了清喉嚨。「我會告訴妳我說的話是什麼意思，不過實際示範會更有樂趣。說真的，妳一點也不明白？」

「我懂，」我防備地說道，「我當然懂。我應該要感覺被閃電擊中接著全身一僵不省人事，然後我會分裂成一粒粒原子飄浮在宇宙裡，接下來又聚攏成形，感受到發麻刺激，接著我就能飄回現實而且眼裡帶著迷濛的星光，就像你那樣。」

「凱瑟琳，別讓我太愛妳。」他說得如此認真，彷彿要是他真的變成那樣，我會傷了他。

「我會努力用你想要的方式愛你。」

「我會先刮臉。」他說道，掀開被子打算起床。

我伸手把他拉回床上。「我喜歡你現在的模樣，好邪惡又危險。」

我熱切地臣服於保羅的所有欲望。我們想出巧妙方法不讓杭妮發覺我們的祕密幽會。我在杭妮放假的日子才清洗床單被套，那些全都是弄髒的，在有機會清洗它們前我會一直藏好。凱芮就像活在另一個世界裡，她如此缺乏觀察力。但在克里斯回家時，我們就得更加謹慎，甚至不看向對方免得暴露彼此。我現在對克里斯的感覺很怪，好像我背叛了他。

我不知道我們對彼此的恍惚痴迷能持續多久。我渴望不滅的熱情，尋求永恆的狂喜。但我內心多疑的那個自己認為，我和保羅共度的愉快時光不會無止盡地繼續下去，他很快就會厭倦我，我是個心智能力不能與他相比的小孩，他會故態復萌，也許去找黛瑪·梅克爾。也許黛瑪·梅克爾跟他一起去了醫學會議，雖然我明智地不去盤問沒和我在一起時他都做了些什麼。茱莉亞不願給他的任何東西我都想給，而且即使我們沒在一起時，我也會欣然給予，不會相互指責。

我們相互分享對彼此的激昂情感，我一面感受著那情感的巨大與慷慨，同時也一面幸災樂禍地看著我們自己的得意忘形與恣意放任。我想著外婆和她那番有關邪惡與罪行的言論，使得這段關係變得刺激十倍，因為這確實十分邪惡。

然後我再次掙扎，不想讓克里斯覺得我很邪惡。哦，克里斯會怎麼想對我來說很重要。**上帝，求求祢，請讓克里斯明白我為何這麼做。而且我真的愛保羅，真的！**

感恩節過後，克里斯還有幾天假，當我們都坐在餐桌旁，杭妮也在一旁逗留時，保羅問我們所有人聖誕節想要什麼。這是我們跟保羅共度的第三個聖誕節。一月底我就會從高中畢業。我沒有太多時間，因為我希望自己的下一站是紐約。

我開口對保羅說自己聖誕節想要什麼，我想去佛沃斯大宅。克里斯瞪大了眼，凱芮開始哭泣。

「不行！」克里斯堅決地說道，「我們不能揭開癒合的傷口！」

「我的傷口沒有癒合！」我同樣堅決地聲明。「正義獲得伸張前，它永遠不會癒合！」

13 從外頭看佛沃斯大宅

我那些話脫口而出的那一刻，克里斯就叫喊，「不行！為什麼妳就是不能讓過去成為過去？」

「克里斯多弗，因為我跟你不一樣！你想假裝克瑞沒有死於砒霜中毒，而是死於肺炎，因為你覺得那樣心裡比較好過！然而是你說服了我，那個下手的人是她！所以我們為什麼不能去那裡，親自去看哪間醫院有克瑞的死亡紀錄？」

「克瑞確實可能死於肺炎。那些症狀他都有。」他說得多沒說服力啊！他明知自己是在保護她。

「先等等。」一直保持沉默的保羅，看到我眼中閃著怒火才開了口。「克里斯，要是凱西覺得她一定要做這件事，為什麼不做？雖然這件事並不好查，你媽媽送克瑞去醫院時替他用了假名。」

「她在他墓碑上也刻了假名。」克里斯惡狠狠地對我注視良久。保羅想了想，納悶地提問，既然我們不知道名字，該怎樣找到墳墓。我相信自己知道解答。要是她送克瑞就醫時替他用了某個名字，那麼很自然地，她埋葬他時也會用同一個名字。「保羅，既然你是醫師，你可以調閱所有的醫院文件，是不是？」

「妳真的想這麼做？」他問道，「這絕對會勾起許多不快樂的回憶，況且就像克里斯剛才說的，會揭開癒合的傷口。」

「我的傷口沒有癒合，而且永遠不會好！我想在克瑞的墳前獻花，我想，知道克瑞葬在哪裡也能安慰凱芮，這樣一來我們就能不時探望他。克里斯，要是你那麼死命反對，那麼你不用去！」

儘管克里斯與我意見相左，保羅卻試著實現我想要做的事。克里斯還是陪我們去夏洛茲維爾市，和凱芮一起坐在後座。保羅走進好幾間醫院，迷倒護士，讓她們提供他想要的文件。我和他查看文件時，克里斯和凱芮待在外頭。兩年前的十月底，沒有一名八歲男童死於肺炎！不僅如此，那些墓園也沒有這年紀孩童的下葬紀錄！我仍頑固地下定決心，非得親自繞遍所有墓園不可。我還是覺得媽媽可能說了謊，終究在他的墓碑上刻下了「道蘭根格」這個姓。凱芮哭了，因為她認為克瑞理應在天堂，而不是最近正在積雪而略微結霜的地面之下。

毫無結果、耗費時間又徒勞無功！對這世界來說，在一九六〇年的十月和十一月，沒有任何一名八歲男童去世！克里斯堅持我們該回保羅家。他想讓我相信我並不是真的想去看佛沃斯大宅。

我轉身怒視他。「我真的很想去那裡！我們有時間！都已經來到這麼遠的地方了，為什麼不去看那棟房子就要折返？至少在白天，從外頭看一次就好！為什麼不去？」

是保羅說動了克里斯，他告訴他我真的得去看那房子。「而且克里斯，老實說我也很想親自去瞧瞧。」

克里斯坐在凱芮旁邊的後座，繃著臉沉思，態度緩和下來。保羅把車開向攀升的山間道路，這條路，媽媽和她丈夫一定往返過上千次。凱芮哭了。保羅在加油站停車問佛沃斯大宅怎麼走。要是我們知道鐵軌在哪，而且找得到那個火車停靠的郵件站，我們就能輕易地為保羅指路去佛沃斯大宅。

「真是漂亮的鄉村風光。」保羅開車時說道。我們終於來到獨自坐落在山腰上的堂皇大宅。「就是這棟！」我叫喊著，感到非常激動。那房子大得像飯店，粉色磚砌的長形主宅有兩側廂房朝後方外突出，所有窗戶都裝了黑色百葉板。黑色的石板瓦屋頂斜得厲害，看起來令人提心吊膽，我們以前竟敢在上面走動？我數出八根煙囪，閣樓有四對天窗。

「保羅，看那邊。」我指向北側廂房那頭的兩扇窗戶，我們在那裡被囚禁了那麼久，無止盡地等待外公過世。

保羅望著那兩扇窗戶，我仰望閣樓的天窗，看到其中一扇黑色百葉板缺失的木片已經換新。到處都沒有任何焦痕或是火災跡象。這棟房子沒燒起來！上帝沒有送出一道迷途微風吹動燭火，讓垂吊的紙花著了火。上帝沒有打算懲罰我們的媽媽或外婆，從來沒有！

凱芮突然放聲大叫。「我要媽媽！」她尖叫著。「凱西，克里斯，那是我們以前和克瑞一起住的地方！我們進去吧！我想要媽媽，拜託讓我見我真正的媽媽！」

她哭鬧懇求的模樣很嚇人。她怎麼會記得這房子？我們來到這裡的那一晚天色很暗，雙胞胎睏倦到不可能看見任何東西。我們偷跑出來的那個早上天還沒亮，而且我們是從後門離開的。是什麼事情讓凱芮知道，這裡就是我們昔日的牢籠？我忽然懂了。是下方街道的那些屋舍。我們待的地方是死巷的盡頭，地勢高出周遭許多。我們時常從上鎖房間的窗戶往外偷瞄，俯瞰著所有的精美屋舍。從窗戶往外看是禁忌，但我們偶爾還是大膽地看了。

我們這趟漫長旅程到底達成了什麼？什麼也沒有，除了得到更多證據，證明我們的媽媽是個超乎想像的騙子。我日復一日地思索，就連坐在淋浴間裡時也不例外。保羅在我頭髮上搓出泡沫，仔細地開始清洗。長長的頭髮不能全部堆到頭頂亂搓一番，要不然我頭髮會一直打結。他照著我教他的去做，從頭皮到髮梢搓出泡沫，等頭髮洗好他就弄乾，將秀髮梳得毫無打結。頭髮披垂在我周身，就像絲綢披巾掩住我光裸的身體，就像夏娃必然也曾掩住自己身體一般。

「保羅，」我垂眸問道，「我們做的事不是罪惡的，是不是？我一直想起外婆和她說的那些邪惡言論。告訴我，愛會讓這件事變得很正當。」

「凱西，睜開眼睛。」他輕聲說道，在我擦掉泡沫前用浴巾先擦掉。「看看妳瞧見什麼，一個赤裸的男人，是上帝將他造成這副模樣。」當我注視他，他抬高我的臉，把我抬抱起來，好讓他能緊擁著我。他把我緊擁在懷裡然後開口說話，他說的每句話都告訴我，我們的愛是美麗且正當的。

我說不出話來。我的內心無聲地哭泣，因為我終究如此輕易地成了個假正經的女人，那是外婆想讓我成為的模樣。

我像個年幼孩子任他擦乾我，然後梳我頭髮，用親吻愛撫做他會做的，直到我們之間的餘溫再度燃起，接著他將我一把抱起帶到他床上。

等我們的熱情得到饜足，我躺在他臂彎裡想著自己做出的所有事，那些孩童時期可能會嚇壞我的事，那些我一度覺得非常下流醜惡的事。因為我那時只思考著那些動作，沒考慮到我將給出的感受。人們生來是如此肉欲，卻得壓抑那麼多年，真是奇怪。我憶起他的舌頭第一次觸碰我那裡時，我感受到渾身如電流亂竄般的震盪。

哦，我可以吻遍保羅身上所有地方，一點也不知羞，因為愛他的感覺勝過在晴朗夏日嗅聞玫瑰，勝過與最佳舞伴在美麗曲調下共舞。

對我來說愛保羅的感覺就像那樣，那時我十七歲，而他四十二歲。

他讓我恢復原貌，讓我成為健全的，我將自己對克瑞的自責塞到更深處。

克里斯還有希望，他還活著。

凱芮還有希望，她會長高，也會找到愛。

也許，要是事情最終會變好，我也會有希望。

14 邁向頂尖

裘利安沒像他過去那樣常從紐約飛回來，他父母為此抱怨。等他來了，他跳得比以前更好，但我一次也沒見他瞧向我這邊。儘管我很懷疑他是否常在確定我看不見他時才看我。我跳得更好，更訓練有素，也更能掌控身體了……而且我很努力。哦，我多努力！

我一開始就當上羅森科弗芭蕾舞團的專業成員，但僅僅是一名群舞成員。今年聖誕節，我們舞團要把《胡桃鉗》和《灰姑娘》兩齣劇碼輪流表演。

在其他團員早就回家後，某個星期五下午我獨占練舞室，我沉浸在糖梅仙子的世界裡，想要賦予這個角色一些不同的內涵，然後突然間裘利安與我共舞起來。他就像我的影子，照著我的動作跳，就連踮腳尖旋轉也跟著跳，讓我跳得像個笑話。

他皺著眉頭，然後抓起一條毛巾擦乾他的臉和頭髮。我腳尖一扭邁步走向更衣室。那天傍晚我要和保羅出去吃飯。

「凱西，等等！」他喊道，「我知道妳不喜歡我……」

「我是不喜歡。」

他狡黠地咧嘴笑，倚身向前望進我眼裡。我往後退縮時，他的嘴唇掃過我臉頰，然後他把我困在他雙臂間，他雙掌平按在牆上不讓我逃脫。「妳知不知道，我覺得應該讓妳來跳克拉拉或灰姑娘。」他搔了搔我下巴，然後吻我耳邊。「要是妳好好對待我，我可以設法讓妳兩齣劇都跳主角。」

我彎身跑開。「裘利安，你少胡扯！」我動怒。「你的幫忙是有代價的……而我對你沒興趣。」

十分鐘後，我沖了澡，換好衣服準備離開，然後裘利安穿著外出服出現。「凱西，說真的，我覺得妳現在準備好去紐約了。瑪芮莎也這麼想。」他挖苦似地笑著，好像他媽媽的意見沒像他的那麼有價值。「沒有附帶條件。除非有一天妳決定自己要提條件。」

現在我不知道該說什麼了，所以我什麼也沒說。後來，我確實在羅森科弗舞團的兩齣表演裡都被選為主角。我以為其他女孩會嫉妒怨恨，但宣布角色人選時她們卻一致鼓掌贊成。我們相處得很愉快，那段時光歡樂又鬧哄哄。終於，到了我以灰姑娘角色初次登台的時刻！

這次，裘利安連門也沒敲就走進女子更衣室，端詳著一身破爛戲服的我。「別那麼緊張。外面那些不過是人而已。妳不會以為我回來就為了和一個不出色的女孩共舞，是吧？」

當我們站在舞台側邊，他的手臂擱在我肩膀上借給我自信，我們一起計數我出場的時機。他出場的戲分要等到很後面。在暗下來的觀眾席裡，我看不到保羅、克里斯、凱芮或杭妮。等舞台腳燈變得黯淡，序幕音樂響起，我顫抖得更厲害，然後舞台布幕升起，我不斷攀升的焦慮突然消失無蹤，連我的心神不寧也一併帶走，好像某種驚人的動覺記憶接管了一切，我開始任由音樂掌控指引。我不是凱西，不是凱瑟琳，不是任何人，只是灰姑娘！我從爐床掃出灰燼，羨慕地看著兩位討厭的繼姊準備參加舞會，覺得愛和浪漫永遠不會來到我生命中。

要是我跳錯了，要是我的舞技不夠完美，我也不會曉得。我熱愛跳舞，熱愛在大庭廣眾前表演，熱愛自己年輕貌美，最重要的是，我熱愛人生，以及佛沃斯大宅之外的人生給予我的一切。

紅色、黃色和粉色玫瑰盈滿我懷裡！觀眾起身為我們起立喝采，我激動不已。我三次遞給裘利安的三支玫瑰都是不同顏色，每一次我們目光交會緊黏不放，他的眼神都彷彿正無聲地對我說：**妳瞧，我們在一起真的能引出神祕力量！我們是最完美的舞伴！**

在自助餐宴會上，他再次逼得我無路可退。「現在妳嘗過那是什麼滋味了，」他低聲說服我，深色的雙眼懇求著。「妳能放棄這些掌聲？紐約正等著妳，妳還要一直待在這鄉下城鎮嗎？凱西，我們會是出色的搭檔！我們在一起看起來適合極了。比起和其他人共舞，我和妳共舞的時候跳得更好。

哦，凱西，我和妳在一起會更快攀上最高峰。我發誓我會好好愛護妳。我會照顧妳，永遠不讓妳覺得孤單。」

「我不知道，」我可悲地說道，雖然我心裡雀躍不已。「我得先念完高中，可是你真的覺得我跳得夠好？在紐約，他們期望的是最好的舞者。」

「妳是最棒的！相信我。佐爾妲夫人的舞團不是最大或最頂尖的，不過等她有了像我們這麼出色的舞者搭檔，她會盡一切努力讓我們的舞團水準和那些更大更老牌的舞團一樣高！」

我問佐爾妲夫人是怎樣的人。不知怎地這問題讓他確信我已經同意，他先笑了笑，然後想在我唇上印下一吻。「妳會喜歡佐爾妲夫人的！她是俄國人，是妳見過最可愛、最親切又最和善的嬌小老太太。她會像妳的媽媽一樣。」天啊！

「有關跳舞的事她什麼都懂。有時她是我們的醫師和心理師，只要我們需要什麼，她就能當什麼。和這裡相比，在紐約生活就像住在火星一樣，是另一個世界，更好的世界。妳很快就會愛上那裡。我會帶妳去有名餐廳，妳會吃到以前從沒品嘗過的食物。我會把妳引介給電影明星、電視名人、演員和作家。」

我試圖看向克里斯、凱芮和保羅來抗拒裘利安，但他挪動身體所以擋住了我的視線，我能看見的只有他。「凱西，妳生來就是要過那種生活。」這次他說得誠摯又深刻認真。「如果不是為了成功，妳為什麼要努力練舞害自己受那麼多折磨？妳在這裡能贏得妳想要的那種名氣嗎？」

不。我辦不到。

可是保羅在這裡。克里斯和凱芮在這裡。我怎能離開他們？

「凱西，跟我去妳該去的地方，在腳燈後方的舞台上，手裡抱著玫瑰。凱西，跟我一起去，讓我實現夢想。」

哦，那晚他真的很迷人，我也陶醉在首次登台的成功中，就連我想拒絕的時候，卻自動點頭說道，「好吧……我會去，可是你要從紐約飛回來陪我去。我沒搭過飛機，落地後我也不知道要去哪裡。」

他把我擁進懷裡，然後溫柔地抱著我，他的嘴唇拂過我頭髮。我從他肩頭能看到克里斯和保羅都盯著我們這邊，他們兩個看起來都很震驚而且受了不小打擊。

在一九六三年的一月，我從高中畢業。我沒像克里斯那樣特別聰明，但我努力做到了。克里斯聰明到可能在三年間念完大學，而不是四年。克里斯已經拿了好幾個獎學金，能幫保羅減輕他為了克里斯就學而一肩扛起的經濟負擔，儘管保羅從沒提過一句要我們報答他的話，任何報答。雖然克里斯拿到醫學博士學位會和保羅一起工作，這已是他們之間彼此默認的約定。我很困惑保羅竟能一直把錢花在我們身上，而且從不抱怨。我問他時，他向我如此解釋：「我享受那種知道自己對世界有所貢獻的感覺，克里斯會成為很棒的醫師，而妳有天會成為頂尖的芭蕾舞者。」當他說這句話時看起來很悲傷，悲傷極了。「至於凱芮，我希望她決定留在家裡陪我，然後嫁個本地小伙子，這樣我就能常常見到她。」

「等我走了以後，你又會找黛瑪．梅克爾，是不是？」我有些苦澀地問著，因為我想要他堅守忠貞，不管我讓我們之間隔了多遠的距離。

「也許吧。」他說道。

「你不會愛別人跟愛我一樣多的，告訴我你不會。」

他微笑。「不會。我怎麼能愛別人跟愛妳一樣多？沒有任何人能像妳那樣舞進我的心，是不是？」

「保羅，別取笑我。只要你開口，我就不走。我會留下來。」

「當妳得去實現妳的命運，我怎能開口留妳？妳生來就要跳舞，不是當個平凡小鎮醫師的妻子。」

結婚！他說了「妻子」！他之前從沒提過結婚。

告訴凱芮我要離開時，情況更加慘烈。她的尖叫震耳欲聾又令人同情。「妳不能去！」她大吼著，淚水淌下。「妳答應過我們會永遠在一起，現在妳和克里斯都要走了，都要離開我了！你們也得帶我走！帶我去！」她用小拳頭搥打我，踢我雙腿，決心回敬一些我和克里斯帶給她的痛苦，雖然離開她這件事已讓我感受到如同整個世界那麼巨大的痛苦。「凱芮，求妳試著明白，我會回來的，克里斯也會。我們不會忘記妳。」

「我恨妳！」她大喊，「妳和克里斯我都恨！我希望妳死在紐約！我希望你們兩個都摔下來然後死掉！」是保羅上前拯救我。

「妳每天還能見到我，還有杭妮。」他把凱芮抱在臂彎裡掂了掂她輕盈的體重。「我們哪兒也不去。等凱西走了，妳就會是我們唯一的女兒。來吧，擦擦眼淚，笑一個，為妳姊姊高興。別忘了，你們被關起來的時候，她努力了那麼多年就是為了這個。」

我心裡好痛，不明白自己是否真像過去總以為的那樣，一心想成為舞者。克里斯悲傷地凝望著我，然後彎身拎起我嶄新的藍色行李箱。他匆匆走出大門，試著不讓我看到他眼裡的淚水。等我們全都踏出門外，他站在保羅的白色汽車旁邊，挺著肩膀一臉僵硬，決意不顯露任何情緒。

杭妮得和我們其他人一起擠上車，她不想留在家裡獨自哭泣。她那表情豐富的棕眼對我訴說著祝我好運，她的雙手忙著拭去凱芮臉上的淚水。

裘利安在機場來回踱步，不停瞥著手表，很怕我會食言不來。他穿著新西裝，看起來非常英俊，他見到我走過來就眼睛一亮。「感謝上帝，我正想著我飛回來卻空手而歸，這種事我可不會再做一次。」

前一晚我已經和保羅私下道別。他說的那些話縈繞在我耳邊，連我登機時也揮之不去。「凱瑟琳，我們都明白那不會一直下去。從一開始我就提醒過妳，四月和九月就是不能在一起[4]。」

克里斯和保羅陪著我們踏上登機梯，幫忙拎著許多件手提行李，因為我信不過飛機的行李艙，我再次抱緊保羅。「凱瑟琳，謝謝妳，」他低聲說話，好讓克里斯和裘利安都聽不見，「謝謝妳做的一切。回首過去時不用後悔，忘了我，忘了過去的一切。專心跳舞然後等待，直到妳愛上哪個人。找個年紀跟妳差不多的人。」

我哽咽問道，「那你呢？」

他擠出笑容然後輕輕笑了。「別擔心我。我有一段和美麗芭蕾舞者共度的回憶，那就夠了。」

我淚流滿面！回憶！那是什麼？不過是折磨自己的東西，僅此而已！我猛然轉身，發現自己困在克里斯雙臂間。我的克里斯多弗．瓷娃娃現在身高一百八十三公分，我的騎士如此英勇、正直又敏感。我終於掙開他懷抱，然後他握住我雙手，我們四目相對，眼光緊黏著彼此不放。我們之間共度了好多事，甚至比我和保羅更多。**再見了，我那會走路、會說話，會嬉笑怒罵的全套活百科，我那充滿希望的囚徒……不用為我哭泣……為自己哭就好……或是根本別哭。都結束了。克里斯，接受這項事實，就像我已接受，就像你必須接受。你只是我哥哥，我只是你妹妹，世上到處都有漂亮女人可以比我更愛你。**

我一句話也不用說，我知道他能聽見，他還是一直望著我，用他的心透過眼睛來看我，這讓我渾身發疼。

「凱西，」他沙啞地開口，聲音大到能讓裘利安聽見，「我並非怕妳做不到，要不是妳該死地這麼衝動，我很確定妳會成功！拜託別魯莽地做出任何妳之後會悔恨的事。答應我，先考慮過所有後果再全心投入。戀愛和性關係都克制點。等到妳年紀大到知道自己想要從男人那裡得到什麼，才去挑個男人。」

我很肯定自己笑得非常不自然，因為我已經選了保羅。我閃動著目光，從一臉嚴肅的保羅看向正對克里斯皺眉怒視的裘利安，然後再望著保羅。「你自己的戀愛和性關係也要克制點。」我玩笑似地

4 譯注：凱西和保羅的生日分別是四月和九月。

對克里斯說道，確保自己的語調輕快。我再次抱緊他，要放開他實在難受。「要常常寫信給我，能來紐約的時候要和保羅、凱芮和杭妮一起來，自己來也行，但就是要來看我，約好了？」

他鄭重地答應。我們的嘴唇短暫一碰，然後我轉身在靠窗座位坐下。由於我是第一次搭飛機，裘利安殷勤地把靠窗座位讓給我。我瘋狂地對著連從飛機窗都瞧不見的家人揮手。

裘利安在舞台上那樣靈巧拿手，卻完全不懂怎麼應付一個在他肩頭哭泣發抖、飛機還沒飛到一千公尺高就希望自己從未啟程的想家女孩。「妳真是難倒我了，」他語氣平穩地說道，「我不是發過誓會照顧妳？我真的會，我會盡量讓妳開心。」他對我咧嘴笑然後輕輕吻我。「吾愛，恐怕我對佐爾妲夫人的魅力稍微誇大了一點點，妳很快就會發現。」

我瞪著他。「你是什麼意思？」

他清了清喉嚨，然後毫不害臊地告訴我，他和那位名噪一時的俄羅斯舞者首次見面的情況。「我不想提早毀了妳和這位大美人見面的驚喜，所以這點留給妳自己去瞧。不過我得先提醒妳，佐爾妲夫人是個動手派。她喜歡感受妳的人和肌肉的觸感，摸出肌肉多硬、多結實。妳相信她曾把手直接放在我褲襠上，好讓她查明我下面的大小嗎？」

「不！我不相信！」

他愉快地大笑，一手攬住我。「哦，凱西，我和妳，我們會有怎樣的生活啊！等妳發現自己獨占了有史以來最英俊、最有天分又最優雅的男芭蕾舞者，我們會過著怎樣天堂般的好日子。」他更靠近我，在我耳畔低語，「而且我還沒提到自己是多能幹的愛人。」

我也大笑，然後推開他。「如果你不是我遇過最驕傲自大的人，那麼我猜你至少對於你想得到的一切一定是不擇手段的。」

「對極了！」他說著說著就笑了。「妳很快就會發現，我就是那樣，而且不只那樣而已。再怎麼說，我這不就已經不擇手段地帶妳到我想讓妳去的地方了？」

15 紐約、紐約

我們的班機抵達紐約時，那裡正下著大雪。吸進鼻孔的冰冷讓我簡直嚇呆。我幾乎遺忘了這種嚴寒刺骨的冬天。從狹窄都會街道呼嘯而來的冷風好像要撕下我臉上的皮膚，冰雪彷彿要鑽進我的肺，令它劇痛萎縮。我喘氣笑著，轉身瞥向付錢給計程車司機的裘利安，然後我從大衣口袋掏出杭妮為我編織的紅色圍巾。裘利安接過圍巾，幫我圍在我頭部和脖子上，把我的臉遮了一半。然後我從另一邊口袋掏出我為他織的紅色圍巾，他很震驚。

「天啊，謝了，我從沒想到妳會關心我。」他顯得十分愉悅，將圍巾裹在脖子和耳邊。

在這時節的今天，寒冷讓他臉頰紅得像他嘴唇一樣，他藍黑色的頭髮在大衣衣領上方冒出一撮鬈髮來，他那對黑眸閃閃發亮。他純粹的美貌簡直能讓任何人無法呼吸。「好啦，」他說道，「打起精神，準備好去見芭蕾的人形化身，我那可愛嬌弱又有趣的芭蕾教練，妳肯定會崇拜她。」

光是要去那裡就讓我緊張不安，我盡可能緊跟著裘利安，望著所有勇敢面對這種惡劣天氣的人。我們將行李留在這棟巨大建築的等候室裡，我跟在裘利安後面慌亂急奔，沒多留意什麼，直到我們走進佐爾妲·克洛文卡弗夫人的辦公室。她的姿勢和傲慢立刻讓我想起瑪芮莎夫人。不過這位女士的年紀更老，那些皺紋彷彿樹木年輪般，彷彿能顯示她的年紀。

她像個女王般費力地從寬得驚人的桌子後方起身。她用一種冷淡而且公事公辦的態度，大步走向我們，以她那小得像老鼠眼的烏黑雙眼掃視我們。她的頭髮像是從乾燥脆弱的臉孔往後方剝出的上好白絲線。她身高不到一百五十公分，卻流露出一百八十公分的威信力。她半月形的眼鏡不穩地擱在細長驚人的鼻尖上。她瞇起眼睛，從那對半圓薄片上方盯著我們瞧，細小的眼睛幾乎消失在魚尾紋裡。

裘利安不太好運，先遭受她的仔細審視。她那噘起的乾癟小嘴像束口袋般聚攏，我望著她，等待她臉上出現笑容讓萎縮皮膚破裂。我預料她的嗓音會咔咔作響，聽起來像個巫婆。

「喲！」她對著裘利安罵。「你想休假的時候就休假，想回來的時候就回來，你還指望我會說真高興見到你？呸！再犯一次就趕你出去！跟你一起來的這女孩是誰？」

裘利安給了那老巫婆一個迷人笑容，飛快地一手摟住她。「佐爾妲．克洛文卡弗夫人，讓我為妳介紹凱瑟琳．瓷娃娃小姐，她就是我對妳講了好幾個月的那位優秀舞者，我就是為了她才沒經妳允許就離開。」

她以銳利目光饒有興致地打量我。「妳也是從某個小地方來的？」她厲聲問道。「妳長得就像別的地方來的，和我這邊的黑髮傢伙一樣。他是個很好的舞者，但沒像他自以為的那麼好。我能相信他對你的看法嗎？」

「夫人，我想妳只要看我跳舞就能自己判斷。」

「妳能跳嗎？」

「夫人，就像我剛才說的，妳自己等著判斷吧。」

「瞧，夫人，」裘利安熱切地說道，「凱西多有骨氣，有熱情！妳該看她揮腿跳鞭轉。她轉圈快到看不清人影！」

「哈！」她哼了一聲，然後上前繞著我打轉，接下來仔細打量我的臉，近得讓我臉紅。她摸我手臂，摸我胸口，甚至還摸上我雙乳，然後將她瘦削雙手放在我脖子上摸韌帶。那雙放肆的手摸遍我全身，我好想尖叫，我可不是要在市場販賣的奴隸。我很慶幸她沒把手放上我的褲襠，就像對裘利安做的那樣。我站立不動，忍受這種視察，從頭到尾臉紅發燙。她抬頭看見我的樣子，面帶譏諷地笑了起來。

等她終於視察完畢，我也經歷一番肉體評鑑，她繼續往我眼裡探究，似乎想連我的內在都吞盡，彷彿想用雙眼吸收我的青春。然後她開始摸我頭髮。「妳打算什麼時候結婚？」她突然發問。

「也許快三十歲的時候吧。也可能永遠不結婚。」我不自在地回答。「不過我肯定會等到自己名利雙收，成為世上最棒的芭蕾舞者之後才結婚。」

「哼！妳對自己有很多幻想。漂亮臉蛋不一定能成為傑出舞者。漂亮的人覺得美貌無需天分，而且可以靠美貌為生，所以美貌很快就會凋殘。看看我，我也曾經非常年輕而且非常貌美。妳現在看到什麼？」

她好醜！她不可能美麗過，否則現在臉上至少會殘留些許美貌。她好像察覺我正在質疑她的聲明，於是傲慢地指向牆上、桌上、櫃子上和書架上的所有照片。所有照片裡都是同一位年輕漂亮的芭蕾舞者。「那是我。」她自傲地告知。我不敢相信。那些是老照片，照片泛黃而且服裝都過時了，然而她確實曾經非常漂亮。她給了我一個愉快的笑容，拍拍我肩膀然後說道，「這樣很好。所有人都會老，所以人人平等。」

「妳去瑪芮莎．羅森科弗那邊之前是跟誰學舞？」

「丹妮絲．塔妮拉老師。」我遲疑地說道，不敢讓她知道我獨自練舞、自己當自己老師的那些年。

「啊，」她嘆息，神情非常悲哀，「我見過好幾次丹妮絲．塔妮拉跳的舞，很出色的舞者，但她犯了個常見的老錯誤，談起戀愛，結束了有前途的舞者生涯。現在她能做的只有教芭蕾。」她的聲音起起伏伏，顫抖著，先增強力道，然後又失去氣力。她說「愛」這個字時發音拖得特別長，讓這個字聽起來陌生而愚蠢。「自大的裘利安說妳是傑出舞者，但我得看妳跳舞才會信，然後我會斷定是否『美就是美存在的理由』[5]。」她再次嘆氣。「妳喝酒嗎？」

「沒有。」

5 譯注：語出愛默生（Ralph Waldo Emerson）的詩作。

「妳的膚色為什麼這麼蒼白？妳從不晒太陽？」

「晒太多我會灼傷。」

「啊……妳和妳的愛人男孩都怕太陽。」

「裘利安不是我的愛人！」我咬牙切齒地說，惡狠狠地瞪他一眼，因為他肯定告訴她我們是那種關係。

那雙烏黑的小眼睛有銳利的觀察力，沒錯失我們露出的任何一絲表情。「裘利安，你是否說過你和這女孩在談戀愛？」

他臉紅然後低垂著眼，一度露出尷尬。「夫人，全是我一廂情願，我羞於承認。凱西對我沒感覺……不過她遲早會愛上我。」

「很好。」老巫婆像隻鳥般點點頭。「你對她有極大熱情，她對你毫無感覺，這會讓你跳得火熱動人。我們的票房會大爆滿，我彷彿已經看見了！」

知道裘利安有滿腔難以饜足的欲望，而我在舞台外也渴求著能遇見別人，這當然是她讓我入團的原因。在舞台上，他的出色容貌、浪漫和性感完全是我的夢中情人。要是我們日日夜夜一直跳舞，我們會使全世界燒起來。實際上，當他只是他自己，他那油嘴滑舌和不時出現的下流言論只令我想逃開他。

我很快就在一間小公寓安頓下來，距離練舞室有十二個街區。其他兩名舞者和我共用三間小房間和一間超小衛浴。在我公寓樓上兩層，裘利安和兩名男舞者共用一間公寓，房間並不比我們三個女孩的房間大。他的室友是亞歷克斯．特雷爾和邁可．米歇爾，兩個人年紀都是二十出頭，都像裘利安一樣決心成為他們那一代最棒的男芭蕾舞者。我震驚地發現佐爾妲夫人認為亞歷克斯跳得最好，其次是邁可，接下來才是裘利安。我很快就發覺她為什麼把他排到後面，因為他不尊重她的威信。他什麼事都想照自己的方式去做，她為此懲罰他。

我的兩名室友就像白天黑夜般截然不同。尤蘭達・朗格是英阿混血，這種奇特組合給她深色頭髮和黑色杏眼，是我見過最具異國風情的美貌。就舞者來說她的身高很高，跟我媽媽一樣有一百七十五公分。當我看到她胸部的時候，她的雙乳就像又小又硬的腫塊，還有深色大乳頭，但她並不因胸部大小感到羞恥，反而喜歡光著身子走來走去賣弄身體。我很快就發現她的胸部反映出她心胸狹小又強硬刻薄的個性。尤蘭達想要什麼就非得到不可，她為了將自己的目標弄到手可以做出任何事。不到一小時內她就問了我一千個問題，並且在同一小時內告訴了我她一切人生經歷。她父親是個英國外交官，娶了個肚皮舞孃，她什麼地方都住過，什麼事都做過。我立刻對尤蘭達・朗格生厭。

愛普洛・桑莫斯來自明尼蘇達州的堪薩斯市。她有柔軟棕髮和藍綠色的眼睛，我們有著同樣身高，一百六十五公分。她生性害羞，說話嗓門很少大過耳語。當招搖喧鬧的尤蘭達在場，愛普洛好像完全沒有發言權。尤蘭達喜歡熱鬧，黑膠唱機或電視必須隨時都開著。愛普洛談到家人時帶著愛意、尊敬和自豪，而尤蘭達坦承自己怨恨父母，他們逼她上寄宿學校，放假過節時又留她孤單一人。

我和愛普洛同住還不到一天就成了要好的朋友。她十八歲，漂亮得足以讓任何男人喜歡，但出於某些奇怪理由，芭蕾學校的男孩絲毫沒留意愛普洛。讓他們熱情心動的人是尤蘭達，我很快就知道原因，她是那種毫不貞潔的人。

至於我，男孩見到我就想約我出去，但裘利安明確表態叫他們不能追我，因為我是他的人。他告訴所有人我們在交往，儘管我一直否認，他會私下告訴他們我性格保守而且恥於承認我們「活在罪惡中」。他會當著我的面帶著責怪意味地解釋道，「那是那種老派南方佳麗的傳統思想。南方女孩希望男孩把她們想得溫柔羞怯又端莊，但在冷淡木蘭花的外表下，每個人都是欲望女孩！」他們當然信他不信我。當謊言聽起來更刺激，他們何必需要真相？

但我還是過很快樂。我就像紐約出身的本地人般適應這地方，像個紐約人到處奔波，去哪裡都迅速移動，一秒也不浪費，在其他更具才華的漂亮臉蛋出現把妳踢下舞台之前，我有太多東西等著證明給別人看。不過我已搶了先機，這樣的生活狂野又令人興奮，嚴苛又令人筋疲力盡。我多麼感激保羅持續每週寄支票給我，因為我在舞團賺的錢還不夠付我的化妝品開銷。

我們三個共用四一六號房公寓，睡眠時間需要至少十小時。我們在天亮起床，沒吃早餐就在自家的扶桿前伸展身體。早餐的分量必須非常少，午餐也是。只有表演結束後，每一天的最後一餐，我們才能真正滿足自己餓壞的胃口。我好像永遠都覺得餓，我從未吃飽。只不過當個群舞成員，跳一場表演，我就瘦了二、三公斤。

裘利安時常待在我身邊，嚴密地跟著我，阻止我和別人約會。我有時對此不滿，有時倒也樂意有個不是陌生人的傢伙陪在身邊，這要視我的心情和疲憊程度而定。

六月的某一天，佐爾妲夫人對我說，「妳的名字很蠢！換掉！凱瑟琳．瓷娃娃，這是什麼藝名？聽起來又愚蠢又不令人好奇，一點也不適合妳！」

「夫人，等等！」我厲聲反駁，拋開自己原本的態度立場。「我七歲就挑了這個名字，我爸爸很喜歡。他覺得很適合我，所以我一定得用這個名字，不管它蠢不蠢！」我很想告訴她，奈薇蕾娜．佐爾妲．克洛文卡弗夫人這名字我也不認為夠詩情畫意。

「女孩，別跟我爭辯，換掉！」她用她那根象牙手杖敲打地板。可是我若換了名字，等我成了頂尖舞者，我媽媽怎麼會知道？她得知道！但那個穿著過時可笑戲服的邪惡嬌小巫婆瞇起殘酷的黑眼睛，舉起手杖揮舞，所以我被迫屈服，不然就有我好看。裘利安懶散地在一旁咧嘴笑。

我同意自己會把姓氏的「瓷娃娃」改成音義皆相近的「甄娃」。「這樣比較好，」她挖苦道，「好一點點。」

佐爾妲夫人對我緊迫盯人。她嘮叨，她批評。要是我跳得沒新意，她就抱怨，但當我跳得有新意，她也抱怨。她不喜歡我的髮型，說我留得太長。「剪掉！」她叫我剪頭髮，但我連一吋也不肯剪，因為我覺得自己的長髮是扮演睡美人一角的重要資產。她對我的說法只哼了一聲。哼聲是其中一種她偏愛的表達方式。她若不是極其有才華的教練，我們所有人都會討厭她。她的嚴厲性格能逼出我們的最佳表現，因為我們很想看到她的笑容。她也是個編舞家，不過我們還有另一位來來去去的編舞家，只要他沒去好萊塢、歐洲或休假去了某個偏遠地方構思新舞碼，他就會來監督我們。

某個課後下午，我們這些舞者開始胡鬧，我起身狂放地跳了一首流行歌曲。夫人走了進來撞見我的舉動，於是暴怒道，「我們這裡跳的是古典芭蕾！這裡不准跳現代芭蕾！」她臉上乾巴巴的皺紋扭曲得像印地安人腰帶上的乾枯裝飾。「妳，甄娃！說明古典芭蕾和現代芭蕾有何不同。」

裘利安對我眨眨眼，然後往後倒下用手肘支撐身體，一隻漂亮的腳踝橫擱在另一腳的膝上，我的難堪處境似乎令他很樂。「夫人，簡單地說，」我用我媽媽那種姿態開口，「現代芭蕾的表現形式大多是由趴在地板上的動作和姿態動作構成，而古典芭蕾著重腳尖動作、迴轉動作和旋轉動作，而且舞姿永遠不會太過誘惑或不優美。還有，古典芭蕾表達的是故事。」

「妳說得真對，」她冷淡地說道，「要是妳覺得需要用那種方式表達自我，現在就回妳自家床上擺出姿勢趴在那裡。別再讓我逮到妳在我面前做這種舉動！」

古典芭蕾和現代芭蕾能夠交融而且讓舞蹈更好看，那個嬌小悍婦的頑固令我大怒，我叫嚷著反擊，「夫人，我恨妳！我瞧不起妳那破爛老舊的灰戲服，那些衣服早該在三十年前丟掉！我討厭妳的臉、妳的嗓音、妳的走路模樣和說話方式！妳替自己再找個舞者吧！我要回家！」我氣沖沖地離席走向更衣室，留下所有舞者震驚地站在原地盯著我背影。

我迅速脫下練習服，使勁拉好內衣。那個一臉嚴厲的巫婆大步走進更衣室，她的眼神刻薄，嘴唇緊抿。「要是妳回家，就永遠別回來！」

「我不想回來！」

「妳會枯萎然後死去！」

「妳要是這麼想就是蠢蛋！」我厲聲說道，毫不敬重她的年紀才華。「我不跳舞也能活下去，而且還能活得開心，所以佐爾妲夫人，下地獄吧！」

突然間，魔咒彷彿破除，那個老巫婆開始對著我笑，而且笑得十分親切。「哦……妳有骨氣。我才正在想妳是否有骨氣。叫我下地獄，這很中聽。地獄至少勝過天堂。現在說真的，凱瑟琳。」她口吻溫柔地繼續說，比我聽她說過的任何話都來得溫柔，「妳是非常有才華的舞者，是我這邊最好的，但妳是那麼衝動，竟想拋棄古典芭蕾，投入任何妳想到的事物裡。我只是想教導妳，妳想自創什麼都行，但一定要古典、優雅又好看。」她眼中閃著淚光。「妳讓我欣喜，妳知道嗎？我覺得妳就像我不曾有過的女兒，妳帶我回到自己的年輕時候，那時的我覺得人生就是一場盛大的浪漫冒險。我很怕人生會偷走妳的迷人外表和妳渾身孩子氣的新鮮感。要是妳能努力保持那種神情，妳很快就會大受歡迎。」

她說的正是我在閣樓裡的面貌，那種著魔般的神情曾讓克里斯深受吸引。「夫人，我很抱歉，」我恭順地說道，「我太莽撞，我不該尖叫，可是妳一直數落我，我很累又很想家。」

「我知道，我知道。」她柔聲哼著，走過來擁抱我，然後帶著我來回搖擺。「年紀輕輕又獨自在陌生城市裡，膽量和自信都不夠，很吃力。不過妳要記得，我只需要知道妳是怎樣的人，一個沒熱情的舞者根本不是舞者。」

我一直努力練舞，連週末也跳到累得倒在床上。終於，在我搬到紐約七個月以後，佐爾妲夫人覺得該讓我和裘利安搭檔跳主角了。換人跳主角是夫人的習慣，這樣一來她的舞團就不會有明星，雖然她多次暗示想讓我在《胡桃鉗》跳克拉拉，我以為她不過是用這承諾哄我，促使我邁步追求，就像一顆懸在我面前讓我看得到卻吃不到的香甜李子。結果這件事竟然成真了。我們的舞團要和其他更大、更出名的舞團競爭，而她想出了一個天才點子，和電視製作人合作，讓買不起芭蕾舞劇票的人可以透過電視觀賞。

我打了長途電話告訴保羅這個大好消息。「保羅，我要在電視上演《胡桃鉗》。我會是克拉拉！」他笑著向我恭喜。「我想這表示妳今天夏天不會回來，」他說得有點悲傷，「凱西，凱芮非常想妳。自從妳離開後，妳只回來探望過我們一次，只有短短幾天。」

「保羅，我很抱歉，我很想回去，但我需要這次當主角的機會。拜託向凱芮解釋，讓她不會覺得難受。她在家嗎？」

「她不在，她終於交了個朋友，現在去別人家過夜。不過妳明晚再打一次，我們這邊付電話費，妳自己告訴她。」

「那克里斯他怎麼樣？」我問道。

「很好，他很好。他的成績都拿到A，要是他能努力保持這種成績，他就能申請到逕修學程，念大學四年級的時候可以同時就讀醫學院一年級。」

「同時？」我問道。即使是克里斯，我還是不禁驚訝竟有人能聰明到那種地步，做到那麼多事。

「當然，那是可以做到的。」

「保羅，那你呢？你過得好嗎？你沒有過分投入工作、工作時數太長吧？」

「我身體很健康，沒錯，我的工作時數確實很長，就像每位醫師一樣。既然妳沒辦法回來看我們，我想要是我們去探望妳的話，凱芮會覺得很棒。」

哦，那是我好幾個月以來聽過最好的主意。「也帶克里斯來吧，」我說道，「他會很想認識我要介紹給他的所有漂亮芭蕾舞者。不過保羅，你最好只看我別看別人。」

他的喉間先發出古怪聲音然後才咯咯地笑了起來。「凱瑟琳，別擔心，我從來沒有一天沒在腦海中看見妳的臉。」

八月初，《胡桃鉗》的電視節目錄製完畢，預定在聖誕時節播出。我和裘利安坐得很近一起看毛片，當毛片播完，他轉身把我擁進懷裡，他頭一次用那種我能相信的真摯語氣對我說道，「凱西，我愛妳。拜託別再這樣不把我當一回事！」

我們錄完《胡桃鉗》後幾乎沒能好好休息，尤莉就摔倒扭傷腳踝，愛普洛回去探望父母，所以我有機會扮演睡美人！因為裘利安在電視節目裡演出兩個角色，亞歷克斯和邁可都認為該輪到他們和我搭檔。佐爾妲夫人皺著眉頭看向裘利安，然後再望著我。「亞歷克斯和邁可，我答應讓你們在下回的表演當主角，但這次得讓裘利安和凱瑟琳搭檔。他們之間有種罕見的神祕力量，那非常吸引人。我想看他們在《睡美人》這種真正有大量舞台表演的劇碼裡會有什麼表現。」

哦，我在舞台上有好多想法，我靜靜躺在紫色天鵝絨臥榻上，等待我的愛人前來在我嘴唇印上恢復生機的喚醒之吻。壯麗的音樂讓我覺得躺在臥榻上更有真實感，我不再是毫無皇家血統的我。美好的氣氛圍繞之下令我覺得陶醉，我安靜優雅地躺著，雙手交疊在胸口，心跳隨著壯麗音樂的旋律悸動。在外頭的黑暗觀眾席上，保羅、克里斯、凱芮和杭妮頭一次觀看我在紐約的演出。真的，我打從骨子裡覺得自己是那個神祕的中世紀公主。

我朦朧地從幾乎闔上的雙眼裡瞥見他，我的王子。他在我身旁跳舞，然後單腳跪下溫柔地凝視我臉龐，然後才大膽在我緊閉的唇上躊躇地一吻。我醒了過來，膽小迷惘地眨動眼簾。我佯裝一見鍾情卻滿心驚惶，羞怯而貞潔，他得用更多舞蹈向我求愛，然後誘我共舞，在最激情的雙人舞中，我很快屈服於他的魅力，他帶著征服意味以掌心高舉我，深知哪個位置能恰好讓我身體維持平衡，然後我被帶進舞台後。

最終幕結束，隨著舞台布幕一再升起降下，掌聲如雷貫耳。我和裘利安單獨謝幕謝了八次！紅色玫瑰花束一再塞進我臂彎，鮮花也不斷拋上舞台。我低頭看到一朵黃色金盞花壓在一張摺起的紙條下方。我彎身撿起那朵花，沒看紙條內容就知道那是克里斯送的。我們是爸爸的四朵小黃色金盞花，我手上這一朵被放進冰箱保鮮，然後被拋上舞台來給我，向我們往昔的美好模樣致敬。

我盲目地看向觀眾席上模糊的面孔，尋找那些我愛的人。我只能看到閣樓，那陰鬱黯淡又大得驚人的紙花閣樓，就在那裡，靠近樓梯口的地方，克里斯站在陰影處，附近有蓋著白布的沙發和大皮箱，他望著不停跳舞的我，渴求和欲望全表露在他臉上。

我哭了，觀眾很喜歡這樣。他們起身向我鼓掌。我轉身遞給裘利安一朵紅玫瑰，如雷的掌聲再次響起。然後他吻了我！他竟敢在上千觀眾面前吻我，一點也不尊重人，這是占有。「你這麼做真該死！」我對他喝斥道，覺得很丟臉。

「妳不想要我才真該死！」他對我回敬道。

「我不是你的！」

「妳會是！」

我的家人來到後台給我近乎寵溺的讚美。克里斯長得更高了，但凱芮幾乎沒什麼變，也許長高了一點點，但沒長高多少。我親吻杭妮結實圓潤的臉頰，只有那時我能望向保羅，我們的視線牢固地膠著。他還愛我、想要我而且需要我嗎？他沒回我上一封信，我很傷心，所以只單獨寫信告訴凱芮，讓她知道那場即將來臨的表演，在那之後保羅才打電話說他要帶我家人來紐約。

演出過後有一場餐宴，是佐爾妲夫人結交的有錢贊助人為我們辦的。「穿你們該穿的戲服。」她指示我們，「近距離見到舞者身穿戲服會讓芭蕾舞迷興奮不已，不過別化舞台妝，化你們平常的妝容讓他們感到驚豔。你們一秒也不能讓大家覺得並不迷人！」

音樂響起，克里斯把我攬進他懷裡跳華爾滋，多年前我教過他這種舞。「你還是跳成這樣？」我責怪他。

他謙讓地咧嘴一笑。「要是跳舞天分全在妳身上，而我得到所有的聰明才智，這也沒辦法。」

「那種論調很容易讓我覺得你沒大腦。」

他再次大笑把我擁得更緊。「再說，我不用靠跳舞和擺姿勢來贏得任何女孩的芳心。只要瞄妳朋友尤蘭達一眼就知道，她真是個美人，整晚一直對我拋媚眼。」

「她對任何長得帥的男人都拋媚眼，所以不用高興。你想要的話，她今晚就會跟你睡，明晚又跟別人睡。」

「妳也像她那樣嗎？」他瞇起雙眼回敬我一句。

我不懷好意地對他笑，心裡想著，不，我像媽媽，漂亮冷淡又能掌握男人心，最起碼我正學著如此。為了證明這點，我對保羅眨眨眼，看他是否會前來搶舞伴。保羅迅速起身，優雅地穿越舞池從克里斯懷裡搶走我。我哥哥緊抿雙唇，然後直接大步走向尤蘭達。他們一兩分鐘內就不見人影。

「我猜妳和裘利安跳過舞後，會覺得我笨手笨腳。」保羅說道，他跳得比克里斯好。連音樂變成旋律較快的叢林舞曲時，他也跟得上節拍，我訝異他能放下自尊搖擺身體，幾乎像個放縱的大學小伙子。「保羅，你真棒！」他笑著說我讓他覺得再次年輕。看他這麼放鬆真的很有趣，我的舞步開始變得有點狂放。

凱芮和杭妮看起來疲倦而且很不自在。「我好睏。」凱芮揉著眼抱怨。「我們不能現在就去睡嗎？」我們把凱芮和杭妮送到她們住的旅館時已是半夜十二點，然後我和保羅坐在一間安靜的義大利小餐館，彼此對望。他仍蓄著八字鬍，不是那種端整有如花花公子的鬍子，而是性感嘴唇上方的濃密鬍鬚。他胖了幾公斤，但這無損他的外貌或吸引力。他伸手橫過桌面握住我雙手，然後將我雙手高舉到他臉邊好讓他能用臉頰摩挲。在他做這些動作時，他的目光熱烈地詢問，逼我提出一個問題。「保羅，你找了別人嗎？」

「妳呢？」

「是我先問的。」

「我不會找別人。」

這回答讓我心跳加速，時間過了如此久，而我實在太愛他。我望著他付了帳單，拎起我外套拿在手上，而我拿著他的外套。我們四目相對，然後幾乎是跑著離開餐館，奔向最近的旅館，他用保羅・薛菲爾夫婦的名義登記住房。在粉刷成暗紅色的房間裡，他以誘人的緩慢速度脫去我的衣服，甚至在他還沒跪下來親吻我全身前，我已然就緒。然後他抱緊我，撫摸我，疼惜我，接著仔細地親吻我，取悅我，直到我們再次合而為一。

我們終於氣力耗盡，他用手指描畫著我的嘴唇，溫柔地望著我。「凱瑟琳，我寫在旅館登記簿上的可不是玩笑。」他輕吻我。

我不可置信地瞪著他。「保羅，別戲弄我。」

「凱瑟琳，我沒有戲弄妳。自從妳離開後，我非常想念妳。我明白了自己是個傻瓜，竟然回絕了讓我和妳獲得幸福的機會。人生太過短暫，不能有太多疑慮。現在妳在紐約得到成功，我想和妳一起分享。我不想讓我們得背著克里斯偷偷摸摸，我不想繼續擔憂小鎮的八卦流言。我想和妳在一起，我想永遠擁有妳，我想要妳成為我的妻子。」

「哦！保羅！」我哭著將雙臂環上他頸間，「我會永遠愛你，我保證！」我的眼裡滿是淚水，他終於向我求婚讓我如釋重負。「我會當一個任何男人都沒見過的最棒的妻子。」我也是認真的。

那晚我們沒睡。我們熬夜計畫婚後的打算。我會留在舞團裡，我們總會想出辦法解決。唯一令我們的喜事蒙上暗影的是克里斯。我們要怎麼告知克里斯？我們決定等到聖誕節再宣布，我那時會回克萊蒙。在那之前我得將自己的幸福守口如瓶，對全世界徹底隱匿，這樣就沒人會猜到我即將成為保羅・史科特・薛菲爾太太。

16 放手一搏

那是我幸福滿溢的秋天，我成功崛起的秋天，也是我深深愛著保羅的秋天。我以為自己完全掌握了命運，不畏它在前方阻攔，因為我正不受拘束地跑在自己的正道上，幾乎快要登上頂尖顛峰。我現在一無所懼。我等不及想告訴全世界我和保羅訂了婚，但我得守住自己的祕密。我誰也沒講，沒告訴裘利安，沒告訴佐爾妲夫人，因為有太多風險，我得靜候佳機，確保一切都會繼續在我的掌握之中。現在我還需要裘利安和我搭檔，就像他需要我一樣。我也需要得到佐爾妲夫人的完全信賴。要是她知道我打算結婚，這種事她可不太贊同，也許就不會讓我總是當主角，她也許會覺得我無可救藥，不值得她浪費時間。我還得出名，我還得讓媽媽瞧瞧我究竟勝過她多少。

現在我和裘利安有了些許知名度，佐爾妲夫人開始付我們更多錢。某個星期六早上，裘利安興奮地跑來找我，他一把舉起我然後不停轉圈。「妳知道嗎？那個老巫婆說我可以用分期付款買下她的凱迪拉克！凱西，那輛車的車齡只有兩年半！」他顯得很渴望。「我當然總是希望自己的第一輛凱迪拉克是全新的，不過當一位芭蕾女教練怕得要死，深恐她旗下某位出色的男舞者會加入別的舞團，甚至連她最棒的女舞者也一併帶走，這位教練怎能不把自己的凱迪拉克半賣半相送？」

「這是敲詐！」我叫嚷著。他大笑然後抓住我的手，我們衝下樓去看他停在公寓外頭的新車。我倒抽一口氣，車子看起來好新！「哦！裘利安，我好喜歡！要是她不願你擁有她的心愛物品，你是敲詐不了她的，她知道你會疼愛這輛車，永遠永遠不會賣掉。」

「哦，凱西。」他眼中閃著微弱的明亮淚光。「妳瞧不出我為何如此愛妳？我們是這麼相像，為什麼妳不能愛我，只要愛一點點就好？」他自豪地轉身打開車門，給了我珍貴特權，成為首位坐上他第一輛凱迪拉克的女孩。

我們放肆瘋狂的一天自此開始。我們駛經中央公園，一路向北穿越哈林區開到喬治華盛頓大橋然後折返。外面在下雨，但我不在意，坐在車裡溫暖又舒適。

然後裘利安又再次提起，「凱西……妳永遠不會愛我，是不是？」這問題他起碼每隔一、兩天就要變個花樣，重新問我一次。我很想告訴他我和保羅訂了婚，徹底解決他的提問。但我還是堅決保守祕密。

「是因為妳還沒有經驗，是不是？我會很溫柔、很體貼的，凱西……給我機會，拜託。」

「天啊，裘利安，你心裡總想著這種事嗎？」

「是啊！」他咆哮著。「妳說得該死地沒錯！我已經厭倦妳對我耍的這套把戲！」他把車子駛進繁忙車流中。「妳就是個愛挑逗卻不負責的女人。我們共舞的時候妳勾引我，跳完舞又往我兩腿中間踹。」

「裘利安，我要回家！我覺得這種談話很噁心！」

「好！我當然會讓妳回家！」他對我啐了一口，我蜷坐在前座的上鎖門邊。他用凶猛暴怒的目光瞥了我一眼，然後用力踩下油門！我們飛快駛過雨後濕滑的街道，他不時瞄向我這邊瞧我有多享受這恐怖兜風！他任性瘋狂地大笑，然後急踩煞車讓我整個人往前撲倒，前額撞上擋風玻璃！鮮血緩緩從傷口淌下。他接著把我膝上的皮包搶走，倚身解開車門鎖，然後把我推到車外的傾盆大雨中！

「凱瑟琳．甄娃，去妳的！」他對我咆哮，我站在雨中不肯求他。我的大衣口袋空空如也，一分錢也沒有。「這是妳第一次也是最後一次坐我的車。我希望妳知道怎麼回家！」他用一抹惡意邪笑向我致意。「妳就努力想辦法回家吧，清教徒聖女，」他惡狠狠地說道，「要是妳回得去的話！」

他開車離去，把我留在豪雨中的街角，在布魯克林區某個我沒來過的地方。我連一枚五分硬幣也沒有。我沒辦法打電話，也不能搭地鐵，而且雨下得好大。我的薄大衣濕透了。我知道自己身處在風評頗差的地區，在這裡什麼事都可能發生……他卻把我留在這裡，他明明發誓會照顧我的！

我開始步行，分不清東西南北，然後我看到一台計程車駛過就招手攔車。我緊張地倚身探看計費表隨著里程跳表，費用也跟著攀升。裘利安，你真該死，竟然帶我到這麼遠的地方！等我們終於抵達我公寓的那棟建築，竟然花了十五美金！

「妳說妳沒帶錢是什麼意思？」計程車司機發火。「我要直接送妳去警局！」

我們來回爭吵一番，我試圖向他說明，除非他讓我去拿錢，要不然他就拿不到錢，而這段期間計費表仍在計時跳表。最後他同意了。「但妳最好會回來，小妞，五分鐘內，要不然妳等著瞧！」

被上百隻獵犬追逐的英國狐狸都不可能跑得比我快。電梯緩慢爬升，沿路嘎吱作響。我每次搭電梯都深恐電梯會卡在樓層之間將我困住。電梯門終於開了，我一路衝過走廊敲著門，祈禱愛普洛或尤蘭達會在家替我開門。因為失心瘋的裘利安拿了我的手提包和鑰匙！

「別那麼急！」尤蘭達大聲喊著。「我這就來，是誰啊？」

「是凱西！快讓我進去！有個計程車司機在等我，他的計費表還在跳！」

「要是妳想用這理由跟我敲竹槓，想都別想！」她開了門。她身上只穿著內衣褲，剛洗好的頭髮裹在紅浴巾裡。「妳看起來像一團被大海嘔吐出來的東西。」她神態誘人，但我可不是那種會對尤蘭達多加關注的人。我把她推到一旁，跑向我藏著救急金的祕密地方，然後我愣住了。我那上鎖藏寶箱的小把鑰匙放在裘利安拿走的皮包裡，要是皮包還在他手上的話。「尤莉，拜託借我十五塊錢付車資，再借我一塊錢當小費。」

她精明地打量我，取下浴巾開始梳她那頭深色長髮。「這種小忙妳要用什麼來換？」

「妳要什麼我都給。只要給我錢。」

「好吧，妳要記得自己的承諾。」她慢吞吞地從厚皮夾裡拿出一張二十塊鈔票。「給司機五塊錢小費，那會讓他冷靜點。然後我要什麼都行，是吧？」我同意然後往外奔。

計程車司機一抓到鈔票就笑了，友好地輕碰他帽子。「再會啦，小妞。」我真希望他暴斃。

淨。

我冷得要命，所以我做的頭一件事就是跑去泡在一缸熱水裡，但我得先把尤莉留下的髒汙刷洗乾淨。

我濕著頭髮穿上衣服，打算去找裘利安討回皮包，然後尤莉擋住我去路。「凱西，來吧……我要妳兌現諾言。我要什麼都行，是吧？」

「沒錯，」我憎惡地說道，「妳想要什麼？」

她撩人地靠牆笑著。「妳哥哥……我要妳邀他下週末來紐約。」

「別說傻話！克里斯在念大學。他沒辦法隨時想來就來。」

「妳得用任何辦法把他弄來。說妳病了，說妳非常需要他，只要把他弄來這裡！然後妳就不用還那二十塊錢。」

我轉身帶著敵意瞪她。「不行！我會弄到錢還給妳……我不會讓克里斯和妳這種人扯上關係！」

她仍然只穿著內衣褲，沒看鏡子就塗抹鮮紅唇膏。「凱西寶貝兒，妳親愛的寶貝哥哥早就和我這種人扯上關係了。」

「我不信！妳不是他喜歡的那種女人！」

「不對，」她愉快地說道，瞇眼看我著裝完畢，「可愛的小洋娃娃臉，讓我告訴妳吧，任何活生生的男人都喜歡我這種女人。包括妳親愛的哥哥和妳那愛人小子裘利安！」

「妳騙人！」我大叫，「克里斯連妳一根指頭也不會碰。至於裘利安，就算他睡了十個像妳這樣的妓女，我也不在乎！」

她突然滿臉通紅，舉起雙手挺身撲向我，蓄著紅色長指甲的手指曲成爪子一般！「婊子！」她吼著。「妳竟敢說我是妓女！我可不是收了錢才讓人上，妳哥哥喜歡跟我做，去問他有幾次……」

「閉嘴！」我大聲嚷道，不讓她把話說完。「妳說的任何話我都不信！他做什麼事都很聰明，只是拿妳解決生理需求……除此之外，妳對他來說根本算不上什麼東西。」

她抓住我，我痛毆她的背。使勁到讓她摔在地上。「尤蘭達．朗格，妳不過是個膚淺刻薄的蕩婦！」我狂怒大叫。「妳連讓我哥用來擦腳都不夠格！妳和舞團的每個人都睡過。妳做什麼我都不在乎……就是別來煩我和我哥哥！」

她流鼻血了……哦，我不知道自己打得那麼大力，她的鼻子也開始發腫。她飛快爬起來，但不知為何她和我拉開距離。「沒人能對我說這種話而不用負責……凱瑟琳．甄娃，妳會後悔今天的事！我會得到妳哥哥。而且我也會從妳身邊奪走裘利安！等他成了我的，妳會發現沒有他妳什麼也不是！妳只是個鄉巴佬舞者，要不是裘利安迷戀處女堅持留妳下來，佐爾妲夫人才不會讓妳入團。」

她叫嚷的話也許沒錯。或許她說得對，沒有裘利安我一點也不特別。我覺得很不舒服而且好恨她，恨她玷汙了克里斯和他在我心中的形象。我開始往行李箱裡扔衣服，決定要回克萊蒙，不願在尤蘭達旁邊多待一會！

「去啊！」她咬牙切齒地發出噓聲。「假正經的女人，走吧，妳真是個蠢蛋。我不是妓女！我只是沒像妳那樣挑逗男人，和妳比起來，我寧願像自己這樣！」

我沒聽她說了些什麼，我打包好行李，把三只手提行李的把手綁成一捆，方便我把行李拖到走廊上，一邊肩上背著一只塞得鼓鼓的柔軟皮革包。我在門口轉身看著尤蘭達像隻毛色光亮的貓趴在床上。「尤蘭達，妳真的嚇倒我了。我怕到自己會笑出來。我曾經面對比妳更高大、更厲害的人，但我活下來了……所以妳別再接近我了，否則對今天後悔不已的人將會是妳！」

我一甩門離開後就來到裘利安公寓門前。拖著我束在一起的行李，我雙拳搥上他的門。「裘利安！」我大喊，「要是你在家，開門把皮包還給我。快點開門，要不然你永遠別想再讓我當你舞伴！」

他很快前來應門，光著身體只有窄臀間圍了條浴巾。我還沒弄懂情況，他就把我拖進房間扔在床上。我狂亂地環顧四周，希望能見到亞歷克斯或邁可，但我很倒楣，公寓裡只有他一個人在。「行啊，」他咆哮，「妳可以拿回妳該死的皮包，但妳得先回答幾個問題！」

我從床上跳起，他又把我按回去，然後跨坐在我身上讓我逃不開！「你放開我，你這野蠻人！」我大喊。「我在雨中走了六個街區冷到快凍僵，讓我起來把皮包還我！」

「為什麼妳不愛我？」他大聲喊著，用雙手壓制想掙扎脫逃的我。「是因為妳愛上了別人？那個人是誰？是那個收留你們的大個子醫師，是不是？」

我搖搖頭，對他非常害怕。我不能告訴他實話，他看起來嫉妒得快發狂了。他剛洗過澡的頭髮好濕，水滴落在我身上。「凱西，我對妳盡心盡力。我們已經認識三年，卻一點進展也沒有。問題不可能出在我這邊，所以一定是妳！那個人是誰？」

「誰也不是！」我說了謊。「而且你完全不適合我！裘利安．馬奎特，你唯一讓我喜歡的就只有跳舞的模樣！」

他的臉湧上血色。「妳以為我又瞎又蠢，是不是？」他氣到快爆炸。「但我可沒瞎，我也不蠢，我見過妳瞧那個醫師的神情，而且我對天發誓我也見過妳用同樣眼神望著妳的親哥哥！所以凱瑟琳．甄娃，別再擺出妳那副高高在上的貞潔模樣，因為我從沒見過任何兄妹這麼互相著迷！」

然後我甩了他一巴掌！他也打了回來，用力地甩我兩個耳光！我想擊退他，但他像鰻魚般和我緊緊纏鬥，我們滾落在地，我怕他會扒掉我衣服強上我，但他沒這麼做。他只是把我困在身下，呼吸焦躁而粗重，直到他稍微抑止自己的狂暴情緒才開口。「凱西，妳是我的，不管妳明不明白……妳屬於我。要是有哪個男人介入我們之間，我會宰了他，也會宰了妳。所以在妳把目光投向我以外的人前，別忘了這點。」

然後他把皮包還給我，叫我清點自己的錢看看他有沒有偷拿。我有四十二塊又六十二分美金，一分錢也沒少。

當他放開我，我顫巍巍地爬起來，晃著身體回到門邊開門，緊抓著皮包踏到走廊上。這時我才敢講出心中的話。

「裘利安，有精神病院是專門給你這種瘋子住的。你不能叫我去愛誰，也不能逼我愛你。你如果是故意想讓我對你反感，那你做得好到不能再好了。現在我連喜歡你也做不到，至於一起跳舞，算了吧！」我當著他的面甩上門，匆匆離去。

但在我走到電梯前，他又開門然後咒罵了些我不想複述的可怕話語，除了最後幾句：「凱西，妳該死地下地獄去吧……我之前說過而且我會再說一遍……妳最好祈求上帝在我解決妳之前先讓妳下地獄！」

與尤蘭達和裘利安前後各自大吵一架後，我找上佐爾妲夫人，告訴她我沒辦法再跟一個打算毀了我舞者生涯的女孩同住。

「凱瑟琳，她怕妳，只是這樣。妳還沒來之前，尤蘭達是我這小舞團的明星。現在她覺得地位受到威脅。去跟她和好……當個乖女孩，不管怎樣去跟她道歉。」

「不，夫人。我不喜歡她，我不願和她住同一間公寓。所以要是妳不付我更多錢，我就得去找別的舞團看他們是否有意願，要是他們不收我，我就回克萊蒙。」

她發出呻吟，將她骷髏般的頭顱埋進瘦削雙手裡，然後又呻吟幾聲。哦！俄羅斯人表達情緒的模樣真誇張！「好吧……妳敲詐我，我認輸。我會稍微提高妳的酬勞，也會告訴妳上哪兒找便宜公寓，不過不會像妳搬走的那間那麼好。」

哈！那間公寓很好？但她說的沒錯。我能找到的公寓只有保羅家最小間臥室的大小，只有兩間房。但那公寓是我一個人的……是我獨享的第一個地方，我高興了好幾天盡力布置公寓。然後我開始睡得不安穩，沒幾分鐘就醒來傾聽老舊建物發出的嘎吱聲響。我好想保羅，我好想克里斯。我聽到風吹的聲音，一公尺外沒有另一張床，那張床上會有閃動的藍眼和輕柔的話語可以安撫我。

克里斯的雙眼出現在我眼前，我起身坐在廚房桌前寫短信給「溫斯洛太太」。我把自己的首篇好評報導文章寄給她，那篇報導附了一張我和裘利安跳《睡美人》的好看劇照。我在信末寫著：

溫斯洛太太，現在沒多少時間了。在妳每晚睡前想一想吧。別忘了我還活在世上某個地方，我想著妳，而且心中有了打算。

我甚至在半夜寄出信件，為的是不讓自己有機會再三考慮，然後把信撕掉。我急奔回家，撲倒在床上啜泣。天啊，我永遠無法解脫！永遠不能！儘管我哭了很久，我還是醒了過來，思考怎樣讓她受到重傷，直到再也無法復原。**媽媽，現在妳就讓自己開心點吧！因為妳沒剩多少時間了！**

我把報導自己消息的所有報紙都買了六份。不幸的是，我的名字通常都和裘利安連在一起。保羅和克里斯很愛讀我的報導，其他份數我留給自己，或是留給媽媽。我想像著她打開信封時會有什麼表情，儘管我很怕她只拆了信沒看內容就扔進垃圾桶。我一次也沒用「母親」或「媽媽」來稱呼她，總是讓自己的問候話語正式又冷淡。會有那麼一天的，當她面對面見到我，我會喊她「媽媽」，我會看見她臉色忽然刷白，然後渾身顫抖。

某天早上，有人砰砰敲門把我吵醒。「凱西，讓我進去！我有大好消息！」是裘利安的聲音。

「走開！」我睏倦地說道，起身披上一件睡袍才踉蹌走去阻止他繼續叩門。「別再敲了！」我喊道，「我沒原諒你，而且永遠不會，所以別來煩我！」

「讓我進去，不然我就撞門了！」他大聲喊道。我拉開門閂，把門打開一道小縫。裘利安硬闖進來一把將我抱在懷裡，我還半張著嘴打著呵欠，他就在我嘴唇印下火熱的長吻。「佐爾妲夫人……昨天妳走了之後，她就宣布了消息！我們要去倫敦巡迴演出！要去兩星期！凱西，我從沒去過倫敦，夫人很高興倫敦那邊發了正式通告邀請我們過去！」

「真的嗎？」我受到他的興奮感染，然後我蹣跚走向自己的小廚房……咖啡，我得喝咖啡思路才能清晰。

「天啊，妳早上總是腦袋那麼迷糊嗎？」他跟著我走進廚房，跨腳反坐在椅子上，支著手肘注視我的一舉一動。「凱西，醒一醒！原諒我，親吻我，再和我做朋友吧。妳要恨我以後再恨，可是這一天愛我吧，因為我是為了這一天才生在世上的，妳也是。凱西，我們會成功的！我知道我們會！在我們搭檔之前，佐爾姐夫人的舞團從未得到過關注！這不是她的成功，是我們的！」

他的謙虛態度值得獎勵。「你吃過早餐了？」我問道，希望得到肯定答案。我只有兩片培根，我想要全部自己吃掉。

「我當然吃了，我來之前吃了一些，不過我還吃得下。」

他當然吃得下！他總是能吃……然後我才恍然大悟……倫敦！我們的舞團要去倫敦！我轉身大叫，「裘利安，你剛才說的話不是玩笑？我們要去那裡，我們所有人都去？」

他往上一躍。「沒錯，我們所有人！這是個大好機會，我們大獲成功的機會！我們會讓全世界吃驚關注！然後我和妳，我們會成為明星！因為我們聯手是最棒的，妳和我一樣清楚。」

我把早餐分給他吃，聽他狂熱談論我們不久後將實現的漫長生涯。我們會很有錢，等我們年紀大了就成家生幾個孩子，然後教芭蕾，我會喜歡那樣，不是嗎？我不願搞砸他的盤算，但我得說出口。「裘利安，我不愛你，所以我們永遠不會結婚。我們會去倫敦一起跳舞，我會盡力而為，但我打算嫁給別人。我已經訂婚了。我已經訂婚很久了。」

他不可置信的目光長久地怒視著我，那眼神一再甩我耳光。「妳撒謊！」他大叫。我搖頭否認。「妳勾引我！妳該下地獄！」他在狂怒之下衝出我的公寓。除了跳舞的時候，我從未勾引他，然而那只是我扮演的角色而已……我們之間僅止於此。

17 冬日之夢

我要回家過聖誕了。聽到來自倫敦的好消息，並且一想到即將要見到保羅之後，和裘利安之間的不愉快立刻被我遠遠拋到九霄雲外。感謝上帝讓我能逃向保羅。我不會讓裘利安奪走這個聖誕的喜悅。因為那是我和保羅約好要宣布訂婚的時刻，現在唯一可能毀了我幸福的人是克里斯。

凌晨兩點鐘，克里斯和保羅來機場接我。就算在南卡羅萊納州，天氣還是非常寒冷。是克里斯先伸手把我攬進他強健的臂彎，他想在我唇上落下一吻，但我別過臉讓他親在我臉頰上。「向凱旋的芭蕾舞者歡呼！」他叫喊，抱緊我然後無比自豪地望著我。「哦，凱西，妳真漂亮！我每次見到妳，妳都讓我心痛。」

看他出落得比爸爸更加英俊，也讓我心痛，我隨即望向另一邊。我掙脫自己兄長的懷抱，跑向站著那邊觀望的保羅。他伸出雙臂迎我入懷。**小心點，小心點**，他悠悠的目光提醒著，**絕不能讓我們的消息太早走漏**。

這是我們有生以來最棒的聖誕節，從頭到尾都是，或者說幾乎到最後都是。凱芮長高了一公分多，看她聖誕節一早坐在地板上，她藍色大眼快樂而閃亮，為了我買給她的紅色天鵝絨洋裝驚叫連連，我幾乎逛遍紐約所有店家，花費好幾小時才找到。她試穿洋裝，穿起來就像個容光煥發的小公主。我忍不住試著想像克瑞也正盤腿坐在地板上查看他的禮物。我絕不可能在任何節慶場合忘卻對他的回憶。哦，我多次在紐約街頭瞥見金色鬈髮的藍眼小男孩，我一定會拔腿追上，希望奇蹟發生，那男孩真的就是他。然而那些小男孩從來不曾是他，從來沒有。

克里斯在我手上放了個小盒子。盒子裡放著一個小巧的心形黃金墜盒，盒蓋中央鑲了顆真鑽，很小顆，但無論如何那確實是鑽石。「這是用我自己辛苦賺的錢買的。」他把鍊墜繫在我脖子上。「要是面帶笑容，服務出色，桌邊服務可是賺得不少的。」然後偷偷往我手裡塞了張摺起的紙條，一小時後，我找到機會讀了字條，字條內容害我哭了：

給我的凱瑟琳女士：

我送妳黃金和一顆小到幾乎看不出來的鑽石，

若用鑽石表達我對妳的愛，鑽石的大小就得像一棟巨大豪宅。

我送妳黃金是因為黃金恆久，愛就像永恆大海。

只是妳哥哥的克里斯多弗

保羅送給我裹著金色包裝紙又繫上巨大紅緞帶的禮物時，我還沒看字條。我抖著雙手笨拙地解開層層薄紙，他滿懷期待地看我拆禮物。是一件灰狐皮草大衣！「這是妳在紐約的冬天真正需要的那種大衣。」他說道，閃亮的眼神含著他心裡所有溫暖與愛意。

「這太貴重了，」我哽咽著，「但我好喜歡，非常喜歡！」

他笑了，很開心能取悅我。「妳每次穿這件大衣一定會想起我，這大衣應該也能讓妳在倫敦冰冷多霧的日子為妳保暖。」

我告訴他那是我見過最漂亮的大衣，雖然我覺得很不自在。那大衣讓我想起媽媽和她那滿是皮草的衣櫃，那是她無情殘忍地囚禁我們才換來的，同時她還得到一筆財產、皮草首飾，以及金錢能買到的所有東西。

克里斯猛然回頭在我臉上察覺了什麼，我的臉上一定暴露出我對保羅的愛。他皺了皺眉頭，然後瞥了保羅一眼。他起身離開房間，接著樓上某處有一扇門粗暴關上的聲音。保羅假裝沒發現。「凱瑟琳，看看角落那邊，有個禮物讓我們所有人都能享受。」

我瞪著那巨大的電視櫃，凱芮起身跑去開電視。「凱西，他買這個就為了讓我們能看妳跳《胡桃鉗》的彩色節目。現在他不准我亂碰。」

「那只是因為不想轉錯台。」保羅道歉。

聖誕節那天，我一直沒見到克里斯，除了吃飯時間。他穿了我為他織的亮藍色毛衣，毛衣很合身，毛衣底下的襯衫和領帶也是我送他的。但我送他的禮物沒有一樣比得上那鑲鑽金墜盒和那首讓我心頭淌血的小詩。我恨他一直這麼在乎，然而當我事後回想起來，要是他不那麼在乎我會更恨他。

那晚我們全都舒服地坐在新的彩色電視機前。我蜷坐在保羅腳邊的地板上，他坐在椅子上，凱芮靠在我身旁。克里斯坐得遠遠的，他沉浸在某種情緒中，讓自己和我們疏離得比實際距離更加遙遠。當我看著片頭的演出名單在彩色電視螢幕裡一行行往上移，我沒像自己預期的那樣開心。這是八月錄製的節目帶，到現在才能在全國數百個城市播放。彩色的布景看起來真漂亮，在現場看起來沒那麼縹緲不似人間。我望著飾演克拉拉的自己，心想自己真的長得像那樣嗎？我看得忘我，下意識地倚著保羅大腿，我感覺他的手指正繞著我頭髮，然後我不知道自己置身何處，只知道自己在舞台上和裘利安在一起，魔法將他從難看的胡桃鉗人偶變成英俊王子。

等芭蕾舞劇播完，我回過神來之後，首先想起的就是我的母親。**上帝，務必讓她今晚待在家裡，讓她看到我**。讓她知道自己想謀害的是怎樣的人！讓她難過、哭泣和痛苦……拜託，求求祢！

「凱西，我能說什麼？」保羅驚嘆地說道，「沒有舞者能把這角色演得比妳更好。裘利安也很出色。」

「是啊。」克里斯冷冷地說道，起身把凱芮一把抱在懷裡。「你們兩個很出色，但這肯定不是我印象中小時候看的那種給兒童看的表演。你們兩個把這齣劇跳得像愛情劇。說真的，凱西，和那傢伙拆夥吧！而且要快！」他說完這些話就大步離開房間，上樓把凱芮塞進床上。

「我想妳哥哥起了疑心，」保羅溫和地說道，「不只懷疑裘利安，也懷疑我。他一整天都把我當情敵看待。等他聽到我們的消息，他不會開心的。」

因為我就像其他人一樣想拖延所有不愉快的事，我提議等明天再告訴他。我蜷坐在保羅大腿上，我們雙手緊擁彼此，熱情地給予我們為對方保留至今的激吻。我好想他。關上所有燈後，我們偷溜上後樓梯，在他床上用幾近飢渴的狂熱做愛。之後我們睡著了，醒來後又做了一次。我在清晨再次親吻他，然後披上睡袍想悄悄通過走廊回到我房間。令我萬分驚愕的是，就在我踏出保羅房間來到走廊上時，克里斯打開他房門走出來！他身體驟然一頓，用震驚受傷的眼神盯著我。我往後畏縮，羞愧到幾乎哭出來！我們誰也沒說話，相互盯著對方，四肢僵硬無法動彈。是他先打破我們之間幾乎凍結的目光，他奔向樓梯，跑到一半回過頭來憤慨憎惡地瞥我一眼。我好想死！我進房望向熟睡的凱芮，她手裡緊擁那件紅色天鵝絨洋裝。我在自己床上躺下來，試著思考我該怎麼對克里斯解釋，好讓我們之間的關係恢復正常。為什麼我心裡覺得自己背叛了他？

聖誕節的隔天用來歸還不喜歡、不想要或不適合的禮物。我逼自己去找克里斯，他在庭院裡凶狠地修剪著玫瑰花叢。「克里斯，我需要和你談談，把一些事講清楚。」

他暴怒。「保羅沒資格送妳皮草大衣！那種禮物讓妳像被包養的女人！凱西，把大衣還給他！還有，最重要的，別再跟他做那種事！」

我先從他手中奪下樹剪，免得他毀了保羅心愛的玫瑰。「克里斯，這沒像你想的那麼糟。聽著……我和保羅……呃，我們打算在春天結婚。我們很相愛，所以我們在一起做的事沒什麼不對。那不是什麼明天就忘掉的事，他需要我，我也需要他。」他轉身掩飾自己的神情時，我上前走得更近。

「這對我、對你都更好。」我低聲說道。我抱住他腰間，扭身注視他臉龐。他看起來很震驚，像個健康的人突然知道自己得了不治之症，所有希望都離他而去。

「他太老，不適合妳！」

「我愛他。」

「哦，妳愛他？那妳的舞者生涯呢？妳要拋開這些年的夢想和努力？妳要背棄自己的諾言？妳明知我們對彼此發誓要追求我們的目標，不讓那些虛度的歲月造成影響。」

「我和保羅商量過了。他能理解。他覺得我們能想出辦法……」

「他覺得？一位醫師對舞者的生活懂多少？妳不可能和他在一起。他會繼續待在這裡，妳會待在天知道哪個地方，和其他差不多年紀的男人在一起。凱西，妳不欠他什麼，妳不欠他！他在我們身上花的每一分錢，我們都會償還。我們會給他應有的愛與敬重，但妳的人生沒虧欠他。」

「是嗎？」我低聲問道，心裡為了克里斯發疼。「我覺得自己的人生確實虧欠他。你知道我來這裡時有什麼感覺嗎？我覺得沒有人能相信或倚靠。我料想我們會遇上最糟的事，要是沒有他，我們就會變成那樣。我不是只因他做了那些事才愛他。因為他是那樣的人，我才愛他。克里斯，你不像我那麼了解他。」

他轉身從我手上奪走樹剪。「那裘利安呢？妳要嫁給保羅，然後和裘利安一起跳舞？妳知道裘利安為妳痴狂。他看妳、摸妳的那副模樣，全都表現出來了。」

我受挫後退。克里斯話中所指的不只是裘利安。「要是這件事毀了你的假期，我很抱歉，」我說道，「但你也會找到別人的。你愛保羅。我知道你愛他。等你想清楚，你會知道我們很適合，儘管我們之間有著年齡差距或任何阻礙。」我說完就離去，把克里斯和那把樹剪留在庭院裡。

保羅開車帶我去格林列納，凱芮待在家裡享受那台新的彩色電視以及她所有新衣服和遊戲。保羅開懷聊起今晚打算在他最愛的餐廳為我們所有人辦場宴會。「我希望自己夠自私，能把克里斯和凱芮留在家裡。可是我想讓他們到場看我把戒指套在妳手指上。」我的目光緊盯窗外飛逝的冬景，樹木光，草地變成褐色，有著聖誕擺設和戶外燈飾的美麗房子會在入夜後點亮燈光。現在我成了這景象的一份子，不再只是個遭囚的旁觀者，但我心裡卻覺得好折磨、好悲哀。

「凱西，妳身旁坐著世上最幸福的男人！」

在他的庭院裡，我拋下了和我一樣感到悲哀的男人。

我的皮包裡有一個在紐約為凱芮買的戒指。一個適合超小手指的小紅寶石戒指，就算如此，她大拇指以外的其他手指戴起來都太大。我在城鎮裡最好商店裡的高級首飾販賣部門裡，正在詢問怎樣縮小戒圍又不損壞鑲嵌，我忽然聽到一個非常熟悉的聲音！一個甜美沙啞、腔調悅耳的聲音。我小心地慢慢轉頭。

是媽媽！就站在我旁邊！她若一個人來也許會瞧見我，但她專心地和女伴聊天，那女伴也穿得和她一樣高雅。從她最後一次見到我以來，我外表變化很大，不過要是她看見我，應該會知道我是誰。她們兩個談論昨晚參加的宴會。「柯琳，是真的，愛爾希的節慶主題裝扮無恥至極，她穿了一身紅！」

宴會！她做的事全是那些，參加宴會！我的心像狐步舞的節拍般跳動。我情緒頹喪、失望而萎靡。宴會，我早該知道！她從不待在家裡看電視！她沒看見我！哦！我好氣！

我轉頭讓她看見我！首飾的玻璃展示櫃上有面小立鏡，鏡裡映出她的側臉，對我展示她仍多麼迷人。她看起來年紀稍大了點，但依舊美麗出眾。她淺黃色的頭髮往後梳攏，強調她面容的完美——那小巧的鼻子，噘起的紅唇，和那因睫毛膏而變得更濃密的天生長睫毛。她耳邊的鑽石和黃金閃閃發光，都是真品，而她正開口說起話來。

「妳能讓我瞧瞧有什麼東西適合年輕的可愛女孩嗎？」她問店員小姐。「要有品味，不俗豔而且大小適中，那種年輕女孩一輩子擁有也自豪的東西。」

是誰？她要買禮物給哪個女孩？我感到嫉妒。我看到她挑了個漂亮墜盒，真像克里斯送我的那個！要價三百美金！現在我們親愛的媽媽把錢花在不是自己兒女的女孩身上，完全忘了我們。她難道沒想過我們，猜想我們過得怎樣？世界對獨自謀生的孩童是如此冰冷醜惡又殘酷，她怎能在夜裡睡得著？

在我看來，她完全沒有罪惡感或悔意。也許那就是百萬財富能做到的，在人臉上釘牢滿足的得意笑容，不管笑容底下掩蓋了什麼。我想開口說話看她的泰然自若瓦解崩潰！我想看她的笑容像樹皮般剝落！她將會在友人面前顯露她的真面目——一個沒有心的殘忍傢伙！殺人凶手！騙子！但我什麼也沒說。

「凱西，」保羅出現在我身後，雙手擱在我肩上，「我退貨的東西都處理好了，妳呢？現在能走了嗎？」

我極度想讓媽媽看到我和保羅在一起，一個如同她親愛的「巴特」般英俊的男人。我好想大喊。**瞧，我也能吸引到聰明體貼有教養的英俊男人！**我飛快掃視媽媽是否聽到保羅叫我名字，希望能見到她的震驚詫異、罪惡感和羞愧。但她走向更遠的櫃台那邊，要是她真的聽見了「凱西」這名字，這也沒引她回頭。

出於某些自己也不明白的原因，我啜泣著。

「親愛的，妳沒事吧？」保羅問道。他在我臉上看出什麼令他困惑，他眼中染上關切。「妳不會是對我們的事另有想法吧？是不是？」

「不是，當然不是！」我否認。但我對我自己的事另有想法。為什麼我沒做點什麼？為什麼我這次沒伸腳絆倒她？然後我就能看她趴在地上，也許她的泰然自若會消失無蹤。她大概會優雅倒地，令店裡所有男士趕緊扶她起身，連保羅也是。

我正為了即將在「農場屋」餐廳舉辦的大事梳裝打扮，然後克里斯走進我臥房將凱芮打發走。「去看電視。」我從未聽過他用這般嚴厲口吻對她說話。「我要和妳姊姊談談。」凱芮那不尋常的目光先看向他再看著我，就溜出房間。

凱芮一關上身後的門，克里斯就來到我旁邊抓住我肩膀。他激烈搖晃我身體。「妳要把這鬧劇堅持到底？妳不愛他！妳還愛著我！我知道妳還愛我！凱西，拜託別這樣對我！我知道妳想藉著嫁給保羅還我自由，但那不是嫁人的好理由。」他垂頭放開我肩膀，看起來極其羞愧。他的聲音低到我得豎起耳朵才聽得見。「我知道自己對妳的感情不正常。我知道自己該試著找別人，像妳一樣……但我就是止不住愛妳，想要妳。我每天都想妳。我在夜裡夢見妳，我想要醒來時看到妳和我一起待在房間裡。我想要睡覺時知道妳就在那裡，離我很近，近到我能看見妳、觸摸妳。」他喉間發出一聲嗚咽，然後才說下去。「想到妳和別的男人在一起讓我受不了！凱西，該死地，我想要妳！反正妳不打算生小孩，那為什麼不能選我？」

他鬆開我肩膀時，我就立刻和他拉開距離。等他話一說完，我就奔過去伸手抱住他，而他抓著我，彷彿我是唯一能救他不讓他溺死的女人。事實上，要是我照著他的想法去做，我們兩個都會溺死。「哦，克里斯，我能說什麼？爸爸和媽媽結婚，犯了錯，於是我們得為此付出代價。我們不能冒險重蹈他們的錯誤！」

「我們當然可以！」他熱烈叫喊。「我們不需要有性關係！我們可以只是住在一起，就像兄妹般一起生活，凱芮也和我們一起。拜託，求求妳，求妳別嫁給保羅！」

「住口！」我尖叫。「別來煩我！」然後我出手打他想讓他受傷，因為他說的每句話都傷到我。「你讓我覺得好罪惡、好羞恥！克里斯，我們被囚禁的時候，我盡力對你好。也許我們確實尋求彼此，但那只是因為我們沒別的人能選！要是有別的人，你絕不會想要我，我也絕不會多瞧你一眼！克里斯，對我來說你只是哥哥，我想讓你待在該待的位置……而那不會是我床上！」

然後他把我擁在懷中，我不禁依偎著他，臉頰按在他怦怦跳的心口上。他很難抑制自己的淚水。我想讓他忘掉……但他緊抱我的每一秒都增添他的希望，而且他身體亢奮了！只有他會天真地以為我們能過著柏拉圖式的生活！「克里斯，放開我。要是你剩下的人生還想愛著我，就只讓你自己知道就好，我再也不想聽見你這麼說了！我愛保羅，你說的任何話都阻止不了我嫁他！」

「妳在騙自己！」他哽咽地抱我更緊。「在妳把目光轉向他前，我看見妳注視著我。妳想要我，也想要他。妳什麼人都要，什麼東西都要！別毀了保羅的人生，他已經受了夠多苦！他對妳來說太老，年紀確實很重要！當他年老而且性方面枯竭無能，妳卻處在顛峰！就算是裘利安也比他好！」

「你要是這麼想就是大傻瓜！」

「那我就是傻瓜！我一直是傻瓜，不是嗎？當我對妳投注愛和信任，那就是我人生最大錯誤，是不是？妳的作風就像我們的媽媽一樣無情！每個被妳吸引的男人妳都想要，不計後果……但我會讓妳想要誰都行，只要妳永遠會回頭找我就好。」

「克里斯多弗，你是因為我比你更早找到人愛才嫉妒！別站在那裡用你冰冷的藍眼睛瞪我，因為你的風流韻事多得很！我知道你和尤蘭達．朗格睡過，天知道還有多少人！你對她們說了什麼？你說你也愛她們！哦，我現在不愛你了！我愛的是保羅，沒有任何事情可以阻止我們結婚！」

他繼續站著，臉色蒼白，全身顫抖，然後他嘶啞地低聲說道，「有一件事情可以阻止你們結婚。我會把我們的事告訴他……那他就不會要妳了。」

「你不會告訴他的，你太過高尚。再說，他早就知道了。」

我們相互怒視好久好久……然後他奔出房間，在身後用力甩門，力道大到讓天花板牆泥裂開一道好長的縫隙。

只有凱芮陪我和保羅去「農場屋」餐廳。「可惜克里斯身體不舒服。我希望他沒得流感……其他人都得了流感。」

我什麼也沒說，只是坐在那裡聽凱芮不斷閒談她多麼喜歡聖誕節，聖誕讓一切平凡事物顯得如此漂亮。

大壁爐裡的聖誕柴火劈啪作響，輕柔的音樂播放著，保羅在我手指套上兩克拉的鑽戒。我盡力讓場面顯得歡樂，我笑著和他多情地對視許久，我們啜飲香檳，舉杯為彼此和我們長久幸福的未來乾杯。我和他在巨大的水晶吊燈下共舞，卻始終閉著雙眼，我想像克里斯一個人在家的模樣，在他房間裡如何生著悶氣，對我生厭。

「保羅，我們會很快樂的。」我低聲說道，踮起穿銀色高跟鞋的腳尖。沒錯，這會是我們在一起的生活。輕鬆，愜意，毫不費力。就如同我們跳的輕快老派華爾滋。因為真切愛著時，沒有任何難題是愛無法克服的。

我……和我那些念頭。

18 四月的傻瓜

幹勁。奉獻。渴望。堅定。這是我們在芭蕾界賴以為生的四大要素。佐爾姐夫人在聖誕節前對我們已經夠嚴格了，現在的她更是對我們加強緊湊的每日訓練，我們能做的唯有練舞。她講述著皇家芭蕾舞團有多完美，嚴守古典傳統，但我們得照著自己獨一無二的美式作風來跳，跳得古典，但更加漂亮而創新。

裘利安毫不留情，甚至無情到像個惡魔。我真的開始瞧不起他了！我們兩個都全身汗濕，頭髮成縷披垂。我的舞衣黏在皮膚上，裘利安只穿了件束腰。他對我吼得好像我是聾子。「這次別跳錯，該死的！我不想在這裡待一整晚！」

「裘利安，別吼我！我聽得很清楚！」

「那就別跳錯！先踏三步，再踢腿，然後跳躍，讓我接住，看在上帝的份上這次立刻往後倒！要是妳今天能跳對或跳得夠優美，那就別直挺挺地僵著身體，我一接住妳，妳就往後仰然後放鬆身體。」

那是我的錯。我現在不信任他了。我怕他會想傷害我。「裘利安，你對我吼得像是我故意跳錯！」

「在我看來妳就是！要是妳真想跳好，妳做得到。妳只需要踏三步踢腿再跳躍，我會抬妳起來，然後妳往後倒。現在看看試過五十次之後，妳是不是終於能夠跳好了！」

「你以為我喜歡這樣？瞧瞧我腋下，」我舉高雙手亮給他看，「看那裡多紅腫，看你是怎麼磨破了我皮膚？而且明天我全身到處都會瘀青，因為你抓得太用力！」

「那就別跳錯！」他的怒意不只表露在聲音上，連他烏黑雙眼也滿是怒火，我好怕他心懷報復之意，只是想伺機害我摔下去。但我爬了起來，我們又試了一次。我再次無法順利往後仰倒，沒能全心相信他。這一回他把我扔在地板上，我躺在地板上喘氣，納悶自己到底為何一直跳不好。

「妳喘不過氣？」他矗立在我上方嘲諷地問，他劈開雙腿，赤腳跨站在我雙腿兩旁。他光裸胸膛上的汗水閃閃發光，汗水滴落在我身上。「所有辛苦部分都是我出力，妳卻癱在地上一副累壞的樣子。妳南下做了什麼？妳把所有精力都用在妳那醫師身上？」

「閉嘴！我是因為連續練了十二個小時的舞才累，就是這樣而已！」

「要是妳很累，我比妳累上十倍，所以，給我爬起來，再做一次，這次別再做錯，該死的！」

「別罵我！去找別的舞伴！你絆倒我害我摔下去，後來我膝蓋痛了三天，所以我怎麼敢跑過去往你懷裡跳？你卑鄙到可能害得我終生殘廢！」

「我就算恨妳也不會讓妳摔下去。還有凱西，我不恨妳。還不恨。」

對著鋼琴樂聲一再演練，計算時機，抓時間點，反覆跳著同一套舞步之後，我總算不再跳錯，連裘利安也露出笑意向我祝賀。然後到了《羅密歐與茱麗葉》演出的最後一次彩排。

極為漂亮的舞台布景和令人讚嘆的戲服，配上一整團交響樂隊，激發出我們所有人最佳表現。現在我能讓茱麗葉這個角色稍微有所不同，令這角色更加真實，而不是像尤蘭達今晚表現出的木頭人模樣。她下蹲時眼神呆滯茫然，佐爾妲夫人上前細看她的臉，然後對著她呼出來的氣息抽了抽鼻子。

「天啊……妳抽大麻！我團裡的任何舞者都不能昏昏沉沉地踏上舞台欺騙我的觀眾，回家去睡覺。凱瑟琳，準備好跳茱麗葉！」

尤蘭達搖搖晃晃地走過我身旁，然後想要狠狠踢我一腳，她嘶聲說道，「妳為何非得回來不可？幹嘛不留在妳該待的地方？」

當我站在易碎的陽台布景上，迷濛地凝視裘利安那仰望著我的蒼白臉孔，我沒想起尤蘭達和她說過的威脅話語。他在微藍的燈光下顯得如此好看，穿著白色緊身褲，他的黑髮閃爍光芒，他中世紀戲服上的假珠寶和他烏黑雙眼一同閃閃發光。他似乎就是我閣樓裡的那位戀人，總是從我身旁跳躍而過，從不讓我靠近看清他的臉孔五官。

舞台布幕落下時，掌聲如雷。在舞台幕後，氣喘吁吁的裘利安突然冒出來抱緊我。「妳今晚真出色！妳怎能一直讓我灰心喪志直到演出的前一刻？」布幕升起讓我們鞠躬致謝，然後他直接吻上我嘴唇。「太棒了！」觀眾喊道，因為這是所有芭蕾舞迷渴望的那種激情與戲劇性橋段。

那一晚屬於我們，那是迄今為止最棒的一次演出，我陶醉在成功的喜悅裡，穿過攝影師和索取簽名的粉絲，奔向自己的更衣室，因為之後還有一場盛大宴會，是我們舞團前往倫敦前夕的行前會。我飛快敷上卸妝冷霜，然後脫下最終幕戲服換上長春花藍的短禮服。佐爾妲夫人叩門喊道：「凱瑟琳，有位女士說自己從妳家鄉一路飛來看妳演出。來開門吧，我們會等妳來才開始宴會。」

一位引人注目的高瘦女人走了進來。她有深色的頭髮和眼睛，她的衣著昂貴而且很襯托她身材。不知為何，我覺得自己似乎曾見過她，或是她令我想起某個人。她對我從頭到腳打量一番，然後才轉頭環顧小小的更衣室，更衣室裡滿是一包包塑膠袋，袋裡塞滿我將帶去英國的芭蕾戲服，每個袋子都貼上我名字和裡頭的所屬劇碼。我不耐煩地等候她說話並告辭，好讓我能趕快穿上大衣。

「我不覺得我認識妳。」我催促她。

她笑得很不自然，未經邀請就逕自坐下，蹺起她形狀優美的雙腿。一隻穿著黑色高跟鞋的腳有節奏地來回晃動。

「我親愛的孩子，妳當然不認識我……但我知道很多妳的事。」

她親切又太過悅耳的口吻中有某種東西讓我心生警惕，我繃緊身體準備好聽她要說什麼，那不會是好消息。我在她虛假的親切外表下瞧出刻薄神色。

「妳長得很好看，甚至很漂亮。」

「謝謝。」

「妳的舞跳得異常出色，讓我驚訝。雖然妳待在這個舞團當然會跳得很好，我聽說這舞團近來迅速崛起，變得很有分量。」

「還是謝謝。」我說道，覺得她永遠不會談到正題。

她花了好長時間才再次開口，讓我只能窮緊張。我拎起大衣，想向她示意自己打算離開。

「很不錯的皮草大衣，」她評論著，「我想是我弟弟送妳的。我聽說他像醉酒的水手一樣揮霍他的錢。把他所有積蓄給了三個坐巴士來的無名小卒，讓他們接管他人生。」她低聲譏諷地笑了起來，有教養的女人深知該如何做的那種笑法。「現在我明白原因了，見到妳我就懂了。雖然我從其他人那裡聽聞妳很漂亮，漂亮到能讓任何男人變得愚蠢。但我不明白像妳這種孩子，怎能看起來如此豐滿性感卻又纖瘦。甄娃小姐，妳真是個獨特的混合體，天真無邪又成熟世故。這款釀造酒肯定會讓我弟弟那種男人興奮陶醉。」她咯咯地笑著。「年輕、金色長髮、漂亮臉孔和豐滿胸部這種組合最能引發男人獸欲，連最高尚的男人也不例外。」她嘆了口氣，好像很同情我。「沒錯，太過年輕貌美就是有這種麻煩。男人會讓自己變得最糟。妳知道，保羅之前就做過蠢事，妳不是他第一個小玩伴，雖然他之前沒送過任何人皮草大衣和鑽石戒指，這行為看起來**就好像**他真的打算娶妳似的。」

原來這個人就是保羅的姊姊亞曼達，那位為他織了毛衣用包裹寄來，卻拒絕在街上和他交談的古怪姊姊。

亞曼達起身在我身邊徘徊，像隻潛近獵物的貓，蓄勢待發。她的香水很有異國風味，聞起來像麝香又氣味濃重，她朝著她認為肯定是膽怯獵物的東西逼近。「妳的皮膚這般無瑕，」她伸手摸我臉頰，「這麼緊實，像瓷器一樣。等妳三十五歲左右，就不會再保有那樣的肌膚秀髮了，在那之前他早就厭倦妳。他喜歡年輕女人，非常年輕的。他喜歡她們漂亮、聰明又有才華。我得承認就算他很不明智，但品味很好。妳明白嗎？」她再次笑得如此惹人厭，「只要得體規矩，而且不會害我人生蒙上恥辱，他做了什麼我真的不在乎。」

「出去，」我勉強開口，「妳一點也不懂妳弟弟。他是個高尚慷慨的男人，絕不會對妳人生造成損害。」

她同情地笑了。

「我親愛的孩子，妳不明白自己正在摧毀他的職業生涯？妳傻到以為這段關係沒人注意？在克萊蒙那種規模的城鎮，大家什麼都知道。雖然杭妮不能說話，鄰居可不是沒有眼睛、耳朵。八卦流言，那就是我聽到的，聽說他把錢浪費在少年犯身上，那些人利用他的好心占便宜，他很快就要破產，然後沒辦法再次行醫！」她現在激動起來，我害怕她隨時會用紅色的長指甲抓上我的臉。

「出去！」我憤怒地下令。「亞曼達，妳的事我全都知道，因為我也聽得到流言！妳的毛病是妳以為妳弟弟的餘生都是欠妳的，因為妳工作供他念完大學和醫學院。可是我以前管過他的帳簿，他把錢還給妳了，外加一成的利息，所以他不欠妳什麼！妳是個騙子，想讓我覺得他很卑劣，但妳不會得逞！我愛他，他也愛我，妳說任何話都阻止不了我們結婚！」

她又笑了，笑得冷酷陰鬱，然後她的表情變得強硬果決。「別想命令我做任何事！等我打算離開，我會走的，等我說完我該說的！我飛來這裡就為了見他最新任的小情人，他的跳舞娃娃……相信我，妳不會是他最後一任情人。茱莉亞以前告訴過我，他……」

我氣得打斷她的話。「出去！妳敢再說他一句就走著瞧！我知道茱莉亞。他告訴過我。要是她逼他去找別人，我不會怪他，她不是真正的妻子，她是管家和廚娘，不是妻子！」

她愉快地笑，天啊她真愛笑！有個能夠反擊她的對手，有個她能出爪攻擊的人，讓她樂在其中。

「傻女孩！每個已婚男人都會對他的新歡講同一套老話。茱莉亞是有史以來最可愛迷人又最溫柔出色的女人。她做了自己能做的一切來取悅他。事實上她唯一的缺陷就是她給不了那些他想要或需索的性事，所以的確在某種層面上，他確實得去找別人，像是妳。我承認大多數已婚男人都會亂搞，但他們還是不會做出他做的事！」

我現在真的開始恨起這個惡毒女巫了，真心憎惡她。「他做了什麼可怕的事？茱莉亞把他三歲大的兒子溺死，世上沒有任何事會讓我奪走自己孩子的性命！我不需要報復到那種地步！」

「我同意。」她的語氣現在又恢復溫和。「茱莉亞做的事很瘋狂。史科帝是那樣英俊可愛的男孩，可是保羅逼她這麼做。我懂她的道理。史科帝是保羅的最愛。想在情感上毀掉某個人，就毀了那個人最心愛的東西。」

哦！她真可怕！

「他很自責，對不對？」她幸災樂禍地問道，深色的漂亮眼睛滿意地發亮。「他折磨自己，責怪自己，思念他兒子，然後妳來了，他讓妳肚子裡有了孩子。別以為全鎮的人不知道妳墮胎的事！我們知道！我們什麼都知道！」

「妳說謊！」我尖聲叫嚷。「那不是墮胎！我動了手術是因為我月經異常！」

「那是醫院病歷上寫的，」她洋洋得意地對我說道，「妳流掉的是長著兩顆頭三條腿的胚胎，分裂不完全的雙胞胎。妳這可憐東西，妳不知道子宮擴刮是墮胎手術？」

我被淹沒，沉入來自四面八方的黑色水漩渦裡……兩個頭？三條腿？哦天啊，是我擔心的怪物寶寶！但那時保羅還沒碰我，不是保羅的孩子。「別哭，」她安慰我，她滿是閃耀鑽石的大手觸碰我將我猛然一拽，「所有男人都是野獸，我猜他沒告訴妳。但妳難道不明白，妳嫁不了他。我做這件事是為妳好。妳年輕、漂亮又有才華，和一個已婚男人同居完全是浪費。妳還來得及放過自己。」

淚水模糊我的視線。我像孩子般地揉眼睛，覺得自己是身處成人瘋狂世界的小孩，我木然地望著她溫和平靜的臉。「保羅不是已婚男人。他是鰥夫。茱莉亞死了。她溺死史科帝的那天也害死自己。」

她像個母親般拍拍我肩膀。「不，孩子。茱莉亞沒死。她溺死史科帝後，我弟弟送她去精神病院。她依然是他的合法妻子，不管她有沒有瘋。」

她在我鬆弛的手裡塞了好幾張照片，照片上有個看起來很可憐的瘦弱女人躺在病床上，左右側臉的照片都有。那是一個被痛苦蹂躪的女人，她的眼睛睜得大大的，茫然放空，她深色的頭髮一縷一縷地攤在枕頭上。可是我見過太多茱莉亞的照片，就算她變了很多也不可能認不出她。

「對了，」保羅的姊姊說道，她把照片留給我，「我很享受那場表演。妳是非常棒的舞者。還有那個年輕人，他很引人注目。選他吧。他顯然愛著妳。」然後她就離開了。把我留在夢想破碎的恍惚之中絕望掙扎。我究竟該如何才能學會在謊言的汪洋裡游泳？

裘利安帶我去為了我們舉辦的盛大宴會。一大群人圍在我們身邊向我們道賀，說了好多奉承話語。他們對我來說毫無意義，我心裡想的只有保羅對我撒謊這件事。他明明結了婚，卻對我說謊和我在一起。謊言，我恨謊話！

裘利安再溫柔體貼不過了。在老派慢舞中他緊擁著我，緊到我能感受他瘦削胴體的每塊結實肌肉，他的男性特徵重重地頂著我。「凱西，我愛妳，」他低聲說道，「我好想要妳，想到晚上睡不著。我想抱著妳，和妳做愛。要是妳不快點給我，我會發瘋。」他把臉埋在我盤起的頭髮裡。「我從未擁有過任何像妳一樣全新未拆封的人。凱西，拜託，拜託愛我，愛我吧。」

他的臉在我眼前旋轉。他看起來有如理想般神聖，完美無缺，可是，可是……「裘利安，要是我告訴你我不是全新未拆封的，你會怎麼樣？」

「可是妳是！我知道妳是！」

「你怎麼看得出來？」我醉醺醺地咯咯笑。「我臉上寫了什麼透露出自己沒經驗？」

「沒錯，」他堅定地說道，「妳的眼睛。妳的眼睛告訴我，妳還不知道被愛是什麼感覺。」

「裘利安，我想你恐怕不太明白。」

「凱西，妳小看我。妳前一秒把我當成小男孩，下一秒就把我當成會吃掉妳的餓狼。讓我和妳做愛，然後妳就會明白自己之前從沒被男人碰過。」

我笑了。「好吧，可是只有一晚。」

「要是妳和我共度一晚，妳就會永遠永遠不想讓我走。」他提醒我，閃爍不定的雙眼黑如煤塊。

「裘利安……我不愛你。」

「但妳會愛我的，在今晚之後。」

「哦，裘利安，」我打了好長一個呵欠，「我累了，而且有點醉了。走開，別煩我。」

「小妹妹，休想。妳答應我了，我要妳遵守諾言。今晚是我的……還有妳人生接下來的每一晚，或是我的人生。」

在一個下雨的星期六早上，我們所有行李都打包好準備運上計程車，車子等等就會帶我們舞團所有人去機場，我和裘利安站在市政廳裡，我們所有好友都來當證人，一位法官正念著一串即將讓我倆綁在一起、「至死不渝」的話語。輪到我念誓言時，我遲疑了，我想逃走飛向保羅。等他知道這件事他一定會崩潰，還有克里斯。但比起保羅，克里斯寧願我嫁給裘利安，他曾那樣告訴過我。

裘利安緊擁著我，他深色眼睛裡溫柔地閃著愛意與自豪。我跑不掉，我只能說出自己該說的誓言，然後嫁給那個自己發過誓絕不親密碰觸的人。不只是裘利安高興自豪，佐爾妲夫人也對我們笑容滿面，給予我們祝福，親吻我們臉頰然後流下慈母般的淚水。「凱瑟琳，妳做得對。你們在一起會很快樂，如此漂亮的一對……但記住別懷孕！」

「親愛的甜心愛人，」我們坐在飛越大西洋的飛機上時，裘利安低聲說道，「別看起來那麼悲傷。這是我們歡慶的日子！我發誓妳永遠不會感到難過。我會是妳非常棒的丈夫。我永遠只愛妳。」

我低頭靠在他肩上，然後我放聲痛哭！為了我結婚當天該有的一切而哭。我的小鳥歡啼和應該鳴響的鐘聲在哪？青青草地和屬於我的愛在哪？我那造就一切錯誤的媽媽人又在哪？在哪？她想起我們時會哭嗎？還是說她更可能只是拿起了我附上剪報的信就直接撕掉？沒錯，那更像她的作風，她從不面對自己做的事。她曾經那樣輕易地就出門旅行，去了她的二度蜜月，只把我們留給無情的外婆照顧，等她回來時竟然滿臉開心笑容，對我們訴說她過了一段多棒的日子。而我們卻是遭到囚禁，挨餓，又被殘忍對待。她從未發現克瑞和凱芮沒長大，從未留意他們空洞的雙眼多麼陰鬱，從未留意他們軟弱四肢多麼瘦削，從未留意任何她不想看的事物。

雨不停地下著，預示了未來前景。酷寒的陣陣冷雨讓飛機機翼結冰，飛機載著我往前飛，離那些我愛的人愈來愈遠。我心裡也結了冰。今晚我要和一個男人同床共枕，那個人如果沒穿戲服在舞台上扮演王子的話，我甚至一點也不喜歡他。

但我得為裘利安說句公道話，他的表現正如他所大肆吹噓的。我忘了他是誰，假裝他是別人。他綿密地吻遍我全身，我渾身沒有一吋肌膚被忽略，無處不曾被探索、親吻和愛撫。在他吻遍我之前，我已經極度想讓他占有……我一直想抹除腦中一個徘徊不去的執念——我才剛犯下人生中最可怕的一個錯誤。

而我早已犯了許多錯。

19 謊言迷宮

我們的身體還沒適應時差就開始排練，皇家芭蕾舞團在一旁觀望，拿我們的舞蹈風格來相比。佐爾妲夫人早已告訴過我們，他們的風格嚴守古典，但我們要照著自己風格來跳，不必感到害怕。「堅守風格，保持純粹，但要跳出自己的舞。裘利安和凱瑟琳，你們是新婚夫妻，所有目光都會看向你們，所以盡可能把每場戲都跳得浪漫多情。你們兩個共舞能觸動我心為之而泣……要是你們能保持這樣跳下去，你們也許能名垂芭蕾史。」

她笑著，淚水填滿了她小眼睛周圍的深深皺紋。「讓我們所有人證明，美國也出得了最棒的芭蕾！」然後她動容地背過身去，好讓我們瞧不見她皺成一團的臉。「我好愛你們大家，」她嗚咽著，「現在都走吧……讓我一個人靜一靜……讓我為你們感到驕傲。」

我們決定全力以赴，讓佐爾妲夫人的名字不僅作為芭蕾舞者，也作為芭蕾教練再次揚名於世。我們練舞練到耗盡氣力倒在床上。

柯芬園的皇家歌劇院讓舞團共用場地，當我第一次見到那場地，我緊抓裘利安的手抽了口氣。金紅的觀眾席坐得下超過二千人。閃閃發亮的弧形包廂朝著高處圓頂攀升，圓頂中央有放射狀的太陽圖樣，那種老派的壯麗風格令我驚嘆。我們很快就發現後台遠遠沒那麼豪華，擁擠的更衣室以及狹窄的小間辦公室與工作室毫無魅力可言，最糟的是，根本沒有排演的練舞場地！我試圖找出英國的配管系統和暖氣設備值得讚揚之處，卻徹底失敗。我永遠覺得冷，只有逼自己跳舞的時候除外。我恨死浴室吝嗇的熱水供給，逼我在凍死前盡快洗好澡。

裘利安始終黏在我身邊。他從沒聽過什麼叫隱私，也對此毫不尊重。就連我進廁所他都要跟，所以我得衝去鎖門讓他砰砰地叩門。「讓我進去！我知道妳在幹嘛，何必那麼遮遮掩掩？」

不僅如此，他還想爬進我的心，想知道我所有過去、所有想法和做過的一切事情。「所以妳爸媽在車禍中喪生，後來呢？」他問道，將我擁入鋼鐵般的懷抱。為什麼他非得再聽一遍？我嘆了口氣。至今我已捏造一個可信故事，說律師想把我們送去孤兒院，所以我、克里斯和凱芮得逃跑。「我們存了一點錢，你知道，靠生日和聖誕之類的。我們搭了一輛會載我們去佛羅里達的巴士，可是凱芮病倒嘔吐，然後那位壯碩的黑人胖女士帶我們去找她的『醫師兒子』。我猜他覺得我們很可憐，他收留了我們……事情就是這樣。」

「就是這樣，」他緩緩重述，「還有很多事妳沒告訴我！雖然我猜得出其餘部分。他看到像顆甜美李子的年輕漂亮女孩，所以才那麼慷慨。凱西，妳和他到底多親密？」

「我愛他，打算嫁給他。」

「那妳怎麼沒嫁？」他脫口而出。「妳為什麼最後要答應我？」

圓滑和敏銳從來不是我的長處。因為他要我解釋而我不想這麼做，我生起氣來。「你一直惹我生氣！」我暴怒。「你讓我相信自己能學著愛你，但我不覺得自己做得到！裘利安，我們犯了個錯！一個可怕的錯！」

「妳聽好，別再說這種話！」裘利安嗚咽著，好像我傷他很深，我想起了克里斯。我不能傷害人生中遇見的所有人，所以我的怒氣消失無影，允許他將我擁入懷裡。他低下頭好讓自己親吻我脖子。「凱西，我好愛妳。比我曾經想愛的任何女人更愛。從來沒有人愛我本身。雖然妳說妳不愛我，謝謝妳試著去愛。」

聽見他嗓音裡的顫抖令人難受。他看起來像個小男孩，懇求著不可能發生的事，也許我對他不公平。我轉身將雙臂環上他頸間。「裘爾，我真的很想愛你。我嫁給你了，而且我很忠誠，所以我會努力當你最好的妻子。但是別催我！別提出要求，只要我更了解你就會讓愛到來。雖然我們認識彼此三年了，你對我來說幾乎像個陌生人。」

他退卻了，好像要是我真的了解他，那就確實不可能會愛。他非常懷疑自己。哦天啊，我做了什麼？我是什麼樣的人，竟能拋下正直真誠的高尚男人，輕率地衝向另一個人的懷抱，那個我懷疑是人面獸心的傢伙？

媽媽習慣做事衝動，還習慣在遲來時刻才感到懊悔。我的內心不像她，不會！我太有才華，不會像那個毫無才華，只會讓所有男人愛上她的人，那種能力並非智慧。不，我想要像克里斯……然後我又掙扎，一如往常地陷入她造就的流沙。全都是她的錯，連我嫁給裘利安也是！

「凱西，妳得學會忽視許多瑕疵，」裘利安說道，「別把我擱上高台來崇拜，別期望完美。我有致命缺陷，這點妳早就知道，要是妳想把我改造成妳理想的白馬王子……妳不會成功。妳也把妳的醫師擺在台上崇拜，我想妳大概是那種把所有心愛男人擺在高處的人，他們注定會塌下來。只要愛我，試著別去瞧妳不喜歡的那些。」

我不擅長忽視缺陷。我總是瞧見媽媽的缺點，而克里斯從未看見。我總是將最閃亮的錢幣翻面找尋上頭汙點。可笑的是保羅的汙點看似全是茱莉亞的錯，直到亞曼達帶著她的駭人故事到來。又一個恨媽媽的理由，是她讓我懷疑自己的直覺！

在裘利安回到床上許久之後，我坐在窗邊沉思，我的目光盯著長久落在窗玻璃上的細碎冰雪。天氣只告訴了我未來前景。春天已經回到保羅所在的庭院……而那是我自找的。我不必非得相信亞曼達。要是我的內心和外表都變得像媽媽的話，上帝救救我！

我們在倫敦待的幾星期忙碌興奮又令人筋疲力竭，但我擔憂我們回紐約的時刻。我還能把告知保羅的時間延後多久？不會是永遠。他遲早得知道。

春天的第一天即將到來，我們飛回克萊蒙，坐計程車去保羅的家。那是我們獲釋的地方，看起來毫無變化。只有我變了，因為我為了蹂躪一個無需再次受創的男人而來。

我望著整齊修剪成圓錐和圓形的黃楊木，紫藤正在開花，色彩繽紛的杜鵑花四處綻放，大棵木蘭樹也已成熟準備開花，所有翠綠色的植物上頭垂掛灰色的松蘿鳳梨，朦朧如霧，造出活生生的長條絲帶。我嘆息。要是在薄暮時分有什麼比垂著松蘿鳳梨的櫟樹更美更浪漫又更悲哀神祕，我還沒見過。據說松蘿鳳梨最終會扼殺棲身的樹，一種緊纏不放然後予以扼殺的愛。

我想過自己能帶裘利安進屋，然後向保羅說出我們的事，但我做不到。「你介意待在陽台上等我先告訴保羅嗎？」我問道。不知怎地他只點點頭。我原本以為會有爭執。他變了個樣，欣然坐上白色搖椅，那個星期日下午我們下了巴士，初次來到這裡，我們就是看見保羅在那張搖椅上打盹。他那時四十歲，現在他四十三歲。

我微顫地一個人上前用自己的鑰匙開門。我大可打電話或寄越洋電報就好。但我得見他一面看他眼神，試圖讀出他的想法。我需要知道是否自己真的傷了他的心，或是只傷了他的自尊。

沒人聽到我開門。沒人聽到我踏上門廳堅固鑲木地板的腳步聲。在彩色電視和壁爐前，保羅攤開手腳坐在心愛椅子上打盹。凱芮盤腿坐在他椅旁的地板上，她總是需要待在愛她的人附近。她十分專注地和小瓷偶娃娃玩耍。她穿了件白毛衣，領口和袖口是紫色鑲邊，外搭一件紅色燈芯絨連身裙。她看起來像個漂亮小洋娃娃。

我的目光再次回到保羅身上。在他淺眠小睡中有著焦慮等待的神態。他雙腳甚至不時翹起又放下，手指屈曲成拳又鬆開。他仰頭靠在高高的椅背上，但他的頭也一直左右擺……在做夢，我想也許夢到我。然後他的臉轉向我這邊。甚至在睡夢中，他也能察覺我的存在嗎？他的眼皮慢慢搧動睜開。他打了呵欠抬手摀嘴……然後迷糊地望向我。彷彿我不過是個幻影。「凱瑟琳，」他喃喃說道，「是妳嗎？」

凱芮聽到他發問，跳起來朝我飛奔，喊著我名字，我抱住她然後舉高轉圈。我在她小臉慷慨印下十來個吻，緊抱她讓她叫出，「哦，好痛！」她看起來那樣可愛有朝氣，而且營養充足。「哦，凱西，妳為什麼去了那麼久？我們每天都在等妳回來，而妳一直不回來。我們為妳婚禮擬了計畫，可是妳沒寫信回來，保羅醫師說我們該等妳。妳為什麼只寄明信片回來？妳沒時間寫長信？克里斯說妳一定忙壞了。」她掙脫我懷抱然後回到保羅椅旁的地板上，責怪地瞪著我。「凱西……妳把我們全都忘了，是不是？妳只在乎跳舞。妳跳舞的時候不需要家人。」

「不，凱芮，我的確需要家人。」我說得心不在焉，目光盯著保羅試圖讀出他在想什麼。

保羅起身走向我，他的目光與我交纏。我們擁抱，凱芮靜靜地坐在地板上望著我們，彷彿在學習女人對她愛的男人該有什麼舉止。他的雙唇僅僅輕觸我的唇。但他的觸碰令我顫慄，那是裘利安不曾做到的。「妳看起來很不一樣。」他用他那種徐緩輕柔的口吻對我說話。「妳瘦了。妳看起來也很累。妳為什麼不打電話或拍電報讓我知道妳要回來？我可以去機場接妳。」

「你看起來也瘦了。」我沙啞地低語。他瘦得遠比我更相稱。他的八字鬍看起來更加深色濃密。我躊躇渴望地摸那鬍子，知道那不是自己現在該感受的。而他僅僅為了取悅我才蓄起鬍子。

「妳不再每天寫信給我，那很難受。妳的行程太緊湊就開始不寫信？」

「算是吧。每天跳舞很累人，同時還得盡可能努力見識……我好忙，時間從來不夠用。」

「我現在訂了《綜藝》雜誌。」

「哦……」我只說得出這個字，祈禱雜誌上沒寫到我嫁給裘利安的事。「我任命自己為妳蒐集剪報，雖然克里斯也弄了本剪貼簿。只要他在家，我們就互比收藏，要是誰有另一個人沒有的剪報，我們就複印一份。」他頓了頓，好像我的神情舉止或某種東西令他困惑。「凱瑟琳，那些報導全都是讚揚好評，妳為什麼看起來那麼……那麼……冷漠？」

「好累，就像你說的。」我不知該說什麼或怎樣迎上他的目光就低下頭來。「你過得怎樣？」

「凱瑟琳，怎麼了嗎？妳看起來不太對勁。」凱芮盯著我瞧……好像保羅也說出了她的想法。我環顧寬敞房間，裡頭滿是保羅蒐集的美麗物品。陽光透過象牙白薄紗照亮他高排玻璃板書架上的迷你物品，書架後方有黑底金紋的鏡面，由上到下全都發亮。四下張望就能如此輕易地掩飾，在一切全都不對勁時假裝沒事。

「凱瑟琳，和我說話！」保羅喊道，「出了什麼事！」

我坐了下來，雙膝虛軟，喉頭發緊。為何我從沒做對任何事？他明知我已受夠謊言和欺瞞，他怎能說謊騙我？他怎能依然看起來如此可信？

「克里斯什麼時候回家？」

「星期五，回來過復活節假期。」他冗長的注視深思熟慮，好像覺得這問題很怪，我和克里斯通常一直通信不輟。然後杭妮來跟我打招呼，擁抱親吻……儘管我想出了辦法……我再也不能推遲。

「保羅，我帶了裘利安回來……他就在陽台上等著。沒關係吧？」

他用最奇怪的眼神望著我，然後點點頭。「當然。叫他進來吧。」然後他看向杭妮。「杭妮，再多擺兩個座位。」

裘利安進了屋子，就像我提醒過他的，他沒提一句讓任何人知道我們結婚的話。我們兩個都摘下婚戒，放在口袋裡。這是一次古怪的安靜用餐，就連我和裘利安遞出禮物時，氣氛也很不自然，凱芮只瞥了她鑲了那紅寶石和紫水晶的手鐲一眼，不過杭妮露出大大笑容套上她的實心金手鐲。

「凱西，謝謝妳送的漂亮自身小雕像。」保羅小心地將雕像放在最近的桌上。「裘利安，可以請你允許我和凱西離開一會兒嗎？我想跟她私下談談。」他說得像醫師要求與病危患者的可靠家屬私下面談。裘利安點點頭，對凱芮一笑。她回瞪他。

「我要睡了。」凱芮挑釁地聲明。「晚安，馬奎特先生。我不知道你為何要幫凱西買手鐲給我，但還是謝謝你。」

裘利安去了客廳看電視，我和保羅走向他壯觀的庭院散步。他的果樹已開了花，白色棚架上攀爬的紅色、粉色和白色玫瑰顯得色彩豔麗。

「凱瑟琳，怎麼了?」保羅問道，「妳回家看我還帶了另一個男人，也許妳完全不必解釋。我猜得出來。」

我飛快伸手抓住他的手。「住口!什麼也別說!」我遲疑又緩慢地開口把他姊姊來訪的事告訴他。我告訴他，我現在知道茱莉亞還活著，雖然我不明白他的動機，他早該告訴我真相。「保羅，為什麼你要使我相信她死了?你以為我還是孩子所以承受不了?要是你告訴我，我會理解的。我愛你，這點你無需懷疑!我不是因為覺得自己欠你才給出自己。我給出自己因為我想給你，因為我非常需要你。我知道最好別期待婚姻，我們的關係就足以讓我開心。我可以永遠當你的情人，但你該告訴我茱莉亞的事!你早該非常了解我，知道我很衝動，我受創的時候做事不經大腦。亞曼達來對我說你太太還活著時，那晚真的很難受!」

「謊話!」我喊道，「哦，我多恨騙子!偏偏是你對我說謊!除了克里斯，你是我最信賴的人。」

他像我一樣不再漫步。光裸大理石雕像圍繞著我們，對我們嘲笑。笑那出了差錯的愛。因為我們現在就像雕像一樣，冷淡無情。

「亞曼達。」她的名字在他舌上打轉，像是某種應該吐掉的苦澀東西。「亞曼達和她那些半真半假的話。妳問為什麼，妳為什麼不在飛去倫敦前問為什麼?為什麼不給我機會替自己辯解?」

「你怎能替謊言辯解!」我刻薄地反咬他一口，想讓他傷得和亞曼達走出戲院那晚的我傷得一樣重。

他走向樹齡最老的那棵櫟樹倚靠，從他口袋掏出一包香菸。

「保羅，我很抱歉。現在告訴我，你會怎麼辯解。」

他緩緩地吸了口菸，然後吐出煙霧。煙霧朝我這邊而來，在我頭頸和身體周邊繚繞，驅走了玫瑰香氣。「還記得妳來這裡的時候，」他開口，說得不疾不徐。「失去克瑞讓妳非常痛苦，完全不提對妳媽媽有何感受。當妳早已明白太多痛苦，我怎能把自己的悲慘故事告訴妳？我怎能知道我們會相戀？妳對我來說只是個漂亮憂愁的孩子，儘管妳深深打動我，而且總能打動我。妳現在一臉控訴地站在那裡也能打動我。雖然妳說得對。我早該告訴妳。」他重重地嘆了口氣。

「我告訴過妳史科帝三歲那天發生的事，茱莉亞怎樣把他拖下河按在水下直到他死去。但我沒告訴妳的是，她沒死……一整個醫師團隊搶救她好幾小時想讓她脫離昏迷，但她從未醒過來。」

「昏迷……」我低聲說道，「她現在還活著，還是仍處於昏迷狀態？」

他笑得苦澀，然後仰望同樣笑著的月亮，但我覺得月亮笑得譏諷。他轉頭讓自己目光對上我的。

「沒錯，茱莉亞沒死，她的心臟還在跳動，在妳和妳的手足來這裡之前，我每天都開車去一間私人醫療機構探望她。我會坐在她床邊握她的手，逼自己看她那憔悴臉龐和骨瘦如柴的身體……那是我折磨自己和試圖洗清罪惡感的最佳辦法。我望著她日漸稀疏的頭髮，枕頭床單和所有東西上都有她的落髮，她在我眼前枯萎。她身上裝著幫她維持呼吸的管線，手臂上插了輸液管注射營養。她的腦波毫無起伏，但她的心臟仍在跳動。她已經腦死，但身體還活著。就算她脫離昏迷，她也永遠不會說話走動，甚至沒辦法思考。她會是二十六歲的活死人。當她帶我兒子走進河中把他按在淺水裡，她就是那般年紀。我很難相信那樣愛自己小孩的女人會把他溺死，感覺到他掙扎求生……但她還是做了，就為了報復我。」他頓了頓，彈掉菸灰然後將陰鬱目光轉向我。「茱莉亞讓我想起妳媽媽……她們覺得理由正當的話，什麼事都會做。」

我嘆息，他也嘆息，風和花朵都嘆息。我想那些對人間事態毫無理解的大理石雕像也會嘆息。

「保羅，你上一次探望茱莉亞是什麼時候？她沒有完全康復的機會嗎？」我開始哭泣。

他將我攏在臂彎裡，親吻我頭頂。「我漂亮的凱瑟琳，不必為她哭泣。現在對茱莉亞來說一切已經結束，她終於能安息。在我們相戀的那一年，我們交往不到一個月時她就過世了。她就那樣安靜地悄悄離去。我記得那時妳望著我就好像察覺到什麼不對勁。我並非對妳感情變淡才會退卻只看自己。

那是一種痛苦罪惡感和悲哀的交雜感受，像茱莉亞那樣的人，我溫柔可人的青梅竹馬甜心，從沒一次經歷過人生必須給予的所有美好事物，就得離開人世。」他用雙掌捧著我的臉，溫柔地吻去我淚水。「現在對我笑，說出我在妳眼裡看見的話語，說妳愛我。當妳帶裘利安一起回來，我以為我們之間結束了，但我現在看得出來那從未結束。妳把最好的自己給了我，就算妳在幾千公里外和更英俊年輕的男人跳舞，我也明白……妳會對我忠實，就像對妳自己忠實一樣。我們會做得到，因為兩個真心相愛的人總能克服阻礙，無論什麼阻礙。」

哦……我現在怎能告訴他？「茱莉亞死了？」我問道，非常震驚地顫抖，恨起我自己和亞曼達！「亞曼達對我說謊……她明知茱莉亞死了，卻飛來紐約對我說謊？保羅，她是怎樣的人啊？」

他抱我抱得好緊，我感覺肋骨生疼，但我緊緊依偎著他，知道這是最後一次自己能這麼做。我狂放熱情地親吻他，明白自己再也不會感受到他嘴唇落在我唇上。他喜悅地笑了，體會到我對他的所有愛意熱情，他用較為開心輕快的嗓音說道，「是啊，我姊姊知道茱莉亞去世，她參加了葬禮。雖然她沒找我說話。現在拜託別哭了。讓我擦乾妳的眼淚。」他用手帕碰我臉頰和眼角，然後舉著手帕讓我擤鼻子。

我的舉動像個小孩，衝動沒耐性的小孩，克里斯提醒過我別變成那樣，而我背叛了信賴我的保羅。「我還是不懂亞曼達。」我哀悽地說道，仍在推遲關鍵時刻，不知自己能否面對。他抱著我，撫摸我的背和頭髮，我的雙手環在他腰間依偎他，仰望他的臉。

「凱瑟琳甜心，為什麼妳的表情舉止那麼怪？」他的嗓音恢復常態。「我姊姊說的任何話都奪不走我們從生活得來的喜悅。亞曼達想把我趕出克萊蒙。她想接管這棟房子以便留給她兒子，所以她盡其所能毀我名譽。她非常熱中社交，在她朋友耳中塞滿關於我的謊話。即使我有過很多女人，直到茱莉亞溺死我兒子，我已學到充分教訓改變作風。在妳之前，我沒有任何女人！我聽過亞曼達散播謠言，說我讓妳懷孕，而且妳的子宮擴刮手術其實是墮胎。妳瞧惡毒的女人能做出什麼，什麼事都能做！」

現在為時已晚，太遲了。他再次叫我別哭。「亞曼達，」我生硬地說道，我的自制快要崩潰。「她說子宮擴刮就是墮胎。她說你留下那個胚胎，那個胚胎有兩顆頭。我在你辦公室的一個瓶子裡見過那東西。保羅，你怎能留著那個？你為什麼不埋葬它？怪物寶寶！那不公平，不公平，為什麼，為什麼？」

他呻吟著用手抹過雙眼，飛快否認一切。「她竟對妳說這種話，我真該殺了她！凱瑟琳，那是謊言，全是謊話！」

「那是謊話嗎？那可能是我的寶寶，你知道的。看在上帝份上，克里斯並不曉得。他沒對我也說謊，是不是？」

他否認一切時把話說得好狂亂，他想再次抱住我，但我往後跳，雙手向前一推擋住他。「你辦公室有個瓶子，裡頭裝著那樣的寶寶！我看到了！保羅，你怎能這樣？在所有人裡偏偏是你留著那種東西！」

「不是！」他立刻發火。「那個東西是好多年前我念醫學院時就落到我手上的，是個玩笑，真的，醫學院學生會拿可怕東西開各種玩笑，我說的是實話，凱瑟琳，妳沒有流產。」然後他突然噤口，而我也一樣，我的思緒不停旋轉。我背叛了自己！

我開始哭泣。**克里斯，克里斯，真的有個寶寶，有個正如我們擔憂的怪物寶寶。**

「不是，」保羅一再說道，「那不是妳的寶寶，就算那是，也不會對我造成任何改變。我知道妳和克里斯用特殊方式愛著彼此。我一直都知道，而且我能明白。」

「一次，」我啜泣著低聲說道，「在某個可怕夜晚，僅僅一次。」

「我很遺憾那是可怕的。」

然後我仰望他，訝異他就算知曉全部真相，還是能用如此溫柔敬重的目光注視我。「保羅，」我畏懼膽怯地問道，「那是不可原諒的罪惡嗎？」

「不是……我會說那是可理解的相愛舉動。」

他抱我親我，摸我的背然後開始向我訴說他對我們婚禮的打算。「……然後克里斯會把妳交到我手上，凱芮會是妳的伴娘。我和克里斯討論時，他非常躊躇而且不肯對上我目光。他說他覺得妳還不夠成熟，處理不了我們這樣複雜的婚姻關係。我知道那對妳或對我來說都不容易。妳會在世界各地巡迴演出，和年輕英俊的男人共舞。不過，我盼望能有幾次陪著妳去巡迴演出。身為頂尖舞者的丈夫會很鼓舞刺激。哦，我甚至可以當妳的舞團醫師。想必舞者有時會需要醫師？」

我的心已死去。「保羅，」我木然地開口，「我不能嫁給你。」然後我沒頭沒尾地往下說，「你知道，媽媽把我們的出生證明藏在我們那兩只皮箱的內襯裡是不是很笨？她縫得不太好，內襯有裂縫讓我發現。沒有出生證明我就申請不了護照，我也需要出生證明來證實自己達到申請結婚的法定年齡。你知道嗎？在我們舞團飛去倫敦的好幾天前，我和裘利安就驗了血，我們的婚禮很簡單，只有佐爾妲夫人和舞團成員在場，即使我說了結婚誓言，發誓會對裘利安忠誠……我想著你，想著克里斯，好恨我自己，知道自己做錯了。」

保羅什麼也沒說。他往後一個踉蹌，然後蹣跚地跌坐在大理石長椅上。有好一會兒他只是坐在那裡，然後他垂頭將臉埋在雙手裡。

我站著。他坐著。他在某個地方迷失自己，我等待他回過神來責罵我。但他開口時嗓音低柔有如耳語，「來，在我旁邊坐一會兒。握著我的手。給我時間了悟我們之間全都結束了。」我照著他說的做，握住他的手，我們兩個都仰望天空，天上滿是鑽石繁星和烏雲。

「只要我聽見妳那種芭蕾音樂，一定會想起妳……」

「保羅，對不起！我真希望自己聽從直覺相信亞曼達說謊。但是我心裡也響著音樂，你又離得那麼遠，裘利安就在那裡求我，說他愛我、需要我，我信了他，說服自己你不是真心愛我。我受不了沒人愛我。」

「我很高興他愛妳。」他說道，然後飛快起身走向屋子，他的步伐又急又大，我就算奔跑也追不上。「別再說了！凱瑟琳，讓我一個人靜一靜！別跟來！妳做的沒錯，別懷疑！我是個老傻瓜，玩弄一個年輕傻瓜，妳不必非得對我說我早該更明白，我早就知道！」

20 太多愛會失去

如保羅的大理石雕像般，我面無表情又聽不見，坐在陽台上仰望夜空，風雨欲來的天空烏雲密布。裘利安來到外面坐在我身旁，我在他懷中開始輕聲哭泣。「怎麼了？」他問道，「妳有一點點愛我，不是嗎？妳的醫師不會很受傷，他對我非常親切，還叫我出來安慰妳。」

然後杭妮到外面用她迅如閃電的手語比畫，說她的醫師兒子正在打包準備出遊，而我要留在這裡。「她對妳說了什麼？」裘利安氣惱地問道，「該死，就像聽到有人講外國話一樣。我覺得被排擠。」

「待在這裡等著！」我吩咐完就跳起來跑進屋裡，飛奔上後樓梯然後來到保羅房間，他正把衣服扔進床上攤開的行李箱。「聽好，」我憂傷地喊道，「你沒理由離開！這裡是你家。我會走。我會帶凱芮一起走，這樣你就再也不用見到我！」他轉頭痛苦地注視我良久，繼續將襯衫放進行囊裡。

「凱西，妳奪走我期盼擁有的妻子，現在妳想帶走我的女兒。凱芮就像我自己的親骨肉，她不適合妳那種生活。讓她留在我和杭妮身邊。給我屬於我自己的事物。在妳出發前我會回來……而且妳該知道裘利安的父親病得非常非常重。」

「喬治病了？」

「沒錯。也許妳不知道他好幾年前罹患腎臟疾病，已經洗腎好幾個月了。我不覺得他還能活多久。他不是我的病人，但我盡可能時常順道探望他，或多或少聽聞妳和裘利安的消息。凱西，現在拜託妳出去，別逼我說出讓自己後悔的話。」

我伏在自己的床上哭泣，直到杭妮進了我房間。

慈母般的黝黑有力雙手拍著我的背。杭妮那朦朧的水汪汪棕眼在她口不能言時訴說話語。她用手勢動作和我交談，然後從她圍裙口袋掏出一張本地報紙的剪報。那是我嫁給裘利安的登報聲明！「杭妮，」我嚎啕喊著，「我該怎麼辦？我嫁給裘利安，我不能要求離婚，他需要我，信任我！」

杭妮聳了聳她寬廣的肩膀，表示她和我一樣都覺得人們很難懂。然後她飛快比畫，「大姊總惹大麻煩。一個男人已受傷，傷第二個不好。醫師是好人，堅強的人，會撐過挫折，但跳舞的年輕男人不一定。擦掉眼淚，別再哭，露出大大笑容下樓牽新丈夫的手。因為一切終究會變好。妳明白的。」

我照著杭妮的指示去做，在客廳與裘利安會合，我在那裡對他說他父親住院，預計不久於人世。他蒼白的臉變得更白。他不安地咬住下唇。「真的病得那麼重？」

我以為裘利安不太在乎他父親，所以瞧見他的反應令我驚訝。就在那時保羅提著行李箱走進客廳，提議載我們去醫院。「別忘了，我的房子有很多房間，你們兩個沒理由住旅館。在這裡想待多久就待多久。我幾天內就會回來。」

他倒車開出車庫，讓我和裘利安上了車。我們幾乎沒說一句話，然後他在醫院前面放我們下車，我悲傷地在醫院台階前佇步，望著保羅駛向黑夜裡。

院方讓喬治住單人病房，瑪芮莎夫人陪著他。當我見到病床上的喬治，我抽了口氣！哦！變成那樣！他瘦到看似已是死人。他臉色灰白，每根骨頭都往外突，讓他薄皮底下有鋸齒狀突起尖峰。瑪芮莎夫人在他身側彎身坐著，凝視他憔悴臉龐以眼神懇求，要他撐住並且活下去！「吾愛，吾愛，吾愛，」她像對嬰兒說話般低吟，「別走，別留下我一個人。我們還有好多事沒做沒體驗……我們的兒子得在你去世前揚名天下……撐住，吾愛，撐下去。」

那時，瑪芮莎夫人才瞥見我們，她用她老一套的權威口吻厲聲說道，「哦，裘利安。你終於來了！在我拍了那些越洋電報之後！你是怎麼做的，把電報撕掉繼續跳舞，好像這一點也不重要？」

我臉色一白非常訝異，把目光從他身上移向夫人。「我親愛的母親，」他冷冰冰地說道，「妳知道的，我們在巡迴表演。我們受雇而且有約在身，所以我和我太太遵守義務。」

「你這無情畜生！」她吼道，然後示意叫他上前。「現在對床上那個男人說些體貼親熱的話，」她低聲嘶嘶說道，「要不然我對天發誓我會讓你希望自己從未出生！」

裘利安費了好大一番功夫努力靠向床邊，我甚至得推他一把，他母親對著一把粉色面紙啜泣。

「嗨，父親」，他努力說出的就這些，以及「我很遺憾你病得這麼重」。然後他飛快回到我身邊抱緊我，我感覺到他渾身顫抖。

「瞧，吾愛，我的甜心，我的寶貝，」瑪芮莎夫人再次低吟，又在她丈夫上方彎身將他深色濕髮向後撫平。「睜開你親愛的眼睛，瞧瞧誰飛了幾千公里來到你身邊。是你親生的裘利安和他太太。他們一聽說你重病立刻從倫敦一路飛回來。我的心肝，睜開眼睛再看他一眼，看看他們兩個，多麼漂亮的新婚夫婦。拜託睜開你的眼睛，拜託你瞧一瞧。」

病床上臉色灰白瘦削衰弱的男子瞇著深色眼睛，緩緩挪動想看向我和裘利安。我們就站在床尾，但他好像沒看見我們。夫人起身將我們往前推，然後抓住裘利安不讓他後退。喬治略略睜大雙眼，勉強一笑。「哦，裘利安，」他嘆息，「謝謝你來。我有好多話要對你說，我之前早該說的話……」他的聲音顫抖結巴，「我早該……」然後他突然噤口。我等著他說下去，然後我等了又等。我看到他瞪大的雙眼變得呆滯然後無神，他的頭靜止不動。夫人尖叫！一位醫師和護士連忙跑來，他們著手搶救喬治時把我們趕出病房。

我們在他病房外的走廊上等待，只過了一會兒那位白髮老醫師就走出病房表示遺憾，所有能做的都做了。一切都已結束。「這樣也比較好，」他又說道，「對那些極度痛苦的人來說，死亡是好友。我不知道他怎能撐那麼久……」

我對裘利安瞪了又瞪，因為我們大可更早回來。但裘利安的眼神茫然，不願開口。「他是你父親！」夫人尖聲大喊，臉頰淌落淚水。「他受了兩星期折磨，他只想在自己死亡之前，等著見上你一面！」

裘利安轉身，鮮紅怒火讓他蒼白膚色泛紅，他對著他母親痛斥，「母親夫人，我父親到底給過我什麼？我對他來說只是他延續的一部分！他對我來說只是舞蹈教練！練舞，跳舞，他只說過這些！他從沒和我商量除了跳舞我想做什麼，他一點也不在乎我還想要什麼或需要什麼！我想要他愛我這個人，我想要他把我看作自己的兒子，不是只視為舞者。我愛他，我想要他明白我愛他，然後說他會回報我的愛……但他從來沒有！我努力跳得完美無缺，他從不讚美，因為我沒跳得像他在我這年紀跳得那麼好！所以我對他來說就是那樣，某個接班、繼承的人！可是妳和他都該死，我有我自己的正式姓名……裘利安．馬奎特，不是喬治．羅森科弗，他的名字不會活在世上，偷不走我贏得的名聲！」

那晚我將裘利安擁在懷裡，理解了自己之前不懂的他。當他崩潰哭泣，我陪著他哭，因為他宣稱自己鄙視父親，私底下卻愛著父親。我想起喬治，他為時已晚地想說出多年前早該說的話，那是多麼悲哀。

所以我們結束蜜月，獲得了某些名聲和知名度，付出了許多時間辛苦練舞，就只為了參加一位父親的葬禮，他沒辦法活著知悉兒子的成就。所有在倫敦獲得的榮光，現在似乎籠罩在葬禮迷霧中。

儀式結束後，瑪芮莎夫人伸出雙手攬著我。她將我擁入瘦削臂彎，就像她昔日可能抱過裘利安一般，在某種恍惚狀態下我們的身體前後搖晃，我們兩個都哭了。「凱瑟琳，好好對待我兒子，」她抽著鼻子啜泣，「他任性放肆時對他要有耐心。他的人生過得不容易，他說的那些話多半不假。他總是覺得自己和他父親是對手，從來沒能勝過他父親。現在我要告訴妳一些事。我的裘利安愛妳愛到幾近虔誠。他覺得妳是他人生遇過最美好的事物，對他來說妳完美無缺。要是妳有缺點，瞞著他。他不會明白。他在幾個月內就熱戀又失戀上百次。妳讓他受挫好幾年。現在他成了妳丈夫，慷慨給他之前不願給予的所有愛，因為我不是情感外露的女人。我一直很想成為那種人，但不知怎地我從未能放下身段先碰觸他。凱瑟琳，要常常觸碰他。當他想疏遠妳，一個人離開生悶氣時，別放開他的手。理解他為何喜怒無常，要三倍地愛他。那樣一來妳就能引出他最好的一面，因為他確實具有值得讚美的品性。他一定有，因為他是喬治的兒子。」

她親吻我，道別了好一會兒，要我發誓時常和裘利安回來探望。「把我放在你們人生的角落裡。」她說得悲傷，令她眼神空洞拉長了臉。我答應了她，然而我回頭一望就看到裘利安使勁怒視我們兩個。

克里斯回家過復活節假期，他冷淡地向裘利安問好。我留意到裘利安瞇眼懷疑地對他怒目相對。我和克里斯一獨處，他就對著我吼，「妳嫁給他？妳為什麼不能等一等？我們被關的時候妳的直覺如此靈敏，現在到了外面妳卻該死地那麼蠢？我錯在不想讓妳嫁給保羅只因為他太老。我也承認自己嫉妒，不想讓妳嫁給任何人。我夢想著有一天……我和妳。嗯……妳知道我的夢想。但若要在保羅和裘利安之間做選擇，那就該選保羅！是他收留我們，提供我們吃穿，給了我們最好的一切。我不喜歡裘利安。他會毀了妳。」

他頓了頓，轉身背對不讓我瞧見他的臉。他二十一歲了，開始有了男人的陽剛氣力。我在他身上看見很多他和我們爸爸的相像之處，也有很多地方像我們的媽媽。只要我想，就能扭曲事實來符合自己的意圖，所以我覺得他在某些方面更像媽媽。我開口想說出這件事，然後我又掙扎，因為我做不到。他一點也不像我們的母親！

克里斯很堅強……她很軟弱。他性格高尚，她毫無信譽可言。「克里斯……別讓我更為難，和好吧。裘利安性急自傲而且表面看起來有很多令人惱怒的地方，但他私底下是個小男孩。」

「但妳不愛他。」他說的時候沒對上我目光。

在幾小時內我和裘利安就要離開了。我問凱芮想不想來紐約和我們一起生活，但我已失去她的信任，我早已背叛她太多次，她也讓我明白這點。「凱西，妳就回紐約吧，那裡一直下雪，妳在公園遇到搶劫，在地鐵遇到殺人犯，可是妳把我留在這裡！我曾經很想和妳在一起，現在我不在乎了！妳明明能成為保羅醫師的妻子當我真正的母親，卻嫁給那個黑眼睛的裘利安。我會嫁給保羅！妳覺得他不會想要我，因為我年紀太小，但他會的。妳覺得他太老配不上我，但我找不到別的人，所以他會感到難過然後娶我，我們會生六個小孩。妳就等著瞧吧！」

「凱芮……」

「住口！我現在不喜歡妳了！出去！離開這裡！跳舞跳到妳死掉！我和克里斯都不要妳！這裡沒有人要妳！」

那些叫嚷出來的話語好傷人！我的凱芮對我吼著要我走，我在她大半人生裡就像她母親一樣。然後我看向克里斯，他站在一叢粉色甜心玫瑰前垂著肩膀，而他的眼裡，哦，那對藍色的眼睛……那目光會永遠追隨我。他的愛永遠永遠不會放我自由，只要他還愛著我，我就沒辦法毫無保留地愛任何人。

就在我們得出發去機場的前一小時，保羅的車駛進車道。他對我笑得一如往常，好像我們之間毫無改變。他對裘利安編了些謊話說自己為了醫學會議離家，聽到裘利安父親過世讓他非常遺憾難過。他和克里斯握了手，然後痛快地拍克里斯的背，那種男人之間表達親熱的常見作風。他向杭妮問好，親吻凱芮給她一小盒糖，然後這時才看向我。

「嗨，凱西。」

那句話已告訴我許多。我不再是凱瑟琳，一個和他平等讓他能愛的女人，我回歸到僅僅是個女兒。「還有，凱西，妳不能帶凱芮去紐約。她適合跟我和杭妮在一起，這樣她偶爾就能見到她哥哥，我也討厭她一直轉學。」

「我說什麼也不會離開你。」凱芮堅決說道。裘利安上樓繼續打包，雖然克里斯的目光令人生畏，我還是斗膽追著保羅來到庭院。他還穿著一身好西裝就蹲下下來，拔掉有人看漏的幾根雜草。他聽到我的腳步聲就飛快起身，拂掉褲子上的草屑，然後眼神放空，彷彿他最不想做的事就是看向我。

「保羅……今天應該是我們結婚的日子。」

「是嗎？我忘了。」

「你不會忘的，」我上前靠得更近，「春天的第一天，你說那是全新的開始。我很抱歉自己毀了一切。我太傻才會相信亞曼達。我沒先找你談就嫁給裘利安更是傻上加傻。」

「別再談這件事，」他重重一嘆，「現在一切都過去，結束了。」他自動地走得更近，足以吸引我投入他懷抱。「凱西，我離開讓自己獨處。我需要時間思考。當妳不再信任我，妳衝動卻誠實地投向那個愛妳多年的男人。任何長眼的傻瓜都看得出來。要是妳能坦承面對自己，妳早就愛著裘利安，幾乎像他愛妳那樣久。我猜妳將自己對他的愛束之高閣，因為妳覺得自己虧欠我……」

「別那麼說！我愛的是你，不是他。我會永遠愛你！」

「凱西，妳全都弄混了……妳要我，妳要他，妳要安全感，妳要冒險。妳以為自己能擁有一切，而妳不能。我很久以前就告訴過妳，四月注定不是九月的。我們談過、做過很多事來說服自己，說我們之間的年齡差距並不重要，但確實重要。而且不只是年齡，空間距離也拆散了我們。妳會在某個地方跳舞，而我在這裡扎根，一年只有幾星期得以自由。我先是醫師才是丈夫，妳遲早會發現這點，最終無論如何會轉向裘利安。」他笑著，溫柔吻去我經常得流的淚水，他告訴我命運總是會分發對的牌。「而且我們還是能見到彼此，又不是好像我們永遠失去了對方。而且我還有自己的回憶，我們之間是多麼愉快又刺激。」

「你不愛我！」我指責地喊道，「你從沒愛過我，要不然就不會如此欣然接受！」

他輕聲咯咯笑著再次抱緊我，像個父親會做的那樣。「親愛的凱瑟琳，我易怒好鬥的舞者，什麼男人不會愛妳？妳被關在寒冷陰暗的北廂房間，怎麼會學到這麼多關於愛的事？」

「從書本裡。」但不是所有教訓都能從書中學會。

他的雙手在我髮間穿梭，他的嘴唇離我好近。「我永遠不會忘記自己收過最棒的生日禮物。」他的吐息在我臉頰感覺溫暖。「現在起，從今而後就是那樣，」他堅定地說道，「妳和裘利安會回紐約，妳有能力成為他最棒的妻子。你們兩個會盡全力用自己的舞蹈揚名天下，妳會下定決心永不後悔地回顧過去，然後忘了我。」

「而你，那你呢？」

他抬起手摸上八字鬍。「妳會很驚訝這鬍子對我的魅力有多大助益。我可能永遠不會刮掉鬍子。」

我們兩個都笑了，真心大笑，不是假笑。我拿出他送我的那只兩克拉鑽戒，打算還給他。「不！我要妳留著戒指。等妳若需要一些額外現款，就能拿去典當。」

我和裘利安飛回紐約，花了好幾星期才找到適合的舒適公寓。他想要住在更講究的地方，但我們賺得不夠多，負擔不起他認為我們應得的豪華公寓。「不過遲早我會讓我們住進那種地方，靠近中央公園，房間裡滿是鮮花。」

「我們沒空照料盆栽和鮮花。」養活鮮花盆栽又維持植物健康，我向來有所體驗，而且那很費事。「等我們去探望凱芮，隨時都能欣賞保羅的庭院。」

「我不喜歡妳的那個醫師。」

「他不是我的醫師！」我的內心顫動不安，毫無緣由地害怕。「為什麼你不喜歡保羅？大家都很喜歡他。」

「是啊，我知道。」他簡短回應，他的叉子停頓在餐盤和他的嘴之間。他的目光沉重嚴肅。「我親愛的妻子，那就是問題所在，我覺得妳太過喜歡他，連現在也是。另外，我也不喜歡妳哥哥。妳妹妹還行。妳可以邀她偶爾拜訪，但妳一秒也不能忘記，現在我才是妳生命中的第一優先。不是克里斯，不是凱芮，更重要的是，也不是和妳訂過婚的那個醫師。凱西，我沒瞎也不笨。我見過他望著妳，雖然我不知道妳和他發展到哪一步，妳現在最好死心！」

我低頭感到驚慌。我哥哥和我妹妹就像我自己延續的一部分！我需要他們留在我人生之中，不能只將他們擱在一邊。我做了什麼？我彷彿預知他會是我深情的看守者和獄卒，我會與他囚禁在一起，就像我曾待在佛沃斯大宅那上鎖房間一樣！不過這一次在他無形枷鎖容許範圍內，我可以自由來去。

「我發狂地愛著妳。」他匆匆吃完剩餘食物。「妳是我遇過最美好的事物。我想要妳一直在我身邊，永不離開我視線。我需要妳不讓我走歪路。凱西，我有時會喝太多酒變得脾氣暴躁，真的很暴躁。我想要妳將我改造成妳認為我在舞台上該有的模樣，我不想傷害妳。」

他打動了我，因為我知道他深深受創，我同樣地受了創傷，他對他父親很失望，我媽媽同樣令我失望。而且他需要我。也許保羅說得對。命運利用亞曼達發了對的牌給我和裘利安，讓我們獲勝而非成為輸家。年輕確實不虛此名，他年輕英俊，是個有才華的舞者，而且他能讓自己很有魅力。我知道他有殘酷邪惡的一面。我已有過些許體驗……但我可以馴服他。我不會任他成為我的主宰、審判者、長官或主人。我們會勢均力敵，共同分擔且地位相當，到最後在某個陽光燦爛的早晨，當我醒來看到他那深色鬍碴的臉，我會明白自己愛他。明白自己愛他勝過以前愛的任何人，任何的人。

第三部

突然間我強烈意識到，我確實愛著裘利安！現在我終於看出我們多麼相似。他憎恨他那不把他當兒子看待的爸爸。而我也抱著對媽媽的怨恨，這些怨恨讓我做出瘋狂舉動，像是寄出可憎信函和聖誕賀卡，打算讓她的人生變得悲哀，讓她永遠永遠得不到安寧。裘利安把他爸爸當成對手，從不知道自己早已勝出，而且更加出色……而我拿我媽媽當對手，但還沒能證明自己勝過她。

21 夢想成真

當我和裘利安拚命努力在芭蕾界攀至顛峰，克里斯在他的大學生涯上急馳，他大四申請到醫學院的巡修學程，完成大四學業的同時就讀醫學院一年級。

他飛來紐約解釋給我聽，我們在中央公園裡挽手散步。現在是春天，鳥兒吱喳鳴叫，高興地撿拾築巢所需的垃圾。

「克里斯，裘利安不知道你來，我寧願他不知情。他非常嫉妒你和保羅。要是我不邀你去家裡吃晚餐，你會覺得受悶氣嗎？」

「會，」他頑固地回答，「我是來探望我妹妹，既然如此就要去妳家。而且光明正大。妳可以告訴他我是來見尤蘭達。再說我只打算待一個週末。」

裘利安對我有著魔般的強烈占有欲。他就像個需要不停寵溺的獨生子，這點我並不介意，除非他想拆散我和我家人。「好吧。現在他正在排練，他以為我在家做家事，下午才回去跟他一起排練。可是克里斯，離尤蘭達遠一點。她只會惹來麻煩。她和哪個男人在一起，隔天就變成舞團裡的八卦消息。」

他古怪地瞥我一眼。「凱西，我一點也不在乎尤蘭達。她只是我來見妳的藉口，我知道妳先生討厭我。」

「我不會說那是討厭……不算是。」

「好吧，就當成是嫉妒，不管怎樣，他沒辦法讓我遠離妳。」他嚴肅了起來，「凱西，妳和裘利安總是快要大獲成功，然後就會出一些狀況，害妳永遠成不了妳該當的明星。這是為什麼？」

我聳聳肩。原因我也不曉得。我和裘利安對舞蹈的投入就和其他人一樣多，甚至更加投入，然而克里斯說的沒錯……我們演出了極為出色的表演，得到了評價頗高的幾篇評論報導，然後我們又退步滑落。也許佐爾妲夫人不想讓我們成為超級巨星，免得我們離開她舞團去了別的舞團。

「保羅過得怎麼樣？」我們在日光樹影斑駁的長椅坐下。

克里斯抓起我的手，然後使勁握住。「保羅就是保羅……從沒變過。凱芮很愛他，他也很愛凱芮。他把我當成非常自豪的弟弟來對待。而且凱西，說真的，要是沒有他的指導，我不覺得自己有辦法做得那麼好。」

「他還沒找到別的人能愛？」我聲音緊繃地問道。我不太相信保羅在信裡寫的，說他不在意任何女人。

「凱西，」克里斯溫柔地將手指擱在我下巴，讓我仰臉看向他，「保羅怎麼找得到比得上妳的人？」他眼中的神態幾乎讓我快哭了。為何過往昔日就是不肯放我走？

裘利安一見到克里斯，他們兩個就槓上了。「我不想讓你睡在我家屋簷下！」裘利安怒罵。「我不喜歡你，而且永遠不會喜歡。所以滾出這裡，忘了你有個妹妹吧！」克里斯去旅館過夜，在他返校前我們私下又見了一、兩次面。我沒精打采地回去和裘利安一起練舞，還有下午的排演和晚間的演出。有時候我們拿到主角，有時只是配角，有時因裘利安對佐爾妲夫人出言不遜遭到懲罰，我們兩個都得去跳群舞。克里斯三年沒再來紐約。

凱芮十五歲時，她來紐約第一次和我們共度暑假。一個人搭長途飛機的她顯得遲疑驚惶，在航廈忙亂喧鬧的人群間緩步穿行。先找到她的是裘利安，他出聲喊她然後跳躍上前將她一把抄進懷裡。「嗨，漂亮小姨子！」他打了聲招呼，在她臉頰種下誠摯一吻。「天啊，妳長得真像凱西，妳得先知道我甚至分辨不出來，所以注意啊！妳怎能斷然肯定自己不適合當舞者？」

他再次見到她的喜悅之情讓她開懷安心，她隨即用雙臂抱住他脖子回應。在我和裘利安結婚的這三年間，她懂得喜愛他表現出的模樣。「你敢叫我『奇妙仙子[6]』就走著瞧！」她笑著說道。這是我們之間的老笑話，因為裘利安覺得凱芮的體型恰好適合扮演小仙女，一再表示她當舞者還不嫌遲。要是別人提出這種建議，她可能會深感受辱，但她非常仰慕裘利安，對他來說她只要揮舞雙手輕快地跑來跑去就成了小仙女。她知道他說的「小仙女」是讚美之詞，並非批評她的嬌小身材。

然後輪到我將凱芮擁進懷裡。我好愛她，那股席捲而來的感覺將我淹沒，讓我覺得自己抱的是親生骨肉。雖然我每次望著凱芮都渴望克瑞能站在她身旁。我也猜想要是他還活著，他的身高是否也會只有一百四十公分？我和凱芮又哭又笑地交換彼此消息，然後她小聲開口不讓裘利安聽見。「我再也不穿少女內衣了。我穿的是貨真價實的內衣。」

「我知道，」我小聲回應。「我頭一個注意到的就是妳的胸部。」

「真的？」她顯得很開心。「妳瞧出來了？我不覺得那麼顯眼。」

「當然很明顯。」裘利安說道，他不該偷偷靠近我們竊聽這種姊妹悄悄話。「只要比漂亮臉蛋還顯眼，那就是我目光會注意的頭一個地方。凱芮，妳明白自己的臉蛋美得驚人嗎？我說不定會甩了我太太然後娶妳。」

這種言論我聽不下去。我們已經爭論多次，因為他太過關愛年幼女孩。然而我決意不能毀了凱芮在紐約的假期，這是她第一次單獨拜訪，我和裘利安已安排好計畫要讓她瞧瞧紐約的一切。至少我有一個家人是裘利安能接納的。

6 譯注：奇妙仙子（Tinker-belle）是《小飛俠》中的小仙女角色，體型極小。

數個月迅速飛逝，我們等待許久的春天終於來臨。

我和裘利安在巴塞隆納，享受我們結婚以來第一個真正假期。經歷五年又三個月的婚姻，裘利安有時還是像個陌生人。這次假期是佐爾妲夫人提議的，她覺得我們來西班牙是個好主意，可以研究佛朗明哥舞。我們坐在租來的車子裡從一個城鎮駛向另個城鎮，對美麗鄉間喜愛不已。我們喜愛用餐時間很晚的晚餐，喜愛躺在蔚藍海岸那種岩岸上午睡，但最重要的是，我們喜愛西班牙的音樂和舞蹈。

佐爾妲夫人為我們規畫橫越西班牙的旅行，列出所有收費低廉的別墅。她生性節儉把訣竅教給她的所有團員。要是住在旅館附近的小別墅，自己煮食會更省錢。所以我和裘利安接到克里斯的畢業典禮邀請函時，我們人在西班牙。那封信追著我們走遍西班牙，在這裡趕上了我們。

我細看厚實的奶油色信封然後心頭怦怦跳，我知道裡頭裝著克里斯達成畢業成就的通知，他的醫學學位總算拿到了！幾乎像是我自己在這七年間完成大學學業，然後又念完醫學院。

我小心翼翼地用拆信刀拆信，好讓自己將這紀念信函放進夢想剪貼簿裡，有些夢想已經成真。信封裡不只有正式邀請函，還有克里斯寫的短箋：

> 告訴妳這件事讓我很難為情，但我是班上二百名同學裡第一名畢業的。妳最好敢找理由不來。妳得來這裡享受我的喜形於色，而我也會享受妳欽佩欣喜的神情。要是妳不來觀禮，我不能領受自己的醫學學位。裘利安想阻止妳來的話，妳可以這樣告訴他。

麻煩的是，我和裘利安之前簽了合約要錄製《吉賽兒》的電視節目演出。原本預定六月開拍，但他們現在要我們五月就去。我們很有把握電視曝光會讓我們成為奮鬥多年想當上的明星。

現在看來是和裘利安商量的絕佳時機。我們參觀完古堡後回到下榻別墅。一吃完晚餐我們就坐在露台啜飲他愛喝的紅酒，但酒讓我頭痛。只有那時我才膽敢怯怯地商量想回美國及時參加克里斯在五月的畢業典禮。「說真的，我們確實有空飛回去，然後還有充裕時間回紐約排演《吉賽兒》。」

「哦，凱西，少胡扯！」他不耐煩地說道。「那角色對妳來說不好跳，妳會很累，需要好好休息。」

我不贊同。兩星期的時間很充裕……而且電視拍攝不會拍太久。「拜託，親愛的，我們去嘛。沒見到我哥哥當上醫師會讓我很難受，要是你哥哥達成了多年以來追求的目標，你也會有這種感覺。」

「該死的，不會！」他發火，瞇起他深色眼眸衝著我這邊開砲。「克里斯這個和克里斯那個我聽得非常膩，要是妳沒把他名字灌進我耳朵裡，那就是保羅這個保羅那個！妳不能去！」

我求他講講道理。「他是我唯一的哥哥，我和他一樣重視他畢業的那天。你不明白這不只對他意義重大，對我也是如此！你以為和你相比，我和他過的生活很奢華，但你大可放心，那不是件輕鬆的事！」

「妳從來不告訴我妳的過去。」他厲聲說道。「就好像妳遇到妳那寶貝保羅醫師的那一天才出生似的！凱西，妳現在是我的妻子，妳該做的事就是待在我身邊。妳的保羅有凱芮，他們會去參加典禮，所以妳哥哥拿到他該死的學位時不會沒人鼓掌！」

「你不能命令我能做什麼和不能做什麼！我是你太太，不是你的奴隸！」

「我不想再談這件事。」他起身抓住我手臂。「走吧，去睡覺。我累了。」我一語不發任他把我拖進臥房，我開始換衣服。但他上前幫忙，藉此通知我今晚是個愛之夜，或者該說是性之夜。我推開他的手。他沉著臉將手放回我肩上，倚身啃咬我脖子，先撫弄我胸部才伸向內衣釦子。我拍開他的手，大喊不要！但他堅持脫掉我胸罩。容易得就像脫下面具般，他拋開怒容然後戴上了朦朧眼神的多情面孔。

裘利安曾經對我來說是老練世故又優雅的萬物縮影，但自從他父親過世後，相形之下他現在不過是個鄉巴佬。有些時候我真的很討厭他。現在就是那種時候。「裘利安，我要去。你可以和我一起去，或者我從畢業典禮飛回來後我們在紐約碰頭。或者你也可以留在這裡生悶氣。不管怎樣，我要去。我想要你和我一起去，分享一家人的慶祝活動，因為你從不分享任何事，你對我有所保留，所以我也不和你分享，但這次你攔不了我！這件事太過重要！」

他靜靜聽完，然後笑得讓我背脊發寒。哦，他能讓自己顯得多麼邪惡。「聽好，我摯愛的妻子，當妳嫁給我，我就成了妳的主宰，在我甩掉妳之前妳都得待在我身邊。而我還沒打算這麼做。我不會說西班牙語，妳不能把我一個人留在西班牙。也許妳聽唱片就能學會，但我做不到。」

「裘利安，別威脅我。」我冷冷地說道，儘管我往後退而且感到極度驚慌。「少了我，除了你母親沒人在乎你，既然你不在乎她，那你還能找誰？」

他輕巧出手在我雙頰各甩一巴掌。我閉眼任他為所欲為，只要能讓我去看克里斯就好。我任他脫我衣服做他想做的，儘管他使勁抓我臀部抓到生疼。我若願意就能抽離自己，置身事外旁觀一切，他對我做的可怕事情並非著實重要，因為我沒真在那裡，除非有時痛苦得非比尋常。

「別想偷溜。」他出言警告，因為親遍我身體而說得含糊不清，像隻不餓的貓玩弄老鼠般戲弄我。「發誓妳會留在這裡不出席妳心愛哥哥的畢業典禮，說妳會待在丈夫身邊，他需要妳，愛著妳，沒有妳就活不下去。」

他捉弄我，儘管他對我的需求就像小孩需要母親。我變成了那樣，在各方面都成為他的母親，除了性方面。我得為他挑西裝、襪子、襯衫、戲服和練習服，然而他始終拒絕讓我掌管家計。

「我不會立下這種不公平的誓言。克里斯看過你表演，你也得意地向他炫耀。現在輪到他了。他很努力才拿到學位。」我脫身離開他，緩步拿起一件他愛看我穿的黑色蕾絲睡衣。我討厭黑色的睡衣和內衣，會讓我想起妓女和應召女郎，況且我自己的媽媽也愛好黑色的貼身衣物。「裘利安，起來吧。你看起來很可笑。要是我決定要去，你什麼也做不了。瘀青會很顯眼，再說你太過習慣我的體重和平衡感，你連好好抬舉另個舞者都做不到。」

他氣沖沖地撲向我。「妳生氣是因為我們沒成為頂尖舞者，是不是？因為我們預定的演出被取消，妳責怪我。現在佐爾妲夫人要我們休假，好讓我清醒點然後振作精神回歸，和我的妻子玩樂有益身心。凱西，除了跳舞我不知道怎樣娛樂自己，我不像妳一樣對書本或博物館感興趣，到現在妳應該很明白，有很多方法可以傷害羞辱妳又不留痕，只有妳的自尊會有受創痕跡。」

我愚蠢地笑了，我早該知道他沒什麼自信時最好別惹他。「裘爾，怎麼了？你辦事被打斷沒滿足你的變態性欲？你何不去外面找個女學生？因為我可不打算配合你。」

我以前從未當著他的面指明他對年幼女孩的縱欲。我一開始發現時感到難受，但現在我明白他對待那些女孩就像使用餐巾紙，弄髒了就隨意扔掉，然後他會回來找我，說他愛我需要我，說我是他的唯一。

他緩慢逼近，用他黑豹般的步伐告訴我，他能那樣殘忍無情，但我高高昂首知道自己闔上心房就能逃開，他不敢毆打我。他在一步之外停下來。我聽到床頭櫃的時鐘滴答響。

「凱西，要是妳明白怎樣對妳才好，就會照著我說的去做。」

那晚他很殘酷，邪惡懷恨，他逼我做出應該因愛而做的事。他挑釁我去咬他。這次我不會只有一邊眼眶青腫，而是兩邊，也許還更糟。「我會告訴大家妳病了。妳的月經讓妳很不舒服，沒辦法跳舞。而且妳不會拋下我偷溜或打任何電話，因為我會把妳綁在床上藏起妳的護照。」他咧著嘴笑輕輕地對我掌嘴。「現在，寶貝小妞，這次妳該怎麼辦？」

裘利安面帶笑容恢復他正常模樣，裸身漫步走向餐桌坐下，他那修長又模樣漂亮的雙腿一攤，若無其事地問道，「早餐吃什麼？」他伸出雙手好讓我上前親吻他嘴唇，我這麼做了。我笑著梳理他前額垂下的一綹頭髮，為他倒了咖啡然後開口，「早安，親愛的。你的早餐是老樣子。煎蛋和煎火腿。我的是起司歐姆蛋。」

「凱西，對不起。」他喃喃說道。「為什麼妳要引出我最糟的那一面？我只是拿那些女孩來充數。」

「要是她們不介意，那我也不介意，但別再逼我做昨晚那些事。裘利安，我很會記恨。就像你很會強迫人一樣。而我可是心懷報復的專家！」

我在他餐盤裡放了兩顆煎蛋和兩片火腿。沒有吐司和奶油。我們兩個都默默用餐。他坐在紅白格紋的桌布彼端，仔細刮了鬍子，一身清爽聞起來有肥皂和刮鬍液的味道。他那種亦正亦邪的迷人模樣是我見過最好看的男人。

「凱西……妳今天還沒說妳愛我。」

「裘利安，我愛你。」

吃完早餐一小時之後，我瘋狂地在每個房間找護照，裘利安睡在床上，我在他咖啡裡放了鎮靜藥讓他睡熟後，一路把他從廚房拖到床上。

比起我的搜尋功力，他藏東西沒那麼在行。我在床底的藍色地毯下找到護照。我飛快地把衣服扔進行李箱。等我打包好，著裝完畢準備出發，我俯身給他道別吻。他的呼吸深沉規律，臉露微笑，也許那些藥讓他做了好夢。雖然我對他下了藥，我遲疑著不知自己做得對不對。我聳肩拋開自己的優柔寡斷，走向車庫。沒錯，我做了自己該做的。要是他現在還醒著，他會一整天黏在我身邊，口袋裡放著我的護照。我留了字條告知他自己的去向。

保羅和凱芮來北卡羅萊納的機場接我。我已經三年沒見到保羅了。我走下登機梯，我的目光和他交纏不放。他仰臉看我，日光射進他眼睛讓他瞇眼。「真高興妳能來，」他說道，「雖然我很遺憾裘利安不能來。」

「他也很遺憾。」我仰望他的臉。他是那種愈老愈好看的人。我說服他蓄的八字鬍還留在他臉上，他笑開時臉頰兩側都露出酒窩。

「妳在找白頭髮嗎？」當我盯著他太久也許目光太過仰慕，他出言調笑。「要是妳瞧見了要讓我知道，我會叫理髮師剪掉。我還沒打算滿頭白髮。我喜歡妳的新髮型，讓妳看起來更漂亮。可是妳太瘦了。妳需要一大堆杭妮的家庭料理。妳知道，她也來了，她在旅館的小廚房裡忙著做妳哥哥愛吃的手工餐包。那是她為他準備的禮物，因為他就快成為另一個醫師兒子。」

「克里斯有沒有收到我的電報？他知道我要來嗎？」

「哦，當然有！他每分每秒都在發愁，怕裘利安不肯讓妳離開他身邊，他知道裘利安不會來。凱西，老實說，要是妳不來，我不覺得克里斯會領他的學位。」

保羅和凱芮坐在我兩旁，杭妮坐在保羅的另一邊，看著我的克里斯多弗走過通道登上階梯領他的證書，然後站在講台後發表畢業致詞，這讓我眼眶含淚，讓我心裡鼓漲著幸福感。他的致詞出色到令我哭泣。保羅、杭妮和凱芮也流淚。連我在舞台上的成就也無法比擬我現在感到的自豪。裘利安也該在這裡，讓自己成為我一家人的成員，而不是一直頑固抗拒。

我也想起我們的母親，她也該在這裡親眼見證。我知道她在倫敦，因為我依舊注意她在世界各地的行蹤。等待，一直等著再見到她。那時我會怎麼做？我會再次膽怯讓她逃脫嗎？我明白的是，她會知道自己的長子現在成了醫師，因為我會確保她知道，正如我不斷對她通知我和裘利安的行蹤。

到了現在我當然明白為何我母親總是不停來往各地，她怕了，深怕我會逮到她！我和裘利安抵達西班牙時，她人也在西班牙。好幾份報紙刊登了這消息，沒過多久當我拿起一份西班牙報紙就看到巴特洛繆．溫斯洛太太的迷人臉蛋，她盡快飛去了倫敦。

我抽離對她的思緒，環顧擠滿大禮堂的成千觀禮家屬。當我回頭望向台上，我看到克里斯在講台後準備舉步離開。我不知道他是怎樣找到我的，但他就是找到了。我們的目光凝視不放，跨越我們之間坐定觀眾的所有頭頂，我們無聲交流，分享那勢不可擋的的歡慶！我們做到了！我們兩個都做到了！達成我們的目標，成為我們兒時就打定主意要當上的那種人。如果克瑞沒死，如果媽媽沒背叛我們，如果凱芮長到她該有的身高，我們虛度的那些年月全都無關緊要，要是媽媽想出了別的解決辦法，那些都可能成真。或許我還不是頂尖舞者，但總有一天我會是，而克里斯會是世上最棒的醫師。

我望著克里斯，深信我們共享相同思緒。我看到他十歲時揮動球棒將棒球擊過籬笆，然後他發狂似地奔跑在最快時間內踏遍所有壘包，他明明只要步行就能達成全壘打。但那不是他的作風，他不會做得太容易。我看到他在我前方的腳踏車停車棚急馳，然後故意放慢好讓我趕上來，兩人同時到家。我看到他在上鎖房間裡，在離我一公尺遠的床上笑得鼓舞人心。我又看到他在閣樓暗處，幾乎藏身在廣大空間裡，他看起來如此失落困惑，對他摯愛母親別過臉……然後看向我。我們躺在閣樓那張舊床墊間接分享了那麼多羅曼史故事，那時大雨滂沱將我們和所有人區隔開來。是那造成的嗎？那就是他為何會看不上我以外的女孩？這對他多麼悲哀，對我也是。

校方安排了盛大的慶祝餐會，凱芮在我們的桌邊吱吱喳喳說話，但我和克里斯只望著彼此，努力想找出適切話語。

「凱西，保羅醫師的診所搬去新的辦公大樓。」凱芮氣吁吁地說個不停。「我討厭他去了那麼遠的地方，不過我就要當他的祕書了！我會有一台紅色的全新電動打字機！保羅醫師覺得訂做紫色的打字機看起來有點太鮮豔，可我不這麼覺得，所以我就退而求其次訂做紅色的。沒有人會有比我更出色的祕書！我會接聽他的電話，安排他的會面預約，整理他的檔案庫，替他記帳，而且我和他每天都會一起吃午餐！」她對保羅露出燦爛笑容。看來保羅給了她安全感，讓她重拾一度失去的充沛自信。但我後來才發現，這是凱芮只讓我、保羅和克里斯看見的虛假表象，當她獨處時情況大相逕庭。

然後克里斯皺眉問裘利安為何沒來。「克里斯，他很想來，真的。」我撒了謊。「但他有約在身讓他忙到抽不出空。他要我代他向你祝賀。我們的行程很緊湊。老實說，我只能待兩天。我們下個月要錄《吉賽兒》的電視節目。」

我們後來在一間很好的飯店餐廳再次慶祝。這是我們把各自的禮物送給克里斯的機會。我們有著幼稚習慣，總要在拆禮物前先搖晃一下，但保羅送克里斯的大盒子重到晃不動。「是書！」克里斯說的沒錯。六大本厚重的醫學索引冊代表了一整套醫學叢書，一定花了保羅好大一筆錢。「我最多只帶得了六本，」他解釋著，「那套書的其他冊卷在家等著你。」我望著他，明白他家是我們唯一有過真正的家。

克里斯刻意把我的禮物留到最後，期望那會是最棒的禮物，就像我們過去那樣，藉此延長樂趣。那個禮物太大太重沒辦法搖晃，況且我告誡他裡頭的東西很脆弱，但他笑了，因為我們向來總是試著哄騙對方。「不對，是更多的書，沒有別的東西會那麼重。」他對我笑得滑稽淘氣，讓他再次看起來像個男孩。

「我的克里斯多弗．瓷娃娃，我讓你猜一次，給你一個提示。盒子裡的東西是你說自己最想要的，我們的爸爸曾說你提上醫師黑色公事包的那一天，他會送你這個。」為什麼我要用那樣輕柔的嗓音說話，害保羅移動視線，瞇著眼看見我哥哥臉頰染上的血色？我們是否從沒忘懷？從沒改變？我們是否永遠對彼此抱有太多感情？克里斯擺弄緞帶，仔細地不扯破別致包裝紙。當他拆開包裝紙，懷念的淚水湧進他眼裡。他顫抖雙手小心地從盒墊中取出一個法式桃花心木盒，附帶閃亮黃銅鎖、鑰匙和提把。他痛苦地瞥我一眼，雙唇抖動，看起來不敢置信這麼多年後我還記得。

「哦，凱西，該死的，」他激動到語不成句，「我從沒真正盼望擁有一台。妳不該花那麼多錢……那一定得花一大筆錢……妳不該那麼做！」

「可是我想送，而且克里斯，這不是真品，只是約翰．卡夫式側鏡柱顯微鏡的複製品。不過店員說這和真品一模一樣，仍然值得收藏。而且真的能用。」他邊搖頭邊觸摸實心黃銅管、象牙白的配件、目鏡、鑷子以及一本皮裝書，書名是《一六七五年至一八四〇年年的古董顯微鏡》。

我氣弱地說道，「要是你決定在空閒時把玩這個，你就可以自己研究微生物和病毒。」

「妳送的玩具很驚人。」他嗓音沙啞地說道，他雙眼眼角的兩顆淚珠現在開始滑落臉頰。「妳還記得那天爸爸說我當上醫師時他會送我這個。」

「我怎麼會忘？我們去佛沃斯大宅的時候，那一小張目錄是衣服以外你唯一帶上的東西。保羅，克里斯每次拍蒼蠅或殺蜘蛛時都很想有一台約翰．卡夫式顯微鏡。他曾說自己想成為閣樓鼠人，親自發現老鼠為何會年紀輕輕就死去。」

「年輕的老鼠會死掉嗎？」保羅認真地問道。「你們怎麼知道老鼠很年輕？你們抓過小老鼠，然後想辦法做上記號嗎？」

我和克里斯四目相對。沒錯，我們遭到囚禁時曾活在另個世界，所以我們會研究那些來偷咬我們食物的老鼠，尤其是一隻叫「米奇」的老鼠。

現在我得回紐約面對裘利安的憤怒。但我得先找些時間和我哥哥獨處。保羅帶杭妮和凱芮去看電影，而我和克里斯在他大學的校園裡漫步。「妳有沒有看到二樓的那扇窗戶，從後面數來第五扇窗，那裡就是我和漢克同住的寢室。我們八個男生組了讀書會，從大學到醫學院都黏在一起，一起讀書，約會也一起行動。」

「哦，」我嘆了口氣，「你常約會嗎？」

「只有週末。平日課表排得很重沒辦法從事社交。凱西，沒有一門課是輕鬆的。有太多東西要學，物理學、生物學、解剖學和化學，我可以列個沒完沒了。」

「我想聽的你沒說。你和誰約會？有任何特別的人嗎？」

他抓住我的手將我拽近他身邊。「哦，我該開始一一舉出名字嗎？要是我這麼做，那得花上好幾小時。要是有任何特別的人，我只能講得出一個，而我沒辦法這麼做。她們我全都喜歡……但沒喜歡到足以愛上，要是這就是妳想知道的話。」

沒錯，那就是我想知道的。「我很肯定你沒過著禁欲生活，儘管你沒愛上誰……？」

「那跟妳沒關係。」他輕輕說道。

「我覺得有關係。知道你有愛上的女孩會讓我心裡得到安詳。」

「的確有個我愛的女孩，」他回答，「我認識她一輩子了。當我晚上入眠，我會夢見她在我頭頂上方跳舞，叫我名字親我臉頰，她做惡夢會尖叫，我醒來幫她弄掉頭髮上的瀝青。有時我醒來會渾身發疼，就像她渾身發疼一般，我夢見自己親吻鞭痕……我夢見某一晚我和她待在冰冷石板瓦屋頂上仰望天空，她說月亮是上帝之眼，俯瞰我們並譴責我們。所以凱西，就是那個女孩縈繞在我心頭又主宰了我，讓我滿懷挫敗，與那些比不上她的女孩共度的時光都變得如此陰鬱。我衷心希望聽了這番話後妳能滿意。」

我恍如夢中，轉身挪步，在那夢中我將雙臂環住他然後仰望他的臉，他好看的臉龐也縈繞在我心頭。「克里斯，別愛我。忘了我。照著我做的去做，接受第一個叩上你門的任何人，讓她進入你心房。」

他笑得諷刺，飛快推開我。「我確實照做了，凱瑟琳．瓷娃娃就是第一個叩門的人。**她的確進入了我的心房，現在我趕不走她**。但那是我的問題，不是妳的。」

「我不配待在那裡。我不是天使，不是聖人……你該明白的。」

「無論是天使、聖徒或是惡魔之子，無論善惡，妳都已將我釘在牆上，貼上了屬於妳的標籤，直到我死亡的那一天。要是妳先離世，不久之後我就會追隨。」

22 聚攏的陰影

克里斯和保羅都遊說我回克萊蒙和我的家人共度幾天，凱芮就更不用說了。當我在那裡，圍繞在所有舒適安逸之中，那房子和庭院的魅力藉機再次迷倒我。我告訴自己，要是我嫁給保羅就會過著這般日子。沒有任何難題。輕鬆愜意的日子。然後當我任憑自己猜想裘利安過得怎樣，我想起他惹惱我的種種卑鄙惡毒行徑，他拆了保羅或克里斯寄給我的信，宛如想尋找有罪證據似的。等他從西班牙飛回來，他肯定會故意讓我的盆栽枯死來懲罰我。

我身上肯定有什麼神祕之處。我站在陽台上眺望保羅的壯觀庭院時這麼想著。我並非對任何男人來說都是那般漂亮難忘或不可或缺。我待在那裡，任憑克里斯來到我身後將手臂環在我肩上。我的頭倚向他，然後嘆息著仰望月亮。老樣子的月亮早已知曉我們過去的羞辱事，仍舊會在那兒目睹更多。我什麼也沒做，我發誓，不過是讓他手臂擱在我身上。當他緊擁我，也許我稍微挪了下身體來契合他的懷抱。「凱西，凱西，」他呻吟著將雙唇印在我髮上，「沒有妳，人生有時就是毫無意義。妳若跟我走，我可以拋棄醫學學位前往南太平洋……」

「然後丟下凱芮？」

「我們可以帶她一起去。」我以為他在玩許願遊戲，就像我們小時候那樣。「我可以買艘帆船帶觀光客出海，要是他們弄傷自己，我受過充分訓練能替他們包紮傷口。」他親吻我，然後吻得熱烈有如不再自制的放肆男人。我不想回應他，但我卻回應了，令他喘著氣想哄我去他房間。

「住手！」我喊道。「我只想要你當我哥哥！別煩我！去找別人！」

他茫然又神情受傷地後退。「凱西，妳到底是怎樣的女人？妳回吻我，妳整個人都回應了我，現在妳又抽身扯出貞潔模樣！」

「那就恨我！」

「凱西，我永遠不會恨妳。」他對我笑得苦澀。「有時我想恨妳，有時我覺得妳和我們的媽媽完全一樣，但我只要愛了就停止不了！」他回房砰地關門，留我無言目送。

不對！我不像媽媽，我沒有！我回應他不過是因為我仍尋求自己失落的身分。裘利安竊走我的思想占為己有。裘利安想偷走我的堅韌然後宣稱是他自己的，他想讓我做所有決定，這樣一來事情出錯就不能怪他。我仍然想證明自己價值，最後就能反駁外婆的譴責。**瞧，外婆，我不壞也不邪惡。不然大家就不會這麼愛我**。我依然是那自私貪婪又苛求的閣樓鼠輩，必須再三證明自己值得活在陽光下。

有天我思考著這件事，那時我在後陽台上，凱芮栽植她從種子培育出的三色堇，在她身旁有一盆盆小牽牛花。克里斯從屋裡走出來扔了晚報給我。「裡頭的一篇報導妳可能有點興趣，」他說得唐突，「我想過別讓妳瞧見，但我決定該讓妳看。」

> 本地名人裘利安・馬奎特與凱瑟琳・甄娃，這對芭蕾夫妻組合似乎已經拆夥。在大型電視製作節目《吉賽兒》中，裘利安・馬奎特將首度與妻子以外的芭蕾舞者搭檔演出。據說甄娃小姐有病在身，也謠傳這對芭蕾組合即將分道揚鑣。

報導裡還提到更多，包括替換我的人是尤蘭達・朗格！這是我們讓自己成為明星的另一次大好機會，他要讓尤蘭達跳我的角色！他該死！為什麼他就是不懂事？我們有過的每次機會他都搞砸。他沒辦法輕鬆抬舉尤蘭達，他的背可是受過傷的。

克里斯古怪地瞥我一眼才問道，「妳要怎麼辦？」我吼回去，「沒事！」有一、兩秒時間他沒說話。

「凱西，他不想讓妳來我畢業典禮，對不對？所以他才叫尤蘭達跳妳的角色。我提醒過妳別讓他當妳經紀人。佐爾妲夫人會對妳更公平。」

我起身在陽台上踱步。我們和佐爾妲夫人原本的合約在兩年前到期，我們現在只欠她一年十二場演出。其餘時間我和裘利安都是自由舞者，想挑哪個舞團跳舞都行。就讓裘利安和尤蘭達跳吧。讓他出洋相，我衷心希望他會失手讓她跌落！讓他和他那些少女玩伴玩性遊戲……我不在乎。然後我奔進屋內上樓進我臥室，埋起臉放聲痛哭。

前一天我私下去看了婦產科，這讓一切變得更糟。對我這樣經期不規律的女人來說，月經兩個月沒來真的不算什麼。我可能沒懷孕，那可能不過又是誤報……如果不是，我祈禱自己有氣力去墮胎！我的人生不需要寶寶。我知道要是自己有了小孩，他或她就會成為我世界的重心，愛會再次毀了一位原本能攀向顛峰的芭蕾舞者。

我的腦中響起芭蕾音樂，開著克里斯的車去拜訪瑪芮莎夫人，在某個炎熱春日裡全世界顯得睏倦懶散，除了那些蠢孩子，一如往常穿黑衣的尖嗓小蝙蝠指導著他們。我坐在大廳後方牆邊的陰影處，觀看一大班的男孩女孩跳舞。那些女孩再過沒多久就會長大成人取代現今明星，想到這點就令人驚慌。然後我也會變成另一個瑪芮莎夫人，接著歲月如秒流逝直到我變成佐爾妲夫人，我所有美貌將會只留存在褪色老照片裡。

「凱瑟琳！」瑪芮莎夫人發現我就高興喊道。她敏捷優雅地大步朝我走來。「妳幹嘛坐在陰影裡？」她問道，「能再見到妳漂亮臉蛋真好。別以為我不知道妳為何看起來那麼難過！妳是個大傻瓜！竟然丟下裘利安！他是個長不大的孩子。，妳明知不能留他一個人獨處，要不然他會做出傷害自己的事，當他傷害自己，也傷了妳！妳為什麼讓他把持經紀？妳為什麼讓他把妳的錢一進口袋就花掉？我告訴妳，如果我是妳，我永遠永遠不會讓他把吉賽兒的角色給別人跳！」

天啊，他真是大嘴巴！

「夫人，別擔心我，」我冷淡地說道，「要是我丈夫不想再和我搭檔，我能肯定會有其他人願意。」

她沉著臉逼近我。她把瘦削雙手擱在我身上搖晃，彷彿想搖醒我。趨近一看就看得出喬治去世後她衰老許多。她烏黑的頭髮現在幾乎全白，還有成條的深灰色。然後她咆哮，露出比過去更白更完美的牙齒。「妳想隨便我兒子耍妳？妳想讓他找別的舞者取代妳？我相信妳有更多骨氣！妳現在快回紐約把尤蘭達趕出他人生！婚姻是神聖的，結婚誓詞得要遵守！」

然後她變得和藹，把我領進她凌亂的小辦公室。「凱瑟琳，過來。現在告訴我，妳和妳丈夫之間出了什麼蠢事！」

「這真的與妳無關！」

她將另一張直背椅反轉過來，讓她能夠跨坐。她撐著雙臂向前倚身，用她嚴厲尖銳的憤怒雙眼戳刺我。「關係到我兒子的任何所有事都與我有關！」她厲聲說道，「現在妳坐在那裡別說話，讓我告訴妳那些關於妳丈夫妳所不知道的事。」她的聲音變得略微溫和一些。「我和喬治結婚時，我年紀比他大，就算如此我還是敢推遲生小孩的時間，直到我認為自己的舞者生涯過了顛峰期，然後我懷了孕。喬治從未想被小孩牽制拖累，所以從一開始裘利安的處境就很不利。

「我告訴自己我們沒逼兒子跳舞，但我們一直把他留在身邊，所以芭蕾就成了他世界的一部分，最重要的部分。」她重重地嘆了口氣，用瘦削的手抹過皺起眉頭。「我們對他很嚴厲，這點我承認。我們盡力讓他變成我們眼中的理想模樣，但我們愈努力，他就愈打定主意要變成我們完全不想他成為的模樣。我們試圖教他完美的用字遣詞，所以他最後用各種下流的粗俗語言來嘲笑我們，喬治說那是骯髒話。妳知道，」她神情留戀地往下說道，「只有在我丈夫過世下葬後，我才明白喬治從沒對我們兒子好好說話，只命令他不准做什麼，不然就命令他要改進舞技。我從沒明白喬治可能會嫉妒自己的兒子，看出他會是更出色的舞者，能夠獲得更多名氣。對我和喬治來說，只當芭蕾舞老師並不好受。許多夜晚我們躺在床上抱著對方，渴望掌聲和吹捧……那是一種滿足不了的渴望，直到我們聽見為我們兒子響起的掌聲。」

她再次頓了頓，像鳥兒般伸脖細瞧我是否專心聆聽。哦，沒錯，她讓我專心聽她說話。她對我說了好多我想知道的。

「裘利安想讓喬治難受，喬治確實難受，因為裘利安不在乎他父親的名聲。有天他說自己只是二流舞者。喬治整整一個月沒和他兒子說話！從那之後，他們再也無法重回過去關係。他們漸行漸遠……直到一個美好的聖誕日子，有另一個天才來到我們人生中毛遂自薦。就是妳！只因為我求裘利安與他父親和好，他才會飛回來看我們……然後他見到了妳。

「將我們的技藝傳給小輩是我們的責任，但收妳入團令我有些憂心，主要是因為我覺得妳會傷害我兒子。我不知道自己為何這麼想，但顯然打從一開始，妳愛的就是那個年長醫師。然後我覺得妳有某種非常稀罕的東西，少見的舞蹈熱情。妳用妳自己的方式與裘利安足以匹敵，你們共舞時出色到我不敢相信自己眼睛。我兒子也感覺到你們兩個之間的和諧感。妳那雙溫柔仰慕的藍色大眼望向他，所以他後來對我說妳是隻性感小貓，會輕易被他迷住投入懷抱。我和他一直都關係親密，其他男孩會保密的事他都向我坦承。」

她頓了頓，將她冷酷目光彈向我然後氣吁吁地說下去，「妳來了，妳和他跳舞時愛他、仰慕他，沒跳舞時妳就冷落他。妳愈難到手，他就愈鐵了心要得到妳。我以為妳很聰明，只是個孩子就會玩老練女人的把戲！而現在妳……妳走了，當他待在異國時丟下他，他不會說那邊的語言，妳早該明白他有弱點，很多弱點，而且他受不了一個人獨處！」

她像隻黑色的瘦弱野貓猛然起身，站在我上方。「沒有裘利安給妳靈感，提升妳和他的才華，妳會在哪？沒有他，妳能去紐約，在迅速崛起為領頭舞團之一的舞團裡跳舞嗎？不！妳會在這裡為那醫師生兒育女。天知道妳為何答應嫁給裘利安，怎能一直不愛他。因為他對我說妳不愛他，而且永遠不會！所以妳對他下藥。妳離開他。妳動身去看妳哥哥當上醫師，妳該死地明知自己該待的地方是丈夫身邊，讓他高興而且照顧他的需求！

「沒錯！沒錯！」她尖聲嚷著，「他打長途電話，把這一切全都告訴了我！現在他覺得自己恨妳，他想割捨妳。要是他這麼做，他就會失去活下去的意願！因為他好多年前就把心給了妳！」

我緩慢起身，雙腿軟弱發顫。我將手抹過發疼的前額，忍住疲憊的淚水。突然間我強烈意識到，我確實愛著裘利安！現在我終於看出我們多麼相似。他憎恨他那不把他當兒子看待的爸爸。而我也抱著對媽媽的怨恨，這些怨恨讓我做出瘋狂舉動，像是寄出可憎信函和聖誕賀卡，打算讓她的人生變得悲哀，讓她永遠永遠得不到安寧。裘利安把他爸爸當成對手，從不知道自己早已勝出，而且更加出色……而我拿我媽媽當對手，但還沒能證明自己勝過她。「夫人，我要告訴妳的事也許裘利安不曉得，而我直到今天才真正明白，我確實愛著妳兒子。或許我一直以來都愛著他，只是我自己不能接受。」

她搖搖頭，然後字句像子彈般朝我開火。「要是妳愛他，為什麼離開他？回答我！妳因為發覺他喜歡年輕女孩就離開他？傻瓜！所有男人都渴望年輕女孩，但他們還是會繼續愛自己的太太！要是妳任由他對年輕胴體的欲望趕跑妳，妳瘋了！甩他耳光，踢他屁股，告訴他別找那些女孩，不然就和他離婚！把那些話全告訴他，他就會成為妳想要的那樣。但妳什麼都沒說，表現得像妳不在乎，妳明白地對他說妳不愛他，不想要他也不需要他！」

「我不是他母親，也不是牧師或上帝。」我不耐煩地說道，厭惡她耗去的所有激動情感。我退向門邊打算離開。「我不知道自己能否讓裘利安不碰年輕女孩，但我願意回去嘗試。我答應會做得更好。我會更諒解他，我會讓他知道我很愛他，不能忍受他想和我以外的人上床。」

她走過來將我攬進臂彎。她對我哄道，「可憐的寶貝，要是我對妳嚴厲，那是為妳好。妳得讓我兒子不毀了他自己。當妳拯救他，也拯救了妳自己，因為我撒了謊，說沒有裘利安妳什麼也不是。他才是那個沒有妳就什麼也不是的人！我一直都知道他想死。他覺得自己沒資格活在世上，因為他父親從未讓他確信自己有資格，那也是我和喬治的錯。裘利安年復一年等待他父親將他當成兒子，等待自己值得被愛。他也等待喬治肯定等了同樣久，等待喬治說他會是更棒的舞者而且以他為榮。但喬治保持沉默。不過妳回去告訴裘利安，喬治的確愛他。喬治對我說過好多遍。也告訴他，他父親為他感到自豪。凱瑟琳，告訴他。回去說服他，說妳多麼愛他需要他。對他說妳很抱歉自己丟下他一個人。在他對自己做出什麼可怕事情前，趕快回去！」

該再次向凱芮、保羅和杭妮道別了。不過這一次我不用對克里斯說再見。他態度堅決。「不行！我要跟妳一起去！我不能讓妳回到瘋子身邊。等妳和他和好，直到我知道一切平安無事後，我才會離開。」

凱芮一如往常地哭了，保羅站在後頭只用眼神對我說話，他說的沒錯，我會再次在他心中有一席之地。

飛機開始起飛時我往下瞧，看見保羅握著凱芮的小手，她仰著臉望向我們，不斷揮手直到我們再也瞧不見她。我扭動身體窩成舒適位置，把頭靠在克里斯肩上，告訴他到了紐約叫醒我。「妳真是個好旅伴。」他抱怨著，但他很快也打起盹來，臉頰靠在我髮上。「克里斯，」我發睏地說道，「雷蒙和莉莉一直尋找著有紫色草地的神祕地方，在那裡他們能實現所有願望，還記得那本書嗎？要是低頭就能看見紫色草地，那不是很棒嗎？」

「是啊，」他和我一樣睏地說道，「我也一直在找。」

飛機在下午三點左右降落在拉瓜迪亞機場。高溫悶熱的一天。太陽佯裝害羞，在聚攏的暴雨烏雲間時隱時現。我們都累了。「這時間裘利安會在劇場排演。他們會把排演過程拍成宣傳片。必須排演很多次，我們之前從沒在這間劇場跳過舞，熟悉場地很重要。」

克里斯提著我兩只沉重的手提箱，我拎著他輕上許多的包包。我笑著朝他那邊微笑，很高興他陪著我，儘管裘利安會很憤怒。「現在你不能露面……要是一切順利就別讓他瞧見你。克里斯，說真的，我很肯定他見到我會開心。他不是危險人物。」

「的確。」他說得悶悶不樂。

我們漫步走進昏暗劇場。前方的舞台非常明亮。電視攝影機都就定位，準備拍攝暖身畫面。導演、製作人和幾位其他人士在最前排座位一字排開。

白晝高溫被巨大空間的寒意驅散。我們兩個都坐在中間排中段靠走道的座位，克里斯打開我其中一件行李在我肩膀披上毛衣。我不自覺地將雙腿抬在前方座椅頂端伸展。雖然我渾身發抖，群舞舞者在炙熱弧光燈下冒汗。燈眼朝下，幾個平面布景立起來。我尋找裘利安，卻沒瞧見他。

光想到裘利安就把他引出舞台側邊，他踏著一連串旋轉跳步來到舞台上。哦，他穿著合身的白色緊身褲和鮮綠色襪套看起來棒透了。

「哇！」克里斯在我耳邊低語。「我有時忘了他在舞台上多出色。難怪每個芭蕾舞評論家都認為，要是他學會遵守一些紀律，就能成為稱霸這十年的明星。那就快點吧……凱西，我指的也是妳。」我笑了，因為我也需要遵守紀律。「沒錯，」我說道，「我當然也是。」

裘利安一跳完他的單人舞，一身紅衣的尤蘭達．朗格就旋轉腳尖步出舞台側邊。她比以前更漂亮！對一個身高那麼高的女孩來說，她跳得格外地好。意思是，她跳得很好直到裘利安上前與她共舞，然後一切就出了差錯。他朝她腰間伸手卻抓到屁股，然後他得飛快挪動手的位置，所以她滑了一下差點摔倒，他再次調整位置來救她。讓女舞者摔落的男舞者很快不再有舞伴能抬舉。他們又試了一次同樣的跳躍抬舉接著後倒，這一次跳得幾近難看，讓尤蘭達顯得不像樣而裘利安很拙劣。

就連坐在中後段座位的我都能聽見她大聲咒罵。「去你的！」她尖聲嚷著，「你害我看起來好笨拙，要是你把我摔下去，我保證你再也跳不了舞！」

「卡！」導演喊道，起身不耐煩地看來看去。

群舞舞者兜圈抱怨，對舞台中央浪費那麼多時間的那對搭檔投以憤怒目光。顯然從他們所有人流汗發熱的模樣看來，這情況已嚴重地持續好一會兒。「馬奎特！」導演喊道，對那些拍攝次數需要二次以上的人，他是出了名地沒耐性。「你老抓不對時機，到底怎麼了？我以為你說過這首芭蕾你很熟。過去三天以來，我不覺得你有哪次跳得對。」

「我？」裘利安罵回去，「不是我……是她，她太早起跳！」

「好吧，」導演挖苦地說道，「總是她的錯，從來不是你的錯。」他試著克制自己的不耐煩，知道過多批評會讓裘利安立刻罷工。「你太太什麼時候身體好轉到能再跳舞？」

尤蘭達大叫，「喂，等一下！我從洛杉磯大老遠飛過來，現在你說得好像要叫凱瑟琳代替我！我不會接受！我現在簽了合約！我會提告！」

「朗格小姐，」導演流利地說道，「妳只是個替身，不過妳在場，那就再試跳一次。馬奎特，聽你的暗號。朗格，準備好。祈禱上帝這次會適合放映給觀眾看，他們可能對專業舞者有更多期待。」

聽到她只是替身，我笑了，我以為自己真的被除名。

我任性地欣賞裘利安和尤蘭達出醜。然而，當舞台上的舞者呻吟，我也和他們一起呻吟，感受他們的疲憊，儘管我自己憐憫起裘利安，他勤奮試著讓尤蘭達保持平衡。導演隨時都會喊出「第十次」，那就是我要行動的時候。

在前方第一排，佐爾妲夫人突然扭了她乾癟的長頸鹿脖子伸向我這邊，那雙銳利的黑珠小眼瞧見我如老鷹般注視而且坐得繃緊。「喂，凱瑟琳。」她以極大熱忱喚道。她示意，過來，坐我旁邊。

「克里斯，我失陪一下，」我低聲說道，「在裘利安毀了我們兩個的舞者生涯前，我得去上面拯救他。我不會有事的。他在觀眾面前能做的不多，是吧？」

等我在佐爾妲夫人身旁落座，她嘶聲說道，「所以，妳根本沒病得那麼重！感謝上帝賜予的小恩惠。妳丈夫在上頭毀掉我和你們兩個的名聲。我早該知道別讓他一直和妳搭檔，所以現在他沒辦法和別人跳了。」

「夫人，」我問道，「是誰安排尤蘭達當我替身？」

「吾愛，是妳丈夫。」她殘忍地低語。「妳讓他取得掌控，妳這麼做是傻瓜。他讓人受不了！他是場暴風雨，是個惡魔，如此不講理！要是他沒見到妳的臉，很快就發瘋，或是我們發瘋。現在快去換上戲服，把我從破滅中拯救出來！」

不過幾秒鐘我就換上芭蕾練習服，一束好頭髮就繫緊舞鞋。我用更衣室裡的扶把快速暖身。做下蹲和畫圈讓血液流向四肢。我很快就準備就緒。我沒有一天不做好幾小時的練習。

我在昏暗的舞台側邊躊躇。我覺得自己做好所有準備，等裘利安見到我，他會怎麼做？當我望著舞台上的他，我身後突然有人野蠻地把我撞到一旁！「妳被換掉了，」尤蘭達嘶聲說道。「所以出去，待在外面！妳有過機會然後輸掉了，現在裘利安是我的！妳聽到沒，他是我的！我睡在妳床上，用妳化妝品，戴妳首飾，我完完全全取代了妳。」

我想無視她，不信她說的任何話。當吉賽兒出場的暗號響起，就在那時尤蘭達想抓住我。我粗暴轉身用力推開她，使勁到令她摔倒。她痛得臉色一白，而我踮著腳尖滑向舞台，讓自己的完美舞步有如小巧的珍珠項鍊……每一碎步都經過測量，每一步的精確距離都得到驗證。我是羞怯的年輕鄉村姑娘，真心甜蜜地愛上名叫萊斯的青年。舞台上的其他人見了我就抽了口氣。寬慰點亮了裘利安深色雙眸，在一瞬間。「嗨。」他冷淡開口，我跳向他，搧動我深色眼簾使他更著迷。「妳幹嘛回來？妳的醫師趕妳出來？已經厭倦妳了？」

「裘利安，你是個不替別人著想的下流畜生，拿尤蘭達換掉我！你明知我瞧不起她！」

他背對觀眾惡意地譏笑，始終配合音樂節拍，「是啊，我知道妳討厭她，所以我才想要她。」他彎起漂亮紅唇讓那嘴唇顯得如此醜惡。「聽好，跳舞娃娃。沒人能拋下我，然後回來以為自己還能納進我人生裡，尤其是我太太。吾愛，我最親的愛，我現在不想要妳了，我現在不需要妳了，妳可以去找任何妳想要的男人玩婊子把戲！滾出我的人生！」

「你不是認真的。」我說道，我們兩個都跳得如此完美，沒人喊卡。當我們將一切跳得如此優雅無誤，他們怎能這麼做？

「妳不愛我，」他說得苦澀。「妳從沒愛過我。不管我做了或說了什麼，現在我不在乎了！我把自己能給出最好的給了妳，而那還不夠。所以，親愛的凱瑟琳，**我給妳這個！**」連同那些意外話語，他中斷固定舞步，高高躍向空中，猛力直接地朝我雙腳踩下。他整個人的體重像攻城槌般擊落，將我腳趾壓碎！

我痛到發出小聲叫喊，然後裘利安轉身撫弄我下巴。「那麼親愛的，瞧瞧誰會是那個和我共舞的吉賽兒。肯定不會是妳，對吧？」

「第十次！」導演吼道，講得太遲了，救不了我。

裘利安緊抓我肩膀，把我像布娃娃般搖晃。我眼神暈眩地望著他，預期任何事情發生。然後他忽然轉身離去，將我一個人留在舞台中央，兩隻腳傷得重到可能會尖叫。但我卻倒在地板上，坐在那裡盯著自己迅速腫起的雙足。

克里斯從昏暗的觀眾席跑過來幫我。「他這麼做真該下地獄！」他喊道，跪下來脫我舞鞋檢查我雙腳。他輕柔地試著活動我腳趾，但我痛得喊出聲來。然後他輕鬆地將我抱起緊擁。「凱西，妳會沒事的。我會確保妳的腳趾徹底治癒。我猜兩腳的腳趾都斷了幾根。妳需要找整形外科醫師。」

「帶凱瑟琳去看我們的整形外科醫師。」佐爾妲夫人蹣跚上前，凝視我發黑腫大的雙腳。她更仔細地盯著克里斯瞧，她之前只見過他幾次。「你就是凱瑟琳的哥哥，那個造成這一切麻煩的人？」她問道，「快帶她去就醫。我們有保險。不過那個蠢丈夫就到此為止。我開除他了！」

23 第十三代舞者

我的雙腳都照了X光，照出我左腳斷了三根趾頭，右腳的小趾頭斷了。謝天謝地，我雙腳的大拇趾都沒事，要不然我可能再也無法跳舞！一小時後克里斯抱我離開那醫師的診所辦公室，一腳裹上了及膝的待乾石膏，另一腳沒那麼保護，只將小腳趾用繃帶包紮等待痊癒。石膏裡的每根腳趾都用護墊隔開固定，所以我一根腳趾也動不了，腳趾暴露在外讓所有人都能欣賞那黑青發紫的迷人色澤。在我看來，醫師最後說的話是溶解不了的酸檸檬汁，沒辦法讓未來變甜一些。「妳也許能再跳舞，也可能再也跳不了舞，要看情況。」至於看什麼情況，他沒提。

所以我問克里斯。「當然，」他自信地說道，「妳當然還能跳舞。有時候醫師喜歡把話說得太悲觀，好讓一切安然告結時妳會覺得他很了不起，歸功於他的專業醫術。」他笨拙地試圖邊扶我，邊拿我鑰匙打開我和裘利安同住的公寓大門。然後他小心地再次抱起我，帶我進屋然後踢上他身後的門。他想讓我盡可能舒服地待在一張柔軟沙發上。我閉緊雙眼，努力忍下每動一步就生出的痛楚。

克里斯溫柔地托起我雙腳，好讓他把抱枕塞到下方，抬高雙腳來消腫。另一個厚抱枕仔細地放在我的頭和背的後方……他一語未發……連一個字也沒說。

因為他如此沉默，我睜眼探究他懸在我上方的臉。他試圖表現專業超然卻沒成功。他的目光每看向一個物品就顯露震驚。我擔憂地環顧四周。我雙眼突起。我張開嘴。這房間！這團混亂！哦天啊，糟透了！

我們的公寓毀了！我和裘利安那般仔細挑選的畫作都從牆上拆下來，砸在地板上。就連克里斯特別為我畫的兩幅水彩畫也是，是我穿戲服的肖像畫。所有昂貴的小玩意兒都破碎地扔在壁爐裡。燈掉到地板上，燈罩被割成條狀，金屬框架變得彎曲。我在來往各地巡迴的沉悶長途飛行中做的針繡抱枕，全都扯破毀損！盆栽都被丟出盆外，暴露根系讓植物死去。保羅當作結婚賀禮送的兩只掐絲琺瑯花瓶不見了。所有上等貴重而且非常珍惜的物品，我和他打算收藏一輩子然後留給小孩的物品，全都不再完好如初。

「破壞狂，」克里斯低聲說道，「只是破壞狂。」他笑著吻我額頭，在我眼中含淚時握緊我的手。「冷靜點，」他說道，然後前去查看其他三間房，我埋在抱枕裡，抽著鼻子忍住啜泣。哦，他肯定恨死我才會這麼做！克里斯很快就回來，他的神情沉著，他臉上那種颶風眼般平靜的模樣我見過幾次。「凱西，」他開口，小心地坐在沙發邊緣握住我的手，「我不知道該怎麼想，妳所有衣服鞋子都毀了。首飾散落在臥室地板上，鍊條被扯斷，戒指被踩過，手鐲被敲到變形。看起來像是有人故意毀掉妳所有東西，然後留下裘利安的東西完好無缺。」他為難憂慮地瞥我一眼，也許我試圖忍回的淚水從我眼睛跳進他那邊。他藍眼裡閃著淚光，他伸出手掌讓我看見那曾經精美的訂婚鑽戒，保羅送我的那一只。白金戒環現在彎成橢圓。戒台鑲爪鬆開了上頭純淨完美的兩克拉鑽石。

我手臂打了止痛藥，所以感覺不到斷趾的疼痛。我覺得迷糊沒判斷力，更可說是漠不關心。我心裡的某個人一直尖叫，再度幾近憎恨，而風不停地颳，當我閉上眼睛，我看到藍霧群山全包圍著我，遮蔽了太陽，就像待在樓上，就像待在閣樓。

「裘利安，」我虛弱地說道，「這肯定是他幹的。他一定回來就把氣出在所有屬於我的東西上。瞧瞧那些完好物品，那是他替自己挑的。」

「他該下地獄！」克里斯喊道，「他把氣出在妳身上多少次？妳被打到眼眶青腫多少次？我就見過一次，但還有多少次？」

「拜託別這樣，」我睏倦迷濛地說道，「他每次打我之後都會哭，說他很抱歉。」**真的，真對不起，我的甜心，我唯一的愛……我不知道自己怎會做出這種事，我那麼愛妳！**

「凱西，」克里斯猶豫地開口，把白金戒環塞進他口袋，「妳沒事吧？妳看起來快要暈過去。我進房把床鋪整理好，這樣妳就能在床上休息。妳很快就會睡著忘掉這一切，等妳睡醒我就帶妳離開。別為他給妳的衣服和東西哭泣，因為我會給妳更多更好的。至於保羅給妳的這個戒指，我會搜遍臥室直到找出鑽石。」

他找過了，但沒找到鑽石，當我陷入睡眠，他一定把我抱上鋪了乾淨床單的床。我睜眼時身上蓋著被子和薄毯，他就坐在床邊望著我的臉。我瞥向窗外，看到天色快變黑。裘利安隨時可能返家，然後發現我和克里斯在一起，後果一定不堪設想！

「克里斯……是你脫我衣服換上這睡衣？」我迷糊地問道，看到一件藍色睡衣的衣袖，那是其中一件我喜愛的睡衣。

「是啊。我想比起穿著褲腿縫線拆開的套裝，妳穿這樣更舒服。而且我是個醫師，記得嗎？這些我都看慣了，而且我有當心沒亂瞄。」

晚暮的昏暗籠罩房間，讓所有陰暗處顯得柔和泛紫。我迷濛地把他看成過去模樣，那時閣樓的氛圍就像這樣，黯淡泛紫又可怕，而我們獨自面對前方的某些未知恐怖。他總能在別的事物辦不到時給我安慰。當我需要他把事情說對做對，他總是會在。

「還記得那天媽媽接到外婆寄來的信，說我們可以去她家住嗎？那時我們以為美好事物就在前方等著我們，我們後來覺得所有快樂事都被擱在過去。從來從來不在當下。」

「是啊，」他低聲說道，「我記得。我們相信自己會像麥達斯國王一樣富有，我們碰到的所有東西都會變成黃金。只不過我們更能自制，還能讓我們所愛的那些人維持血肉之軀。那時我們年幼愚蠢，那樣輕信他人。」

「愚蠢？我不覺得我們愚蠢，不過是正常人。你達成了當醫師的目標。但我還沒成為頂尖的芭蕾舞者。」我說到最後語帶苦澀。

「凱西，別貶低自己。妳總有一天會成為頂尖芭蕾舞者！」他熱烈地說道，「要是裘利安能控制脾氣，沒害所有舞團經理不敢簽下你們這對搭檔的話，妳很久以前就能成為頂尖舞者。妳被困在小舞團只是因為妳不肯拋下他。」

我嘆了口氣，好希望他沒說出口。裘利安的火爆脾氣確實嚇走不止一次邀約，那些邀約原本能讓我們進入更有名氣的舞團。「克里斯，你該走了。我不想讓他回家發現你在這裡。他不想讓你接近我。而我不能拋下他。他用他自己的方式愛我需要我。少了我來穩住他的話，他會狂暴十倍以上，而且我終究真的愛他。就算他偶爾動手也只是想讓我明白這點。現在我的確明白了。」

「明白？」他喊道，「妳不明白！妳對他的同情奪走了妳的良好判斷力！凱西，看看妳周圍！只有瘋子會做出這種事。我不能留妳一個人面對瘋子！我要留下來保護妳。要是他決定再次懲罰妳把他一個人丟在西班牙，告訴我妳能怎麼辦？妳能爬起來逃跑嗎？不行！我不會把妳留在這裡沒人保護，他回家時可能喝醉或是嗑了藥……」

「他沒嗑藥！」我出言辯護，護住裘利安那些好的部分，不知怎地那些不好的想全都忘掉。

「他往妳腳趾跳下去，而妳需要那些腳趾來跳舞，所以別告訴我，妳要打交道的是個神智正常的人。妳去換回自己衣服的時候，我聽到有人說自從裘利安和尤蘭達開始亂搞，他就完全變了個人。所有人都懷疑他嗑了藥，所以我才會那麼說，」話說到這裡他頓了頓，「況且，我知道尤蘭達能弄到什麼就嗑什麼。」

我好睏，感到疼痛又擔心現在早該回到家的裘利安，而且我體內還有個得決定命運的新寶寶。

「克里斯，那就留下來。不過等他回家，讓我負責開口，你只要退到幕後，說好了？」

他點點頭，當我開始再次入睡，感覺我身下床鋪和我所需睡眠以外的一切都不真實。我慵懶地不加思索想翻個身，我的雙腳從堆高的抱枕上滑落，讓我大叫出聲。「凱西……別動，」克里斯飛快將我雙腿挪回枕上，「讓我躺在妳旁邊抱著妳，直到他回來。我保證我不會睡著，而且他一進門，我就跳起來閃到一邊。」他笑得迷人讓我再度愉悅起來，所以我也點點頭，歡迎他那環住我身體的溫暖強健臂彎，然後我再次探求香甜慰藉的睡眠。

恍如夢中般，我感覺有輕柔的吻印在我臉頰和頭髮上，然後輕輕吻過我眼皮，最後落在我唇上。「我好愛妳，哦天啊，我多麼愛妳。」我聽見他這麼說著，我一時迷糊以為是裘利安回了家，說他很抱歉自己傷害我、羞辱我……因為這是他那套作風，先讓我痛苦然後道歉，接著用狂放熱情做愛。所以我稍微側身回應他的吻，將手臂環著他，手指纏繞著他強韌的深色頭髮。那時我明白了。我感覺到的頭髮不強韌也不鬈曲，而是絲滑纖細，就像我自己的頭髮一樣。「克里斯！」我喊出聲，「住手！」但他失控地在我臉蛋、脖子和胸部揮霍印下熾熱親吻。

「別說不，」他喃喃說道，愛撫觸摸著我，「我的人生一無所有，只有挫敗。我試著愛別人，但愛的總是妳……我永遠得不到的妳！凱西……離開裘利安！跟我走！我們去某個遙遠地方，沒人認識我們的地方，我們可以像夫妻那樣一起生活。我們不會有小孩……我會注意的。我們可以領養小孩。妳知道我們會是好爸媽……妳知道我們愛著彼此而且永遠都愛！沒有任何事能改變這點！妳可以逃離我然後嫁給其他十二個男人，但妳望著我的時候，妳的心意就流露在妳眼裡，妳想要的是我，就像我想要妳一樣！」

他被自己的說服言詞沖昏了頭，聽不進我虛弱話語。「凱西，只要再抱著妳，再擁有妳一次！這次我知道怎麼讓妳得到以前給不了妳的歡愉。拜託，要是妳還愛我，在裘利安毀了我們兩個之前，離開他！」

我搖搖頭，想專注在他說了什麼和做了什麼。他的金髮在我下巴下方，他用鼻子愛撫我胸部，他看不見我的拒絕神色，但聽得見我說話。「克里斯多弗，我就要生下裘利安的寶寶了。我在克萊蒙的時候去看了婦產科，所以我才待得比原本預計的更久。我和裘利安就要有寶寶了。」

從他往後退的模樣看來，我就像甩了他一巴掌，令他拋下親吻那些禁忌部位的甜蜜狂喜，我已被激起欲望。他坐在床邊把頭埋進雙手裡。然後他嗚咽著，「凱西，妳總是能讓我受挫！先是保羅，然後是裘利安……現在是寶寶。」然後他忽然面向我。「離開這裡，讓我當那孩子的父親！裘利安不適合！要是妳永遠不准我碰妳，那就讓我住得夠近，這樣我就能每天見到妳而且聽見妳聲音。有時我好想回到以前那樣……只有我和妳，還有我們的雙胞胎。」

我們兩個深知的沉默來臨，帶走我們然後關進我們自己的祕密世界，那裡有罪惡存活和邪惡思想存在，而我們償還罪行，還了又還，若能還完……但是不會，不會「還完」。

「克里斯，我要跟裘利安一起生下這個寶寶。」我說得堅決果斷令自己驚訝。「我想要裘利安的小孩。克里斯，因為我真的愛他，而且我在許多方面辜負了他。我關注你和保羅因而辜負了他，我本來對他應該欣賞卻沒做到。我早該當個更好的妻子，那他就不會需要那些女孩了。我一直愛著你，但那份愛到不了任何地方，所以我放棄了。你要放棄！對往日和那個不再存在的凱瑟琳．瓷娃娃說再見。」

「妳原諒他弄斷妳腳趾？」他震驚地問道。

「他一直求我說我愛他，我從未做到。我一直在自己頭上撐起一把欺騙之傘，一直在心裡有著陰鬱懷疑，拒絕看見他身上任何高尚美好的部分，除了他的舞蹈。我沒能理解就算我拒絕他，他對我的那份愛本身就是高尚美好的。所以克里斯，放我走吧，即使我再也不能跳舞，我會生下他的孩子……而他少了我還是能邁向功成名就。」

他砰一聲關門離我而去，我很快睡著，夢見了巴特．溫斯洛，我母親的第二任丈夫。我們在佛沃斯大宅的舞會大廳裡跳華爾滋，而在樓上的露台欄杆附近，有兩個小孩躲在有著網狀背板的大檯櫃裡。大廳角落矗著一棵聳向天際的聖誕樹，數百名賓客與我們共舞，但他們都是透明的玻璃紙人，不像我和巴特一樣有著美麗的健康血肉軀體。巴特突然停下舞步，將我抱起帶上大樓梯，然後在豪華天鵝床上放下我。我身上的漂亮禮服是綠天鵝絨和更柔軟的綠雪紡紗，在他火熱雙手的觸碰下融化，然後那有力的男性柱身進入我而且纏著我，然後開始尖叫大喊，每聲大叫聽起來就像電話鈴聲。

我驚醒過來……為什麼深夜的電話鈴聲總是聽起來這麼嚇人？我昏昏欲睡地伸手拿起話筒。

「喂？」

「是裘利安．馬奎特太太嗎？」

我清醒了些，揉著雙眼。「對，我就是。」

她說出一間位於市區彼端的醫院名。「馬奎特太太，妳可以盡快來這裡嗎？可以的話，找人載妳來。妳先生出了車禍，現在還在手術中。帶上他的保險文件、證件還有妳手頭的任何病史資料……馬奎特太太……妳還在嗎？」

不。我不在。我回到了賓州的格拉斯通，我十二歲。車道上有兩名州警，停了一台白色汽車……他們迅速地大步走進屋裡打斷生日宴會，告訴我們所有人爸爸過世了。在格林弗德公路上的一場意外事故中遇害。

「克里斯！克里斯！」我大叫，害怕他可能已經離去。

「我在這裡。我來了。我知道妳需要我。」

在日出前的黯淡孤寂時分，我和克里斯抵達醫院。我們坐在其中一間無菌等候室裡等人通知裘利安是否能從車禍和手術中活下來。最後在中午左右，在手術恢復室待了好幾小時後，醫護人員推他出來。

醫護人員將他安置在一張叫「骨折床」的病床上，看起來很折騰人的器材，他從腳趾到臀部裹上石膏的右腿吊掛起來。他的左手斷了，打上石膏然後也用那種特殊方式吊掛著。他蒼白的臉有撕裂傷和瘀青。他那向來飽滿紅潤的雙唇和他皮膚一樣發白。但比起他的頭，那一切都不算什麼！我一看就打哆嗦！他的頭被剃掉頭髮，鑽出小洞讓金屬夾鉤住，把他的頭向上往後拉！羊毛內襯的皮圈扣住他脖子。脖子斷了！還有一隻腳骨折和上臂開放性骨折，讓他在手術床待了三小時的內傷就更不用說了！

我喊道，「他會活下來嗎？」

「馬奎特太太，他在病危名單上。」醫護人員如此冷靜地回答，「要是他有其他至親，建議妳聯絡他們。」

克里斯打電話給瑪芮莎夫人，因為我非常怕他隨時會過世，然後可能就錯失告訴他我愛他的唯一機會。要是出了那種事，我後半輩子都會痛苦不已。

一天天過去。裘利安只有偶爾恢復意識。他兩眼無神渙散地望著我。他開口說話，但他的聲音如此含糊沉重又難懂。我原諒他所有大小罪過，就像死亡就在眼前時人們會做的那樣。我租下他病房的隔壁房間，在那裡打盹小睡，但我從未睡上一整晚。他甦醒時我必須在場，好讓他瞧見而且知道是我，我會求他奮鬥求生，還有最重要地，說出那些我如此吝嗇不讓他聽到的話語。「裘利安，」我低聲說道，我講得太多讓聲音變啞，「拜託別死！」

我們的芭蕾界友人和音樂人成群來到醫院，給予他們能給的安慰。他的病房滿是數百舞迷送來的鮮花。瑪芮莎夫人從南卡羅萊納飛上來，穿著陰鬱的黑色洋裝大步走進病房。她凝視自己獨子不省人事的臉龐，毫無悲痛神色。「現在死掉還比較好，」她冷漠地說道，「勝過醒來發現自己終生殘廢。」

「妳竟敢這麼說？」我發火，想要甩她耳光。「他還活著，而且他沒有注定失敗。他的脊椎沒受傷！他能再次走路，再次跳舞！」

憐憫和懷疑讓她黑玉雙眼閃爍，然後她流下淚水。吹噓自己從不哭泣，從不顯露痛苦的她，在我懷裡流淚。「再說一次，說他能跳舞，哦別說謊，他得要再次跳舞！」

可怕的五天來了又過，然後裘利安才能讓目光聚焦到真正看得見。他沒辦法轉頭，朝我這邊轉動眼珠。「嗨。」

「哈囉，做夢的人。我以為你永遠不會醒了。」我說道。

他笑了，挖苦地淺淺一笑。「凱西寶貝，沒那麼好運。」他的目光往下彈向他吊掛的腿。「比起像這樣，我寧願死掉。」

我起身走向他的骨折床，那張床用了兩大條粗帆布套上粗繩，帆布下方有床墊，床墊能降低高度到放置便盆。那是一張堅硬沒彈性的床，但我還是非常小心地在他身邊躺下，手指捲繞他沒梳理的一團亂髮，他剩餘的那些頭髮。我另一隻手撫上他胸口。「裘爾，你沒癱瘓。你的脊椎沒重傷、沒壓壞，甚至連瘀傷也沒有。只是受了衝擊，可以這麼說。」

他有一隻手沒受傷，能伸手抱我，但那隻手筆直地擱在他身側。「妳說謊，」他痛苦地說道，「我的腰部以下一點該死的感覺也沒有。連妳放在我胸口的手也是。現在該死地滾出去！妳不愛我！妳一直等到妳覺得我快要死了，然後帶著妳那些好聽話過來！我不想要也不需要妳的同情，所以該死地滾開，出去！」

我離開床上伸手拿皮包。我哭了，他望著天花板哭泣。「你毀了我們的公寓，你真該死！」我說得出話時就怒罵。「你扯破我的衣服！」我暴跳如雷，現在氣得想在他已瘀青腫脹的臉甩一巴掌。「弄壞我們所有漂亮東西，你真該死！你明知我們挑那些燈挑得多辛苦，那些擺設花了好大一筆錢。你明知我們想把那些東西當傳家寶留給我們的孩子。現在我們沒有任何東西能留給任何人了！」

他滿意地咧嘴笑。「是啊，沒東西留給沒人。」他打呵欠，好像想趕我走，但我不願離開。「謝天謝地，沒生小孩。永遠不會有。妳可以離婚。嫁給某個狗娘養的，讓他的人生也變悲慘。」

「裘利安，」我說得沉重悲傷，「我讓你人生變得悲慘嗎？」

他眨了眨眼，彷彿不願回答這問題，但我一次又一次，再三問他，直到我逼他說出，「沒有全都悲慘，我們有過一些好日子。」

「只有一些？」

「嗯……也許多過一些。但妳不用留下來照顧殘廢。妳還能走就滾吧。妳知道，我不是好人。我一直對妳不忠。」

「要是你再犯，我就切了你的心！」

「凱西，走開。我累了。」他被餵下又注射了許多止痛藥，令他發睏。「反正對我們這種人來說，孩子沒有用。」

「我們這種人……？」

「是啊，我們這種人。」

「我們哪裡不一樣？」

他譏諷發睏地笑了，也笑得苦澀。「我們不是真人。我們不屬於人類。」

「那我們是什麼？」

「跳舞娃娃，只是這樣。只會跳舞的傻瓜，害怕成為真實的人，活在真實世界裡。所以我們更喜歡幻想。妳不明白嗎？」

「不，我不明白。我一直都覺得我們是真人。」

「毀了妳東西的人不是我，是尤蘭達。不過我在場旁觀了。」

我覺得心煩意亂，怕他說的是事實。我只是個跳舞娃娃嗎？我在真實世界，出了劇場得不到成功嗎？歸根究底，我是不是沒比媽媽更有處事能力？

「裘利安……我的確愛你，是真的。我一直以為自己愛著別人，因為先愛一個人，又愛另一個人，看起來那麼不合常理。當我還是個小女孩，我那時相信一生只能愛一次，而且那樣是最好的。我以為一旦愛上一個人，就永遠愛不了別人。但我錯了。」

「出去，別煩我。我不想聽妳要說什麼，現在不想。我現在不在乎了。」

淚水從我臉上流下，落在他身上。他閉上眼睛，不願看也不願聽。我倚身親他嘴唇，那雙唇冷酷緊閉，沒有回應。然後他罵道，「住手！妳讓我想吐！」

「裘利安，我愛你，」我嗚咽著，「要是我太晚明白又太晚講，我很抱歉，但別讓一切變得太遲。我懷了你的寶寶，是芭蕾舞者世家的第十四代……就算你不再愛我，那寶寶值得你活下去。別閉上眼睛假裝沒聽見，因為你就要當爸爸了，無論你想不想當。」

他把閃亮的深色眼珠轉向我這邊，然後我瞧見他雙眼為何閃亮，因為滿是淚水。是自憐淚水還是挫敗淚水，我不知道。但他說得更溫和，他嗓音中有股愛意口吻。「凱西，我勸妳拿掉，比起十三這數字，十四也沒多幸運。」

在隔壁房間，克里斯把我擁在懷裡度過一整夜。

我一早就醒了。尤蘭達在那場車禍中被拋出車外，她今天就會安葬。我小心翼翼地掙脫克里斯懷抱，我將他低垂的頭擺得更舒適，然後悄悄溜去偷瞄裘利安病房。他房間有夜班護士執勤，她在他床邊熟睡。我站在門口，在黯淡微綠的燈光下瞧他，燈上罩了條綠色毛巾。他睡著了，睡得很深。通往他手臂的點滴管路延伸到床單下進入他靜脈。不知怎地，我的目光盯著那瓶看起來更像水的淺黃色液體，消耗得好快。我跑回去搖醒克里斯。「克里斯，」我說道，他努力清醒過來，「那個點滴不是只該一滴一滴地流進他手臂？消耗得好快，我覺得太快了。」

那些話剛從我嘴巴說出口，克里斯就起身衝向裘利安病房。他進房時啪地打開天花板的燈，然後叫醒睡著的護士。「妳竟睡著了，真該死！妳在這裡是為了看護他！」他話一說完就掀開床單，裘利安打了石膏的手上插著點滴針頭，針頭仍插在上面而且黏在原位，但點滴管路被剪斷了！「哦天啊，」克里斯嘆氣，「空氣氣泡肯定跑到他心臟了。」

我盯著裘利安鬆弛右手裡鬆垮握著的閃亮剪刀。「他自己剪斷管子，」我低聲說道，「他自己剪斷管子，現在他死了，死了，死了……」

「他從哪拿到剪刀的？」克里斯厲聲說道，那護士開始發抖。那是她用來剪鉤針線頭的小刺繡剪。

「一定是從我口袋掉出來的，」她虛弱地說道，「我發誓我不記得剪刀掉了，也許是我彎腰的時候他拿走的……」

「沒關係，」我木然地說道，「就算他沒這樣做，也會用別種方式。我早該明白然後提醒妳。對他來說，要是再也不能跳舞就活不了。根本活不下去。」

裘利安葬在他父親旁邊。我確保瑪芮莎夫人同意，在墓碑上刻了：裘利安·馬奎特·羅森科弗，凱瑟琳的摯愛丈夫，以及俄羅斯的男芭蕾舞者明星世家的第十三代舞者。也許這寫得很誇耀，而且透露出他在世時我沒能好好愛他，但我得讓他得到自己想要的，或者說我以為他想要的。

我、克里斯、保羅和凱芮也在喬治的墓前佇步，我鞠躬向裘利安的父親致敬。我也應當向他致敬。墓園裡有聖徒和天使的大理石雕像，全都笑得溫柔，或是那樣虔誠肅穆，我真討厭那些雕像！它們以施恩神態對待我們這些活人，用脆弱血肉所造的我們，當我們痛苦哭泣，它們矗立在那裡好幾百年對著所有人微笑。而我卻回到自己起步的地方。

「凱瑟琳，」當我們所有人都坐上加長型黑色豪華轎車時，保羅開口說道，「妳的房間還是老樣子，是妳一個人的。回來跟我和凱芮一起生活，直到妳的寶寶生下來。克里斯也會待在家裡，在克萊蒙醫院實習。」

我望向坐在折疊座椅上的克里斯，知道他爭取到一間非常有名醫院的實習名額，在那裡實習好得多，他現在卻要在不值一提的小醫院實習。「凱西，杜克大學那邊太遠了。」他說話時閃躲我目光。「我念大學和醫學院時受夠奔波了……所以要是妳不介意，讓我待在近一點的地方，好讓我外甥或外甥女來到世上的那一天我能在場。」

瑪芮莎夫人震驚到差點把頭撞上車頂。「妳懷了裘利安的小孩？」她大喊，「為什麼妳之前沒告訴我？太棒了！」她喜形於色，哀痛之意有如陰鬱斗篷般從她身上落下。「現在裘利安根本沒死，因為他會成為一個兒子的父親，他兒子會和他一模一樣！」

「夫人，也許會是女兒。」保羅輕聲說道，他伸向我的手。「我明白妳渴望有個像妳兒子的男孩，但我渴望有個像凱西和凱芮的小女孩……不過寶寶若是男孩子，我也不討厭。」

「討厭？」夫人喊道，「無比智慧與仁慈的上帝會給凱瑟琳一個和裘利安完全相同的複製版小孩！他會去跳芭蕾，會得到我和喬治之子差點就能獲得的名氣！」

我半夜一個人待在後陽台，在保羅最愛的那張椅子上來回搖晃。我腦中充滿對未來的思緒。有關過去的思緒與之鬥爭，幾乎將我溺斃。陽台地板微微地嘎吱作響，年代久遠的它們早已明瞭我的悲痛，對我寄予同情。星星和月亮都出來了，甚至還有幾隻螢火蟲在黑暗庭院裡來回飛舞。

我身後的門悄然開了又關。我沒看是誰來了，因為我知道。我擅長察覺人，就算在黑夜裡。他在我旁邊的椅子坐下，和我用相同節奏晃著搖椅。

「凱西，」他低聲說道，「我討厭看妳坐在那裡，一臉失落，筋疲力竭。別覺得妳錯失了人生中所有好事，什麼也沒留下。妳還很年輕漂亮，在妳的寶寶出生後，妳很快就能讓自己恢復原本身材，跳舞跳到妳想引退教舞。」

我沒轉頭。再回去跳舞？裘利安躺在地下，我怎能跳舞？我只有寶寶。我會讓寶寶成為我生活的重心。我會教我的孩子跳舞，他或她會取得我和裘利安應得的名望。媽媽沒能給我們的一切事物，我都會給我的孩子。我的小孩永遠不會被疏忽。當我的孩子伸手要我，我會在那裡。當我的孩子哭著要媽媽，不會只能拿姊姊將就湊合。不會……我會像爸爸活著時的媽媽。那就是傷我最深的事，她能從深情和藹的人變成她現在的模樣，一個殘忍的人。我永遠永遠不會像她那樣對待自己的小孩！

「保羅，晚安。」我起身打算離開。「別在外面待太久，你還得早起，而且晚餐時你看起來很累。」

「凱瑟琳……？」

「現在不行。之後再說。我需要時間。」

我慢慢爬上陡峭樓梯，想著子宮裡的寶寶，我得小心不能吃垃圾食物，我得喝很多牛奶吃維他命，要想開心的事……不能想著復仇。從現在起每天我會放芭蕾音樂。我體內的寶寶會聽得到，讓他或她還沒生成靈魂就能得到舞蹈灌輸。我笑著，想著我會為自己的年幼女兒買所有的漂亮舞裙。我笑得更開心，想著有個男孩像他父親一樣滿頭狂亂深色鬈髮。裘利安·傑納斯·馬奎特會是他的名字。傑納斯是看守過去和未來的雙面神之名。

我越過快走下樓梯的克里斯。他碰了碰我。我抖了一下，知道他想要什麼。他什麼話也不用說。我早已前後裡外上下左右都明白透徹，我了解那些話……就像我了解他一般。

雖然我努力只想著體內成長的無辜寶寶，但我的思緒還是會溜向我媽媽，讓我滿心怨恨，滿心都是無用的復仇計畫。不知為何我認為她也導致裘利安死亡。要是我們一開始就沒被囚禁、不用逃跑，那我就不會愛上克里斯或保羅，也許我和裘利安會在紐約必然相遇。然後我就能照著他需要和想被愛的方式來愛他。我可以「純潔全新」地和他在一起。

然後我一再自問，那是否會造就什麼不同……會的！會的！我說服自己那會讓一切完全不同！

24 三人插曲

當寶寶在我體內成長，我開始找回失落的自己，因為芭蕾讓真實自我保持在胎兒狀態，被自己想跳舞和功成名就的欲望封閉圍起。我現在腳踏實地，讓浮華生活的幻想退居幕後。我依舊偶爾渴望舞台和掌聲。哦，我有自己的傷心時刻，但我有方法能確切阻隔傷心。我念頭一轉想著我媽媽，想著她對我們的所做所為。媽媽，又一個人的死要算在妳頭上！

親愛的溫斯洛太太：

妳還在躲我嗎？妳還不明白妳永遠跑得不夠快不夠遠？總有一天我會逮到妳，我們會再次相見。也許這次妳會受苦，就像妳讓我受苦一樣，但願妳受的苦是我的三倍多。

我丈夫剛因車禍喪生，正如妳丈夫多年以前去世一般。我懷了他的孩子，但我不會像妳那樣做出孤注一擲的事。我會想辦法養活他或是她，就算我懷了三胞胎或四胞胎也是一樣！

我寄出這封信，地址寫的是她在格林列納的家，但報紙後來報導她去了日本。日本！哇，她還真會跑。

我變成自己之前從未見過的女人。鏡子讓我瞧見自己不再苗條輕盈。我嚇壞了。我看著自己的胸部變得更豐滿，而腰間向外隆起。我討厭自己不能優雅行動，但我雙手喜愛撫摸肚子上的鼓起，那是寶寶的小屁屁。

有天我明白了自己比大多寡婦來得幸運，我有兩個需要我的男人。那兩個男人巧妙地讓我知道他們準備好取代裘利安的位置。我還有凱芮，她把我當模範來塑造她自己的人生。親愛的可愛小凱芮現在十六歲，從未和人約過會，沒交過男友也沒參加過舞會。要是她能忘記自己的嬌小，她並非沒機會做這些事。克里斯遊說他朋友和這一個想戀愛卻未能實現願望的小妹妹約會。她向我抱怨：「克里斯不用替妳安排約會！那個大學生對我沒興趣。他只是來和妳拉近距離。」這麼荒謬的事讓我大笑。沒有人會想要現在的我，懷了孕，又是寡婦，而且對大學男孩來說年紀太大。

凱芮聽了我說的話，卻只是坐在窗邊生氣。「自從妳回來後，保羅醫師再也沒像以前一樣帶我去看電影或外出吃飯。我一向假裝他不是我的監護人，而是我的愛人，這讓我心裡覺得很愉快，因為所有女人都會瞧他，凱西。就算他年紀大了，還是很英俊。」

我嘆了口氣，因為對我來說保羅永遠不會老。他四十八歲，卻看起來驚人地年輕。我把凱芮攬進懷裡安慰她，對她說愛就在不遠處等她。「凱芮，他也會很年輕，和妳年紀差不多。等他見到妳，真切明白妳是怎樣的人，他不用被人逼迫就會非常想愛妳。」她默默起身回房，我說的任何話沒能說服她。

瑪芮莎夫人時常來探望我狀況，給了我一堆權威性的忠告。「妳現在要繼續練舞，要放芭蕾舞音樂讓裘利安的寶寶沒出生就滿心熱愛美好事物，他在妳體內就知道芭蕾舞正等著他。」她瞥向我終於痊癒的雙腳。「腳趾現在感覺怎麼樣？」

「很好。」我無精打采地回答，儘管下雨時腳趾會疼。

凱芮不在的時候，杭妮就盡力照顧我。她變老的速度快得驚人。我很擔心她。她勤奮地努力遵守她兩位「醫師兒子」都強調的嚴格節食，但她想吃什麼就吃，從不管熱量或膽固醇。

因為我懷了裘利安的寶寶，有一部分的他與我同在，漫長的痛苦日子過得更快。很快地聖誕節來臨，我肚子大到覺得自己不該在外頭亮相。克里斯和保羅都堅持外出購物會是良好療法。

我買了一個古董金墜盒寄給佐爾妲夫人，在墜盒裡放了兩張我和裘利安穿著《羅密歐與茱麗葉》戲服的小張照片。

在聖誕節後，她的感謝函隨即寄至。

親愛的凱瑟琳吾愛：

妳送的禮物是最棒的。我為妳漂亮的舞伴丈夫難過。妳若因為要當媽媽就再也不跳舞，我會更為妳難過！要是妳丈夫沒那麼高傲，對那些權威人士多點尊重，妳早就成了頂尖舞者。維持好身材，要練舞，帶妳的寶寶來我這邊，我們可以一起生活直到妳找到下一個男舞者去愛。人生給予的機會很多，不是僅有一次。回來吧。

她的信讓我臉上出現留戀笑容。她寫「愛」這個字筆畫拖得很長。「什麼讓妳笑成這樣？」保羅問道，他把醫學期刊擱到一旁，那一定只占了他興趣的一部分。我行動不便地探身把信遞給他。他讀了信然後展開雙臂，邀我上前坐在他膝頭靠在他懷裡。我熱切地接受他的邀請，我好渴望感情。沒有男人，人生對我來說什麼也沒有。

「妳可以重拾舞者生涯，」他柔聲說道，「雖然我對上帝祈禱，希望妳不會回紐約再次離我而去。」

「很久以前，」我開口，「有對好看的金髮夫妻生了永遠不該生的四個小孩。他們超乎常理地溺愛小孩。然後有天父親遇害，母親就變了個人，她把那四個小孩極其渴望的愛、感情和關照全都拋在腦後。所以，現在又有一位好看的丈夫過世，我不會讓自己的小孩覺得被疏忽、覺得沒父親或覺得不被需要和多餘。當我的小孩哭了，會有我陪伴。我會永遠讓自己的小孩有安全感而且感到被愛，我會讀書唱歌給他聽，他永遠不會覺得被遺漏背叛，就像克里斯覺得自己被最愛的人背叛一樣。」

「他？妳說得好像自己很懂。」他那色彩斑斕的雙眼顯得悲傷。「妳打算母兼父職撫養這孩子嗎？

妳打算閉門拒絕任何男人不讓他們參與妳人生？凱瑟琳，我希望妳不會成為那種乖戾刻薄的女人，她們總覺得人生不讓自己實現願望。」

我仰頭凝視他雙眼。「你沒有還愛著我，是吧？」

「我沒有嗎？」

「那不是回答。」

「我不覺得自己得回答。我以為妳看得出來。我也以為從妳瞧我的眼神看來，妳會再次選擇我。凱瑟琳，我愛妳……從妳第一次踏上我家陽台階梯，我就愛上妳。我愛妳說話的模樣，笑開的模樣，還有走路的模樣，我是說，在妳還沒懷孕而且開始挺著肚子撐著背的時候，妳的背真的那麼痛？」

「哦，」我不喜地說道，「為什麼你非得停止說那些甜言蜜語就為了問我的背痛不痛？那當然很困擾我。我不習慣身前扛了額外的八、九公斤。把你想起自己醫師身分前說的那些話繼續說下去。」

他緩緩低下嘴唇在我嘴上輕撫，只是輕輕的，然後起了熱情就重重地壓在我唇上。我的雙臂環上他脖子，我熱烈地以吻還吻。

大門打開又轟然關上。我飛快和保羅拉開距離，想在克里斯進房前站起來，但我的動作不夠快。他大步走進來，一身實習白袍掩在外套底下。他拎著一袋一公升裝的開心果冰淇淋，我在晚餐時表達了自己想吃的欲望。「我以為你今晚值班。」我的話說得太快，藏不住自己的苦惱訝異。他把冰淇淋扔進我手裡，然後冷冷地望著我。

「我的確要值班。不過今晚天氣很悶，所以我想溜班去買妳好像很想吃的甜食。」他的目光掃向保羅。「很抱歉我來的不是時候。你們繼續。」他轉身離開房間，然後砰地再次關上大門。

「凱西，」保羅起身拿走我手上的冰淇淋，「我們得對克里斯做點什麼。他想要的永遠得不到。我試過和他談這件事，但他不聽。他掩耳走開。妳一定得讓他明白，拒絕任何人進入他的心會毀了他的人生。」他走向廚房，幾分鐘後拿回兩杯我現在不想吃的綠色冰淇淋。

他說得對。得對克里斯做點什麼，但能做什麼？我沒辦法傷害他，我沒辦法傷害保羅。我就像個戰場，希望交戰雙方都獲勝。

「凱瑟琳，」保羅柔聲說道，好像一直關注著我的反應，「要是妳不愛我，妳不欠我什麼。讓克里斯死心，把事情講清楚，他得放手去找別人。除了妳以外的任何人……」

「我覺得要告訴他好難。」我低聲說道，恥於承認自己不想讓克里斯找其他人。我想要他一直和我在一起，只是想要他在身邊，想要他信賴我，僅此而已。我試著把時間均分給克里斯和保羅，給予他們夠多又不會太多的時間。我看著他們之間的嫉妒增長，覺得完全不是自己的錯，**是媽媽的錯**！我人生中的一切錯誤都是她害的。

那是二月的某個寒冷夜晚，我感覺到自己的初次陣痛。銳利痛楚讓我抽了口氣，我知道會很痛，但不曉得會那麼痛！我瞥向時鐘，時間是情人節的凌晨二點。哦，真棒，我的寶寶會在我們的六週年結婚紀念日出生！「裘利安，」我叫喊著，彷彿他能聽見似的，「你要當爸爸了！」

我盡快起身穿好衣服，穿越走廊叩上保羅的門。他喃喃地發聲詢問。「保羅，」我叫喚他，「我想我剛剛第一次陣痛了。」

「謝天謝地！」他在門的另一邊喊道，立刻清醒過來。「妳都準備好了？」

「當然。我已經準備了一個月。」

「我會打給妳的醫師，然後通知克里斯。妳坐下來放輕鬆！」

「我進你房間不會怎樣吧？」

他打開門，身上只穿著長褲。他裸著胸膛。「妳是我見過最冷靜的準媽媽。」他邊說邊幫助我坐下來。接著他飛快用電動刮鬍刀刮了臉，然後跑去穿襯衫繫領帶。「還有再陣痛嗎？」我正要說沒有，另一次陣痛就攫住我。我彎下腰來。「和上一次間隔十五分鐘。」我喘著氣。他披上外套時臉色蒼白，然後上前幫我起身。「好，我先讓妳坐進車裡，再去拿妳的行李箱。保持冷靜，別擔心，這個寶寶有三位醫師會盡力……」

「彼此幫忙。」我把話說完。

「盡可能留意妳得到最好的醫療。」他糾正我，然後朝廚房那邊大喊。「杭妮，我要送凱瑟琳去醫院！凱芮醒了就告訴她。然後打給瑪芮莎夫人把我們為她錄的錄音帶放給她聽。」

我們什麼事都打算好了。當保羅倒好車子，他打開大門，我聽到自己身後放送著給瑪芮莎夫人的錄音帶，我自己的聲音正說道，「夫人，」那是我在幾星期前錄好的，「妳要當奶奶了。」

時間好像永無止盡，然後醫院才隱約出現在眼前。急診室門口，有位實習醫師獨自慌張來回踱步。克里斯說道，「謝天謝地妳來了！我正想像各種可怕事情。」就算他扶我出來，有人急忙推來輪椅，而且不需經歷其他患者得忍受的前置手續作業，我還是馬上窩在待產床上因另一次陣痛喘個不停。

三小時後，我的兒子出生了。克里斯和保羅都在場，他們兩個都眼中含淚，但先抱起我兒子的是克里斯，臍帶還沒剪掉，渾身髒汙帶血。他抓牢我兒子放在我肚子上，讓另一位醫師處理該做的事。

「凱西……妳看得到他嗎？」

「他真好看。」我驚嘆地輕聲說道，看到那深色的鬈髮和紅通通的完好身體。他狂怒得像極了他父親，揮舞自己的小拳頭亂踢細瘦的腿，對一切施加他身上的無禮舉動，還有突然照向他眼睛的所有光亮尖叫不已，那些光亮可說是將他置於舞台中央。

「他的名字是裘利安．傑納斯．馬奎特，但我要叫他裘瑞。」

克里斯和保羅都聽見我微弱低語。我好累好想睡。

「為什麼要叫他裘瑞？」保羅問道，但我沒力氣回答。克里斯明白我的道理。

「要是他一頭金髮，她就會叫他克瑞，只用裘代表裘利安，瑞就是克瑞。」

我們目光相對，我笑了。有人理解的感覺真好，從來不需要解釋。

第四部

現在我知道自己要去哪了，我要回維吉尼亞州，住進鄰近佛沃斯大宅的某個地方。現在我可以真的開始復仇了。

25 我親愛的小王子

要是曾經有個小孩生來就有一屋子愛慕崇拜者，那就是我的裘瑞，他有藍黑色的鬈髮，奶油般白的皮膚，和非常深色的藍眼睛。他全身上下都像裘利安，我能對他投注慷慨揮霍的愛意，那是我給不了他父親的。

打從一開始，裘瑞好像就明白我是他母親。他好像認得出我的嗓音、我的觸碰，甚至我的腳步聲。不過他幾乎對凱芮懷有同樣多的愛意，她每晚直接從保羅的辦公室衝回家，將他抱在懷裡跟他玩好幾個小時。

「我們該去找個自己的地方住。」克里斯說道，他想牢牢建立自己身為裘瑞父親的地位。在保羅家裡，這是不可能做到的。

對此我不知該說什麼。我很愛保羅的大房子，喜歡跟他和杭妮住在一起。我想讓裘瑞坐擁那些庭院小徑，我可以用推車載他去庭院裡，讓庭院美景圍繞著他。而我和克里斯給不了他那麼多。克里斯不曉得我欠的錢堆積如山。

保羅在樓上弄了間育嬰室，裡頭有嬰兒床、嬰兒遊戲圍欄、嬰兒搖籃以及好多軟絨填充的動物玩偶，小寶寶可以玩得開心又不會弄傷自己。保羅和克里斯好幾次都帶了一模一樣的玩具衝回家。他們彼此互望，雙方都擠出笑容掩飾尷尬。然後我會上前大聲嚷著，「兩個男人一個主意。」其中一個玩具就得拿去退貨……但我從來從來不讓雙方任何一人知道是誰送的禮被退還。

凱芮在她十七歲那年六月從高中畢業。她不想上大學，當保羅的私人祕書就讓她相當心滿意足。她細小的手指在打字機鍵盤上飛舞，她的聽打能力驚人地快速精確。儘管她那樣嬌小，她還是很希望被人所愛。

看到她不開心的模樣，我對媽媽再次燃起怒火！我開始思索自己一有機會就要怎麼做。現在我無拘無束，沒有丈夫攔我，凱芮還在受苦，讓她付出代價！

她每天都看見保羅和克里斯爭奪我的關注，他們都想要我，都開始敵視對方。我該定下某件事，那很久以前早該決定的事。要不是裘利安插了一腳，我現在就是保羅的妻子，裘瑞就會是保羅的兒子，然而……然而我對裘瑞的愛不會因為他是誰的兒子而有所不同，我又想了想，能和裘利安短暫廝守也很開心。我不再是個天真可愛的處子，兩個男人把我教得很好。等我要從我媽媽身邊偷走她丈夫時，我就有能力把持住自己。我會像她跟爸爸在一起時那樣。我會對巴特．溫斯洛投以羞怯目光和意味深長的良久注視。我會伸手摸他臉頰……而我最大的倚仗是，我長得像她卻比她年輕得多！他怎能抗拒？我會增重幾公斤，好讓自己的曲線更玲瓏有致，像她那樣。

聖誕節到來，不到一歲的裘瑞坐在他那堆禮物之間，他瞪大眼睛困惑不已，手足無措，不知該先拿哪個玩具。喀擦、喀擦、喀擦，是三台相機的快門聲。唯獨保羅有攝影機，我、克里斯和凱芮都沒有。

「搖個籃，說晚安，」凱芮對著我兒子輕聲唱著搖籃曲，在聖誕節夜晚哄他入眠，「……願天堂的可愛咒語保佑你。」

看她那副模樣，我好想哭，她長得像個小孩卻如此渴望有個自己的孩子。克里斯來到我身後用雙手環抱我的腰，我往後倚靠著他。「我該去拿相機拍下來，」他小聲說道，「他們兩個看起來多美好，但我不想讓快門聲打破這魔咒。凱西，凱芮跟妳長得很像，只有身材不同。」

「只有」，區區兩個字。光這兩個字就讓凱芮永遠無法打從心裡快活。

樓梯上傳來腳步聲。我飛快掙脫克里斯懷抱，進房將我的年幼兒子放在嬰兒床裡。我察覺保羅來到房門口，而克里斯已回到他房間。「凱西，」凱芮輕聲說話免得吵醒裘瑞，「妳覺得我會有小孩嗎？」

「會，當然會。」

「我不覺得我會。」她說完就緩步離去，留下我望著她背影。

保羅走進育嬰室給了裘瑞一個晚安吻，然後轉身像要擁我入懷似的。「不行，」我小聲說道，「克里斯在家的時候不行。」他拘謹地點頭道聲晚安，然後我在床上清醒地躺到快天亮，想知道自己該如何解決這個窘況。

裘瑞看起來很安於現狀，他沒被寵壞，不會嚶嚶哭泣，沒有多餘的需索，他只是接受一切。他可以坐好幾分鐘盯著我們其中一人再看向另一個，彷彿在打量我們，思索我們跟他的關係。他的耐心像克里斯，安靜可人像克瑞，只有偶爾會表現出像他父母親的性急莽撞。但裘瑞完全不會讓我覺得哪裡像凱芮，他笑得比她多太多。儘管如此，當凱芮抱著裘瑞在保羅的庭院裡散步時，她會指出這棵樹和那棵樹有何差別。沒完沒了地解說。她在裘瑞還沒開始學說話前就逼他學。

「看這片櫟樹葉。」在春風吹動空氣，裘瑞開始學步的時候，有天凱芮這樣說著。「每片樹葉都有自己的形狀、紋理和氣味。所有的花都開得讓蜜蜂很容易採蜜，只有玫瑰除外。雛菊聞起來沒有玫瑰那麼香，所以蜜蜂直接飛越它然後飛向玫瑰，玫瑰吝於分享花蜜，在長長的花莖上趾高氣揚。」她指著一株玫瑰，然後瞥我一眼。接著她帶裘瑞去看雛菊和三色堇。

「好啦，如果我是蜜蜂，當然我也會直接飛向紫蘿蘭和三色堇，雖然它們不太高。」她抬眼對上我的目光，然後用緊繃古怪的語氣小聲說道，「凱西，妳就像玫瑰。所有蜜蜂都朝妳飛，甚至不會去瞧下方那麼矮的我。在我找到有緣人前，拜託妳不要再婚……要是有人往我這邊看，拜託妳離遠一點……拜託不要對他笑。」

哦，有了小寶寶來充實所有時間，日子過得多麼快。我們所有人都狂按快門：裘瑞第一次笑、裘瑞長第一顆牙以及裘瑞第一次從我這邊爬向克里斯，再爬向保羅，然後爬向凱芮。

保羅追求我已追了兩年，這兩年克里斯在克萊蒙醫院實習。他們彼此互敬互愛，沒辦法傷害對方。除了透過我轉達，他們從不談及彼此心中隔閡。

「是因為這個城鎮。」克里斯說道，「我想凱芮在別的城市會過得比較好。我們一起去。」

那是在傍晚的庭院裡，我們最愛的時光。保羅出外去三間醫院巡診，凱芮送裘瑞上床前跟他玩耍。杭妮乒乒乓乓地擺弄鍋碗瓢盆，讓我們明白她還在幹活而且很忙。

克里斯已完成兩年實習，開始了為期三年的住院醫師訓練。當他對我說他打算去另一間更有名的醫院深造進修，我非常震驚。他要離開我！

「凱西，我很抱歉，梅約醫學中心[7]願意收我，我很榮幸。我只會在那裡待九個月，然後就回這裡完成訓練。妳和裘瑞何不跟我一起去？」他的雙眼非常明亮又閃爍。「凱芮可以留在這裡陪保羅。」

「克里斯！你知道我不能這麼做！」

「等我離開，妳還要繼續住這裡？」他苦澀地問道。

「要是裘利安的保險公司願意理賠，我就買得起自己的房子，開一間自己的芭蕾學校。可是他們一直堅持他是自殺。我知道保單有兩年的自殺條款，打從結婚那天我們就投保，所以他去世時已經不符合條款限制。但他們就是不理賠。」

「妳需要找個好律師。」

我的心怦怦跳。「沒錯。我會找的。克里斯，你自己去梅約醫學中心吧。我會過得很好，我發誓在你沒同意而且沒回來之前，我不會嫁給任何人。多操點心替你自己找個伴。再怎麼說，不是只有我長得像我們媽媽。」

他動怒了。「妳該死地幹嘛這樣說？是因為妳，不是因為她！妳跟她不相像的每個地方才是我那麼想要的！」

「克里斯，我想要有個可以跟他睡的男人，會在我害怕的時候抱我吻我，讓我相信自己不是邪惡可恥的。」我流下淚水，嗓音為之一變。「我想讓媽媽見識我的能耐，當上頂尖的芭蕾舞者，可是裘利安去世之後，現在我聽到芭蕾音樂只想哭。克里斯，我好想他。」我把頭安在他胸膛上啜泣。「我該對他好一點，那他就不會氣得動粗。他需要我，我卻辜負了他。你不需要我。你比他堅強。保羅也不是真的需要我，要不然他就會堅持立刻娶我……」

「我們可以住在一起，然後……然後……」他結巴臉紅。

我替他把話說完。「不行！你看不出來這行不通嗎？」

「不，我想覺得行不通的人是妳。」他頑固地說道，「但我是個傻瓜，一直都傻，想著不可能的事。我甚至傻到想讓我們再被關起來，像以前那樣，我是妳唯一能找的男人！」

「你不是認真的！」

他將我捉進懷裡。「不是嗎？上帝啊，我是認真的！那樣一來妳就會屬於我，在那種獨特狀態下，我們共度的人生會讓我成為更好的人……凱西，是妳讓我想要妳。妳大可讓我恨妳，但妳卻讓我愛妳。」

我搖頭否認，看著我媽媽和男人相處，我只是很自然地做出我學到的。我瞪著他，他鬆開我的時候我抖個不停。我踉蹌轉身想奔向屋子。保羅忽然出現在我面前！我吃了一驚，內疚躊躇地望著他，他突然轉身朝相反方向大步走去。哦！他都看見、聽到了！我原地轉身，接著衝回去找克里斯，他把頭倚在樹齡最久的那棵櫟樹樹幹上。「看你做了什麼好事！」我叫喊著。「克里斯，忘了我！我不是世上唯一活著的女人。」

他似乎不願承認，轉頭說道，「對我來說，妳就是世上唯一活著的女人。」

---

7 譯注：梅約醫學中心（Mayo Clinic），世界知名醫療機構。

十月來臨，是克里斯離開的時候。看著他打包，知道他要走了，彷彿毫不在乎他何時回來地向他道別，我臉上笑著，但心裡難受得要死。

我在玫瑰花架下哭泣。現在事情好辦多了。我不用非得一直推拒保羅，只為了不讓克里斯難過。我再也不用計量每個笑容的分量，以便打平我給另一個人的。現在我有了條暢通無阻的筆直道路通向保羅，然而我卻看到了某個東西。我看見了我媽媽，她從飛機上走下來，她丈夫就站在她身後階梯上。她要回格林列納了！我剪下報紙上的照片和說明文字，放進剪貼簿裡。也許她要是一直離得遠遠的，我可能當下就嫁給保羅了。既然如此，我做出完全計畫外的事。

瑪芮莎夫人「很好相處」，而且她需要找個助手，所以我讓她相信我就是那個能維持她芭蕾學校營運的人，如果有這麼一個人的話，嗯，誰知道呢……

「我還不想死。」她厲聲說道。然後她勉強點頭同意，烏黑雙眼裡滿是懷疑。「的確，我想妳可能覺得我老了，但我永遠不會老。妳可別想試著接手，試著對我指手畫腳。這裡做主的人還是我，直到我進棺材前都是！」

等到十一月過去，我明白與瑪芮莎夫人共事是絕無可能的。她對每件事都有定見，可我有一些自己的主張。但我需要錢，需要一個自己的地方。我還不想嫁給保羅，要是我留在這裡，遲早得嫁。我已耗費夠多年來謀算規畫。是動手的時候了。走的第一步棋就是律師先生。我若待在保羅這裡就行不通，雖然保羅反對我搬走，說那是不必要的開銷，我向他解釋我必須讓自己有機會獨立自主，待在自己的房子尋找自己真正想要的。他看我的眼神先是困惑，然後更加敏銳。「凱瑟琳，好吧，去做妳得做的。無論如何妳都會去做。」

「只是因為克里斯堅持先等凱芮找到良緣，我才能再嫁，而且克里斯不肯讓我留在這裡和你在一起……當他不在的時候……」我的話說得好站不住腳，而且，哦！這是什麼謊話！

「我懂。」他苦笑著說道，「從裘利安過世那天起，我和妳哥哥就爭奪著妳的愛，這再明顯不過。我試著想跟他談，但他不肯談。我若試著找妳談，妳也不會肯。所以去妳自己的房子住吧，自己做主尋找自我，等妳覺得自己成熟到有大人風範，就回來找我。」

26 開局棄子

我在介於克萊蒙和格林列納中間的地區租了間小屋，一安頓好就坐下來寫勒索信給我母親。我欠了很多錢，有一個小孩，但我也有凱芮。裘利安在紐約那些商店積欠的高額帳單還沒繳，還有他的住院費和治喪費，再加上我自己生裘瑞的住院費。信用卡並不能解決所有事。我絕不能再接受保羅更多幫助。他已經做得夠多了。我需要證明自己比媽媽厲害，更有能力，更聰明……我要做的不過是寫信給她，就像她在爸爸過世後寫信給她的母親一樣。何不向她勒索區區百萬美金？為什麼不？她欠我們！那也是我們的錢！有了那些錢，我就能付清所有債務，報答保羅，還可以想辦法讓凱芮開心一些。要是我覺得跟她做同樣的事有點可恥，在某種程度上的確如此，我就將這件事合理化，想成是她的錯！是她自找的！她擁有那麼多，裘瑞可不能過窮困日子！

最後，徒勞試寫多次後，我完成了自認最完美的勒索信：

親愛的溫斯洛太太：

很久以前在賓州的格拉斯通，住著有四個小孩的一對夫妻，人人都叫那些小孩「瓷娃娃」。現在其中一個瓷娃娃躺在孤單的墳墓裡，還有一個瓷娃娃少了陽光和新鮮空氣，長不到她原本該有的身高，她的母親在她最需要愛的時候虧欠她。

現在芭蕾舞者瓷娃娃有了自己的小兒子，錢不夠。溫斯洛太太，我知道妳對在妳晴天日子投下陰影的那些小孩沒多少同情心，所以我直接切入正題。芭蕾舞者瓷娃娃要求一百萬美金賠償（要是妳那些百萬或億萬財產還在的話）。妳可以將這筆錢寄到我指定的郵局信箱，溫斯洛太太，我敢保證，要是妳沒做到，巴特洛繆．溫斯洛律師的耳裡會充滿可怕故事，我相信妳不會想讓他聽見。

妳誠摯的芭蕾舞者瓷娃娃
凱瑟琳．道蘭根格．馬奎特

我每天都等著支票寄來。我每天都失望。我又寫了一封，再一封，又一封。每隔七天我就寄一封信給她，心中生出強烈怒氣。她有那麼多錢，少少的一百萬美金算得了什麼？我沒要求太多錢。至少有一部分財產屬於我們。

然後在等了數個月卻未果，聖誕節和新年來了又走之後，我決定自己已等得夠久。她不會理我。我在格林列納市的電話簿裡查號碼，然後立刻預約要跟巴特洛繆．溫斯洛律師會面。

那時是二月，裘瑞三歲了。他會跟杭妮和凱芮一起度過下午時光，而我盛裝打扮，梳了精心搭配的髮型，從容地走進時髦辦公室望向我媽媽的丈夫。我終於能近距離瞧他了，這一次他睜著眼睛。他緩緩起身，臉上表情很困惑，就好像他之前見過我卻想不太起來在哪見過。我回想那一晚我偷溜進媽媽在佛沃斯大宅的豪華套房，發現巴特．溫斯洛在椅子上睡覺。他那時蓄了濃密的深色八字鬍，我趁他打盹時大膽親吻他。我那時深信他正熟睡……但他沒有！他瞧見我，把我當成他夢裡的一部分。因為一個親吻，克里斯後來偷聽到這件事，結果令我和克里斯踏上一條我們從不打算走的路。現在我們還在為此付出代價，克里斯現在跟我各居一地，努力棄絕她帶頭犯的錯，這是她害的。我不會答應保羅當我丈夫，直到我讓她付出代價，代價不只是錢而已。

然後我母親那粗獷英俊的丈夫對著我笑，我頭一次見識他的非凡魅力。他深棕色的眼睛裡閃著認出人的光芒。「真沒想到，這不是凱瑟琳．甄娃小姐嘛，還沒跳舞就讓我屏住呼吸的迷人芭蕾舞者。我就像中了魔法一樣，妳竟會需要找律師而且找上我，雖然我想像不出妳為何會在這裡。」

「你看過我跳舞？」我問道，聽到這件事令我一愣。要是他看過我跳舞，那媽媽一定也是！哦，我從不曉得！從不知道！我高興，我眼前一暗，我憂愁，我變得困惑。在我內心某個深處，儘管占上風的都是恨意，我感覺到心中仍殘留著些許年幼時對她的那些愛。

「我太太是芭蕾舞迷。」他繼續說道，「其實她一開始拖我去看妳的每場演出時，我不太想去。不過我很快就樂在其中，尤其是妳和妳先生主演的時候。事實上，我太太似乎對芭蕾舞毫無興趣，除非是妳和妳先生主演的。我以前常怕她是不是迷上妳先生，他看起來跟我有點像。」他執起我的手抬到他唇邊，閃動的雙眼往上瞟，露出親和魅力的笑容，他對自己自知甚明，過去曾喜好征服女人的大眾情人。「妳下了舞台更漂亮。不過妳怎麼會在這裡？」

「我住在這邊。」

他替我拉張椅子，讓我坐得離他很近，近到他能瞧見我蹺腳的雙腿。他坐在桌緣遞了根香菸給我，但我拒絕了。他替自己點了菸，然後問道，「妳來度假？來探望妳丈夫的母親？」

我了悟到他不知道裘利安出事。「溫斯洛先生，我先生在三年多前因車禍受傷過世。你沒聽說嗎？」

他看起來嚇了一跳，而且有點尷尬。「不，我沒聽說。我非常抱歉。請接受我遲來已久的哀悼。」他嘆了口氣，按熄他抽到一半的菸。「你們兩個在舞台上非常出眾，真是太可惜了。我見過我太太感動到哭出來。」

是啊！我想她很「感動」。我沒讓他再多問，我將裘利安的保單遞給他，直接進入我來訪的正題。「我們結婚後沒多久他就投保，現在保險公司不願理賠，因為他們認為是他自己剪斷點滴的注射管。可是如你所見，自殺條款在投保超過二年後就不再有效。」

他坐下來仔細研讀保單，然後再次抬頭看我。「我會瞧瞧自己能做什麼。妳對這筆錢有急需嗎？」

「溫斯洛先生，除了億萬富翁，誰不需要錢呢？」我笑著歪了歪頭，像我媽媽那樣。「我有上百筆的帳單，還要養一個年幼兒子。」

他問我兒子幾歲，我告訴了他。當我懶洋洋地半瞇著眼看他，仰頭略微歪向一邊，展現出我母親注視男人時的那種獨特風情，他似乎相當迷惑不解。以前我吻他的時候，我只有十五歲。他現在更加英俊。他成熟的臉孔長而瘦削，他的臉骨太過突顯，但那種極其強健陽剛的模樣令他顯得非常好看。他整個人讓人感覺到一種誇張的性感。難怪我母親沒寄來支票。我寄的所有勒索信八成還追在她後頭到處遞送。

巴特・溫斯洛問了十來個問題，然後表示他會看看自己能做什麼。「我是個很不錯的律師，我太太曾經要我待在家裡自己接案。」

「你太太非常有錢，是不是？」

這問題顯然惹惱了他。「我想妳可以這麼說。」他生硬地回答，讓我明白他不喜歡談論這個話題。

我起身告辭。「溫斯洛先生，我猜你的有錢太太就像牽一隻繫了珠寶皮繩的貴賓狗寵物一樣牽著你鼻子走。有錢女人就是這樣。工作謀生是她們最不懂的，而我不知道你懂不懂。」

「哦，天啊，」他從桌子後方跳出來，雙腳大張地站著。「妳若這麼想，為何要找我？甄娃小姐，去找別的律師。我不需要一個羞辱我又不尊重我專業能力的客戶。」

「不，溫斯洛先生，我就要找你。我要你證明你的專業能力像你說的那麼在行。也許在某種程度上，你還能向自己證明另一件事，證明你根本不是有錢女人買來的小玩物。」

「甄娃小姐，妳長著天使臉孔，卻有根潑婦舌頭！我會讓你先生的保險公司理賠。我會寫訴狀叫他們上法院，威脅他們要提出訴訟。十之八九，他們十天內就會給錢。」

「很好。」我說道，「通知我一聲，因為我一拿到錢就要搬家了。」

「搬去哪裡？」他大步上前抓住我手臂。

我笑著仰望他的臉，使出讓男人感興趣的女人手段，「我會讓你知道我搬去哪裡，要是你想保持聯絡的話。」

十天之內，巴特洛繆．溫斯洛說話算話，來到芭蕾學校交給我一張十萬美金的支票。「你的律師費呢？」我問道，揮手趕退那些要跑過來圍著我的男孩女孩。我穿著緊身芭蕾練習服，他看得目不轉睛。

「下星期二晚上，八點的晚餐。穿藍色衣服來搭配妳眼睛，到時我們再來談律師費。」他說完就轉身離開，甚至沒等我回答。

等他走了以後，我轉身看那些孩子做暖身動作，我懸在上方某處向下俯瞰這一切，瞧不起這樣可鄙的自己，只有天真無知的孩子才會如此仰慕我。我為他們感到難過，為自己難過。

「那個來這裡給妳支票的男人是誰？」下課後，瑪芮莎夫人問了我。

「一個律師，我請他逼裘利安的保險公司理賠，他們給錢了。」

「哦，」她倒向自己那張老舊的旋轉辦公椅，「現在妳有了錢，帳單也付得起了，我想妳會辭掉我這邊的工作去別的地方，是不是？」

「我還不確定自己的打算。不過瑪芮莎，妳得承認我們不太合得來，不是嗎？」

「我不喜歡妳主意太多。妳以為自己比我更在行！妳以為既然在這邊工作了幾個月，妳就可以離開然後辦一間自己的新學校！」她邪惡笑著，看到我吃驚發愣，將她原本僅是猜測的事揭露成事實。「所以……妳也以為我很蠢！妳一輩子都找不到另一個和我同樣聰明的人。凱瑟琳，我能讀妳的心。妳不喜歡我，永遠不喜歡……但妳還是來我這邊工作想學經營，又說對了嗎？我不在乎。舞蹈學校總是開了又倒，但羅森科弗芭蕾學校會永遠屹立！我曾想過要讓裘利安接手，但他去世了，然後我心想等我死了就讓妳接手。不過妳要是帶走妳兒子害我不能教他，我就不會讓妳接手！」

「夫人，那是妳的選擇，但我要帶裘瑞走。」

「為什麼？妳以為自己能教得跟我一樣好？」

「我不太確定，但我想我可以。也許我兒子不會選擇當舞者。」我無視她冷酷無情的目光，繼續往下說。「要是他哪天決定要跳，我想我能當個能幹老師，教得跟任何人一樣好。」

「要是他想跳舞？」這每一字每一句說得有如砲彈轟炸般。「裘利安的兒子，除了跳舞還有別的選擇嗎？他得跳舞，不跳不如去死！」

我起身離開。我是打從心裡想對她好，想讓她參與裘瑞的人生……可是她冷酷眼裡的刻薄讓我改變心意。她會奪走我兒子，像她塑造裘利安那樣來塑造他，成為一個永遠找不到成就感的人，因為他的人生只有一個選項。

「夫人，我沒料到要在今天說出口，是妳逼我的。妳讓裘利安相信，要是他不能跳舞，那人生就一無所有。要不是妳說他可能再也不能跳舞，他骨折的脖子和內傷本來可以痊癒，他聽到妳說的話了。他沒睡著。所以他選擇去死！他能挪動自己沒打石膏的手臂，有氣力到能從護士口袋偷出剪刀，這無疑證明他身體正在好轉，可是他只能看見沒有芭蕾的荒漠！哦，夫人……妳不能這樣對我兒子！我的兒子會有機會自己做決定，選擇他想要的人生，我衷心希望那不會是芭蕾！」

「妳這蠢蛋！」她打我一巴掌，從椅子上跳起來在那張破舊桌子前來回踱步，「沒有任何東西勝過自己舞迷的吹捧、如雷掌聲和手裡抱著玫瑰的感覺！妳很快就會自己明白！妳想把我丈夫的孫子帶走，不讓他出現在舞台上？裘瑞會當舞者，我會活著見到他站上舞台才死，他要做他該做的，不然他不如也去死！

「妳想當個『媽咪』，」她冷笑，輕蔑地彎起嘴唇，「也許還想當那個高大英俊醫師的『太太』，是不是？替他再生個孩子，對不對？哦……凱瑟琳，要是那就是妳想過的生活，去妳的。」然後她噤了口，嗚咽聲從她心裡深處傳出來，讓她原本高昂尖銳的嗓音，再次開口時變得粗獷嘶啞。「對，去吧……從妳還是個天真稚氣的孩子來到我面前，妳就渴望那個高大醫師，去嫁給他然後也毀了他人生！」

「也毀了他人生？」我遲鈍地重述。

她轉過身。「凱瑟琳，妳被某種東西蛀蝕了！某種東西啃食妳內心。某種東西讓妳痛苦到眼神沸騰咬牙切齒！我知道妳這種人。妳毀掉所有接觸妳人生的人，上帝保佑下個愛上妳的男人會像我兒子一樣那麼愛妳！」

某種神祕無形的斗篷突然罩了下來，將我裹在我媽媽冷淡超然的沉著姿態裡。我從未感到自己如此遙不可及。「夫人，謝謝你點醒我。再見，祝妳好運。妳不會再見到我或裘瑞。」我轉身離開，永遠離開。

星期二晚上，巴特．溫斯洛出現在我的小屋門前。他盛裝打扮，我穿了藍色衣服，他笑了，很高興我照著他的話做。他帶我去一間中國餐館，我們用筷子進食，那裡所有東西不是黑的就是紅的。

「妳是我見過最漂亮的女人，我太太除外。」他說話時，我正看著幸運餅乾的籤文：**謹防衝動之舉**。

「大部分男人邀別的女人出去時，不會提起太太……」

他打斷我的話，「我不是一般男人。我只是想讓妳知道，妳不是我見過最漂亮的女人。」

我對他甜甜一笑，仔細地看他的眼。我看到自己令他惱怒又著迷，但更令他感到好奇。我們跳舞的時候，我也知道自己令他興奮。「無腦還算是美麗嗎？」我問道，我踮著腳尖，嘴唇輕掠過他耳畔。「年紀漸長，體重過重，毫無挑戰性，還算是美麗嗎？」

「妳是我見過最該死的女人！」他的深色眼睛閃動著。「妳竟敢暗指我太太很笨而且又老又胖？她比她年紀看起來年輕很多！」

「你也是。」我笑得略帶嘲弄。他脹紅了臉。「不過律師先生，別擔心……我不會跟她比的，我可不想養貴賓狗寵物。」

「女士，」他冷冷地說道，「妳不會有寵物的，至少不是我。我很快就要動身去維吉尼亞州開業。我岳母身體欠佳，需要陪伴。只要妳一跟我結清費用，妳就能告別那個顯然引出妳最糟德性的男人。」

「你還沒提你的律師費。」

「我還沒決定好。」

現在我知道自己要去哪了，我要回維吉尼亞州，住進鄰近佛沃斯大宅的某個地方。現在我可以真的開始復仇了。

「可是凱西，」凱芮哭喊著，氣惱著我們要離開保羅和杭妮，「我不想走！我愛保羅醫師和杭妮！妳想去哪裡就去，但把我留在這裡！妳看不出保羅醫師不願我們離開嗎？妳讓他傷心的時候，妳在乎嗎？妳老是讓他傷心！我不想走！」

「凱芮，我很在乎保羅醫師，也不想讓他傷心。不過有些事我一定要做，而且現在就做。凱芮，妳是我和裘瑞這邊的人。保羅需要機會找個沒有太多親人要養的妻子。我們是他的累贅，妳看不出來嗎？」

她往後退，然後對我怒目相向。「凱西，他想要妳當他太太！」

「他已經很久很久沒這麼說了。」

「那是因為妳一心想要做別的事。他告訴我，他想讓妳得到妳要的。他太愛妳了。如果我是他，我會把妳留下來，不會去管妳想要什麼！」然後她嗚咽著跑開，砰一聲關上她房門。

我去找保羅，告訴他我要去的地方和要去的緣由。他愉悅的神情轉成悲哀，然後目光變得茫然。

「的確，我一直猜測妳會覺得有必要回到那裡，跟妳母親正面對質。我看過妳在擬定計畫，我期盼妳會叫我陪妳去。」

「那是我得自己去做的事。」我將他的雙手合握。「你懂的，請你明白我依然愛著你而且永遠愛你。」

「我明白，」他僅僅說道，「我的凱瑟琳，願妳好運。願妳幸福。願妳所有日子都是燦爛晴天，妳想要的都會得到，不管我是否在妳的計畫裡。當妳需要我，要是妳需要我，我會在這裡，等著做我能做的事。我每分每秒都愛妳想妳……只要記住，當妳想要我，我會在妳身邊。」

我配不上他。像我這種人，他好過頭了。

我不想讓克里斯或凱芮知道我要去的是維吉尼亞州的哪個地方。克里斯每星期會寫一、兩封信給我，他寫一封我就回一封，但就算我隻字不提，他看到寄件地址不同就會察覺。

現在是五月，凱芮的二十歲生日宴會獨缺克里斯。宴會隔天，我、凱芮和裘瑞坐上我的車出發，我們在保羅家車道上道別然後朝外駛去。保羅揮著手，我從後視窗看到他伸手從胸前口袋掏出手帕，他邊擦眼角淚水邊繼續揮手。

杭妮的目光追隨著我們。我覺得自己彷彿看到她表情豐富的棕色眼睛裡寫著，**傻瓜、傻瓜、傻瓜才走，離開好男人！**

在這個晴朗日子裡出發前往維吉尼亞州的山間，旁邊的前座還坐著我妹妹和我兒子，沒有什麼比這整件事更能證明我是傻瓜。但我必須去做，天性驅使我前往我們曾被囚禁的地方伺機復仇。

27 山間的魅惑呼喚

在最後一刻我決定不能冒險和巴特．溫斯洛碰面，連付他律師費的時間都嫌漫長，所以我在信箱裡扔了張二百美元支票，我自認這金額已足夠，不管到底夠不夠。

凱芮在我身旁，裘瑞在她膝上，我直接朝藍嶺山脈前進。上路之後，凱芮非常興奮，她圓睜著藍色大眼點評路過的一切事物。「哦！我愛旅行！」她開心地說道。裘瑞發睏時，她仔細地在後座替他鋪床，跟他一起坐在後面，確保他不會滾落跌到車地板上。「凱西，他真好看。我至少要生六個小孩，也許更多。我要其中三個長得就像裘瑞那樣，另外三個像妳和克里斯，然後二到三個像保羅。」

「凱芮，我愛妳，我也同情妳。妳計畫要生的是一打那麼多，不只六個。」

「別擔心。」她說道，靠回椅背讓自己打個小盹。「沒人會想要我，所以我不會有任何小孩，只能愛妳的小孩。」

「那可不是真的。我有預感，等我們到了新家，凱芮．道蘭根格・薛菲爾小姐會找到一份屬於她自己的愛。我甚至能跟妳賭五美元，要賭嗎？」她笑了，但不願打賭。

我朝著西北方向駛去，夜幕開始低垂，凱芮變得非常安靜。她望向窗外然後又看著我，她藍色大眼裡開始出現恐懼的神情。「凱西，我們要回**那裡**嗎？」

「沒有，不算是。」我只說了這些，直到我們找到一間旅館安頓下來過夜。

早上立刻就有一位我事先聯繫的房地產女經紀人造訪，開車載我們去查看「出售房屋」。她身材壯碩有如男人，滿口生意經。「妳需求的是小巧實用又不會太貴的房子。這社區的所有房子都所費不貲。不過那裡有幾間小型房屋，是有錢人用來接待過夜賓客，或是用來安置僕人的。有一間非常漂亮，還有不錯的花園。」

她先帶我們看一棟有五間房間的鄉間別墅，我立刻被那房子打動。我想凱芮也是，但我警告她別露出任何贊賞的表情。我挑剔房屋的小毛病來誤導房屋仲介。「煙囱看起來好像不能用。」

「這是個好煙囱，通風良好。」

「燃料是用汽油還是煤氣？」

「五年前就裝了天然氣，浴室和廚房都改建過。有對夫妻以前住在這裡，他們替山上的佛沃斯家工作，後來賣了房子搬去佛羅里達。不過妳看得出來他們很愛這棟房子。」

他們當然很喜愛。只有真正受人喜愛的房屋才會有那些很棒的小細節，讓整棟房屋與眾不同。我買下那棟房子，沒找律師就簽下所有文件，我對這方面有所研究而且堅持核查房契。

「我們會裝個有玻璃門的壁式烤箱。」我對喜愛烹飪的凱芮說道，謝天謝地，因為我幾乎沒時間煮飯。「而且房屋的所有內牆，我們都要省錢親自重新粉刷。」

付完所有帳單、繳了鄉間別墅的頭期款後，我已經發現十萬美金花不了多久。但我可不是盲目地開始這場冒險的。凱芮和裘瑞待在汽車旅館裡的時候，我拜訪一位打算退休並出售學校的芭蕾舞老師。她一頭金髮，非常嬌小，將近七十歲了。她看起來很高興見到我，我們握了手講定她想要的金額。「甄娃小姐，我見過妳和妳丈夫跳舞，說真的，雖然我很高興妳想買我的學校，但妳這麼早引退實在遺憾。我不會在二十七歲就放棄演出的，絕對不會！」

她不是我。她沒經歷過我那種過去或童年。她見我決心完成這筆交易，就把她的學生名單給了我。「大多孩子都出身於住在附近的有錢人家，我不覺得他們當中有任何一個認真想當職業舞者。他們來學芭蕾是為了取悅家長，家長喜歡看到小孩在發表會上漂漂亮亮地穿著小舞裙。我沒能教出一個有天分的表演者。」

我們別墅的三間臥室都很小間，不過L形的客廳大小適中，壁爐旁有書架。客廳較窄小的那部分可以用來當飯廳。我和凱芮拿起油漆刷，在一星期內把所有房間漆成淺綠色，配上白色的木造部分，看起來很有趣。空間顯得開闊，一切看起來更寬敞。當然，凱芮會讓她房間有紅色和紫色的擺設。

在三個星期內，我們兩個都適應了新的日常生活，我在當地藥局對面的芭蕾學校教舞，凱芮做家務和大多烹飪工作，同時照顧裘瑞。我教舞時盡量常帶上裘瑞，不僅減輕凱芮負擔，也讓他待在我身邊。我還記得瑪芮莎夫人說的話，讓他觀看聆聽並感受芭蕾。

六月初的某個星期六早上，我坐看窗外永不改變的藍霧群山。佛沃斯大宅仍是老樣子。我今晚可以牽著裘瑞和凱芮的手，從車站沿著那些蜿蜒小徑往大宅走去，彷彿重回一九五七年，當年媽媽帶著她的四個小孩走向同時充滿希望與絕望的囚牢，然後棄置不理，任他們遭到折磨、鞭打與挨餓。我一再重溫所有發生過的事——我們製出用來逃出囚室的木鑰匙，我們從母親豪華臥房偷來的錢，我們在床頭櫃抽屜發現一本性愛歡愉大書的那個夜晚。要是我們從未看見那本書，也許事情就會變得有所不同。

「妳在想什麼？」凱芮問道，「妳是不是在想我們該回去看保羅醫師和杭妮了？我希望妳想著這件事。」

「凱芮，說真的，妳知道我沒辦法。現在是發表會的時期，我班上的小男孩小女孩每天都在排演。他們的家長付錢學舞想看的就是發表會。沒有那些發表會，他們就沒東西能向朋友吹噓了。不過也許我們可以邀保羅和杭妮來看我們。」

凱芮噘起嘴，然後不知為何又高興起來。「凱西，妳知道，那天有個男的來裝新烤箱，他長得好看又很年輕，當他看到我和裘瑞在一起，他問我裘瑞是不是我兒子。那讓我咯咯發笑，然後他也笑了。他叫西爾多．亞歷山大．羅金漢，不過他要我叫他艾列克斯。」她說到這裡頓了頓，帶著令她渾身顫抖的希望，擔心地望著我。「凱西，他邀我去約會。」

「妳答應了嗎？」

「沒有。」

「為什麼不答應？」

「我和他還不夠熟。他說他要念大學，兼差做電工幫忙付學費。他說他想當電機工程師，或者可能當牧師……他還沒決定要選哪一個。」她對我微微一笑，笑得既自豪又害羞。「凱西，他好像沒發現我是多麼矮。」

她說話的模樣讓我也笑了。「凱芮，妳臉紅了！妳一下子對我說妳跟這傢伙不太熟，然後妳接著就講出關於他的各種實話。邀他來吃晚餐吧。然後我就能看出他配不配得上我妹妹。」

「可是，可是……」她結結巴巴，小臉滿面暈紅。「艾列克斯邀我去他在馬里蘭州的家過週末。他跟他爸媽講了我的事……可是凱西，我還沒準備好見他爸媽！」她藍眼裡充滿驚慌。那時我才明白，在我教芭蕾時，凱芮一定已經跟這年輕人見過好多好多次。

「親愛的，聽好，邀艾列克斯來這裡吃晚餐，讓他一個人飛回家。我想我該更了解他一些，才能讓妳單獨跟他回去。」

她古怪至極地瞧我好久，然後垂眸望向地板。「他來吃晚餐的時候，妳會在家嗎？」

「哦，我當然會在。」直到那時我才明白過來。哦，天啊！我把她拉進懷裡。「甜心，聽好，這週末我會邀保羅上來，這樣艾列克斯一看我喜歡年長男人，他甚至不會瞄向我這邊。再說，是妳先見到他的，他先看到的也是妳。他不會想要帶著一個孩子的年長女人。」

她開心地將細瘦手臂環上我脖子。「凱西，我愛妳！而且艾列克斯會修理烤麵包機和熨斗。艾列克斯什麼都會修！」

一星期後，艾列克斯和保羅坐在我們的餐桌旁。艾列克斯是個二十三歲的好看青年，他稱讚我的廚藝。我飛快指向準備大部分餐點的凱芮。「不是，」她謙虛否認，「大部分是凱西煮的。我只塞了烤雞填料、調醬汁、搗馬鈴薯泥、烤熱餐包和檸檬蛋白派，剩下的都是凱西做的。」我忽然覺得自己其實什麼也沒做，只擺了餐具。保羅眨眼表示他明白。

飯後，艾列克斯帶凱芮去看電影，裘瑞窩在床上玩他最愛的那些填充玩偶，我和保羅在壁爐前坐下來，宛如老夫老妻一般。

「妳見過妳媽媽了嗎？」他問道。

「我媽媽和她丈夫，他們在這裡，」我輕聲回答，「待在佛沃斯大宅裡。當地報紙滿是他們來來去去的消息。看起來我那有著鐵石般目光的親愛外婆得了輕微中風，所以巴特洛繆．溫斯洛現在會跟她住在一起，也就是說，同住到她過世為止。」

好長一段時間，保羅不發一語。我們坐在壁爐前，望著通紅煤炭燒成灰白餘燼。「我喜歡妳弄的房子擺設，」他終於開口，「非常舒適。」

然後他起身在我身旁的沙發坐定。他溫柔地擁我入懷。他僅僅抱著我，我們的目光膠著。「我的容身之處在哪？」他低聲說道，「或者，沒有任何地方容得下我？」

我的手臂緊抱著他。我從沒停止愛他，就連裘利安是我丈夫時也是如此。似乎沒有任何男人能給我一切。

「凱瑟琳，我想跟妳做愛，在凱芮回來之前。」

我們飛快脫掉衣服。從我們初次親密接觸以來，過了這些年，我們對彼此的熱情仍未減弱。這看來沒什麼不對。他喃喃說道，「哦，凱瑟琳，若有一件我渴望的事，那就是終生擁有妳。讓死亡在如此情景之後才能到來——妳在我懷裡，妳的雙手抱著我，而且妳會像現在這樣望著我。」

「多麼美好又詩意，」我說道，「但你到九月才五十二歲。我知道你會活到八、九十歲。等你到了那年紀，我期盼情欲還會像現在這般主宰我們。」

他搖搖頭。「我不想活到八十歲，除非妳和我在一起而且還愛著我。如果妳不愛我了，讓我活在世上的時光就此了結。」我不知道該說什麼。但我的雙臂替我發聲，我將他拉向自己以便對他吻了又吻。然後電話響了。我慵懶地伸手，然後直接在床上應答。

「哈囉，我的凱瑟琳女士！」是克里斯。「我打去保羅家的時候，杭妮有個朋友去看她，她朋友告訴我妳的電話號碼。凱西，妳到底在維吉尼亞州做什麼？我知道保羅跟妳在一起，我衷心希望他能說服妳別將妳心裡的盤算付諸行動！」

「保羅比你更能體諒我。而且你才是那個最該明白我為何在這裡的人！」

他的回應令人嫌惡。「最糟的就是，我確實明白。可是我知道妳會受傷。而且媽媽在那裡。我不想要妳再傷她，她已經受創了，妳也明白這點。但最重要的是，我不想讓妳再次受到傷害，妳會受創的。凱西，妳一直在逃離我，但妳永遠跑得不夠快不夠遠，因為我緊追在妳後面，而且愛著妳。每當我遇到好事，我覺得妳就在我身旁牽我的手，像我愛妳一般愛著我，只因妳認為那是罪惡所以不願承認。如果那是罪惡，那麼只要和妳在一起，地獄也成了天堂。」

我感到極度驚惶，匆匆道別掛電話，然後轉身摟緊保羅，希望他不懂我為何發顫。

在深夜裡，保羅在第三間狹小臥室裡熟睡，我忽然醒來。我覺得自己聽到群山呼喊著：**惡魔之子！**吹過山丘的風呼嘯尖嚷，說我不潔邪惡又身負罪惡，還說出外婆對我們的各種稱呼。

我起身緩步走向窗邊，望向遠方那朦朧漆黑的群峰。和我往昔時常從閣樓窗戶眺望的是同樣的一列山峰。而且沒錯，就像克瑞一樣，我能聽見風聲呼嚎著，宛如一匹在身後追捕我的狼，想把我也吹跑，就像克瑞被吹走那樣，最後僅成了風乾的塵土。

我飛快跑向凱芮房間，蹲在她床邊想保護她。因為對我來說，在我夢魘般的心理狀態之下，風在吹跑我之前更可能先將她帶走。

28 凱芮的苦澀戀情

凱芮二十歲了，而我二十七歲，到了十一月克里斯就滿三十歲。他好像不可能真的變成那個年紀。然而當我望向我的裘瑞，我就深刻了解到時間和人的年齡更迭得多麼快。

曾經過得如此緩慢的時間現在加快了腳步，因為我們的凱芮愛上了艾列克斯！每當她掃地、拖著吸塵器、洗碗盤或安排隔天菜色時，她藍色雙眼總是閃閃發光，小巧的雙腳在房間裡輕快跳躍。「凱西，他是不是很帥？」我贊同她的提問，雖然老實說他不過是個普通好看的男孩，身高約一百七十七公分或一百七十九公分，一頭容易亂翹的淺棕色頭髮讓他看起來像隻長毛狗，不知怎地還算吸引人，因為他整體打理得很整潔。他的雙眼是青綠色的，一臉就是那種從未動過刻薄壞念頭的人。

凱芮一聽到電話響起就激動起來。她興奮不已，因為來電通常是打給她的。她為艾列克斯寫了熱情洋溢的長篇情詩，然後只讓我讀過詩作就收起來，不寄給那個該讀到的人看。

我為她高興，也為自己高興，因為我的芭蕾學校事業進展順利，而且克里斯隨時會回家！「凱芮，妳信不信？克里斯的進修課快上完了！」凱芮笑著跑向我，像她從前的小女孩模樣一般，撲進我伸出的臂彎。「我知道！」她喊道，「我們很快又會一家人團圓了！就像我們以前一樣。凱西，要是我生了個金髮藍眼的小男孩，妳猜我會取什麼名字？」我不用猜也知道，她頭胎生下的金髮藍眼兒子會叫克瑞。

戀愛中的凱芮讓人一見就全然著迷。她不再提起自己的嬌小身材，甚至開始不再覺得自己有所匱乏。在她的青春人生中，她頭一次開始化妝。她的頭髮像我一樣是自然捲，但她把頭髮剪到及肩長度，讓頭髮往上恣肆亂翹。

「凱西，妳看！」她頂著一頭俏麗新髮型，從美容院返家對我喊道。「現在我的頭看起來沒那麼大，對不對？妳注意到我長高多少嗎？」

我笑了。她穿的鞋子有二吋高鞋底和三吋高的鞋跟！但她說的沒錯。短頭髮確實讓她的頭顯得較小。

她的青春美麗與喜悅全都深深觸動我，讓我不禁心痛起來，深恐可能有什麼事會毀了她。

「哦，凱西，」凱芮說道，「要是艾列克斯不愛我了，我會很想死！我想當他最棒的妻子。我會讓他的房子乾淨到日光下沒有塵埃飛舞。他每晚都會吃到我煮的美味餐點，永遠不會是冷凍垃圾食物。我會做自己的衣服，也做他和小孩的衣服。我會用很多方法替他省下一堆錢。他不用說很多話，只要坐下來用那種溫柔特別的目光望著我，這樣一來我就滿足了，不必管他說了什麼，因為他幾乎不太講這些。」

我笑著抱緊她。哦，我真的好盼望她能快樂。「凱芮，男人不像女人一樣坦然說愛。有些人喜歡逗弄妳，那是一種很棒的跡象，表示妳引起他們的興趣，興趣能滋長成更龐大的東西。想知道他們對妳有多在乎就往他們眼裡瞧，眼神從不說謊。」

很容易就能看出艾列克斯正為凱芮深深著迷。他在當地電器行兼差當電工，同時還在大學上暑修課程，但他只要一有空都和凱芮在一起。我猜他要不已經求過婚，不然就是即將向她求婚。

一星期後，有天半夜我突然醒來，看見凱芮坐在臥室窗邊，望向朦朧群山。凱芮從不像我一樣時常失眠。不管是雷雨、龍捲風、離耳邊三十公分的電話響起或是對街發生火災，凱芮都能照睡不誤。所以看到她坐在那裡，我當然驚慌不已。我起身走向她。

「親愛的，妳沒事吧？妳怎麼不睡覺？」

「我想離妳近一點。」她小聲說道，雙眼仍盯著遠方山脈，在夜裡神祕黝黑的群山。那些山全都環繞著我們，像過去一樣圍困我們。「艾列克斯今晚向我求婚了。」她用平淡麻木的語氣告訴我。我喊道，「多棒啊！凱芮，我真為妳高興，也為他高興！」

「凱西，他對我說了一件事。他決定要當牧師。」她的嗓音裡有著痛苦悲哀，我完全摸不著頭緒。

「妳不想當牧師太太？」我問道，心裡萬分驚恐。她看起來好疏離。

「牧師期望人們成為完人，」她說得如死一般驚惶，「尤其是自己的妻子。我記得外婆以前都叫我們『惡魔之子』，說我們邪惡又有罪。我以前不懂她的話是什麼意思，但那些話語我都還記得。她老是說我們是不潔的孩子，永遠不該生在世上。凱西，我們該被生下來嗎？」

我感到難以抵擋的驚嚇，喉頭一哽。「凱芮，要是上帝不願我們生下來，祂一開始就不會給予我們生命。」

「可是……凱西，艾列克斯想要完美的女人，而我**不**完美。」

「凱芮，沒有人是完美的。絕對沒有。只有死人才完美。」

「艾列克斯就很完美。他從沒做過一件壞事。」

「妳怎麼知道？要是他做了，會告訴妳嗎？」

她青春漂亮的臉蛋蒙上深深陰鬱。她遲疑地解釋，「我和艾列克斯好像已經認識彼此很久很久，直到最近他都沒對我提過多少他自己的事。我對他講了很多，但從沒提起我們的過去，除了父母車禍喪生後我們是如何獲得保羅的監護。凱西，那是謊言。我們不是孤兒。我們還有一個媽媽，她還活在這世上。」

「凱芮，謊言不是大罪。每個人都偶爾撒過小謊。」

「艾列克斯就沒說過謊。艾列克斯總是受到上帝和宗教信仰的吸引。他年紀較輕的時候想信天主教，好讓他能當個神父。等他長大一些得知神父必須一輩子獨身，就決定不當神父。他想要擁有妻兒。他對我說他從沒和任何人發生過關係，因為他成年後一直在尋找那個他該娶的女孩，某個像我一樣完美的女孩。某個像他一樣虔誠的女孩。而且凱西，」她可憐兮兮地嚎叫起來，「**我不完美！我很**

壞！就像外婆一直對我們說的那樣，我確實邪惡又不潔！我有壞念頭！我恨那些卑鄙小女孩，她們把我弄上屋頂，說我像隻貓頭鷹！我希望她們全都去死！還有西希．托爾斯，我最恨的就是她！凱西，妳知道西希．托爾斯十二歲就溺死了嗎？我從沒寫信告訴妳，但我其實覺得那是我的錯，因為我那麼恨她！我也恨裘利安從保羅那邊奪走妳，而裘利安也死了！這下妳懂了吧，我怎能把那些全都告訴艾列克斯，然後再對他說我們的媽媽嫁給了她的半個叔叔？凱西，他會討厭我。那他就不會想要我了，我知道他不會。他會覺得我生下的小孩會和我一樣畸形，可我那麼愛他！」

我蹲在她椅子旁，像個母親會做的那樣抱緊她。我不知道該說什麼，也不知道該怎麼說。我渴望克里斯和他的支持鼓勵，也渴望保羅，他總是知道怎麼樣把一切講得再對不過。一想到這個，我便拿保羅對我說過的話複述給凱芮聽，即使我感到極度憤怒，氣著外婆把那些瘋狂想法灌輸到五歲孩童腦中。「親愛的，親愛的，我不知道該怎樣說才對，但我會努力。我要妳明白，一個人眼中的黑在另一個人眼中是白。而且在這世上，沒有任何事完美到純白無瑕或壞到漆黑無比。凱芮，與人有關的所有事都是深淺不一的灰色。我們沒有人是完美的，毫無缺陷。我和妳一樣對自己有過相同質疑。」

聽到這些話，她瞪大了含淚的雙眼，彷彿覺得我在所有人之中是完美的。「凱芮，是保羅醫師糾正了我。他很久以前告訴過我，要是我們的父母結婚生子犯下了罪行，那是**他們**的罪，不是我們的。他說上帝沒打算讓我們替父母償還罪過。而且凱芮，他們的血緣關係沒那麼親近。妳知道在古埃及時代，法老只允許自己的子女互相通婚嗎？所以妳懂了嗎？規範是社會定的。永遠別忘了，我們的父母生了四個小孩，而我們沒有一個是怪胎。所以上帝沒懲罰他們，也沒懲罰我們。」

她的藍色大眼盯著我的臉，拚命地想要相信。而我從來不該提到「怪胎」。

「凱西，也許上帝懲罰了我。我沒長高，那就是懲罰。」

我笑聲發顫，將她抱得更緊。「凱芮，看看妳周遭。很多人比妳還矮。妳不是矮人也不是侏儒，妳知道的。就算妳是，妳還是能接受事實然後盡力而為，就像許多覺得自己太高、太胖或太瘦。妳有漂亮臉蛋、動人秀髮和迷人膚色，討人喜歡的一切外貌特質妳都有。妳有美妙的歌喉，有聰明腦袋，瞧瞧妳打字多快，速記寫得多棒，妳將保羅的書整理得多好，而且妳的廚藝比我加倍出色。妳當主婦也比我好得多，看看妳縫的衣服。那些衣服比我在店裡看到的更棒。凱芮，把這些全都加起來，妳怎可能會覺得自己配不上艾列克斯或任何其他男人！」

「可是凱西，」她痛哭，頑固地沒被我說的話安撫下來，「妳不像我那麼了解他。我們路過一間成人片戲院，他說做那些事的任何人都很邪惡墮落！而妳和保羅告訴我，性欲和生小孩是人生自然美好的一部分。而且凱西，我很壞。我做過非常壞的事。」

我盯著她瞧，感到吃驚。跟誰做了？她好像讀了我的心一般，因為她搖搖頭，淚水從她臉頰淌下。「不是……我從來沒有……沒有……做過，沒跟任何人做過。可是我做過別的壞事，艾列克斯會這麼認為，我早該知道那很邪惡。」

「親愛的，妳做了什麼事那樣糟糕？」

她頓了頓，羞愧地低頭。「是裘利安。我去妳家作客的時候，有天妳不在家，他想跟我做……做某件事。他說那很好玩，而且不是會生小孩的那種真槍實彈，所以我做了他想做的，他還吻我，說除了妳之外他最愛的就是我。我不知道光是做了我做的事就很邪惡。」

我喉頭哽咽，開始發疼，我從她發燙前額理順她那絲滑頭髮，拭去她的淚水。「親愛的，別哭，不用覺得羞恥。愛有很多種，表達愛的方式也有很多。妳對保羅醫師、裘瑞和克里斯是三種不同的愛，對我又是另一種愛，要是裘利安說服妳做了妳覺得邪惡的事，那是他的罪，不是妳的。而且也是我的罪，因為我早該對妳說他可能想做什麼。他答應過我絕不碰妳或對妳有任何色情的舉動，而我信了他。但妳就算做了，也別覺得羞愧，而且艾列克斯不必知道。沒人會告訴他。」

她非常緩慢地抬起頭，黑雲後頭的月亮忽然出現在眼前，映出她眼中滿滿的自我折磨。她開始啜泣，歇斯底里地瘋狂哭泣。「可是我知道，凱西，那還不是最糟的，」她尖嚷著，「最糟的是我喜歡自己做的事！我喜歡他想要我這麼做，我試著不讓自己臉上露出心裡感受到的快樂，因為上帝可能正看著我。這下妳明白艾列克斯為何不會理解了吧？他會討厭我，他會的，我知道他會！就算他永遠不知情，我還是會恨自己做那種事，恨自己喜歡那種事！」

「拜託妳別哭。妳做的事沒那麼糟，真的。別把我們的外婆一直說我們有邪惡血統的事放在心上。她是個頑固又心胸狹窄的偽善人士，分不清是非對錯。她用正當名義做出所有可怕的事，根本沒有一件事因愛而為。凱芮，妳不壞。妳想要裘利安愛妳，要是妳真的給他快樂而且妳也快樂，那也很正常。人們生來就要有感官歡愉，生來就要享受性欲。裘利安錯了，他不該叫妳這麼做，但**那是他的罪，不是妳的**。」

「妳以為我不記得的很多事情，其實我都記得，」她低聲說道，「我記得以前我和克瑞會用古怪方式交談，所以妳和克里斯聽不懂。我們知道自己是惡魔之子。我們聽懂外婆說的話。我們討論過。我們知道自己被關起來，因為我們沒資格活在外頭的世界，和比我們好的人們一起生活。」

「別說了！」我喊道，「別想起來！忘了吧！我們逃出來了，不是嗎？我們四個小孩不該為父母的行為負責。那個可恨老女人想偷走我們的自信與驕傲，別讓她得逞！看看克里斯，妳不為他感到驕傲嗎？我登台跳舞時，妳不為我感到驕傲嗎？妳和艾列克斯結婚後，對於墮落，有朝一日他會改變想法，因為我就是這樣。艾列克斯會變得懂事，不再過度正直。他還不懂愛能給予的歡愉。」

凱芮掙出我的懷抱，走過去眺望窗外的暗色遠山，弦月有如一艘往上翹起的維京船，在夜晚黑海中航行。「艾列克斯不會變，」她陰沉地說道，「他要當牧師。虔誠信教的人覺得一切都很壞，就像外婆那樣。當他對我說他要放棄當電機工程師，我就明白我們之間全都結束了。」

「人都會改變！凱芮，看看我們周遭的世界。瞧瞧那些正派人士觀看著滿是感官享受的雜誌和電影，以及演員赤身裸體的舞台表演，還有各種出版書刊。我不知道這樣是不是比較好，但我知道人不會停滯不動。我們每天都在改變。也許二十年後我們的小孩回顧我們這年代會很震驚，也許他們會回頭一望，笑我們無知。沒人知道世界會怎樣變化，所以要是世界會變，那個叫艾列克斯的人也會變。」

「艾列克斯不會變。他討厭現今的道德淪喪，討厭那些書刊，討厭那些下流電影和雜誌裡男男女女做的邪惡事情。連妳以前和裘利安跳的那種舞蹈，我都不覺得他會贊同。」

我好想大喊，艾列克斯和他那假正經都下地獄去吧！但我不能辱罵凱芮唯一愛上的男人。「凱芮甜心，去睡吧。睡過一覺到早上，別忘了世上滿是形形色色的男人，他們會欣然愛上妳這樣美麗迷人又擅長持家的女孩。想想克里斯總是對我們說的，『事情總是會有好結果』。要是這樣的思維對妳和艾列克斯不管用，那鐵定會對妳和別人之間管用。」

她絕望至極地飛快瞥我一眼。「上帝讓克瑞死掉怎麼會是好結果？」

親愛的上帝啊，怎麼回答這種問題？

「爸爸在公路上遇害是好結果嗎？」她又問。

「妳不記得那天的事。」

「我記得。我記性很好。」

「凱芮，絕對沒有人是完美的，我不是，妳不是，克里斯不是，艾列克斯也不是。沒有人是。」

「我明白，」她爬到床上，像個乖巧小女孩聽媽媽的話。「上帝看到人們做了壞事，之後才懲罰他們。有時候他用外婆的鞭子來懲罰，就像她打妳和克里斯一樣。凱西，我不笨。我知道妳和克里斯望著彼此的神情，跟我和艾列克斯對看時是一樣的。我想妳和保羅醫師也是戀人，也許就是因為這樣裘利安才會死，是為了懲罰妳。可是妳是男人會喜歡的那種女人，而我不是。我不會跳舞，我不知道怎樣讓所有人都愛我。愛我的只有我的家人和艾列克斯。等我告訴艾列克斯，他就不會愛我或想要我。」

「妳不要告訴他！」我斷然下令。

她雙眼盯著天花板躺著，直到她終於陷入沉睡。然後只留我清醒地躺著，內心苦澀發疼，為了那個老女人居然影響了那麼多人的人生而震驚不已。我恨媽媽帶我們去佛沃斯大宅。她明知自己的母親是怎樣的人，卻依然帶我們去那裡。她比任何人都了解自己的父母，卻依然再嫁然後拋下我們，好讓自己能逍遙快活而我們卻受到折磨。她過著愉快日子時，仍繼續受苦的是我們！

愉快日子很快就會結束，因為我在這裡，而且巴特也在，我們遲早會相遇。雖然直到後來我才得知，他設法避開我。

我想著媽媽很快也會和我們一樣受苦，藉此安慰自己。以痛還痛，等她遭到拋棄沒人愛時，她會知道我們曾經有過怎樣的感受。她應付不了的，這次我不會再讓她應付了事。再出手一次就能毀了她。不知怎地我深深明白這點，也許是因為我很像她。

「妳確定自己沒事？」幾天後我問凱芮，「妳胃口不太好。怎麼會吃不下？」

她面無表情輕聲說道，「我沒事。我只是不想吃太多。妳今天別帶裘瑞去舞蹈教室。讓我一整天和他在一起。他跟著妳外出的時候，我很想他。」

讓她和難搞的裘瑞整天相處，我覺得很不安，而且凱芮看起來身體不太舒服。「凱芮，拜託對我說實話。要是妳覺得不舒服，我帶妳去看醫師。」

「是月經，」她垂眸說道，「我月經快來的三、四天前，肚子會痙攣疼痛。」

只是生理期憂鬱，跟我相比，她那年紀會覺得痙攣得更厲害。我向自己年幼的兒子吻別，他發出驚人哭嚎，想跟我一起去看那些舞者。

「媽咪，想聽音樂，」裘瑞提出異議，他很清楚自己想要什麼，還有不想要什麼。「想看人跳舞！」

「我們會去公園散步。我會推你盪鞦韆，我們會去沙坑玩沙子。」凱芮連忙說道，抱起我兒子緊擁他。「裘瑞，留下來陪我。我好愛你，我永遠看不膩你……你不愛你的凱芮阿姨了嗎？」

他笑著將手臂環上她脖子，沒錯，裘瑞愛著每個人。

那一天漫長得可怕。我好幾次打電話回家探問，看凱芮是否安然無恙。「凱西，我沒事。我和裘瑞在公園玩得很開心。我現在要躺下來小睡一下，所以別再打來吵醒我。」

下午四點了，是我那天最後一節課，我那些六、七歲的學生走到練舞室中央。當音樂響起，我數著拍子，「一、二、下蹲，一、二、下蹲，好，一、二、擦地、併攏，一、二、擦地、併攏。」我一再對他們下指令，然後我忽然感覺後頸毛髮忽然刺痛豎起，似乎告訴著我有人正熱烈地注視我。我轉身看到一名男子遠遠地站在練舞室後方。是巴特洛繆·溫斯洛，我母親的丈夫！

他一見到我認出他，就大步走向我。「甄娃小姐，妳穿紫色緊身衣真動人。能否讓我占用妳一些時間？」

「我很忙！」我厲聲說道，氣惱他趁這時問我，我得盯著我那十二名小舞者。「我要工作到五點。你若願意，可以坐在那邊等。」

「甄娃小姐，我費了好一番功夫才找到妳，而妳一直在這裡，近在我眼前。」

「溫斯洛先生，」我冷冷地說道，「要是我寄給你的律師費不夠，你大可寫封信，信件會轉寄過來給我。」

他皺起他那濃密的深色眉毛。「我不是為了律師費而來，儘管妳沒付夠我心目中的價碼。」他笑得自信，單手伸進外套內從胸前口袋掏出一封信。看到信上有我的親筆字跡和那些郵戳與蓋銷印記，我抽了口氣，那是追著我母親跑遍歐洲的信！「我知道妳認得這封信。」他那銳利的棕眼注視我所有閃爍不安的神情。

「溫斯洛先生，聽著，」我說道，心裡非常慌張，「我妹妹今天身體不適，她正在照顧我那幾乎還是嬰兒的兒子。你看得出我這裡手頭正忙。我們可否另找時間再談這件事？」

「甄娃小姐，等妳有空，隨時都行。」他欠身遞給我一小張名片。「愈快愈好。我有很多問題要問，妳別想溜。這次我會密切關注妳。妳不會以為一次晚餐約會就夠了，是不是？」

見到他帶著那封信出現讓我非常煩惱，他一離去我就下課進辦公室。我坐下來仔細審視自己的綠色帳簿，加總金額後發現帳目還是赤字。我買下這學校時獲得會有四十名學生的保證，但我沒聽說的是，他們大多人在夏季不上課，直到秋季才回來。冬季的學生全都是被寵壞的富家小孩，夏季的學生是中產階級家庭的小孩，一星期只來上一、兩次課。無論我怎麼樣將自己賺來的錢精打細算，還是付不起我所有開銷，包括安裝長條扶把後方的新鏡子與重新裝潢。

然後我瞥向手表，看到時間將近六點，便換上外出服奔過兩個街區回到自己的小房子。凱芮應該在廚房煮晚餐，裘瑞會在圍了籬笆的庭院裡玩耍。但我沒看見裘瑞，凱芮也不在廚房！

「凱芮，」我出聲呼喚，「我回來了，妳和裘瑞躲在哪裡？」

「在這裡。」她以微弱的低語回應。我一路跑過去發現她還躺在床上。她虛弱地解釋裘瑞待在隔壁鄰居家。「凱西……我真的覺得不太舒服。我吐了四、五次，我記不得幾次……我痙攣得好痛。我覺得很不舒服，真的不舒服……」

我把手擱在她頭上，發現她的頭異常冰冷，儘管天氣非常暖和。「我去打電話叫醫師。」那些話我一脫口而出，就得對著自己苦笑。這個小鎮沒有能出診的醫師。我跑回去找凱芮，在她嘴裡塞了支溫度計，瞧見上頭數據讓我抽了口氣。

「凱芮，我去接裘瑞，然後開車送妳去最近的醫院。妳的體溫燒到三十九點七度！」

她無精打采地點頭，然後陷入昏睡。我衝去隔壁鄰居家找我兒子，他正在和比他大一個月的小女孩開心地玩耍。「馬奎特太太，聽著，」照料孫女的湯森特太太說道，她是四十出頭的親切慈祥女士，「要是凱芮病了，讓我在妳回家之前幫忙照顧裘瑞吧。我很希望凱芮病得不重。她是那樣可愛的小傢伙。不過我發現她大概一天前就開始臉色發白，看起來很難受。」

我也留意到了，但我只把這一切都聯想到她和艾列克斯出了差錯的戀情。

我錯得多離譜！

隔天我打給保羅。「凱瑟琳，怎麼了？」他聽出我嗓音裡的驚慌。

我將一切傾吐而出，說凱芮怎樣生病進了醫院，院方已經做了多項檢查，卻仍未找出她的病因。「保羅，她看起來糟透了！她體重掉得好快，難以置信地快！她會嘔吐，任何食物都留不住，而且還拉肚子。她也一直呼喚你和克里斯。」

「我會找另一位醫師在這裡替我代班，然後馬上飛過去，」他說得毫不猶豫，「不過在妳打算聯絡克里斯前，先等一等。妳說的那些症狀對許多輕微疾病來說都很常見。」

我信了他的話，沒試著連絡克里斯，他正在西岸享受兩星期的旅遊，然後才回來繼續他的住院醫師訓練。保羅在三小時內來到醫院病房和我一起望著凱芮。她見到他就虛弱一笑，伸出她細瘦雙臂。「哈囉，」她弱聲低語，「我猜你沒想過會在醫院舊病床上見到我，對不對？」

他立刻將她擁進懷裡，開始向她發問。她最先覺得不對勁的症狀是什麼？

「大概一星期前，我開始覺得很累。我沒告訴凱西，因為她總是很擔心我。然後我開始頭痛，一直覺得想睡，我身上出現大塊瘀青但不知道自己是怎麼弄傷。然後我梳頭髮時掉了好多好多頭髮，接著我就開始嘔吐……別的事其他醫師都問過，我也告訴他們了。」她那微弱低語的聲音漸漸遠去。「我好希望能見到克里斯。」她喃喃說道，然後閉眼入睡。

保羅已經看了凱芮病歷，和她的醫師談過。他現在面無表情地看向我，令我心生恐懼……那神情是如此地意味深長。「也許妳該叫克里斯過來。」

「保羅！你的意思是……？」

「不是，我不是那個意思。不過她若想見他，他就該在這裡陪她。」

我在走廊上等待醫師對凱芮做檢驗。他們把我趕出病房。當我在她病房緊閉門前來回踱步，我沒瞧見克里斯就察覺他已經到來，我轉身屏息地望著他大步走在長廊上越過成群護士，端著便盆和藥盤的護士瞧見他出眾容貌時都目瞪口呆。

時間彷彿倒轉，我好像看見了爸爸。我最記得的就是爸爸一身白色網球衣的模樣。當克里斯擁我入懷，將他晒成古銅色的臉龐拱進我髮間，我說不出話來。我聽到他心跳的怦怦聲跳得規律有力。我啜泣著，幾近淚如泉湧。「你來得真快。」他的臉埋在我頭髮裡，他的嗓音粗啞。「凱西，」他問道，抬頭直視我雙眼，「凱芮是怎麼回事？」

他的問題令我一愣，因為他該懂的！「你猜不出來嗎？是那該死的砒霜，我知道的！還能是什麼？她一星期前都沒出事，然後她突然就病了。」然後我崩潰啜泣，「她想見你。」但在我領他進凱芮的小間病房前，我先在他手裡塞了張短箋，那是在她認識艾列克斯後開始寫的日記本裡找到的。「克里斯，凱芮很早以前就明白有什麼不對勁，但她一直保守祕密。你讀這張短箋，然後告訴我你的想法。」他讀短箋的時候，我目光一直盯著他臉龐。

親愛的凱西和克里斯：

有時我覺得你們兩個是我真正的父母，但我卻記得自己真正的爸爸媽媽，她似乎像一場永不成真的夢，而我手上沒有爸爸的照片，所以想像不出他的模樣，儘管我能想像克瑞就像他那樣。

我一直隱瞞著一件事。所以要是我不寫這封信，你們就會責怪自己。有好長一段時間我覺得自己很快就會死，而我不再像以前一樣在乎。我當不了牧師太太。要是沒有你們兩個、裘瑞、保羅醫師和杭妮這麼愛我，我不可能活這麼久。要不是你們所有人把我留在這裡，我很早以前就去找克瑞了。除了我，每個人都有某個特別的人能愛。除了我，每個人都有某件特別的事能做。我一直都知道自己絕不會結婚。我知道生小孩的事是在騙自己，因為我的臀部太窄，而且我也覺得自己太過嬌小沒辦法當個好妻子。凱西，我永遠當不了像妳一樣特別的人物，能跳舞、能生小孩又擁有其他一切。我沒辦法像克里斯那樣當個醫師，所以我其實什麼也不是，只是個礙事傢伙，讓所有人因為我不開心而擔憂。

所以，現在，在你們繼續往下讀之前，在心裡答應我不會讓醫師做任何事來救活我。就讓我死，別哭。在我下葬後，不用悲傷或想念我。自從克瑞拋下我離開之後，什麼都不對，不管怎麼樣都不對。我最遺憾的是沒辦法親眼見到裘瑞登台跳舞，就像裘利安以前那樣。現在我得坦承真相，我愛裘利安，如同我愛艾列克斯一樣。裘利安從不覺得我太嬌小，唯有他讓我短暫地覺得自己是個正常女人。雖然那是有罪的，凱西，就算妳說那沒罪，我知道有罪。

上星期我開始思索外婆和她以前一直稱呼我們是惡魔之子的言論。我愈想就愈覺得她說得對，**我不該被生下來！**我是邪惡的！當外婆給我們的糖霜甜甜圈裡下了砒霜害死克瑞，我也該死去！你們以為我不知道，是不是？你們以為我一直坐在地板角落不理睬也聽不見，但我看得見也聽得見，但我那時不相信。現在我信了。

謝謝凱西，謝謝妳像我的媽媽一樣照顧我，妳是世上最好的姊姊。謝謝克里斯，謝謝你當我的替身爸爸和我的好哥哥。謝謝保羅醫師，謝謝你即使我始終長不高卻還是愛我。謝謝你們所有人和我走在一起從不覺得羞恥，跟杭妮說我愛她。我想也許上帝在我長高之前也不會要我，然後我想起了艾列克斯，他覺得上帝愛所有人，連長不高的人也愛。

她的署名寫得巨大而潦草，用來彌補她的嬌小身材。「哦，天啊！」克里斯喊道，「凱西，這是什麼意思？」

這時我才打開皮包，取出我在凱芮房間櫃子角落裡找到的藏匿物品。他看到那瓶老鼠藥的標籤，再看到那袋只剩一個的糖霜甜甜圈，他瞪大藍眼，眸色似乎變得黯淡。只剩一個。只咬了一口。淚水開始從他臉頰滑落，然後他在我肩上真的哭了出來。「哦天啊……她把砒霜灑在甜甜圈上，是不是？好讓她能像克瑞那樣死去？」

我掙脫他牢固臂彎退開好幾步，覺得自己渾身的血都流盡。「克里斯！再讀一遍！你沒發現她寫了什麼，她原本是不相信的，然後卻說『現在我信了』。為什麼她那時不信，現在卻信了？一定出了什麼事！而那件事讓她相信我們的母親會對我們下毒！」

他困惑地搖頭，淚水仍持續從他眼裡湧出。「但她若早就知情，聽見過我們交談又看到過米奇死掉，怎會再發生別的事讓她突然相信？」

「我怎麼知道？」我絕望地哭喊，「可是那些甜甜圈故意灑了砒霜！保羅送驗過了。凱芮吃下那些甜甜圈，知道會害死自己。你沒瞧出這又是我們的媽媽犯下的另一樁殺人罪嗎？」

「她還沒死！」克里斯喊道，「我們會救她！我們不能讓她死。我們要和她談談，告訴她得堅持下去！」

我跑過去抱著他，深怕為時已晚，極度希望並非如此。就在我們抱著彼此，共享著讓我們再次為人父母的折磨時，保羅走出凱芮病房。他憔悴臉上的嚴肅神情告訴了我一切。

「克里斯，」保羅冷靜說道，「再見到你真好。我很遺憾情況如此悲傷。」

「還有希望，不是嗎？」克里斯喊著。

「總是有希望。我們做了能做的。你膚色晒得真漂亮，看起來好有活力。快進去看你妹妹，帶給她一些活力。我和凱瑟琳講了所有我們想得到的話，想讓她恢復鬥志增加求生念頭。但她已經放棄。艾列克斯在房裡跪在她床邊，祈禱她活下來，但凱芮把頭朝向窗邊。我覺得我們無論說了什麼，做了什麼，她都不曉得。她去了一個我們伸手也搆不著的地方。」

克里斯跑向凱芮，我們跟在他後面。現在仍是夏天，她卻骨瘦如柴地躺在一堆厚被子下。她似乎不可能老得那麼快！所有青春年華的緊實成熟與紅潤飽滿都已消逝，讓她的小臉枯瘦凹陷。她的雙眼是深深窟窿，令她顴骨十分明顯。她甚至看起來變矮了一些。克里斯一見她這副模樣就喊出聲。他倚身將她攏在臂彎裡，不斷呼喚她名字，撫摸她那頭長髮。令他震驚的是，數百根金髮在他收手時竟纏在指間。「天上的上帝啊，她怎麼會這樣？」

當他拍掉指間的髮絲，我急忙上前從他手裡扯出那些頭髮，小心翼翼地擺進塑膠盒裡。盒中靜電會讓髮絲安分留在盒裡。這是個傻主意，但我受不了她的秀髮被掃掉丟棄。她的頭髮在睡衣罩衫的白色花邊和枕頭床單上閃閃發亮。我像是陷入無盡夢魘的恍惚裡，收拾那些長髮然後整齊擺放，而艾列克斯一再禱告。即使在我們將他引介給克里斯時，他也只停頓一下點個頭。

「保羅，回答我！你們做了些什麼來救凱芮？」

「我們所知的一切方法。」保羅回答，他的聲音又低又輕，是那種人們在死亡逼近時的說話方式。「一整隊優秀醫師日以繼夜搶救她。但她紅血球被破壞的速度快過我們輸血所能替換的。」

三天三夜，我們所有人都在凱芮床邊徘徊，我的鄰居照顧裘瑞。所有愛她的人都祈求她活下來。我打給杭妮，請她去教堂讓她所有家人教友也為凱芮祈禱。她在電話線那頭輕敲信號，說著「好的，好的！」

每天都有鮮花送來她病房。我沒瞧是誰送的。我坐在克里斯或保羅旁邊，或是坐在他們兩個中間，握住他們的手無聲禱告。我厭惡地望向艾列克斯，我認為他要對凱芮失常負大半責任。最後我再也按捺不住自己的疑問，我起身走向艾列克斯，把他逼入絕境。「艾列克斯，為什麼凱芮會在她人生最幸福的時候求死？她對你說了什麼，你又說了什麼？」

他那沒刮鬍子又極度悲痛的困惑臉龐看向我。「我說了什麼？」他問道，他的眼睛因缺乏睡眠而眼眶泛紅。我將問題再說一遍，口氣更加猛烈尖銳。他甩甩頭彷彿想讓腦袋清楚些，他看起來受創睏倦，將修長手指爬梳過他那頭蓬亂未梳理的棕色鬈髮。「凱西，天知道我做了一切能做的想讓她相信我愛她！但她聽不進我的話。她別過臉什麼也不說。我求她嫁給我，她說好。她把手臂環上我脖子，一再說好。然後又說：『哦，艾列克斯，我一點也配不上你。』我笑著說她很完美，正是我想要的。凱西，我哪裡做錯了？我做了什麼讓她反感，讓她現在連看也不願意看我？」

艾列克斯那副溫柔虔誠神情，看起來只會刻畫在聖人大理石像上。看著他那樣卑微地站在那裡，受到痛苦的折磨，倒戈相向的愛將他撕裂，我伸手盡力安慰他，因為他確實愛著凱芮。以他自己的方式來愛她。「艾列克斯，要是我說得太嚴厲，我很抱歉，原諒我這麼做。可是凱芮向你坦承過任何事嗎？」

他的目光再次陰鬱。「一星期前，我打電話過去想見她一面，她的聲音聽起來很怪，好像發生了什麼她說不出口的可怕事情。我盡快開車去找她，但她不讓我進門。凱西，我愛她！她對我說她太嬌小而且頭太大，但在我眼裡，她的身材比例恰恰好。我覺得她是個嬌俏娃娃，而且她不知道自己很漂亮。要是上帝讓她死去，我這一生就再也找不到自己的信仰！」然後他將臉埋進雙手裡開始哭泣。

在克里斯抵達醫院的第四個晚上。我在凱芮身旁打瞌睡。其他人在自己也病倒前試圖小睡片刻，艾列克斯在走廊的行軍床上打盹，然後我聽到凱芮叫我名字。我跑向她病床跪在床邊，然後伸手握住她在被子下的小手。她的手現在僅是骨瘦如柴，膚色透明到能瞧見靜脈和動脈。

「親愛的，我一直在等妳醒，」我沙啞地低聲說道，「艾列克斯在走廊上，克里斯和保羅在醫師休息室，我要不要叫他們進來？」

「不要！」她輕聲說道，「我只想跟妳說話。凱西，我要死了。」她說得如此冷靜，好像那無關緊要，好像她接受這件事而且感到高興。「不要！」我激烈反駁，「妳不會死！我不能讓妳死！我愛妳就像愛我自己的孩子。凱芮，好多人都愛妳需要妳！凱芮，艾列克斯很愛妳，他想娶妳，他現在不想當牧師了。我告訴他那讓妳難受。他真的不在乎自己要當什麼，只要妳還活著而且愛他。他不在乎妳矮不矮或能不能生小孩。讓我叫他進來，好讓他全都告訴妳……」

「不要，」她微弱地低語，「我有個祕密要告訴妳。」她的聲音微弱有如從很遠很遠的上百座圓緩小丘那頭傳來，「我在街上見到一位女士。」她的聲音低到我得倚身聆聽。「她看起來好像媽媽，像到我趕忙追上去。我抓住她的手，她卻抽回手，用冷硬的目光看向我。她說：『我不認識妳。』凱西，那是我們的母親！她看起來幾乎和以前一樣，只是老了一些。她甚至還戴著那條有鑽石蝴蝶鍊釦的珍珠項鍊，我記得那條項鍊。凱西，當妳的親生媽媽都不要妳，那不就表示沒人會要妳？她看著我，我從她眼裡看得出她知道我是誰，但她還是不要我，因為她知道我很壞。所以她才會那麼說，說她沒有任何孩子。凱西，她也不要妳或克里斯。所有媽媽都愛自己的孩子，除非他們邪惡不潔……就像我們一樣。」

「哦，凱芮！別讓她這樣對妳！是對金錢的熱愛讓她不認妳……不是因為妳很壞或邪惡不潔。妳沒做任何邪惡的事！凱芮，她在乎的是錢，不是我們。可是我們不需要她。妳有艾列克斯、有克里斯、有保羅還有我……然後還有裘瑞和杭妮……凱芮，別讓我們心碎，堅持下去，讓醫師救妳。別放棄。裘瑞想要他的阿姨回來，他每天都問妳在哪。我要怎麼告訴他，說妳不想活了？」

「裘瑞不需要我，」她用自己兒時的那種口氣說話，「除了我以外，裘瑞有很多人愛他在乎他……可是凱西，克瑞正等著我。我現在可以看到他了。回頭看妳後面，他就站在爸爸旁邊，他們比這裡的任何人都想要我。」

「凱芮，不要！」

「凱西，我要去的地方很棒，到處都是花，還有漂亮小鳥，而且我可以感覺到自己愈長愈高……瞧，我幾乎和媽媽一樣高了，像我一直想要的那樣。等我到了那裡，再也不會有人說我眼睛大得可怕，像是貓頭鷹的眼睛。再也不會有人說我是侏儒，叫我去用拉長身體的機器……因為我的身高就像自己想要的那麼高。」

她那虛弱顫抖的聲音漸漸消失。她兩眼上翻望向天堂，一眨也不眨地睜著。她的雙唇未闔，彷彿還有什麼事情要向我訴說。**天啊，她死了！**

是媽媽引發這一切的。逃離一切、逍遙法外的媽媽！毫髮無傷！而且她有錢、有錢、好有錢！她要做的只有回家後流下幾滴自憐淚水。我開始尖叫！我知道自己大叫出聲來。我哭嚎著想從自己的頭頂扯下頭髮，從自己的臉撕下皮膚，因為我看起來太像那個女人。她得償還、償還、再償還……然後償還更多！

在一個炎熱的八月日子，我們將凱芮葬在薛菲爾家族墓地裡，在克萊蒙市區幾公里外的地方。這次沒有下雨。地上沒有積雪。現在死亡占據了冬天以外的所有季節，只留給我狂暴冰冷的天氣能展露歡顏。我們在凱芮身體覆上她深愛的緋紅色花朵，還有紫色花朵。我們頭上的太陽是濃豔的番紅花色，幾乎像是橙色，然後才轉成朱紅色墜入地平線將天空映成玫瑰紅。

我的思緒像憎恨的強風颳起的枯葉，儘管我身下的大理石長椅堅硬難坐，我仍一直坐在上頭。我將那些枯葉聚攏搓捻，製成殘忍女巫的手杖，用來攪拌一鍋復仇的佳釀！

四個瓷娃娃只剩兩個。有一個什麼也不做。他發過誓要盡力挽救生命，連那些不配活著的人也要讓他們活下來。

我不願在夜裡留下凱芮一個人，這是她在地下度過的頭一晚。我得和她一起度過這一晚，以某種莫名的方法來安慰她。我也瞥向茱莉亞和史科帝長眠的地方，就在保羅的父母和哥哥附近，他那個哥哥在亞曼達出生前就死去。我納悶著我們這些佛沃斯家的人在薛菲爾家族墓地做什麼？這有什麼意義嗎？

要是艾列克斯沒進入凱芮人生並且愛她，她會過得更好嗎？要是凱芮沒在街上發現媽媽然後跑去追她，開心地抓她的手叫她媽媽，會不會有所不同？一定會完全不同！一定會！遭到自己親生母親否定，讓她心碎得直接去買老鼠藥，因為她認為自己根本不該活著，因為連她的母親也不認她。她那些甜甜圈上的毒藥不是只灑了一點點，是鋪了厚厚一層的純砒霜！

有人輕喊我名字。那人伸手溫和地抓著我雙肘讓我起身，手臂環上我腰間扶撐，領我走出墓園，我原本想待到拂曉看太陽升起。「親愛的，不行，」克里斯說道，「凱芮現在不需要妳了。但還有別人需要。凱西，妳一定得忘掉過去和妳那些復仇計畫。我在妳臉上看得出來，讀得出妳的心。我要和妳分享我的祕密，讓內心安詳寧靜的祕密。我之前試著告訴妳，但妳不肯聽。**現在，這一次，信我的話！聽進去！**照我做的去做，逼自己忘掉帶來痛苦的所有事，只記那些帶來喜悅的。凱西，這是活得快樂的祕密。遺忘和原諒。」

我將哀痛陰沉的雙眼望向他，輕蔑地說道，「克里斯多弗，你的確非常懂得原諒，但在遺忘方面，又是另一回事了。」

他臉紅得有如殘陽。「凱西，拜託！原諒不是比較好嗎？我只記愉快的部分。」

「不對！不對！」但我依偎著他，像個快下地獄的人緊抓救贖。

雖然我不確定，但我覺得自己看到一個穿黑衣的女人，她的頭臉覆上黑色面紗，在我們走近馬路和停泊車輛時躲到樹後，不讓我們見到她。但我匆匆一瞥，足以看出她戴著明亮珠串。那串珍珠得用來讓一隻纖白的手不停撫弄，像老毛病般地將珠串擰成小結又鬆開。

我知道只有一個女人會有那種舉動，她穿黑衣服非常適合，她確實也該躲起來！**她永遠都在躲！把她所有日子塗成黑色！每一天！**

我會確保她活在世上的每一天都是黑色。黑過我頭髮上的瀝青，黑過上鎖房間裡所有東西和閣樓最陰暗的地方。年幼的我們滿心害怕又需要有人愛的時候，我們卻只有那一切——黑過地獄最深的深淵。

我一定要做的事已經等了夠久。夠久了。雖然克里斯試圖阻止我，但就連他也無法擋下我要做的事！

第五部

我一走進有兩張雙人床的房間，就立刻返回童年時光。加了襯墊的金色絲緞床罩依舊鋪在床上，平整光滑，沒有一絲皺褶。那台十吋電視機依舊放在角落裡。娃娃屋和瓷偶娃娃，以及按比例打造的古董家具，都在等待凱芮的小手觸摸，讓他們再度復活。克里斯從閣樓搬下來的舊搖椅也還在原地。哦！時光在這裡彷彿靜止不動，我們從來就沒離開過！

29 復仇時刻

凱芮的早逝在深愛她的我們人生裡留下一個破洞。現在，那些迷你瓷偶歸我鄭重保管。克里斯去了維吉尼亞大學醫院當住院醫師，只為了別離我太遠。

「凱瑟琳，留下來。」當我對保羅說要回山間住處重拾芭蕾老師生活，他懇求我。「別走，別再留我一個人！裘瑞需要父親，我需要妻子，他需要有男性榜樣能仿效。我厭倦只能偶爾和妳在一起。」

「以後吧。」我說得強硬果決，退離他的懷抱，「總有一天我會去找你，我們會結婚，但我得先處理一些沒做完的事。」

我很快重回自己的日常工作，與住在大宅裡的佛沃斯一家離得不遠。我定下心來謀畫。沒了凱芮後，裘瑞現在成了個難題。他對芭蕾學校生膩，想和他同齡的小孩玩耍。我讓他去一間專門的托兒所就讀，雇了個女傭幫忙家務，當我不在時也可以陪伴裘瑞。到了晚上我到處搜索，就為了尋找某位特定男士。他到現在一直避開我，但命運遲早會讓我們碰上。**那就願上帝保佑妳吧，媽媽**。

巴特洛繆．溫斯洛在希倫戴爾開了第二間法律事務所時，當地報紙為他做了大篇詳細報導，他在格林列納的第一間事務所由他資歷尚淺的合夥律師經營。我心想，兩間事務所？有什麼是錢買不到的！我不打算那麼大膽地直接去找他，我們的相遇會是「意外地」正面碰上。我把裘瑞留給艾瑪．林斯壯照顧，他在我們有圍籬的庭院裡和其他兩名孩童玩在一塊。我開車前往離佛沃斯大宅不遠的樹林。

巴特・溫斯洛勉強稱得上是名人，他生活裡的各種瑣事都有人想打探，因此我從報導文章中就能得知他習慣每天早餐前慢跑數公里。沒錯，為了他在不久的未來將會遇上的那些事，他確實需要一顆有力心臟。連著數日我自己一個人慢跑，跑在那些劈啪作響的枯葉小徑上。現在是九月，凱芮已過世一個月了。心生悲傷思緒的同時，我聞著柴火燃燒的刺鼻氣味，聽著伐木聲響，這些都是凱芮應該會喜歡的聲音和味道。**凱芮，他們會償還的！讓他們付出代價吧！**不知怎地我忘了這與巴特・溫斯洛並不相干。這與他無關，只跟她有關！時間過得多麼快，而我毫無進展！他在哪？我不能老在單身酒吧徘徊，那會太過平凡無奇，又太過明顯。我們會相遇，總有一天，而他會說出某些老掉牙的話，又或許是我會那樣說。那會是我在那個聖誕夜首度見到和媽媽跳舞的巴特洛繆・溫斯洛以來，我一心想要的開始或結束。

如同人生總是反其道而行，我沒在慢跑時遇到他。某個星期六中午，我正坐在一間廉價餐館裡，巴特・溫斯洛竟忽然晃進店裡！他環顧四周，瞥見我坐在窗邊，就朝我走來，穿著他那身所費不貲的三件式律師西裝。他手裡拎著公事包，真的很大搖大擺！他綻放愉快地笑容，精瘦的古銅色臉龐略顯陰險，又或許是我自己嚇自己。

「哦？」他拖著語調慢吞吞地說道，「真沒想到，這不是凱瑟琳・甄娃嗎？我好幾個月來一直想遇到的那個女人。」他放下公事包，沒經我邀請就在對面落座，然後支著手肘，帶著熱烈興趣望向我眼裡。「妳到底躲哪去了？」他問道，雙腳防備似地將公事包往內挪。

「我沒躲起來。」我說道，希望沒顯露自己內心的緊張。

他笑著，深色眼睛掃視我合身的毛衣和裙子，以及我緊張晃動的雙腳可能透露出的訊息。然後他面容變得嚴肅。「我在報紙上看到妳妹妹去世的消息。我很遺憾。看到有人年紀輕輕就過世總是令人難受。若不會太過冒犯，我能問她怎麼過世的嗎？生病？事故？」

我睜大雙眼。她怎麼過世的？哦，我能為此寫一本書！

「你何不去問你的妻子，問問她我妹妹是怎麼過世的？」我生硬地說道。

他顯得驚愕，然後脫口說出，「她不認識妳或妳妹妹，她怎麼會知道？可是我看到她從報紙訃聞頁上剪下訃告，我從她手裡奪走剪報時她哭了。我要她解釋，她起身飛奔上樓，到現在還是不肯回答我。所以妳到底是誰？」

我又咬了一口火腿番茄生菜三明治，令人惱怒地緩慢咀嚼，只為了看他動氣。「何不問問她？」我又說了一遍。

「我真的很討厭以問代答的人。」他厲聲說道，然後伸手招來附近徘徊的紅髮女服務生，點了跟我一樣的食物。「那麼，」他把椅子往前挪，「前陣子我去了妳舞蹈教室，給妳看了妳持續寫給我太太的那些勒索信。」他伸手從口袋裡掏出三封我多年前寫的信。從信封的破爛程度以及上頭許多郵戳與蓋銷印記看來，那些信跟著她跑遍全世界，最後再次回到我手裡。他幾近大喊地再次開口，「妳到底是誰？」

我露出笑容想迷住他，我媽媽的那種笑容。我像她那樣歪著頭，單手擱在我的假珍珠項鍊上顫動。「你真的還需要問嗎？你猜不出來嗎？」

「別跟我裝不懂！妳是誰？妳跟我太太有什麼關係？我知道妳長得很像她，同樣的眼睛頭髮，甚至妳的某些癖好作風都像她。妳一定是親戚之類的……？」

「沒錯。你可以這麼說。」

「那為什麼我之前沒見過妳？遠房姪女？堂妹？」他那強烈的官能魅力幾乎嚇退我，不敢再玩心裡盤算的那種把戲。他可不是青春男孩，不會羞怯地被前芭蕾舞者打動。他那邪惡的吸引力好強烈，幾乎讓我無法抵抗。哦，他會是多麼狂野的情人。我會在他眼裡溺斃，然後和他做愛，我會永遠把其他男人拋在腦後。他太過自信陽剛，太過自負。他可以笑得從容，而我坐立不安想要在他引領我走過那條小徑前逃走，在這一刻之前，我一直以為自己想踏上那小徑。

「來吧，」我起身要走時，他伸手強而有力地阻止我離開，「別再看起來一副驚嚇模樣，別再搞妳玩了好一陣子的把戲。」他拿起那些信，遞到我眼前。我別過臉，對自己很不滿。「別移開眼。我和我太太在歐洲時，妳寄來五、六封信，她看了信就臉色慘白。她會緊張吞嚥口水，就像妳現在這樣。她的手會抬起來撫弄項鍊，就像妳現在把玩妳的珍珠項鍊一樣。有兩次我看到她在信封上寫了『地址不明』。然後有一天我收信時發現妳寫給她的這三封信。我打開信封，讀了信。」他頓了頓，探過身來讓自己的嘴唇離我僅僅幾吋。他的嗓音嚴厲冰冷，完全控制住自己可能心生的狠意。「妳有什麼資格想勒索我太太？」

我確信自己的臉頰失了血色，我知道自己虛弱不適，只想逃離他、逃離這個地方，我想像自己聽到克里斯的聲音說，**讓過去安息。凱西，放手吧。上帝以祂自己的方法最終會實現妳想要的復仇。以祂自己的方法，以祂自己的速度，祂會帶走妳肩上的負擔**。

這是我把一切說出口的機會，所有的一切！為了讓他知道自己娶了什麼樣的女人！為什麼我的嘴唇沒辦法張開，為什麼我的舌頭說不出真相？「你為什麼不去問你太太，問我是誰？她知道所有答案，為什麼來找我？」

他靠回裹著塑膠套的俗豔鮮橘椅子，拿出一個銀質菸盒，上頭有他鑲鑽的姓名花押。那一定是我母親送他的禮物，看起來像她的作風。他把菸盒遞給我，我搖搖頭。他輕敲那根散裝香菸的一端，然後用同樣鑲鑽的銀質打火機點燃另一端。他瞇起的深色雙眼始終盯著我，我像隻蒼蠅落入自己織出的網，靜候襲擊到來。

「妳寫的每一封信都說妳非常需要一百萬美元。」他說得平淡單調，然後直接將煙霧吐到我臉上。我咳嗽，搧了搧空氣。所有牆上都有「禁止吸菸」的警告標示。「為什麼妳需要一百萬？」

我望著那煙霧，繚繞的煙霧直撲而來，纏繞在我頭頸。「聽著，」我努力想重拾自制，「你知道我先生過世了。我懷了他的小孩，有一堆我付不起的帳單把我壓垮，甚至你幫了一些忙讓我拿到保險理賠金後，我現在還是破產中。我的舞蹈學校有赤字。我有個小孩要養，我需要給他很多東西，要存錢供他上大學，而你太太有上百萬。我覺得區區一百萬她能割捨。」

他挖苦地淡淡笑著。他吐出煙圈讓我閃躲並再次咳嗽。「為什麼像妳這樣聰明的女人，會以為我太太能慷慨到把一角硬幣交給她沒認過的親戚？」

「問她為什麼！」

「我問過她了。我拿了妳的信擺在她眼前，想知道是怎麼回事。我問了十幾遍妳是誰，跟她有什麼關係。她每次都說她不認識妳，只知道妳是她看過演出的芭蕾舞者。這次我想從妳這邊得到直截了當的答案。」為了確保我不會別過臉閃躲目光，他伸手牢牢地攫住我下巴，好讓我沒辦法轉頭。「妳到底是誰？跟我太太有什麼關係？為什麼妳覺得她會付妳勒索費？為什麼妳的信會讓她跑上樓拿出她一直鎖在書桌抽屜或保險箱裡的相簿？只要我走進房間，她就飛快藏起那本相簿鎖好。」

「她還留著相簿，那本鑲金邊的藍色皮面相簿？」我低聲說道，震驚著她竟會這麼做。

「不管我們去哪裡，那本藍色相簿都會放進她上鎖的行李箱裡跟著她。」他深色眼睛危險地瞇起。「儘管那相簿現在老舊不堪，磨損得很厲害，妳卻確切描述出那本藍金色相簿的模樣。我太太看的是相簿，而我岳母則是把她的聖經讀到破爛。有時候我瞥見我太太拿著那藍色相簿對著裡頭的相片傷心哭泣，我猜是她第一任丈夫的相片。」

我重重地嘆了口氣，閉上雙眼。我不想知道她哭了！

「凱西，回答我。妳是誰？」我覺得要是不開口說點什麼，他會永遠抓著我下巴不放，不知為了什麼蠢原因，我撒了謊。「杭妮．畢奇是你太太的半個姊妹。你知道嗎？麥爾坎．佛沃斯有了段婚外情，婚外情的結果就是三個小孩。我就是其中一個。你太太是我半個阿姨。」

「啊啊，」他嘆了口氣，鬆開我下巴，靠回他椅上，彷彿滿意我說了真話。「麥爾坎和杭妮．畢奇外遇，她為他生下三個私生子女。多麼令人驚奇的消息。」他譏諷地笑著，「我從沒想過那個老惡魔做得出這種事，尤其在我太太第一次結婚後他很快就得了心臟病。知道這件事讓人得到啟發。」他變得嚴肅，然後探究地望了我良久。「妳媽媽現在在哪？我想見她跟她談談。」

「死了。」我將雙手藏在桌下，像個迷信的傻孩子一直交叉著手指。「她過世很久很久了。」

「好吧。我明白了。三個年輕的佛沃斯家私生子女，想利用自己血統向我太太勒索拿錢，對嗎？」

「不對！只有我。不干我哥哥和我妹妹的事。我只想要我們應得的！我寫那些信的時候處境堪憂，就算現在也沒有好過一些。那十萬美金的保險理賠花不了多久。我丈夫積欠了龐大帳單，我們拖欠了房租和購車款項，再加上我欠了他的住院費和喪葬費，然後還有我生小孩的花費。我可以花一整晚告訴你我那間芭蕾學校的問題，還有我怎樣受騙，我以為那學校會盈利，可以經營下去。」

「學校不會盈利嗎？」

「當學生多為富家小女孩時不會盈利，她們一年度假兩、三次，也不是真的想認真學舞。她們只想要看起來漂漂亮亮，感覺自己很優雅。要是有個真正出色的學生，我所有努力就值得了。但是沒有，一個也沒有。」

他那有力的指尖敲打著桌布，好像在深刻沉思。接著他又點了一根菸，他不像是真的喜歡抽菸，更像是他得有個東西讓好動的手指有事做。他深吸了一口，然後直視我眼裡。「凱瑟琳．甄娃，我要非常坦白地告訴妳。第一，我不知道妳說的是謊言還是真話，不過妳確實長得像佛沃斯家族的一員。第二，我不喜歡妳企圖勒索我太太。第三，我不喜歡看她那麼不開心，她不開心到甚至哭。第四，我非常愛她，我承認儘管有時我很想從她喉嚨挖出往事。她從不提起過去，她滿身祕密，那些祕密永遠傳不進我耳裡。其中一個我之前從沒聽過的大祕密就是，麥爾坎．尼爾．佛沃斯那個虔誠篤信的高尚紳士，得了心臟病之後還搞外遇。我碰巧知道他得心臟病前大概至少有過一次外遇，之後就再也沒有。」

哦！他知道的比我多。我一箭射向天空，卻不知道會命中靶心！

巴特・溫斯洛掃視餐館。有些家庭提早來用餐，我想他怕有人會認出他然後告訴他太太，也就是我的媽媽。

「凱西，走吧，離開這裡。」他出聲催促，起身伸手拉我起來。「妳可以邀我去妳家喝一杯，然後我們可以坐下來聊聊，妳可以把一切對我說得更詳細。」

黃昏像飛快落下的簾幕般降臨山間，忽然已到了晚上，我們在那餐館待了好幾小時。我們來到人行道上，他拿著我的開襟毛線衫讓我雙臂套進衣袖，儘管空氣涼到我需要一件外套或大衣。

「妳家在哪？」

我對他說了，他看起來很發窘。「我們最好別去那裡……有太多人可能會看到我進屋。」那時他當然不曉得，我選了那棟別墅的主要原因是房屋後方就是樹林，給了一個暗中來去的男人很多私下方便。他繼續說道，「我的臉時常出現在報紙上，我很確定妳的鄰居會看到我。妳能打給妳的保姆，叫她多待一會兒嗎？」

我照做了，先和艾瑪・林斯壯通話，然後再對裘瑞說話，叫他在媽媽回家前要當個好孩子。

巴特的車子是輛光滑的黑色賓士。車子行駛時發出隆隆聲，很像裘利安的一輛光滑豪華車，笨重到不會喀嚓噹啷響，牢牢地抓住彎曲的山間道路。「溫斯洛先生，你要帶我去哪？」

「去一個我們可以交談，而且沒人會瞧見或聽見我們的地方。」他往我這邊瞧，咧嘴笑著。「妳一直在看我側臉。讓我聽聽我的評價怎麼樣？」

大量熱血讓我的臉發燙。知道自己臉紅讓我再次脹紅臉，因此令我好沮喪。我的人生裡滿是英俊男人，但這個男人和我以往認識的大不相同。放蕩惡棍類型的男人，讓我心中不斷發出警報信號，告訴自己這個男人要慢慢來！當我端詳他的臉在心裡做記錄，我的直覺警告著我，他所有一切和他那昂貴好看的合身西裝都在叫嚷著，他應該和我一樣果決，當他想要什麼就要得到。

「這個嘛，」我拖長聲調說得嘲弄，「你的長相告訴我，快跑，然後把身後的門鎖好！」

他不懷好意地咧嘴笑，似乎很滿意。「所以，妳覺得我令人興奮又有點危險。很好。英俊卻無聊比醜陋且迷人更糟，對吧？」

「我不知道。要是男人夠聰明又迷人，我常忘了他實際長相，覺得他無論如何都英俊。」

「那妳一定很容易取悅。」

我雙眼一動，一本正經地坐直。「老實說，溫斯洛先生……」

「叫我巴特。」

「老實說，巴特，我很難取悅。我喜歡把男人放上高台崇拜，覺得他們很完美。我一發現他們有致命缺點就不再有愛，變得很冷淡。」

「沒多少女人那麼了解自己，」他若有所思地說道。「大多人一個愛過一個，永遠不曉得自己外表底下是什麼。至少我知道自己的立足點，一個不在高台上的性感傢伙。」

不！我絕不會把他放上高台崇拜。我知道他是怎樣的人，花心男人，好色之徒，如風似火，足以讓一個嫉妒妻子痴狂！我的母親必定從未買過那本性愛書刊來教他何時何地該怎麼做！他突然停車，然後轉頭對上我目光。就算在黑暗中，他深色眼睛的眼白仍在發亮。對一個應有顯老跡象的男人來說，他太過陽剛有活力。他比我母親小八歲。那麼他的年紀就是四十歲，正是男人最有吸引力的時候，他最脆弱的時候，他這時會覺得青春很快就要結束。在轉瞬即逝的可愛青春小鳥飛奔離去，並帶走他曾經能得到的所有年輕漂亮女孩前，他現在就得開始新征途。而他一定厭倦那個萬分熟悉的妻子，儘管他聲稱愛她。要不然他為何會閃動雙眼向我挑戰？**哦，媽媽，不管妳在哪裡，妳該跪下來祈禱！因為我不會對妳留情，不會比妳對我們做的更留情！**

然而當我繼續坐著觀察他，我理解他不是保羅那種自我犧牲的溫文男人。這個男人不需要引誘。他會自己行動，把握時刻。他會像隻黑豹潛近獵物直到得到他想要的，然後他就會離開、拋棄我，一切就會全都結束。他不會放棄自己繼承百萬財產的可能，不會放棄百萬財產帶來的消遣，情人有機會找上門來。我的眼後閃著紅燈……慢慢來……別做錯……因為做錯就有危險。

當我打量著他，他也用差不多的方式打量我。我令他太容易想起他太太，所以沒什麼實際差別嗎？還是說我和她的相似是優勢？畢竟，男人不總是一再愛上同類型的人嗎？

「美麗的夜晚，」他說道，「這是我最喜歡的季節。秋天如此熱情，甚至勝過春天。凱西，跟我一起走走吧。這地方讓我有種奇妙憂愁的心情，彷彿我得疾奔追趕我人生最美好的東西，直到現在都閃躲我的東西。」

「你說得真詩意。」我這般說道，我們踏出他的車子，他握住我的手。我們開始漫步，他熟練地為我帶路，真不敢相信，沿著鄉間的鐵軌而行！這似乎如此熟悉。但這不可能，不是嗎？不會是十五年前我十二歲時，將兒時的我們帶到佛沃斯大宅的同一條鐵軌！

「巴特，我不了解你，但我有一種古怪至極的感覺，我在今晚前的某個夜晚，就曾經與你走在這條小路上。」

「既視感，」他說道，「我也有同樣感覺。好像我和妳曾經深深相愛，我們走過那裡的那些樹林。我們坐在這些火車鐵軌旁的那張綠色長凳上。我不得不帶妳來這裡，甚至我那時不知道自己會駛向何處。」

這話逼我仰望他的臉，瞧他是不是認真的。從他困惑和略顯不安的神情看來，我猜他也嚇到自己了。「我喜歡思索所有被認為不可能或不像真實的事。」我說道，「我想要所有不可能的事變成可能，所有不像真實的事翻轉成現實。然後當所有事情都解釋得通，我想要遇上新的神祕事物，好讓我總有解釋不了的東西能琢磨。」

「妳真是個愛幻想的人。」

「你不是？」

「我不知道。我以前是，那時我還是個男孩。」

「是什麼讓你變了？」

「念了法學院，面對謀殺、強暴、搶劫和貪汙的嚴酷現實，沒辦法永遠當個愛幻想的男孩。一堆教授把教條思想敲進我們腦袋，驅走幻想念頭。進法學院時我年輕稚嫩，畢業的時候我冷硬無情，明白前方每一步都得奮鬥，努力奮鬥做個好律師。很快我就明白了自己不是最棒的，而且競爭之激烈令人震驚。」

他笑了開來，笑得非常有迷人魅力。「凱瑟琳．甄娃，但我覺得自己和妳有很多相似之處。我也需要神祕事物，需要感到困惑，需要有人能崇拜。所以我愛上了百萬財產的女繼承人，但她想繼承的那些錢擋了我的路。那些錢嚇壞我，讓我打退堂鼓。我知道所有人都認為我娶她只為了她的錢。我想她也這麼認為，直到我用別的方法說服她。在我知道她是誰之前，我就已經強烈地愛上她。老實說，我曾覺得她跟妳很像。」

「你怎麼會這麼想？」聽到他揭露的事實讓我心裡緊繃。

「凱西，因為有段時間她曾經很像妳。但她後來繼承了數百萬財產，她極度放縱地買下她心裡渴望的所有東西。很快地再也沒有任何渴望的東西，除了小孩。而她不能有小孩。妳想像不出我們在販賣嬰兒服、嬰兒玩具和嬰兒家具的店鋪前耗了多少時間。我娶她的時候就知道我們不能有小孩，我以為自己不在乎。很快地我開始太過在乎。那些嬰幼兒用品店也對我有吸引力。」

我們沿著前行的不顯眼小徑直接通往那張綠色長凳，四根搖晃的綠色老舊木柱撐著一片生鏽的錫屋頂，長凳就座落在其中兩根木柱間。我們坐在寒冷的山間空氣裡，月兒明亮，星星一閃一滅，蟲聲唧唧，如同我的血液嗡嗡作響。

「凱西，這裡以前是個火車停靠的郵件站。」他點了另一根菸，「不再有任何火車經過這裡。住在附近的有錢人終於讓鐵路公司同意他們的請願，再也沒有火車會在夜裡拉響不為他人著想的汽笛，打擾他們的睡眠。我非常喜歡在夜裡聽到火車鳴笛。但我只有二十七歲，一個住在佛沃斯大宅的新郎。我會躺在自己床上，旁邊是我太太，頭頂上方有隻天鵝，妳能相信嗎？她會把頭靠在我肩上睡著，或是我們會一整晚拉著手睡覺。她吃了藥所以睡得很熟，睡得太熟了，因為她從沒聽過頭頂上方傳來美麗音樂。我很困惑，我告訴她的時候，她說那是我的幻想。然後有一天音樂不再響起，我想她說得對，那只是我的幻想。不再有音樂時，我很想念。我渴望再聽一次。那音樂給了枯燥乏味的老宅一些魅力。我以前睡著時曾夢過一個迷人的年輕女孩在我頭頂上方跳舞。我以為自己夢到我太太年輕的模樣。她時常告訴我，她父母會把她送進閣樓教室逼她在那裡待一整天當作懲罰，就連夏天的時候也是，那裡的溫度一定超過三十七度。他們在冬天也會送她上去，她說那裡嚴峻寒冷，她手指會發青。她說她會蹲在窗邊的地板上哭泣，因為她失去了一些她父母認為邪惡的樂事。」

「你曾經去過閣樓瞧一瞧嗎？」

「沒有。我很想去，但樓梯頂端的雙扇門總是鎖著。再說，所有閣樓都很相像，看過一間就等於全都看過。」他對我亮出頑皮笑容。「現在我透露了很多關於自己的事，說說妳的吧。妳在哪出生？在哪上學？是什麼讓妳開始學舞，還有妳為何從沒參加過佛沃斯家辦的聖誕舞會？」

雖然我很冷，卻冒了汗。「為什麼我要告訴你所有事？就因為你坐在那裡透露了一點點自己的事？你沒告訴我任何真正要緊的事。你在哪出生？是什麼讓你決定當個律師？你怎樣認識你太太的？是在夏天還是冬天認識的，是哪一年？你早就知道她結過婚，或者是你們婚後她才告訴你的？」

「妳真是個愛打聽的小東西，是不是？我在哪出生有什麼差別？我沒像妳那樣有段刺激人生。我出生在南卡羅萊納州一個微不足道的小城鎮，叫格林列納。內戰終結了我祖先的好日子，我們的日子每況愈下，家族中所有友人都是如此，不過那是個講過太多次的老故事。然後我娶了佛沃斯家的小姐，南方又再次繁榮起來。我太太接手我的祖宅，幾乎將整棟房子重新裝潢改建，她若買棟新房子還花不到這麼多錢。而這段期間我做了什麼？一個哈佛畢業的高材生和他的妻子跑遍世界各地，受過的教育幾乎派不上用場，只成了長袖善舞的交際人士。我只接過幾個訴訟案，還幫妳解決困難。順道一提，妳沒付夠我想要的律師費。」

「我寄了一張二百美元的支票給你！」我憤怒地反駁，「要是那不夠，拜託別現在告訴我，我可沒有多的二百美元能給你了。」

「我提到錢了嗎？我現在有太多錢能夠支配，錢對我來說沒什麼意義。在妳這特殊案子裡，我想要的是另一種付費方法。」

「哦，巴特．溫斯洛，別鬧了！你把我大老遠帶到這鄉下，就是想在草地上做愛嗎？你的畢生目標就是和一位前芭蕾舞者做愛嗎？我不會出賣自己的身體，我不會用那方式付任何帳單。而且你有什麼地方吸引人的，你不過是隻寵物狗，飼主是個被嬌縱寵壞的有錢女人，她想買什麼就能買，包括一個比她年輕太多的丈夫！哎呀，她沒在你鼻子穿個鼻環來拉著你到處跑，沒叫你坐下來把手舉在胸前討饒，這真是個奇蹟！」

然後他猛烈無情地抓住我，把他嘴唇壓上我的嘴，動作凶狠得令我發疼！我用雙拳抵抗他，拍打他的雙臂試著扭開頭，但不管我的頭怎樣上下左右地擺，他都一直吻住我，要求我張開雙唇屈服在他的舌頭下！然後當我明白自己掙不開他箍住我的鐵臂，被迫貼合他的身體，我的雙臂違背自己的意志，悄然環上他脖子。我那不受指揮的手指背叛了自己，纏上他那濃密的深色頭髮，而那個吻一直親一直親，一直親到我們兩個都亢奮喘氣。接著他忽然殘暴地將我推離，我幾乎快摔下長凳。

「哦，小瑪菲特小姐[8]，現在妳說我是哪種寵物狗？還是說，妳是剛遇上大野狼的小紅帽？」

「帶我回家！」

「我會帶妳回家，不過要等我再多享受一點妳剛才給我的之後。」他再次撲過來想抓我，但我起身跑開，跑向他的車子，跑去抓起我皮包，所以等他追到這裡的時候，我拿著自己的修甲小剪刀準備

8 譯注：瑪菲特（Little Miss Muffet），英國傳統童謠的主人翁。

戳下去。

他咧嘴而笑，伸手從我手上奪過剪刀。「那會弄出很大的抓傷，」他嘲笑著，「但我不喜歡抓傷出現在我背上以外的地方。等我放妳下車，妳就能拿回妳那二吋小剪刀。」

在我的別墅前方，他把剪刀遞給我。「現在妳儘管動手吧。剪下我的眼珠，也可以戳我心臟。妳的吻開始付費了，但我仍會要妳支付自己的全額款項。」

30 騎虎難下

幾天後，某個星期日一大早，我在自己臥室裡的扶把前做暖身訓練。我年幼的兒子認真地學我的動作。我把鏡子從梳妝台搬到扶把後方，望著鏡中的他實在令人愉快。

「我在跳舞嗎？」裘瑞問道。

「是啊，裘瑞。你在跳舞！」

「我跳得好嗎？」

「是啊，裘瑞。你跳得好棒！」

他笑著摟住我的腿仰望我的臉，那種著迷狂喜的神情只有極其年幼的孩童表達得出，他眼裡流露出活著能感受到的所有驚歎，每天學會新東西的喜悅滿足。「媽媽，我愛你。」這是我們每天對彼此說上十幾次或更多次的話語。「瑪麗有爸爸。為什麼我沒有爸爸？」

那真的讓人難受。「裘瑞，你有爸爸，不過他去天堂了。也許有一天媽媽會找個新爸爸給你。」他笑了，因為他很高興。在他的世界裡爸爸很重要，因為托兒所裡的所有小孩都有爸爸，只有裘瑞沒有。

就在那時，我聽到大門砰一聲關上。有個耳熟的聲音喊我名字。是克里斯！他在小房子裡邁開大步，身穿藍色緊身衣和舞衣舞鞋的我連忙走向他。我們的目光相遇，緊緊膠著。他沒開口就伸出雙臂，我也毫不猶豫地投入他臂彎，儘管他想親我嘴唇，卻只親到我臉頰。裘瑞揪著克里斯的灰色法蘭絨長褲，渴望那有力陽剛的雙臂將他一把抱起。「我的裘瑞過得好嗎？」克里斯親吻他飽滿紅潤的雙頰後問他。我兒子的雙眼凝視他時睜得好大。「克里斯舅舅，你是我爸爸嗎？」

「不是，」他生硬地說道，讓裘瑞那雙小腳再次站在地上。「不過我當然希望自己有個像你這樣的兒子。」這句話令我不自在地轉身，好讓他瞧不見我雙眼。接著我問他怎會在這裡，這個時候他理應正在照顧他的患者。

「因為拿到週末休假，所以我打算跟妳共度週末，也就是說，要是妳允許的話。」我淡淡地點頭，想起這週末可能會來的另一個人。「我的表現幾乎和住院醫師能做的一樣好，我得到褒獎，以及本週末獲准不用值班。」他對我露出他最迷人的笑容。「你有保羅的消息嗎？」我問道，「他沒像以前那麼常來，也沒再寫那麼多信。」

「他去參加另一個醫學會議。我以為他總是會和妳保持聯絡。」

他講到「妳」這個字時說得略為用力。「克里斯，我很擔心保羅。他沒回我寫的每封信，那不像他。」

他笑倒在椅子上，然後把裘瑞抱到膝上。「親愛的妹妹，說不定妳終於遇到第一個可以把妳忘懷、不再愛妳的男人。」

我不知道該說什麼，手足無措。我坐下來盯著地板，感覺克里斯從容悠長的目光試著讀出我的意圖。我剛想到這裡他就問道，「凱西，妳在這山裡做什麼？妳在計畫什麼？妳的計畫是從我們母親那裡奪走巴特・溫斯洛嗎？」

我猛然抬頭，我迎上他瞇起的藍眼，覺得自己心口湧出怒意。「別把我當沒腦袋的十歲小孩來質問。我做自己該做的，就像你一樣。」

「妳的確做了。我知道自己不用問。不用拿水晶球就能讀懂妳。我知道妳為什麼要這麼做，也知道妳心裡怎樣想，可是請妳離巴特・溫斯洛遠一點！他永遠不會為了妳離開她！她有數百萬財產，妳有的只是青春。有成千上萬更年輕的女人能讓他挑選，他幹嘛要選妳？」

我什麼也沒說，只是用我那自信笑容迎上他皺眉的表情，讓他臉紅然後別過臉去。我感到殘酷又羞愧。

「克里斯，我們別再吵了。和好當盟友吧，四個人裡現在只剩下你和我了。」

他的藍眼睛仔細端詳我時變得溫柔。「我只是想試試，就像我一直嘗試的那樣。」他環顧四周然後目光回到我身上。「我跟醫院另一位住院醫師合住一間房。要是我能跟妳和裘瑞一起住在這裡，那會很棒。那會像是以前一樣，只有我們。」

他說的話讓我渾身一僵。「那你每天早上就得開很久的車，而且沒辦法隨傳隨到，即時趕去醫院。」

他嘆了口氣。「我知道，不過週末呢？我每隔一星期就有週末假，那會太打擾妳嗎？」

「沒錯，那會太過打擾我。克里斯多弗，我有我自己的生活。」

我望著他咬住自己下唇才勉強一笑。「好吧，隨妳高興……做妳得做的，我衷心希望妳不會後悔。」

「可以請你別再提了嗎？」我笑著走向他然後抱緊他。「聽話。接受這樣的我，像凱芮一樣頑固的我。好啦，你午餐想吃什麼？」

「我還沒吃早餐。」

「那我們就吃早午餐，能抵兩餐。」在那之後時間過得飛快。在星期天早上，他坐在桌前準備享用他最愛的起司歐姆蛋。幸虧裘瑞什麼都吃。我把克里斯想成裘瑞的父親，但我不願承認。他坐在桌前看起來對極了，就像以前……我和他玩著扮演父母的遊戲一樣。當時我們盡其所能地使出全力，雖然那時我們自己都不過只是孩子。

早餐後我們在樹林裡漫步，走在我慢跑行經的那些小徑上。裘瑞騎在克里斯肩上。我們望向佛沃斯大宅外頭的世界，當我們被關起來或在屋頂上時，那些地方我們全都看不見。我們一起站著眺望龐大宅邸。「媽媽在那裡嗎？」他的聲音緊繃粗啞。

「不在。我聽說她去了德州一間為女富豪開設的美容水療會館，想要減重七公斤。」

他警覺地轉過頭來。「誰告訴妳的？」

「你覺得是誰？」

克里斯猛搖頭，然後放裘瑞下來讓他站好。「凱西，妳真不該玩弄他！我見過他，他不好惹，離他遠一點。要是妳生活裡一定得有個男人，那就回去找保羅嫁給他。讓我們的媽媽平靜地過她的日子。妳是不是從未相信她受了折磨？妳覺得她知道自己做了什麼之後真的還能過得幸福嗎？世上所有錢都沒辦法把她所失去的還給她，那就是我們！這樣的報復就夠了！」

「那還不夠。我想在巴特面前和她對質真相。你可以堅持一百年跪下來懇求直到你舌頭掉下來，但我還是會往前走，做我一定得做的！」

克里斯在我家留宿的時候，他睡在凱芮以前的房間。雖然他目光追隨我一舉一動，我們很少交談。他看起來無力失落……最重要的是他很受創。我想告訴他，等我做完我該做的事，我會回去找保羅和他過安穩日子，裘瑞會有個他需要的爸爸，但我什麼也沒說。

山裡的夜晚十分寒冷，即使九月的白天依舊暖和。我們曾經在那閣樓裡幾乎快被酷熱高溫融化，我猜我們心裡都想起這件事，在克里斯得離去的前一晚，我們坐在搖曳不定的柴火前。我兒子好幾小時前就睡了，然後我起身打呵欠，伸展雙臂瞥向壁爐台上的時鐘，時間顯示著十一點。「克里斯，該睡了。尤其你明天一大早就要起床。」

他沒說話就跟著我走向裘瑞房間，我們一起低頭望著側睡的裘瑞，他的深色鬈髮濡濕，臉頰發紅。他雙手摟了隻絨毛小馬填充玩偶，很像是他說自己四歲時想要擁有的真正小馬。

「他睡著的時候，更像妳而不是像裘利安。」克里斯低聲說道。

保羅也這麼說。

「克里斯多弗．瓷娃娃，晚安。」當我們在凱芮房門前佇步，我這樣說道，「睡個好覺，別被臭蟲咬。」

我說的話讓他的臉痛苦扭曲。他背對我開門走進凱芮房間，然後轉身面向我。「那是我們睡在同一間房裡時，我們以前說晚安的那一套。」他說道，然後轉身關上他身後的門。

等我七點起床時，克里斯已經離去。我哭了一會兒。裘瑞盯著我，他的雙眼瞪大驚嚇。「媽媽……？」他擔心地問道。

「沒事。媽媽只是想念你的克里斯舅舅。而且媽媽今天不出門工作。」不，我不去，我幹嘛要去？只有三名學生會來，我可以等明天那節人數額滿的課堂再教他們。

我的計畫進展得太慢。為了加快進度，我叫艾瑪來陪裘瑞，而我去樹林裡慢跑。「我一小時內就會回來。讓他午餐前在外面玩，等到午餐時我就回來了。」

我穿著鑲了白邊的鮮藍色慢跑裝，沿著泥土小徑起跑。這次我選了之前從沒跑過的右叉路，跑進松木密林。小徑很不顯眼又彎彎曲曲，我得目光敏銳地盯著地面，因為樹根可能會絆倒我。生長在松木間的山林野木是燦爛鮮豔的秋色，像是翠綠的松木、冷杉和雲杉間放了把火。就像我多年前告訴自己的，那是年歲遭到冬天嚴寒凍傷變老死去前，最後的熱烈戀情。

有人跑在我後面。我沒回頭看。落葉清脆的劈啪聲如此悅耳，所以我愈跑愈快，讓風吹起我散開的頭髮，就像我任由白晝美景帶走我的痛苦自責與羞愧內疚，讓它們成為耐不住日光的透明幽靈。

「凱西，等等！」男人的有力聲音喊道。「妳跑太快了！」

那當然是巴特．溫斯洛。如同遲早會遇上一般，命運不會永遠對我以智取勝，我媽媽也不會一直勝出。我往背後瞥了一眼，笑看他喘氣，他身穿楓糖褐色的時髦慢跑裝，衣領袖口和褲腰鑲了橘黃色條紋布料，寬鬆褲腿側邊有兩道橘黃線條。他穿得就像一個獵豔的跑者。

「嗨，溫斯洛先生，」我加快腳步時往後喊道，「追不上女人的男人，算不上是男人！」

他接受挑戰，長腿加快速度，我真的得努力地跑才能領先！我飛奔，我的長髮在身後飄揚。在地上搜尋堅果的松鼠得蹦跳閃躲我。我感受到的力量讓我笑了，然後張開雙臂踮起腳尖旋轉，覺得自己在舞台上演出我這輩子最棒的角色。然後不知打哪冒出一節多瘤樹根勾住我髒汙運動鞋的鞋尖，我面朝下整個人撲倒在地。幸好落葉當了我的緩衝墊。

我立刻起身再次開跑，但我摔倒給了巴特拉近距離的機會。儘管他有長腿優勢，但他喘得上氣不接下氣，顯然表明他的耐力沒我好，他再次出聲。「凱西，別再跑了！手下留情！這會要了我的命！有別的方法能讓我證明自己是個男人！」

我毫不留情！「有本事就來抓我，要不然我絕不會就範。」我對他這樣喊然後繼續跑，欣喜自己那有力的舞者雙腿，柔韌修長的肌肉以及芭蕾舞訓練所造就的一切，讓我覺得自己是一道藍光。

這自負念頭正閃過我腦中，我那蠢膝蓋忽然一軟，然後我再次臉朝下摔在落葉裡。這次我覺得好痛，真的很痛。我斷了根骨頭？腳踝扭傷，或者又是韌帶撕裂？

巴特一會兒就來到我身邊，跪下將我翻過身來，瞧了我的臉才關切地問道，「妳受傷了嗎？妳臉色好白，哪裡痛？」

我想說自己當然沒事，因為舞者除了沒預料會摔倒的時候，都懂得該怎麼摔，而且我的膝蓋為什麼這麼痛？我盯著自己膝蓋，覺得遭到背叛，膝蓋總是搞砸我的好事，而且用各種方法讓我受傷。

「是我那蠢膝蓋。要是我手肘撞上浴室門，我的右膝就會痛。我頭痛時，膝蓋也陪著一起痛。有次我去補牙，粗心的牙醫不小心失手，牙鑽割傷我牙齦，我的右膝立刻彈起來踢他肚子。」

「妳在說笑。」

「我是認真的。你身體就沒有哪裡不尋常嗎？」

「我什麼也不會提。」他笑了，那難題讓他的深色眼睛閃閃發光，然後他扶我站好摸我膝蓋，好像知道自己在幹嘛。「在我看來是個功能正常的好膝蓋。」

「你怎麼知道？」

「我的膝蓋功能良好，所以我摸了就知道，不過要是我能親眼看那膝蓋，就能講得更仔細。」

「回家去看你太太功能正常的膝蓋吧。」

「為什麼妳要這麼討厭我？」他瞇起眼睛，「我在這裡高興再見到妳，而妳表現得如此不友好。」

「疼痛總是讓我不友好，難道你不是？」

「我受苦的時候乖巧謙恭，但那種時候不常有。那會讓妳得到更多關注，別忘了是妳拋出挑戰書的，不是我。」

「你大可不必接受。你可以跑你的快樂路，讓我跑我的。」

「現在我們吵起來了，」他失望地說道，「我想表示善意的時候，妳想開戰。對我好一點，說妳很高興見到我，告訴我從妳上次見到我以來，我外表好看了多少，還有，告訴我妳找到我有多興奮。就算我沒跑得像風一樣快，我有我自己的拿手把戲。」

「我敢說你的確有。」

「我太太還待在那間美容水療會館，我幾個月以來都孤伶伶的，和一個老太太住在一起無聊得要死，她不能說話也不能走路，只會在每次見到我時努力皺眉。有天晚上我就坐在壁爐前，希望附近有人能犯下殺人罪，好讓我能換口味接個令人注目的案子。我的周遭只有快樂的正常人，沒有人會突然爆發壓抑情緒，在這邊當律師真的該死地令人沮喪。」

「巴特，恭喜你！站著在你面前的傢伙充滿好鬥憤怒和卑鄙憎恨的惡意，尋找突發報復的機會。你可以有所指望！」

他覺得我在開玩笑，玩著貓抓老鼠，男人和女人的遊戲，他也欣然迎向挑戰，一點也沒懷疑我的真實意圖。他仔細打量我，用男人的肉欲目光脫掉我那身天藍色慢跑裝，渴望我所能給予的。「妳為什麼要來住在離我這麼近的地方？」

我笑了。「你真自負，是不是？我來接手一間芭蕾學校。」

「妳的確接了……妳能去紐約和妳不管在哪的家鄉，而妳來了這裡，還能享受冬季運動？」他的眼神暗示出他心裡想的是冬季室內運動，就算我沒這麼想。

「沒錯，我的確喜歡各種運動，不管室內室外。」我天真純潔地說道。

他自信地咯咯笑，如同所有自負男人般地，自認已經在男人真正想和女人玩的唯一親密遊戲裡取得一分。

「那個不能說話的老太太，她究竟能動彈嗎？」我問道。

「稍微。她是我太太的母親。她能開口，但講出來的話很混亂，只有我太太聽得懂。」

「你把她一個人留在那裡，這樣安全嗎？」

「她不是一個人。有個私人護士一直陪著她，還有很多僕人。」他皺起眉頭，好像不喜歡我這麼問，但我堅持要問。「那麼到底為什麼要留在這裡，你太太不在，為什麼不去找點樂子？」

「妳確實有潑辣的一面。雖然我從未多在乎我岳母，她現在這樣讓我為她感到難過。而人性如此，沒有家族成員留在屋裡檢查僕人做了哪些事讓她過得舒坦，我不信他們會好好照顧她。她無力照顧自己，沒人扶就沒辦法從椅子上站起來，沒人抬就下不了床。所以在我太太回家前，我得負責確保麥爾坎．佛沃斯太太沒遭人虐待忽視或被人偷了東西。」

然後我感到難以抵擋的好奇。我想知道她的名字，因為我從沒聽過任何人叫她名字。「你叫她佛沃斯太太嗎？」

他不能理解我對老太太的興趣，試圖轉移話題，但我堅持要問。「我叫她奧莉薇！」他不耐煩說道。「婚後一開始的時候，我試著完全不跟她交談，試著遺忘她的存在。現在我用她名字叫她，我想這讓她高興，但我不確定。她的臉是石頭做的，只有一種固定表情，冷冰冰的。」

我想像得出她的模樣，除了她那燧石灰眼以外，其他部位似乎都毫不動彈。他對我說得夠多了。現在我可以開始計畫了，只要再確定一件小事。「你太太，她預計什麼時候回來？」

「妳為何要知道？」

「巴特，我也很寂寞。我兒子的保姆艾瑪回家後，就只剩我自己的年幼兒子。所以……我想也許有的晚上你也許願意來跟我們吃晚餐……」

「我今晚就去。」他立刻說道，深色眼睛十分熾熱。

「我們的作息以我兒子為主。我們夏天的時候五點半開飯，不過現在白天變短了，五點就吃晚餐。」

「很好。五點就餵飽他然後送他上床。我會在七點半去喝雞尾酒。晚餐後我們可以開始更了解彼此。」他極度嚴肅地迎上我深思目光，像個正派律師該有的那樣。然後因為用那種目光對看太久，我們同時笑出聲來。

「順便一提，溫斯洛先生，要是你抄小路穿越你家後方的樹林，就能抵達我家而且不會被任何人看到，除非你想讓自己大出洋相。」

他抬起手掌然後點頭，彷彿我們一同密謀。「甄娃小姐，謹慎就是通關口令。」

31 蜘蛛和蒼蠅

門鈴正好在七點半時響起，那根毫無耐心的手指用力按著，逼我趕緊應門免得吵醒裘瑞，裘瑞可不喜歡這麼這麼早就上床睡覺。

若說我是煞費苦心地妝點出自己的最佳面貌，那麼巴特一定也是。他大步走進屋裡，彷彿已擁有我和這個地方似的。他渾身散發一股鬍後水和松林的味道，他頭上的每根頭髮都仔細梳理到位，讓我納悶著他頂上是否有哪一處的頭髮比較稀疏，雖然我遲早會查明這一點。我接過他的大衣掛在壁櫥裡，然後走向我用來打發時間的吧台，他在我燒起的柴火前入座。我自信沒有漏掉任何事，我甚至放了輕音樂。現在的我，對男人已懂得夠多，知道怎樣最能討好他們。如果一個可愛女人忙東忙西，渴望侍候他，縱容他，用好酒好菜款待他，世上沒有男人不會被她迷倒。「巴特，告訴我你愛喝什麼。」

「蘇格蘭威士忌。」

「加冰塊？」

「不加。」

他望著我刻意展現優雅靈巧的一舉一動。然後我背過身替自己調了杯果味酒，稍微加了一點伏特加。我將兩只小巧高腳杯放在銀托盤上，帶著誘惑意味地朝他漫步走去，倚身讓他能一覽我沒穿內衣的迷人胸前風光。我坐在他對面，蹺起一隻腳展開我那玫瑰色禮服的長條開叉，露出從銀色涼鞋到臀部之間的下半條腿。他看得目不轉睛。「沒有別的玻璃杯真抱歉，」我流暢地說道，他的神情令我相當滿意，「這房子沒地方讓我把自己的東西全擺出來。我大部分的水晶餐具都收起來了，我這邊只有酒杯和高腳水杯。」

「不管裝在什麼杯子裡，蘇格蘭威士忌就是蘇格蘭威士忌。妳喝的到底是什麼？」到了這時他把目光轉向我禮服的低胸V字領口。

「這個嘛，剛榨好的柳橙汁加上一點點檸檬汁，幾口伏特加，少許椰子油，然後放顆櫻桃沉下去。我叫它『少女之喜』。」

交談了幾分鐘後，我們轉移到離壁爐不遠的餐桌，在燭光下用餐。我和他時常落下叉子或湯匙，我們兩個都會去撿，然後笑著看誰最快拾起。每次都是我。我的領口開得如此殷勤，他太過分心，沒辦法找出下落不明的叉子或湯匙。

「這道雞肉很好吃，」五個小時的辛苦準備在十分鐘內就一掃而空，他開口說道，「我通常不喜歡雞肉，妳在哪學會這道菜？」

我對他說了實話。「一個俄羅斯舞者教我的，她來這邊巡迴演出，我們互有好感。她和她丈夫住在我和裘利安的家，我們沒跳舞購物或表演的時候會一起下廚，要四隻雞才能餵飽四個人。現在你知道舞者的齷齪真相了，說到吃，我們一點也不優雅，而且是在表演結束後。我們在上台前得吃得非常少。」

他笑著探過那張小摺疊桌。燭光照進他眼裡，讓雙眼非常閃耀。「凱西，老實告訴我，妳為什麼要來這個鄉下小鎮生活，妳為什麼一心要我當個戀人。」

「你自以為是。」我用自己最冷漠的態度說道，覺得自己成功地讓外表顯得冷淡，然而我的內心是成片的矛盾情感。這就像是我有舞台恐懼症，在舞台側邊等著登場，然而這明明是我人生中最重要的一場演出。

接著，就像魔法開始施展，我覺得自己就在舞台上。我不用思考怎麼演或該說什麼，以便迷住他，然後讓他永遠成為我的。在很久以前，我十五歲，還被關在閣樓上時，劇本就已寫好。**沒錯，媽**

媽，這是第一幕。這個劇本是由一個非常了解他的人熟練寫下的，那個人早已透過許多發問，對他有了透徹理解。我怎可能失敗？

晚餐後我向巴特挑戰來下盤棋，他接受了。桌子清理好，碗盤都堆在水槽裡，我就連忙拿出棋盤。我們開始擺放中世紀戰士的兩支軍隊。「我正是為此而來，」他說道，嚴厲地看了我一眼，「為了下棋！我沖了澡，刮了鬍子換上我最好的西裝，好讓我能下棋！」然後他笑了，笑得非常迷人。

「要是我贏了，有什麼獎品？」

「獎品就是第二局！」

「要是我第二局贏了，有什麼獎品？」

「要是你贏了二局，那就進入最後決賽。別坐在那裡對我笑得那麼洋洋得意。教我下棋的人可是個大師。」大師當然是指克里斯。

「我贏了最後決賽之後，有什麼獎品？」他堅持問道。

「你可以回家，對自己非常滿意地入睡。」

他蓄意非常地抬起整個棋盤，連同手工雕刻象牙棋子，放在冰箱頂部上頭。他抓住我的手，把我拽向客廳。「芭蕾舞者，放音樂吧，」他輕聲說道，「我們來跳舞。不跳花俏舞步，只跳點輕鬆浪漫的。」

我只在汽車音響裡收聽流行樂，在寂寞的長途車程中振奮精神，但在花自己的錢買唱片時，我都買古典樂或芭蕾音樂。儘管如此，我今天特別去買了張〈那夜為愛而存〉的唱片。當我們在昏暗的客廳裡跳舞，只有爐火照明，我想起了乾燥蒙塵的閣樓和克里斯。

「凱西，妳為什麼哭了？」他輕聲問道，然後轉動我的頭好讓他臉頰能抹上我的淚水。「我不知道。」我啜泣。而我真的不知道……

「妳當然知道，」他說道，我們跳了又跳，他那光滑臉頰持續磨蹭我的臉頰。「妳是個吸引人的綜合體，有一部分是小孩，有一部分是魅惑的女人，有一部分是天使。」

我笑得短促苦澀。「所有男人都喜歡把女人想成那樣。想成是他們得照顧的小女孩，我知道的事實是，男人更像是男孩，而不真的是十足的男人。」

「那就向妳人生中第一個成人男性問好。」

「你不是我人生中第一個自大頑固的男人！」

「但我會是最後一個。最重要的一個，妳永遠忘不掉的那一個。」哦！他為什麼一定得那麼說？克里斯說得對，這個人對我來說太過難懂。

「凱西，妳真的以為自己能勒索我太太？」

「沒有，但我得試一試。我是個傻瓜。我期待太多，然後我很生氣，因為沒有一件事照著我想要的去發展。我年輕時充滿希望和抱負，我不知道自己會這麼常受創。我以為自己會變得強硬再也不會覺得痛，然後我脆弱的軀殼支離破碎，我的血和淚象徵性地再次一起流出。我讓自己再次振作繼續前行，說服自己一切都有個理由，在我人生的某些時刻，那理由會揭露出來。當我得到自己想要的，我衷心希望那會留得夠久讓我知道自己確實擁有，等到留不住的時候就不會受創，因為我現在不期待那會留下來。我就像個甜甜圈，總是中心被挖空，我不斷地見一個愛一個尋找失落的那一塊，然後一再尋找，永不結束，只有開始……」

「妳對自己並不誠實，」巴特輕聲說道，「妳比任何人都清楚失落的那一塊在哪，不然我就不會在這裡。」

他的聲音如此低沉誘人，隨著舞步，我把頭擱在他肩上。「巴特，你錯了，我不知道你為什麼在這裡。我不知道怎麼填滿自己的時間。我教舞和陪我兒子的時候，我很有活力，但等他上床睡覺，我就孤伶伶的，不知道該怎樣獨處。我知道裘瑞需要有個爸爸，當我想起他爸爸，我明白自己總是做錯。我讀過自己的表演評論，評論裡讚揚我有潛力……但在我的人生中，我犯下的都是錯誤，所以我在專業上的成就一點也不重要。」我不再移動腳步，抽了抽鼻子，然後想藏起自己的臉。但他抬起我的臉，然後擦乾我的淚水，拿著他的手帕好讓我擤鼻子。

然後一陣沉默，漫長的沉默。我們的目光相對，緊緊糾纏，我的心跳開始加速。「凱西，妳的問題全都很簡單，」他開口說道，「妳需要的是像我這樣的人，而我需要像妳這樣的人。要是裘瑞需要有個爸爸，那我就需要有個兒子。瞧瞧這些複雜的問題，多簡單就解決了？」

太過簡單了，我心想，當他有個太太，而我精明嘲諷，深知他不可能真的很在乎我。「你有你心愛的妻子。」我苦澀地說道。我推開他，我不想太輕易得到他，一定要漫長艱難地與我媽媽鬥爭過後才得到他，而她不在這裡，她不會知情。

「男人也是騙子。」他說得冷漠，部分熱情從他眼中消失。「我有個太太，我們偶爾睡在一起，但已激情不再。我不懂她。我不覺得任何人懂她。她是一大捆祕密，裹得緊緊的，她不讓我進去。這已持續如此久，我現在不想進去了。她可以保留她的祕密和眼淚，繼續焦慮地損耗自己，不管是什麼事情讓她在夜裡醒來然後跑去看那該死的藍色相簿！現在她體重過重，她寫信說她剛做了整形手術來整容，我不知道她何時回來。好像我真懂她似的！」

我心裡很驚慌，他得在乎！我怎能拆散已經快要破碎的婚姻？我需要感覺自己是在對抗著壓倒性的優勢下做到的！「回家吧！」我說道，推著他，「離開我家！我對你了解並不深，更何況去傾聽你的問題，而且我不信你。我不相信你！」

他笑了，嘲弄著我，我推開他的弱小努力令他亢奮，他的性欲著了火……在他眼裡燃燒，他抓住我上臂把我使勁拉向他。「現在妳少胡扯了！瞧瞧妳穿了什麼衣服。妳讓我來是有原因的。所以我來了，準備好受妳誘惑。我第一次見妳，妳就引誘我，而我人生中我與妳相識的時間好像比實際時間還久。沒人能跟我玩遊戲然後告訴我最後是平手，只能是妳贏或我贏。但要是我們同床共枕，也許能在早上醒來發現我們都是贏家。」

紅燈閃爍，停下來！抵抗！奮鬥！那些我都沒做。我用自己無能的小拳頭搥打他胸膛，他笑著一把抱起我將我扛在他肩上。他光用一手就控制住我雙腿讓雙腿怎麼也踢不動，然後再用另一隻手關燈。在黑暗中我仍持續搥打他背部，他抱我進了我臥室，把我扔在床罩上。我想爬起來，但他飛快撲向我！我沒機會使出準備好的膝頭。他察覺到我的舞者能耐會擊退他，所以他衝過來抓住我的腰，所以我們都跌到地上！我張嘴想尖叫。他用手摀住我敞開的雙唇，然後用他那鋼鐵般的力道縛住我雙臂，然後坐上我試圖踢動脫困的雙腿。

「凱西，我迷人的誘惑女人，妳費了這麼多心力。芭蕾舞者，妳很久以前就開始引誘我了。直到聖誕節的前一星期妳都是我的，然後我太太就回家了。我就不需要妳了。」

他的手從我唇上移開，我以為自己會尖叫，但我卻脫口而出，「至少我不用花我父親的百萬財產來買你！」那句話很有效果。在我還沒明白發生什麼事前，他野蠻地將雙唇用力壓在我唇上。這不是我想要的！我想勾引他，讓他激動，讓他追我，在漫長艱辛的追求後才投降，而我媽媽只能眼睜睜受盡折磨，知道自己什麼也不能做，不然我就會講出來。然而他無情地占有我，比裘利安最糟糕的時候還殘忍！他粗野地壓在我身上。甚至在他的雙手撕扯我的緊身玫瑰紅禮服時，他扭動翻滾地磨蹭。最後我身上只剩褲襪，很快地他也拉下褲襪，我的銀色涼鞋卡著褲襪一併被脫掉。

他的雙唇仍舊野蠻地用力壓著我嘴唇，他將我反抗的手移向他褲頭拉鍊，緊擰到我的指節嘎吱響。要不就把拉鍊拉下，要不就是我手指斷掉！當他讓我赤裸地躺在他身下，我永遠想不透他是怎樣甩掉自己衣服的。他渾身赤裸，只穿著襪子，我繼續扭動翻滾，用頭撞他，又試著抓他咬他，而他親吻愛撫又探索我身體。我幾次都有機會尖叫，但我喘得太重太急，只能猛然往上推，想逼退他。但他把我身體的拱起當成邀請式的歡迎。他沉身而入，然後太快得到滿足，在我還沒有任何滿足之前就抽身！

「滾出這裡，」我大叫，「我會叫警察！我會把你送進牢裡，用侵犯人身和強姦起訴！」

他輕蔑地笑，玩笑似地撫弄我下巴，然後起身穿上衣服。「哦。」他說道，模仿我的聲音嘲弄我，「我好怕。」然後他的嗓音深刻認真。「妳不開心，是不是？我沒照著妳打算的那樣來進展，但別擔心，我明晚還會來，也許那時妳可以充分討好我，我就會想花時間來討好妳。」

「我有槍！」其實我沒有。「要是你敢再踏進這房子一步，你就會變成死人！你不是人！比起人你更像頭牲畜！」

「我太太也常常這麼說，」他若無其事地說道，無恥地拉上長褲拉鍊，甚至連背過身去的禮貌也沒有。「但她也同樣地很喜歡，就像妳一樣。威靈頓牛排，妳明晚可以做這道菜，再加上生菜沙拉和當甜點的巧克力慕斯。要是妳願意讓我發胖，我們就能用最愉快的方式來燃燒卡路里。我指的不是慢跑。」他咧嘴笑著向我致意，用軍人作風將一腳擱在另一腳後方瀟灑轉身，然後在門口佇步，我坐起來把我禮服的殘存碎片抓在胸口。「明晚同樣時間，我會留下來過夜，也就是說，要是妳好好對待我的話。」

他離開了，砰一聲關上他身後的大門。該死的，他該下地獄！我開始哭泣，不是出於對自己的憐憫。龐大的沮喪來襲，我想將他肢解得四分五裂！威靈頓牛排！我會灑上砒霜！

一個膽怯的輕微聲音從我門外傳來。「媽媽……我好怕。媽媽，妳在哭嗎？」

我急忙穿上睡袍叫他進來，然後把他緊抱在我懷裡。「親愛的，親愛的，媽媽沒事。你做了惡夢。媽媽沒哭……你瞧？」我擦掉眼淚，因為我會報仇。

三打玫瑰在我和裘瑞吃早餐的時候抵達，花商賣的長莖品種。一張白色小卡上寫著：

我送妳一大束花，
一朵代表妳擁有我心的一晚。

沒有署名。我到底該怎麼在火柴盒般的房子裡處理這三打玫瑰？我不能送去兒童病房，醫院離好遠好遠。決定怎麼處理的人是裘瑞。「哦，媽媽，好漂亮！保羅叔叔的玫瑰！」

我為裘瑞留下玫瑰，沒扔掉它們，我把玫瑰分插在遍布房子的許多花瓶裡。他很開心，當我帶他去芭蕾學校，他對我所有的學生說他家到處都有玫瑰，甚至連浴室也有。

午餐後我開車送裘瑞去他深愛的托兒所。那是一間蒙特梭利學校，鼓勵他靠著感官吸引力自發學習。他已經會用印刷體寫自己的名字，他才三歲！我告訴自己他很像克里斯，聰明英俊有才華。哦！我的裘瑞什麼都有，除了一個爸爸。他閃亮藍眼裡閃著某個人的伶俐聰明，那個人一輩子都對萬物抱有好奇心。「裘瑞，我愛你。」

「媽媽，我知道。」我開車駛離時他向我揮別。

他走出學校時我在那裡接他，他的小臉發紅煩惱。「媽媽，」他上車在我身旁坐下後就立刻說道，「強尼．史東曼說他媽媽打了他一巴掌，因為他摸了她……這邊。」他害羞地指向我胸部。「我摸妳那裡的時候，妳沒打我一巴掌。」

「你還是小寶寶的時候，媽媽有一陣子餵奶給你喝，可是後來你就沒有摸過我那裡。」

「妳那時候有打我一巴掌嗎？」他看起來很擔憂。「沒有，當然沒有。小寶寶本來就會吸媽媽的胸部，我永遠不會因為你碰那裡就打你一巴掌。所以要是你想試探，就過來摸看看啊。」他怯生生地伸出小手，同時望著我的臉看我是否大吃一驚。哦！年幼孩子這麼快就學會所有禁忌！當他觸摸的時候，上帝的閃電沒有擊倒他，他笑得非常寬慰。「哦，只是一個軟軟的地方。」他有了愉快發現，將他雙手環上我脖子。「媽媽，我也愛你。因為連我很壞的時候妳也愛我。」

「裘瑞，我會永遠愛你。要是你有時候很壞，我會試著理解。」沒錯，我不會像外婆那樣，也不會像我媽媽那樣。我會是個完美的媽媽，有朝一日他也會有個爸爸。為什麼如此年幼的小孩子已經懂得罪惡，甚至只是摸到就被掌摑巴掌？是否因為這裡海拔太高，太過接近上帝之眼？所以每個人都被祂迷住，活得畏懼，佯裝正直，同時犯下那本書裡記載的所有罪過？**應當孝敬父母。你們願意人怎樣待你們，你們也要怎樣待人。以眼還眼**。

沒錯……**以眼還眼**，所以我才會在這裡。

在我駛向自家別墅前，我順路去買郵票，把打盹的裘瑞留在前座。在沒比我家客廳大的郵局裡，他也在那裡買郵票。他迷人地對我笑，好像我們前一晚沒發生任何事。他甚至有臉跟著我走回我的車，好讓他問我有多喜歡那些玫瑰。「我喜歡的才不是你那種玫瑰。」我厲聲說道，然後一本正經地進了車裡，在他面前砰一聲關門。我讓他毫無笑容地望著我離去，老實說，他看起來頗為悲哀。

一個快遞員在五點半帶了個小盒子來到我們家門前。那是掛號包裹，所以我得簽收。在較大的盒子裡有另一個盒子，在那盒子裡有個天鵝絨珠寶盒，我飛快打開，裘瑞目不轉睛地看著。在黑色天鵝絨上放著一個由許多鑽石組成的單枝玫瑰。還有一張附了短箋的卡片，上頭寫著「也許這種玫瑰妳更喜歡」。我擱下那東西，當作是用她的錢買來的小玩意兒，所以其實不是他送的，真花玫瑰也不是。

他竟有臉真的在七點半前來，正如他說過的。儘管如此，我立即讓他進門，然後沉默地領他到餐桌，沒有忙著調雞尾酒也沒做其他的龜毛細節。餐桌甚至比前一晚更加精心布置。我拖出好幾個箱子，拆箱取物，在餐桌上放了我最棒的蕾絲桌墊，和有蓋子的銀色大餐盤。我們兩個誰也沒開口。他所有的「原諒我」玫瑰，我都聚集起來放在靠近他餐盤的箱子裡。他的空盤子裡放著那個珠寶商的天鵝絨置物盒，裡頭有鑽石玫瑰胸針。我坐下來看他表情，他若無其事地把珠寶盒擱到一旁，然後同樣若無其事地移開那箱礙事鮮花。然後他從胸前口袋掏出一張摺疊短箋遞給我。他用粗體字跡寫著：

因為無始無終的原因，我愛妳。甚至在我認識妳之前，我就愛妳了，所以我的愛沒理由也沒目的。叫我走，我就會走。但要先明白，要是妳趕走我，我一輩子都會記得我們之間該有的那份愛，當我冰冷而直挺挺地躺下，我只會在死後更加愛妳。

打從他進門以來，我第一次抬頭，正好迎上他目光。「你的詩，不知怎地聽起來很耳熟，還有一點點陌生。」

「我幾分鐘前才想出來的，怎麼會很耳熟？」他把手伸向半圓形銀蓋，表面上看起來，藏在蓋子底下的是威靈頓牛排。「我提醒過妳，我是個律師不是詩人，所以就能解釋那種陌生感。詩歌不是我在學校學得最好的科目。」

「顯然如此。」我對他的表情非常感興趣。「勃朗寧夫人[9]的詩很動人，但不是你喜歡的那種。」

「我盡力了。」他帶著淘氣笑容說道，對上我目光向我挑戰，然後才垂下目光盯著大盤子裡的一條熱狗和少許冷掉的罐裝豆子。他眼中閃著懷疑，他十足受到冒犯的震驚給了我強烈的滿足感，我幾乎快喜歡上他了。

「你現在瞧的是裘瑞最喜歡的菜色，」我洋洋得意地說道，「恰恰是我和他今晚吃的晚餐，既然我們都覺得夠好吃，我想你也會這麼認為，所以我留了一些。既然我已經吃過了，這些全都給你一個人吃，別客氣。」

他沉著臉對我投以強烈冷酷的目光，然後野蠻地咬下熱狗，我確信熱狗已經變得和豆子一樣冰冷。但他大口吃下所有食物還喝了他那杯牛奶，至於甜點，我遞給他一盒動物造型餅乾。他先用另一種發愣詫異的神情盯著那盒餅乾，然後撕開包裝，抓起一塊獅子造型的餅乾，一口咬斷獅頭。

直到他吃下每片動物造型餅乾然後撿起所有餅乾屑，他才開始費神注視我，目光充滿了不贊同，

9 譯注：勃朗寧夫人（Elizabeth Barrett Browning），十九世紀英國女詩人。

好像我該縮成螞蟻那麼小。「我會認為妳是那種卑劣的思想解放女性，不願做任何事來討好男人！」

「錯了。我只會對某些男人思想解放。對於其他男人，我會崇拜愛慕，像個奴隸般去侍候。」

「是妳讓我這麼做的！」他激烈反駁，「妳以為我打算那麼做？我想要我們的關係有平等立足點。妳為什麼穿那種禮服？」

「所有沙文主義男人都偏好那種！」

「我不是個沙文主義者，而且我討厭那種禮服！」

「你比較喜歡我現在穿的？」我挺直坐好讓他較能看清我身上起毛的舊毛衣。我在毛衣下穿了件褪色藍牛仔褲，腳上踩著邋遢運動鞋，我的頭髮貼著頭皮往後梳起，紮成老奶奶的髮髻。我刻意扯出了幾縷長髮，讓頭髮鬆散地垂在我臉邊，凌亂的劉海讓我看起來更有吸引力，而且沒上妝為我的臉蛋增色。他則是盛裝打扮。

「至少妳看起來很真誠，而且準備好讓我追求。要是我瞧不起什麼，那就是太過積極的女人，像妳昨晚那樣。我對妳的期望超乎那種庸俗禮服，亮出一切降低了自己發現的興奮。」他皺眉咕噥著，「從一件該死的妓女紅禮服變成藍色牛仔褲。在一天之內她就變成一個嬉皮少女。」

「那是玫瑰紅，不是紅色！再說，巴特，像你這種強壯男人總是喜歡軟弱順從的蠢女人，因為你自己根本就很懦弱而且害怕好鬥的女人！」

「我不軟弱也不懦弱，只是喜歡覺得自己像個男人，不會被妳自己的意圖所利用。至於順從的女人，我也和好鬥的女人同樣討厭。我只是不喜歡成為受害者，被女獵人引進陷阱。妳到底想對我做什麼？為什麼這麼討厭我？我送了妳玫瑰、鑽石和模仿詩，妳甚至沒梳頭髮，也不擦一擦妳鼻子。」

「你見到的是天然的我，現在你瞧過了，你可以走了。」我起身走向大門，將門打開。「我們對彼此都不適合。回去找你太太。她可以擁有你，因為我不想要你。」

他彷彿聽從我的話般飛快上前，然後把我捉進他臂彎裡，一腳踢上門。「我愛妳，天知道我為什麼愛，但我似乎一直愛著妳。」

我仰望他的臉懷疑著他，他從我髮上取下別針讓頭髮滑落。出於長久習慣，我甩了甩頭髮讓髮絲鬆散又自行變得整齊，然後我微微一笑，他把我的臉抬向他。「我可以親妳天然的嘴唇嗎？非常漂亮的雙唇。」他沒等允許就輕輕地將雙唇掃過我的唇。哦，這種羽毛般的親吻令人顫慄！為什麼不是所有男人都知道那樣才是正確起步？哪個女人想被活啃，被猛伸的舌頭哽住？不是我，我想要像個小提琴般被彈奏，用最緩板的節奏撥彈極弱音，手指連彈，然後讓樂音漸次加強。我愜意地想朝那狂喜極致而去，只有在他雙手開始彈奏前說了正確話語，用了正確的親吻方式，才能讓我有那種感覺。要是他昨晚只對我做了一點點，他今晚可說是使出了渾身解數。這次他帶我一起飛向星空，我們兩個在那裡爆炸，緊擁彼此，然後我們注定得做了又做。

他全身都毛茸茸的。袞利安就沒什麼毛髮，除了有簇毛髮稀疏地成條長到他肚臍。而袞利安從不親吻我那聞起來有玫瑰味的腳，我泡了好久的香水浴才穿上舊工作服。他一根根品嘗我的腳趾，才繼續往上進行。我覺得外婆注視著，閃動她那冷酷灰眼把我們兩個都送進地獄。我別過頭把她擋在外面，臣服於自己的感官和這個男人，他現在把我當戀人來對待。

但我知道，他不愛我。巴特把我當成他妻子的代替品，等她回來我就再也不會見到他。我知道，我知道，但我還是付出給予，直到我們在彼此懷中入睡。

我睡著後做了個夢。我夢見六歲時爸爸送我的那個銀質音樂盒，袞利安就在盒子裡。他一再轉圈，他的臉始終朝著我，用他那烏黑雙眼控訴我，然後他長了八字鬍，變成保羅，面露悲傷。我急奔過去救他，不讓他死在變成棺材的音樂盒裡，接著棺材裡裝著的變成克里斯，他閉著雙眼，他的雙手交疊在胸前……死了，死了。克里斯！

我醒來發現巴特已經離去，我的枕頭被眼淚沾濕。**媽媽，為什麼妳要引起這一切，為什麼？**

我緊握兒子的小手，在前往工作的途中領他走進寒冷清晨空氣裡。我聽到有人在很遠很遠的地方喊我名字，帶來了古典品種玫瑰的芬芳。保羅，你為什麼不來救我，為什麼只在心裡呼喊我？

第一幕已經完成。在媽媽知道我懷了巴特的孩子後，第二部就會開始，然後外婆也得付出代價。當我抬頭望去，我看見群山向上彎起滿意的詭異笑容。至少我得回應它們的呼喚，以及它們令人痛苦的報復尖叫。

32 再訪外婆

佛沃斯大宅位在死巷的盡頭。在許多華麗大屋之中，它最大又最豪華，而且是唯一高高盤踞在山坡上的一棟，像城堡般俯瞰其他的房宅。有好些日子以來，我看著它，在心中盤算我的計畫。

巴特和我不必偷偷摸摸地溜出去見面。他家那邊的房屋相隔甚遠，當他穿越圍著籬笆的院子，從後門進來找我時，沒有人會看見他。籬笆外是一條鄉間小路，兩旁長著灌木，在許多樹木的遮蔽下顯得隱密。有時我們會在一座偏僻小鎮見面，在汽車旅館的房間裡狂野交歡，甜蜜、溫柔、情欲橫流，而且令人徹底滿足。然而當他在午餐時告訴我那件事時，我依然愣住了。「一凱西，她今天早上打了電話。她會在聖誕節之前回家。」他說。

「很好啊。」我說，然後繼續吃我的沙拉，然後期待不久之後即將送上來的威靈頓牛排。

他皺著眉頭，叉滿了沙拉的叉子遲遲不曾送進口。「這代表我們不能這麼常見面了。妳不難過嗎？」

「我們會想出辦法的。」

「妳真是最令人惱火的女子。」

「別這麼大驚小怪。所有的女人對男人來說都是怪物，也許對我們自己而言也是如此。我們最大的敵人就是自己。你不必和她離婚，放棄繼承財產的機會。雖然她可能活得比你久，有機會再給自己買一個年輕的丈夫。」

「有時妳簡直和她一樣惡毒！她沒有拿錢買下我！我愛她！她愛我！我為她瘋狂，我當時為她瘋狂的程度，就像現在為妳瘋狂一樣。只是她變了。我剛認識她時，她甜美又迷人，完全是我想要的那種女人和妻子。可是她變了。」他把沙拉用力往嘴裡送，惡狠狠地咀嚼。「她向來是個謎團，就和妳一樣。」

「巴特，親愛的，」我說，「不久後，所有的謎樣高牆將會坍塌。」

他繼續說下去，彷彿我不曾打斷他的話。「她那個父親也是個謎樣人物。你看著他，看到的是一位高尚的老紳士，但是在那副外表底下卻是鐵石心腸。我以為我是他唯一的律師，其實他另外還找了六位。我們每個人都分配到不同的任務。我的任務是替他擬訂遺囑。他更改了遺囑數十次，把這名家庭成員列入遺囑中，然後刪除另外一位，像個瘋子一樣增添附加條款。雖然他直到最後一刻，依然神智清明，但最後的附加條款是最糟的一條。」

當然了，他不能有小孩，永遠不能。「所以你真的是執業律師囉？」

他苦澀地笑了，然後回答我，「我當然是。我現在又重新執業了。一個男人需要做點有意義的事。有誰能去歐洲旅行這麼多次而不生厭呢？老是看見同樣的面孔，做同樣的事，聽同樣的笑話。那些時髦名流——真可笑！有太多的錢去買到除了健康之外的一切，所以他們沒有可以追求的夢想，沒有抱負，到頭來，他們只落得乏味無趣。」

「你為何不和她離婚，用你的人生去做點有意義的事呢？」

「她愛我。」他就是這麼說的，簡短又甜蜜。他留下來，因為她愛他，這時我不得不開口說，「我們剛認識的時候，你跟我說你愛她，然後你又說你不愛，究竟哪一個答案才是真的呢？」他思索了很長的一段時間。

「說真的，芭蕾舞者，我很矛盾，而且滿懷憤恨。我愛她，我恨她。我以為她就像妳現在的這個樣子。所以求求妳，遏止那種會讓我想起她的惡毒模樣，不要做那些她曾對我做出的事。妳在我們倆之間築起一道牆，因為妳知道一些我不清楚的事。我不會輕易墜入愛河，而且我希望那時**沒有**愛上妳。」

他似乎忽然變成了一個小男孩，戀戀不捨，彷彿他養的小狗可能背叛他，然後人生再也不會有希望了。我很感動，我鼓起勇氣說，「巴特，我發誓有那麼一天，你會知道我和她的所有祕密。不過在那一天來到之前，說你愛我吧，即使是有口無心。因為假如我感覺不到你愛我，那怕只有一點點，我和你在一起就不會感到快樂。」

「一點點？我這輩子都愛妳。即使是第一次親吻妳，感覺似乎像是我早就親吻過妳了……這是為什麼呢？」

「宿命吧。」我微笑地看著他的困惑表情。

在我媽媽回家之前，我要先做一件事。有一天，我沒有課，裘瑞去上他的特殊學校時，我一路經由祕密通道，偷溜到佛沃斯大宅去。我用克里斯很久以前打造的木製鑰匙開啟後門。那天是星期四，所有的僕人會都在鎮上。因為巴特跟我詳細說過他的日常慣例，這也等於告訴了我很多外婆的日常生活。我知道在這個時候，護士在午睡，因為外婆在下午也會小憩一番。她會待在圖書室旁的小房間裡，那個外公在最後那段日子裡臥床的小房間。而我們四個小孩在樓上，靜靜等待他死去，讓死亡為我們帶來自由。

我緩緩走過那些富麗堂皇的房間，貪婪地注視那些精緻的家具，在大到足以充當舞會大廳的前廳裡，我再次看見了那兩座盤梯。彎曲階梯的交會處是二樓的陽台，在那裡又有一座樓梯，直抵上方的閣樓。我看到那只大檯櫃，克里斯和我曾躲在裡面，偷看樓下舉辦的聖誕節宴會。那是好久以前的事了，不過時光立刻飛快倒轉。我再度回到十二歲，驚恐又害怕，萬一自己稍有移動，或是說話聲音比耳語略高一些，這幢龐然大屋就會把我吞沒。那三座枝狀水晶大吊燈懸掛在離地面十二公尺高的天花板上，依然令我再次驚嘆。因為地上是馬賽克磁磚拼綴的舞池，我不由自主地踩了幾下舞步，試試看感覺起來如何。

我繼續從容漫步，不慌不忙，慢慢欣賞那些畫作、大理石胸像、大型落地燈、華麗的壁氈，那些只有超級富有，卻在小處吝嗇樽節的人才買得起的東西。想想看，外婆買了一匹又一匹的灰色塔夫綢，只是為了省下幾塊錢，但是卻買下最頂級的物品來裝飾家裡，而他們可是百萬富翁呢！

圖書室很容易找。那些在小時候及悲慘情況下學到的經驗，一輩子都忘不了。哦，多驚人的圖書室！克萊蒙的圖書館也沒有這麼多精美藏書。巴特的照片擺在一張屬於外公的笨重書桌上。這裡有許多跡象顯示，巴特利用這間房間來做為他的書房，並且陪伴他的岳母。他的棕色居家拖鞋擺在一張看起來很舒適的椅子底下，旁邊是一座有六公尺長壁爐架的大理石壁爐。推開的法式落地門通往露臺，面對一座精心布置的花園，裡面有噴泉，水會噴灑到由岩石階梯打造而成的鳥浴盆，涓滴流入池裡。這是一個舒適又暖和的地方，適合病人靜坐，避免吹風。

我終於看夠了，滿足了我多年來的好奇心，接著我找到了圖書室遠端的那扇沉重的門。緊閉的門內是那位巫婆似的外婆。我的心中閃現了她的影像。我又看見她在我們抵達的第一個晚上出現，居高臨下地站在我們面前。她的粗壯身材結實有力，冷酷無情的眼神掃視我們全部的人，對這群失去了那麼多的失怙孩子，沒有流露出絲毫的同情或憐憫。她甚至無法微笑地歡迎我們，或是摸摸那對雙胞胎迷人的圓鼓鼓臉頰，那時他們才五歲，而且可愛得要命。

第二個晚上在我心頭閃現。外婆命令媽媽給我們看她的裸背，上面布滿了一條條鮮紅流血的鞭痕。甚至在我們看到這可怕的一幕之前，她便扯著凱芮的頭髮把她拉起來，克瑞整個人用力朝她撞過去，想帶給她一點痛苦，用他的小白鞋踢她的腿，還有他尖銳的小牙齒去咬她。她重重地抽了他一巴掌，害他蹣跚地搖晃。這全是因為他必須保護他摯愛的雙胞胎姊姊，而她此時正在淒厲地尖叫著。我又看到自己站在浴室的鏡子前，渾身一絲不掛。她的懲罰是如此嚴厲，如此無情，試圖奪走我最珍愛的一部分，我的頭髮。克里斯花了一整天，想清除掉我頭髮上的瀝青，以免遭到剃光的命運。接下來竟是整整兩週都沒有食物或牛奶！沒錯！她是應該再見到我一次！因為我在她鞭打我的那天發過誓，將來有一天，她會是無助的那一個，而我會是那個揮鞭的人，從她的唇邊惡狠狠地奪走食物。

啊，甜蜜的諷刺是，她幸災樂禍地看著她的丈夫死去，現在她卻躺在他的床上，甚至更無助，而且又孤單！我脫下厚重的冬大衣，坐下來猛地甩掉我的靴子，接著穿上白色絲緞芭蕾舞鞋。我的緊身衣是白的，輕薄得足以透出肌膚的粉嫩顏色。我解開長髮，讓它像華麗的金黃波浪瀑布般，垂落在我的背上。現在她會看到而且羨慕那頭沒有被瀝青毀掉的秀髮。

準備好囉，外婆！我來了！

我悄無聲息地走到她的門外，然後小心翼翼地輕輕把門推開。她躺在架高的護理病床上，雙眼微閉。從窗口透進來的陽光灑落在她粉紅色的發亮頭皮上，清楚顯示她幾近全禿的狀態。而且天哪，她的模樣是如此衰老！如此憔悴，個頭也小得多了。我熟知的那位女巨人跑到哪兒去了？她為何沒有穿著灰色塔夫綢長裙，低聲說出威脅的話語呢？她為何非得看起來如此可憐？

我硬起了心腸，拒絕憐憫，因為她從來不曾對我們懷抱任何憐憫之情。她顯然就要睡著了，不過當門緩緩打開時，她的眼睛慢慢地睜開了。接著她的眼珠子鼓突出來，她認出我了。她單薄皺縮的雙唇顫抖著。她在害怕。哈里路亞！我的時機來了！然而我在打開的門口停住了，心懷驚恐。我是來報仇的，不過時間剝奪了我的機會！她為什麼不是我記憶中的那個龐然怪物？我要她像那樣，不是像現在這樣。現在她只是一個年老病弱的婦人，髮量如此稀疏，大部分頭皮都露出了，剩下的頭髮往頭頂拉攏，僅用一只粉紅色絲緞蝴蝶結繫住。蝴蝶結帶給她一種既像食屍鬼又像小女孩的神態。而且即使像那樣綁在一塊兒，那單薄的髮束仍然不比我的小指頭粗，只是小小的一簇，有如畫水彩的老舊褪色畫筆。

她曾經有一百八十公分高，體重超過九十公斤，巨大的胸部有如兩座水泥山峰。現在，那對乳房宛如兩只舊襪子，垂掛到她鼓脹的腹部。她的手臂成了凋零枯乾的老樹枝，雙手筋絡突出，手指扭曲變形。然而，當我和她在完全的寂靜中凝神對望，一只小時鐘不斷滴答地走著時，她原先的卑劣性格捲土重來，讓我知道她懷抱滿腔怒火。她試圖開口叫我出去。**惡魔的子嗣**。如果她有辦法的話，她會如此叫喊，**滾出我的房子！魔鬼的後代，滾，滾，給我滾！**但是她說不出口，一個字也沒法說。

這時，我愉悅地問候她。「午安，親愛的外婆。真高興能再次見到妳。妳還記得我嗎？我是凱西，妳協助藏匿的孫兒女之一。妳每天都拿野餐籃帶食物給我們。每天六點半，妳就會出現，帶著一加侖保溫瓶的牛奶，一夸特保溫瓶微溫的湯，而且是罐頭湯。妳為何不能至少帶一次熱湯給我們呢？妳是故意只把湯加熱到那種微溫的程度嗎？」我走進房裡，把門在身後帶上。直到這時，她才看到藏在我背後的柳枝條。

我拿著柳枝，隨意地在手掌心輕輕拍打。「我說外婆，」我輕聲說。「還記得那天妳鞭打我媽媽嗎？妳是怎麼逼她在自己爸爸面前脫掉衣裳，然後妳鞭打她的？她是成年人，一個不知羞恥、失德、邪惡的人，妳同意吧？」

她驚駭的灰眼睛緊盯著那根柳枝不放。她的腦海中正經歷一場可怕的掙扎，我很高興，真高興巴特告訴我她沒有老年痴呆。那雙黯淡濕潤的灰眼睛，眼眶發紅，周圍滿是深深的魚尾紋，猶如從不流血的傷口。單薄的歪斜嘴唇現在縮成一個小釦眼，四周有放射狀陽光般的深線條圍繞，在她的長鷹勾鼻底下刻蝕出蜘蛛網般的交錯線條。而且，信不信由你，那件黃色棉質外套一板一眼的高聳領口上，還別著那只鑽石胸針！在她灰色塔夫綢連身裙的白色針織衣領上，我從沒見過領口哪一次少了那只胸針。

「外婆啊，」我吟誦般地繼續說。「還記得那對雙胞胎嗎？那對妳誘騙進這棟屋子裡的五歲可愛小孩。然而當他們在這裡時，妳從不曾喊他們的名字，或是我們任何一個人的名字。克瑞死了，妳是知道的，但是我媽媽跟妳提過凱芮的事嗎？凱芮也死了。她長得不高，因為她被剝奪了陽光和新鮮空氣，就在她最需要的那幾年裡。她也被剝奪了愛及安全感，得到的不是幸福，而是創傷。克里斯和我爬上屋頂，自己坐在那裡享受陽光。但是雙胞胎害怕那麼高的屋頂。妳是否知道我們會出去那裡，待上好幾個小時……沒有，妳不知道，對吧？」

她稍微移動了一下，彷彿想縮進單薄的床墊裡。我心滿意足地看著她感到恐懼，很開心她還能稍微移動。現在她的眼神就像我以前那樣，毫不保留地顯示她所有的驚恐情緒。而且她無法大聲呼救！求我憐憫。「還記得第二個晚上嗎？我最親愛的，摯愛的外婆？妳扯著凱芮的頭髮把她拉起來，妳一定知道那樣會痛，不過妳還是照做不誤。然後妳一巴掌打得克瑞暈頭轉向，那也會很痛，他只是想保護他姊姊而已。可憐的凱芮，她一直在哀悼克瑞。她不曾從他的死亡中走出來，也從來不曾停止思念他。她認識一個很棒的男孩，叫做艾列克斯。他們墜入愛河，而且準備結婚，這時她發現他準備當牧師。凱芮因此動搖。妳看，妳害我們都對神職人員懷有至深的恐懼。艾列克斯說他要當牧師的那天，凱芮陷入絕望的沮喪之中。她從妳的身上得到深刻的教訓。妳教導我們，沒人能完美到足以取悅上帝。當凱芮受到驚嚇，沮喪並且缺乏勇氣繼續走下去的那天，某種潛伏的東西復活了。現在聽聽看她做了什麼事！都是因為妳！因為妳在她幼小的腦袋裡留下了印象，讓她自認天生邪惡，無論她多努力想當好人，她都是敗德的！她相信妳說的話！克瑞死了，她知道他的死因是摻在糖霜甜甜圈裡的砒霜……因此當她覺得自己無法再忍受生命，以及那些期待完美的人，她買了老鼠藥！她還買了一盒十二個甜甜圈，把它們裹上滿是砒霜的老鼠藥！她全部吃掉，只剩下一個，上面有咬痕。現在呢……縮到妳的床墊裡，盡量逃避妳自己的罪惡感吧！妳和我媽媽聯手殺了她，正如妳殺了克瑞一樣。我鄙視妳，老太婆！」

我沒有告訴她，我更恨我媽媽。外婆從沒愛過我們，所以她做的一切並不令人意外。不過我們的媽媽生下我們，照顧我們，她也疼愛過我們，當爸爸還活著時——但那是另一個故事了，一個令人無法忍受的可怕故事。但是有天也會輪到她！

「沒錯，外婆，凱芮現在也死了，因為她想以克瑞死去的方法離開這世間，和他在天堂重聚。」

她瞇起了雙眼，眼皮出現一陣輕微的顫動。我心滿意足地注視著這一幕。

我從背後拿出一個盒子，裡面裝的是凱芮的長髮，我花了好幾個小時才把它梳理成閃耀金色光澤的一長束。這束髮的一端繫著紅絲緞蝴蝶結，另一端是紫絲緞蝴蝶結。「看哪，老太婆，這是凱芮的頭髮，其中的一部分。我在家裡還有一整盒散亂糾結的髮綹，因為我無法忍受丟棄任何一絲一縷。我保留它，不僅是為了克里斯和我自己，也是為了帶給妳和媽媽看……因為妳們倆殺了凱芮，就像妳殺死克瑞一樣！」

哦！恨意幾乎教我發狂。復仇的怒火從我的眼神和情緒中迸發，雙手因此顫動。我能看見凱芮瀕死地躺在那裡，逐漸老去、憔悴、消瘦，直到變成一副小小的骨架，覆蓋一層鬆垮又蒼白的皮膚，透明到血管都清晰可見——然後她的遺體必須很快地放進一只漂亮的金屬箱子裡，阻絕腐敗的臭味。

我走得離床邊更近，拿著那束綁了鮮豔緞帶的淺色頭髮，在那雙驚恐圓睜的眼睛前方擺盪著。「這頭髮可真漂亮，不是嗎，老太婆？妳的頭髮是否也曾如此迷人，如此豐厚呢？沒有！我知道根本沒有！妳身上一切沒有任何事物稱得上迷人，**什麼也沒有！**就算妳年輕時也一樣！所以妳才會這麼嫉妒你丈夫的繼母。」我放聲大笑，看著她畏怯退縮。「是的，親愛的外婆，我現在比以前更了解妳了。妳的女兒跟妳女婿說過的家族祕密，他都一五一十地告訴我了。妳的丈夫麥爾坎愛上他父親的年輕妻子，她比妳漂亮又甜美十倍！所以當愛莉西亞生了一個兒子，妳懷疑那是妳丈夫的孩子。所以妳才如此痛恨我們的爸爸，妳派人去找他，欺騙他，讓他相信他找到了一個美好的家。妳教育他，給他最好的一切，讓他嘗到優渥富裕生活的滋味，這樣一來，當妳在日後把他趕出家門，遺囑裡什麼都不留給他時，他會加倍的痛苦和失望。不過我爸爸反而愚弄了妳，對吧？他偷走妳唯一的女兒，這個妳也痛恨不已的人，因為她的爸爸愛她勝過愛妳。然後半個叔叔娶了半個姪女。然而妳對麥爾坎和愛莉西亞的看法大錯特錯，因為我父親的母親根本瞧不起麥爾坎！她一再竭力擺脫他。而且她懷的那孩子不是妳丈夫的！儘管假如麥爾坎得逞的話，那有可能會是他兒子。」

她眼神空洞地看著我，似乎過去對她來說已經不重要了。現在才是重點，還有我手中的那支柳條。「我要跟妳說件事，老太婆，妳有必要知道。這世上從來沒有比我父親更好的男人，也沒有比我父親的母親更高貴的女子。不過妳可別躺在那裡，以為我遺傳了愛莉西亞或我爸爸的任何高尚特質，因為我和**妳**一樣！**冷酷無情！我從不遺忘，也從不原諒！我恨妳殺了克瑞和凱芮！我恨你把我變成今天這模樣！**」我失控地吶喊出這些話，忘了護士就在走廊的另一頭午休。我想給她餵食大把的砒霜，坐著看她在我的眼前斷氣、腐爛，就像凱芮那樣。我在房間裡踩著腳尖旋轉的舞步，釋放我的挫折感，急速揮動我的腿，炫耀我美好年輕的胴體。然後我急促停住，對著她的臉繼續厲聲斥罵。「那些年來，妳把我們關起來，從來不喊我們的名字，從不正眼看克里斯，因為他是我父親，以及妳丈夫的翻版，在他年輕時，在妳把他也變得邪惡之前。妳把人類的一切過錯都怪罪到他們的邪惡靈魂上，不去理會事實真相。**金錢**是統治這個家的主宰！**金錢**總是讓最糟的事發生！妳是為了錢而結婚的，而且妳心知肚明！貪婪帶我們到了這裡，貪婪將我們囚禁，偷走我們生命中的三年又四個月，讓我們仰賴妳的憐憫過日子，但妳卻毫無憐憫之心，就算對妳的孫子女，妳僅有的孫子女也是一樣。我們從沒感動過妳，對嗎？儘管我們在一開始時曾經試著這麼做，妳記得嗎？」我跳到床上，用凱芮的那束金色長髮鞭打她。這種輕柔的鞭打不會痛，不過她卻退縮，試圖閃躲那種觸碰。接著我把凱芮的珍貴頭髮扔在她的床頭櫃上，在她眼前劈啪作響地抽打柳枝。我在她的床上跳舞轉圈，跨越她的僵硬身體，展示我的高度靈活，長髮飛散成金黃光圈。

「還記得在我們開始痛恨我們的媽媽之前，妳是如何懲罰她嗎？我現在要全數奉還給妳。」我說完後張開雙腿，跨立在她蓋著被的軀體上。「從妳的頸部直到後腳跟，我要還給妳。再加上妳對克里斯和我的鞭打，我也要一併奉還。還有全部的那些事，每件都銘刻在我的記憶裡。我不是跟妳說過，總有一天，我會把柳條握在我手中，廚房裡會有食物，妳卻吃不到口？我說呢……**這一天已經來到了，外婆**。」

在她的憔悴臉龐上，那雙凹陷的灰眼睛閃爍著恨意，惡毒又強烈。不斷挑釁我去動手打她。她挑釁著我！

「我應該先怎麼做呢？」我彷彿在自言自語。「是要抽柳條呢，還是拿熱瀝青澆妳的頭髮？妳是去哪裡弄來的瀝青，老太婆？我總是納悶著妳去哪裡弄來的。妳是事前早就計畫好，然後等著找藉口來使用它嗎？我現在要招認一件妳不知道的事。克里斯沒有把我的頭髮剪光，只剪了前面的部分來欺騙妳，讓妳以為我剃光頭。在包裹頭部的毛巾底下，依然有一頭他救回來的秀髮。沒錯，老太婆，愛拯救了我的頭髮，免於遭受剃光的命運。他對我的愛深到足以讓他花了好長的時間，盡力拯救我的頭髮。這樣的愛比妳曾經體驗過的要多太多，而且是來自兄妹之情。」

她在喉嚨深處發出一種快要窒息的聲音，我還真希望她能說話！

「親愛的外婆，」我奚落她，雙手擺在臀部上，低下身去看著她。「妳為何不告訴我該去哪裡找瀝青？我到處都找不到，這附近沒有進行道路工程。所以我想我只好用熱蠟油了。妳原本大可以使用融化的蠟油，因為效果是一樣的。妳沒想過要把幾根蠟燭拿去融掉嗎？」我微笑著，希望顯得具有威脅性。「哦，親愛的外婆，妳和我在這將會擁有十足的樂趣！而且沒人會知道，因為妳不能說也不能寫，妳能做的只有躺在那裡默默承受。」

我不喜歡我自己、我說的話，或是我的感受。我的良知在天花板附近逗留，帶著羞愧俯瞰這團爆發的怒火，那是穿著白色緊身衣的我。我驚恐地在那上方，為那名承受兩度中風的老婦人感到難過，不過站在床上的是另外一個我。一個凶惡狠毒、懷恨在心的佛沃斯家族成員，用一雙和她從前一樣冰冷的藍眼睛，低頭注視著她。然後我突然又殘暴地俯身，把她蓋著的被單和毛毯用力扯掉，她毫無遮蔽地躺在那裡。她身上穿的像是病人服，背部開了一道縫，以繫帶綁住，因為前面沒有開口。就是一件簡單的黃棉布外衣，領口別了那只不相稱的鑽石胸針。我毫不懷疑他們會把那只胸針別在她的壽衣上。

赤身裸體。她必須一絲不掛，像媽媽那樣，像克里斯那樣，也像我那樣。她必須承受一絲不掛的羞辱，同時在輕蔑的眼神下，那可以教她畏縮得更緊。我無情地抓住她那件廉價棉布衣的褶邊，沒有一絲內疚地往上扯到她的腋窩。凌亂皺褶的布團半掩住她的臉，我小心地把衣服拉開，以免遮住了她可能會流露的表情。接著我俯看她的身體，表現出輕蔑和嫌惡，正如她從前以冷酷眼神和尖刻雙唇所表現的態度一樣。當年我是個十四歲的孩子，她逮到我看著鏡中的自己，欣賞自己在全身光裸之前從未見過的體態之美。

青春的軀體是美麗的事物……如此令人賞心悅目，那甜美青春的曲線，光滑無瑕的肌膚，結實緊繃的肌肉，不過啊，終將老去！那對水泥山丘般的雙峰成了癱軟鬆垮的乳房，低垂到腰際，棕色的大乳頭落在最下方，斑駁又凹凸不平。胸部的藍色血管向外鼓起，像覆蓋了透明護套的細繩索。蒼白的皮膚坑坑巴巴，皺紋橫生，布滿了妊娠紋，一道長疤痕從肚臍延伸到她幾乎無毛的陰阜，顯示出她要不是曾經切除子宮，就是剖腹生產。那是一道舊傷疤，比周圍軟白縐褶的皮膚要來得蒼白光亮。她細長的雙腿猶如破敗樹木的多節瘤老枝。我暗自嘆息，難道我有天也會變成這模樣嗎？

我沒有憐惜之意，也不打算溫柔以待，我把她翻過身去，將她的背部使勁拉扯到床鋪的正中央。在這段期間內，我嘴裡念念有詞地說著克里斯和我是如何開玩笑，說她要不是把衣服釘在身上，就是黏在身上，而且她當然不曾脫掉內衣褲，除非她躲在一間沒有開燈的衣櫥裡。她的背部不像正面那樣傷痕累累，但是她的屁股扁平又鬆軟，而且太蒼白了。

「現在我要鞭打妳了，外婆，」我口氣平淡地說，心中毫無激動情緒。「我很久以前就發過誓，假如我有機會的話就會這麼做。所以我要動手了！」我閉上了眼，祈求上帝原諒我即將要做的事。我高舉手臂，然後使盡全力將柳枝往下一揮，落在她的光屁股上！

她渾身一顫，喉嚨裡發出某種聲響。然後她似乎失去了知覺，整個人鬆弛到開始失禁了。於是我哭了起來。我啜泣得厲害，同時跑到緊鄰的浴室去找毛巾和肥皂，然後匆忙帶著衛生紙回來替她清理。接著我為她清洗，在我造成的可怕鞭痕上塗抹藥膏。

我在床上把她翻身過來，拉好了她的睡袍，讓她適當整齊地遮掩身體，這時我才去查看她是生是死。她的灰眼睛張開著，毫無表情地注視著我，淚水爬滿了我的臉。接下來，當我繼續啜泣，她的眼睛緩慢地開始閃爍著心照不宣的勝利光芒！她無聲地叫我**膽小鬼！我知道妳最多只能輕輕地鞭打一下！沒骨氣，沒勇氣！來啊，殺了我吧！我看妳敢不敢，殺了我，動手，動手啊！**

我從床上跳下來，飛快地跑進圖書室，然後跑到我之前看到的起居室。在盛怒下，我抓起了映入眼簾的第一只燭台，然後衝回到她身旁。可是我沒有火柴！我又回到圖書室，翻找巴特使用的書桌。他抽菸，他一定有火柴或香菸打火機。我找到當地迪斯可送的一排火柴。

蠟燭是象牙色的，質感高貴，就像這幢房屋一樣。現在她的頑強眼神出現了驚恐。她還想要綁著粉紅緞帶的那一簇頭髮。我點燃蠟燭，看著它燃燒。然後我把蠟燭傾斜地拿在她的頭部上方，融化的蠟油會一滴滴落在她的頭髮和頭皮上。滴了六、七滴之後，我再也受不了了。她說得沒錯，我是膽小鬼，我無法做出那些她曾對我們做過的事。我再度成為佛沃斯家的人，然而上帝改變了鑄模，所以我無法融合了。

我吹熄了象牙色蠟燭，重新放回燭台上，然後便離開了。

我一走到舞會大廳就想起來，我忘了帶走凱芮珍貴的頭髮，於是衝回去拿取。我發現外婆躺在那裡的姿勢，和我離開時一樣，只是她別過頭去，眼睛盯著凱芮的漂亮頭髮，眼中浮現了兩顆晶瑩的大淚珠。啊，現在我做到了血債血償。

巴特在我那間小房子待的時間，比在他自己的大屋裡更多。他不斷送我禮物，也送給我兒子。只要不必進事務所，他就會和我們一起吃早餐、午餐和晚餐，儘管我個人相信，那事務所只是擺在那裡當個門面，不是真正能起什麼作用的法律事務所。我的舞蹈學校飽受他的關注，但是無所謂。現在我有人養了，我拿他的錢，當他的情婦。

裘瑞很高興收到巴特送的小皮靴。「你是我的爸爸嗎？」我兒子問，他到今年二月就滿四歲了。「不是，但我很希望我是，而且有這個機會。」

等裘瑞走到院子裡，四處用力踩踏，低頭注視穿著牛仔靴而令他深深著迷的雙腳，巴特立刻轉身面對我，疲憊地倒在一張椅子裡。「妳絕對猜不到我們那邊發生了什麼事。某個虐待狂白痴把蠟油倒在我岳母的頭髮上。而且她的屁股上有一道無法癒合的長鞭痕。護士說不出這是怎麼一回事。我問過奧莉薇，看是否是她認識的人，僕人之類的。她眨了兩次眼，意思是否定的。眨一下代表肯定。我對這件事感到憤怒不已！這肯定是那些僕人之中的一個，但是我不明白，為什麼有人會如此殘忍，折磨一個無助的老太太，她根本無法移動來保護自己。她拒絕指認我提出的每個人。我向柯琳保證，我會好好照顧她，現在她的臀部傷得這麼重，她必須每天俯臥兩到四小時，然後在夜裡翻身過來。」

「哦。」我吸了一口氣，感覺有點不舒服。「情況有多糟？為什麼傷口不會癒合呢？」

「她的循環很差，這是免不了的，不是嗎？因為她無法正常行動。」他露出了燦爛的笑容，彷彿陽光在暴風雨過後露臉了。「妳別擔心，親愛的。這是我的問題，不是妳的，而且當然了，也是她的問題。」他伸出了手臂，我隨即投向他的懷抱，依偎在他的腿上。他熱情地親吻我，然後抱著我進了我的房間。他把我放在床上，開始為我寬衣。「無論是誰對她下的毒手，我都想擰斷那人的脖子！」

翻雲覆雨之後，我們身子交纏靜靜躺著，傾聽風聲夾雜著裘瑞的尖聲歡笑，他正在追著巴特送給他的玩具貴賓狗跑。一陣陣的雪花開始飄落。我知道我必須趕快起床，裘瑞才不會闖進來看見我倆，只為了告訴我們外頭下雪了。他記不得往年的幾場雪，地面也不會灑滿雪花，讓他想到要堆雪人。我先嘆了口氣，親吻巴特，然後不情願地離開他的懷抱。我轉身背對他，穿上我的比基尼內褲，他以單側手肘撐起身體，在那裡看著。「妳的背面真美。」他說。我向他道謝。「那我的正面呢？」他說還不壞。我朝他扔了一隻鞋子。

「凱西，妳為什麼不說妳愛我？」

我一轉身，驚訝不已。「你曾對我說過這句話，而且是真心真意的嗎？」我扣上一件小胸罩。

「妳怎麼知道我不是真心的？」他帶著怒意問我。

「讓我來告訴你，我是怎麼知道的。當你戀愛時，你會想要那個人一天到晚陪伴你。當你迴避離婚的話題，光這一點就足以表示你對我有多在乎，以及我在你的生命中占了什麼樣的地位。」

「凱西，妳曾受過傷，對吧？我不希望再傷到妳。妳和我玩遊戲。我一直都知道這點。假如只有性而沒有愛，又有什麼要緊呢？妳告訴我，要怎麼知道一份愛在何處結束，而另一份愛又在何處開始？」

他的戲謔話語就像一把刀刺進我心裡，因為不知怎地，我無意讓事情如此發展，不過我知道自己已經瘋狂地、愚蠢至極地，愛上了他。

根據巴特的熱心報告，他那離家已久的妻子終於結束回春之旅，變得年輕又漂亮。「她減了九公斤。我發誓，拉皮的效果真神奇！她看起來美得驚人，而且真該死，簡直難以置信地像妳！」顯而易見的是，他對擁有全新年輕樣貌的妻子印象多麼深刻，而且假如他是想要剝奪一點我的過度自信，我也沒有流露絲毫跡象。接著他告訴我，他和以前一樣少不了我，不過他的語氣卻和事實不符。「凱西，她在德州時有所改變了。她就像從前那樣，是我娶的那個甜美又迷人的女子。」

男人哪！真是太好騙了！現在媽媽當然對他更好，因為她知道他有了一個呼之即來的情婦，而且那個第三者是她自己的女兒。她肯定知道，因為到處都在傳這件事，每個人都知道了。

「這樣說來，你為什麼還要跟我在一起，你的妻子都回來了，而且和我如此相像？你何不穿好你的衣服，說再見，然後永遠別回來了？說我們在一起時很甜蜜，不過現在都結束了。我會說感謝你帶給我一段美好的時光，然後跟你吻別。」

「這個嘛，」他拖長了音調說話，同時用力地把我拉向他的赤裸身軀。「我沒說她有美得那麼驚人。再說呢，妳有種特別的氣質。我說不上來，我無法理解。但是我不知道，現在我是否能過沒有妳的生活。」他認真地說，深色的眼眸中有真情。

我贏了，贏了！

有一天，我媽媽和我在郵局不期而遇。她看見我，開始渾身顫抖。她迷人的頭部抬得更高，並且稍微別過頭去，假裝她不認識我。她不會認我，就像她不認凱芮一樣，即使我們倆顯而易見是母女，而非陌生人。我不是凱芮。所以用她對待我的方式來對待她，無動於衷，彷彿她不是什麼特別的人，而且永遠不再是了。然而正當我不耐煩地等著我的郵票時，我看見我母親的目光緊緊跟隨我那個一刻也停不下來的兒子，他非得張望每個人和每件事不可。他帥氣又優雅，是一個極富魅力的小男孩。他會吸引眾人的目光，大家不得不停下腳步，並且稱讚他，拍拍他的頭。裘瑞的動作有種與生俱來的風格，自然又放鬆，無論到哪裡都很自在，因為他認為全世界都是他的，而且他受到每個人的喜愛。他轉身發覺我媽媽看了他很久，於是他露出微笑，開口招呼。「哈囉！妳好漂亮，就像我媽咪一樣。」

哦！孩子們脫口而出的話！他們擁有多天真無邪的認知，毫無困難地看見那些其他人出於本能拒絕認知的事。他走得更靠近，伸出手想觸摸她的皮草大衣。「我媽咪有一件皮草大衣。我媽咪是舞者。妳會跳舞嗎？」

她嘆了口氣，我屏住呼吸。**瞧，媽媽，這是你永遠無法抱在懷裡的孫子，妳永遠不會聽見他喊妳的名字……永遠不會！**

「我不會，」她低聲地說。「我不是舞者。」淚水朦朧了她的眼。

「我媽咪可以教妳跳。」

「我太老了，學不來，」她輕聲地說，並且往後退開。

「沒有，妳不老，」裘瑞說，並且伸手去抓她的手，彷彿要帶她過來，不過她把手抽開，朝我瞥了一眼，臉色脹紅，並且在她的皮包裡翻找手帕。「妳們家有小男生，可以和我一起玩嗎？」我兒子問，因為看見她的淚水而擔心，彷彿有個兒子可以彌補不懂如何跳舞的問題。

「沒有，」她以虛弱顫抖的低語道，「我沒有小孩。」

這時我出面了，以冷酷嚴峻的聲音說話。「有些女人沒資格有小孩。」我付了郵票的錢，把它們扔進我的皮包裡。「有些像妳這樣的女人，溫斯洛太太，情願有錢，而不願費事去養小孩，他們可能會阻礙妳享受美好的時光。時間遲早會讓妳知道，妳是否做出了正確的決定。」

她轉身背對我們，再度開始顫抖，彷彿她的皮草大衣不足以保暖。接著她跨步走出了郵局，朝有司機駕駛的黑色豪華轎車走去。她像女王般搭車離去，頭抬得高高的，留下裘瑞開口問道，「媽咪，妳為什麼不喜歡那個漂亮的女士？我好喜歡她。她很像妳，只是沒有那麼漂亮。」我什麼也沒說，儘管我差點脫口說出一些他將永遠忘不掉的惡毒話語。

在傍晚的暮色中，我坐在窗邊，凝望佛沃斯大宅，心想不知道巴特和我母親正在做什麼。我的手擺放在依然平坦的小腹上，但是不久後就會脹大，裡面可能開始要孕育一個小生命了。一次月經沒來不能證明什麼，只不過我想要巴特的孩子，而且一些小事讓我肯定有個小生命了。我讓憂鬱占有了我。他不會丟下她和她的錢來娶我，我會生下另一個沒有爸爸的孩子。我真蠢，怎麼會開始這一切的？不過我向來是個傻子。

當我看見一名男子偷偷穿越樹林向我走來時，我笑了出來，再度充滿自信。他愛我！是真的……我一確定之後就會告訴他，他要當爸爸了。

巴特進門時，風也吹了進來，把桌上的玫瑰花瓶吹倒了。我站在那裡，低頭看著水晶碎片以及散落一地的花瓣。風為何老是想對我說些什麼呢？一些我不想聽到的事！

33 做牌布局

「凱西，妳告訴我不需要做預防措施！」

「是不需要。我想要你的孩子。」

「**妳想要我的孩子？**妳到底以為我能做什麼，娶妳嗎？」

「不。我有自己的設想。我認為你和我在一起只是玩玩，等玩夠了後你會回去找你太太，替你自己再找個玩伴。而我就有自己打算得到的，也就是你的孩子。現在我可以走了。所以巴特，跟我分手吧，把這段日子當作你另一個婚外桃色小遊戲。」

他看起來好生氣。我們待在我家的客廳裡，外頭肆虐著猛烈暴風雪。落雪堆積到窗戶那麼高，我坐在壁爐前，在織嬰兒襪前先織嬰兒外套。我剛打算鉤一個滑針再把兩針併一針，巴特就從我手上奪過織物然後扔掉。「毛線會散掉！」我驚慌喊道。

「凱西，妳到底想對我做什麼？妳明知我不能娶妳！我從沒撒謊說我可以。妳在耍我。」他忽然哽咽，用雙手摀住臉，然後鬆開雙手懇求，「我愛妳。上帝保佑，但我真的愛妳。我想要妳一直在我身邊，我也想要自己的小孩。妳現在耍的是什麼把戲？」

「只是個女人把戲。女人唯一能耍而且絕對會贏的把戲。」

「聽著，」他說道，試著重拾他對局勢的控制，「把妳的意思解釋清楚，別含糊其詞。我太太回來不會造成任何改變。妳會永遠在我人生中占一席之地……」

「在你人生中？你何不講得更準確，是在你人生的邊緣？」

我頭一次在他嗓音裡聽出了謙卑感。「凱西，講講道理。我愛妳，也愛我太太。有時候我分不清妳和她。她回來後變得不一樣，就像我告訴過妳的，她現在就像我們剛認識時的模樣。也許年輕不少的臉蛋和身材讓她重拾一些失去的自信，也因此變得更可人。不管是什麼原因，我很感激。就算我厭惡她的時候，我也愛著她。當她令人討厭的時候，我找了別的女人藉此反擊，但我還是愛她。我們爭吵的一大原因是她不願有小孩，甚至連領養的也不要。當然她現在年紀大到生不了。拜託，凱西，留下來！別離開！別帶走我的小孩，這樣我就永遠沒辦法知道他過得怎樣，或是她過得怎樣……或是妳過得怎樣。」

我直接攤開講明。「好吧，我會留下來，但有個條件。你跟她離婚然後娶我，只有那樣你才能擁有自己一直想要的小孩。要不然，我會把自己遠遠地帶走，意思是也帶走你的孩子。也許我會寫信讓你知道你有了個兒子或女兒，也許我不會寫。不管怎樣，等我走了，你就永遠走出我的人生。」我心想，**看看他，裝得好像遺囑裡的附加條款沒禁止他太太生小孩**。護著她！就像克里斯一樣，他一直都知道。遺囑是他起草的，他一定知道。

他站在壁爐前抬手靠著壁爐台，然後他把前額擱在上頭，低頭望著爐火。他空著的另一隻手在他背後緊握成拳。他混亂的思緒深遠到往外伸，以憐憫打動了我。他轉過來面對我，深深地望進我眼裡。「我的天啊。」他說道，他發覺的事令他震驚。「妳一直都有這種打算，是不是？妳來這裡實現妳得做的，可是為什麼？為什麼妳要傷害的人是我？凱西，除了愛妳，我對妳做了什麼？的確，我們之間是從性開始的，我也只為了這個才持續下去。可是我們之間變得不僅僅是如此。我喜歡跟妳在一起，只坐著聊天或在樹林裡散步。我覺得跟妳在一起很自在。我喜歡妳侍候我用餐的方式，妳經過我身邊會碰我臉頰，弄亂我頭髮，吻我脖子，當妳睜眼見到我在妳身邊，妳那甦醒笑開的甜美害羞模樣。我喜歡妳耍的小聰明把戲，讓我一直猜個不停，總是被逗樂。我覺得自己擁有的不是一個女人，而是十個，所以現在我覺得自己沒有妳就活不下去。可是我不能拋棄我太太然後娶妳。她需要我！」

「巴特，你該去當個演員。你說的話讓我感動到想哭。」

「妳竟把這看得那麼輕率，真該死！」他吼道，「妳讓我焦慮到整個人像擱在架子上，然後妳把架子的螺絲擰了！別讓我恨妳，別毀了我人生最美好的幾個月！」

然後他衝出我的別墅，留下我一個人，可悲地後悔自己總是講太多，因為事實上，只要他需要我，我就會留下來。

去維吉尼亞州首府列治文市來趟聖誕採買的短途旅行，我、艾瑪和裘瑞都覺得是個很棒的主意。在裘瑞記憶中他從未見過聖誕老人，他非常害怕地走近那個張開雙手鼓勵他的紅衣白鬍子男人。在塔席默斯百貨公司，他怯生生地坐上聖誕老人的膝蓋，質疑地盯著那個人的藍眼睛，我從各種角度拍下照片，甚至爬在地上就為了拍到我想要的。

接著我們去了一間我聽過的女裝店，我遞給店員一張憑記憶繪出的草圖。我選了準確顏色的深綠色天鵝絨，然後裙子布料選了顏色較淺的綠雪紡紗。「上半身天鵝絨的禮服吊帶要鑲上水鑽，然後記住，飄動嵌條的長度一定要碰得到禮服褶邊。」

裘瑞和艾瑪去看迪士尼電影時，我剪了頭髮弄出不同髮型。不是像我習慣的那樣修剪而已，而是真的剪得比我原本頭髮還短。那髮型將我的容貌襯托得更漂亮，這也應該如此，因為我母親在十五年前就是這種髮型，把她襯托得比本人漂亮。

「哦，媽媽。」裘瑞喊道，他的聲音裡有著悲痛。「妳的頭髮丟了！」他開始哭。「把妳的長髮拿回來，妳現在看起來不像我媽媽了！」

不行，那就是目的。我不想在這個聖誕長得像自己，在這個特別聖誕夜不能像自己，我得準確複製我媽媽在我初次見到她和巴特跳舞時的模樣。現在我的機會終於來了，穿上和她一樣的禮服，和她一樣的髮型，她年輕一些的臉蛋，我可以在我媽媽家裡和她對質，如我所願的條件。女人對上女人，讓最棒的那個勝出！她四十八歲，有一張剛整容過的臉，但我知道她非常漂亮。但她不可能和比自己小了二十一歲的女兒當對手！穿上那件綠色新禮服後，我望著鏡子大笑。哦，沒錯，我讓自己變得像她那樣，男人無法抗拒的那種女人。我有了她的本領，她的美麗，還有比她聰明十倍的腦袋，她要怎麼贏？

聖誕節的三天前我打給克里斯，問他要不要和我一起去列治文。我漏買了幾樣本地商店買不到的必要物品。「凱西，」他堅決地說道，他的聲音冰冷不友善，「等妳放棄巴特．溫斯洛，就能再見到我，但在那之前，我不想接近妳！」

「行啊！」我發火，「你就待在那裡！你可以錯過你的復仇機會，但我不會錯過我的！克里斯多弗．瓷娃娃，再見，我希望所有臭蟲都咬你！」我掛上電話！

我不再像以前那麼常教芭蕾課，不過發表會時節我總是在場。我的小舞者因盛裝打扮而開心，在他們的父母、祖父母和朋友面前炫耀賣弄。他們穿著《胡桃鉗》戲服看起來可愛極了。連裘瑞都有兩個小角色要跳，一片雪花和一顆糖梅。

在我看來，全家人起碼要有一次去觀賞《胡桃鉗》度過聖誕前夕，沒有別的方式比這更迷人。當其中一個幼小優雅有才華的孩子是自己的年幼兒子，更是棒上千倍，他再過五十二天就滿四歲。年幼可愛的他在舞台上跳得如此熱情，一再引來觀眾掌聲，我特別替他編舞的單人舞讓觀眾起身喝采。

最棒的是，我讓巴特發誓會逼我媽媽來看發表會，他們來了，我透過舞台布幕偷瞄檢查，坐在前排中間的巴特洛繆．溫斯洛先生和巴特洛繆．溫斯洛太太。他看起來很開心，她看起來很猙獰。所以我確實對巴特有一些控制力，這點顯露在送給芭蕾老師的巨大玫瑰花束，和送給單人舞雪花演員的大盒子上。

「會是什麼呢？」裘瑞問道，他的臉發紅，他的快樂從天上彈回來。「我可以現在打開嗎？」

「當然，等我們到家就可以開，而且聖誕老人明天一早會留下一百個禮物給你。」

「為什麼？」

「因為他愛你。」
「為什麼？」裘瑞問道。
「因為他就是忍不住要愛你，就是這樣。」
「哦。」
裘瑞在早上五點前就起床，玩著巴特送他的電動火車。客廳地板上到處都是禮物的華麗包裝紙，上百個來自保羅、杭妮、克里斯、巴特和聖誕老人的禮物。艾瑪給了他一盒手工餅乾，他拆禮物的時候迅速吃完。「咦，媽媽，」他喊道，「我以為沒有我舅舅會很寂寞，可是我不寂寞。我玩得很開心。」
他不寂寞，但我很寂寞。我想要巴特陪著我，而不是在那邊陪她。我等著他找些藉口開車去藥局，然後偷溜過來見我和裘瑞。但在聖誕節早上，我唯一見到來自巴特的東西是一只五公分寬的鑲鑽手鐲，手鐲裝在盒子裡還附上二打紅玫瑰。他的卡片上寫著：芭蕾舞者，我愛妳。
要是有哪個女人比我那晚打扮得更仔細，那一定是法國王后瑪莉．安東尼。艾瑪抱怨我弄得沒完沒了。我塗抹自己臉蛋，彷彿有台照相機要為我拍雜誌封面近照似的。艾瑪幫我把頭髮弄成我母親多年以前的那種髮型。「艾瑪，從臉部高度開始輕輕往後燙，然後用一簇鬈髮高高地夾在頭頂，然後一定要讓幾縷頭髮垂到及肩長度。」
等她弄好，我抽了口氣，發現自己幾乎就跟我媽媽在我十二歲時一模一樣！我那高聳顴骨配上這髮型和她的顴骨一樣突顯。就像置身在從沒真心期盼發生的夢境一般，我套上那件綠色禮服，上半身是天鵝絨而裙子是雪紡紗。這是那種永不過時的款式。我在鏡子前轉了個圈，開始覺得自己變成了媽媽，有了她控制男人的那種力量，而艾瑪站在後頭向我吹捧讚美。
就連我的香水也是一樣的。有異國東方花園芬芳的麝香味。我的高跟鞋有銀色綁帶和十公分高的鞋跟。和我的銀色晚宴包很相配。我現在只需要她配戴的祖母綠和鑽石首飾。我很快也會拿到。想必命運不會讓她在今晚穿綠色禮服。在我人生的某些時刻，命運必須站在我這邊。我認為今晚應該是那種時刻。

今晚我會帶來驚愕！她會感受到失去之痛！可惜克里斯不來欣賞這漫長戲劇的結尾，這齣戲從我們的爸爸在公路遇害那天開始啟幕。

我對自己再次投以讚賞目光，拎起巴特送我的皮草披肩，振作自己動搖的勇氣，再對裘瑞瞥最後一眼，他蜷身側睡看起來宛如天使。我探身在他飽滿紅潤的臉頰輕輕一吻。「裘瑞，我愛你。」我低聲說道。

他從朦朧睡夢裡半睡半醒地睜眼盯著我，好像我也是夢的一部分。「哦，媽媽，妳看起來好漂亮！」他深藍色的眼睛閃著孩子氣的驚歎，頗為認真地問道，「妳要去宴會替我找個新爸爸嗎？」

我笑著再次親他回他一聲沒錯，在某種意義上我的確是。「親愛的，謝謝你，謝謝你讚美我漂亮。現在回去睡覺然後夢見快樂的事，明天我們會堆雪人。」

「帶個爸爸來幫忙。」

在大門旁邊的桌上擺著保羅寄來的信箋。「杭妮病得很重。可惜妳不能放棄妳的計畫，在一切為時已晚前來看她。凱瑟琳，我祝妳好運。」我嘆了口氣，把信箋擱到一旁，拿起附在保羅信中杭妮寫在節慶紅紙上的短箋，關節炎作疼的指節將字母寫得歪扭變形。

親愛的可愛孩子：

杭妮老了，杭妮累了，杭妮高興自己兒子在她旁邊，但不開心其他孩子離得好遠。

在我去更好的地方前，我現在告訴妳過得快樂的簡單祕密。妳只要對昨日的愛說再見，向新的說哈囉。看看四周誰最需要妳，妳就不會弄錯。忘了昨日需要妳的人。

妳寫信說妳肚子裡有新寶寶，寶寶的爸爸是妳母親的丈夫。為小孩而高興，就算母親的丈夫還是和她做夫妻。原諒妳的母親，就算她曾經做了壞事。沒有人全部都壞，她小孩很多的好一定是來自她。等妳能原諒忘記過去，平靜和愛就會再來找妳，這次再也不走。

要是妳再也不能在這世上見到杭妮，記得杭妮很愛妳，就像她親生女兒，就像我愛妳那天使妹妹，我期盼很快再見到她。

很快就上天堂的杭妮

我胸中懷著沉重悲傷放下那張短箋，然後聳了聳肩膀。必須做的事就要去做。很久以前我就踏上這條道路，不管怎樣我都會走下去。

當我踏出門外，奇怪的是外頭沒有颳風，我轉身對艾瑪揮揮手，她會陪裘瑞過夜。我把腳上的銀色高跟鞋套進靴子裡，走向自己的車子。多麼寂靜，彷彿大自然專注在我身上時焦慮地躊躇。

輕如鴨絨的雪花開始落下。我瞥向灰鉛色的陰鬱天空，好像外婆的眼睛。我再次下定決心，鑰匙一扭發動車子，駛向佛沃斯大宅，儘管我不是受邀賓客。我先前曾為此向巴特怒罵。「為什麼你不堅持叫她邀我？」

「說真的，凱西，問這個是不是有點太過分？我能邀我情人去我太太的宴會來羞辱她嗎？凱西，我也許是個傻瓜，但我沒那麼殘忍。」

在囚禁歲月裡的第一個聖誕，那時我十二歲，把頭靠在克里斯男孩般的胸膛上，渴望地許願想要長大成人，有我母親那凹凸有致的好身材，有像她一樣的漂亮臉蛋，穿著像她那樣出色的衣衫。而我最想要的願望是能掌控自己的人生。

有些聖誕願望會成真。

34 揭發真相

剛過十點不久，我用克里斯多年前打造的木製鑰匙，趁沒人看到時，從後門溜進佛沃斯大宅。屋裡已經有許多賓客，而且還有更多人陸續到來。樂隊正在演奏聖誕節頌歌，隱隱約約地傳到我耳中。這音樂是如此甜美地縈繞心頭，帶我回到了童年時光。只不過這一次，我在異地孤軍奮戰，沒有人支援我，我靜悄悄地爬上後階梯，在陰影中前進，有必要時隨時準備躲起來。我獨自走到華麗的中央圓形大廳，附近就是那只大檯櫃，我和克里斯曾躲在裡面，俯瞰過另一場聖誕宴會。我往下注視，發現巴特·溫斯洛站在他的妻子身旁，她身上穿著鮮紅錦緞。他強而有力的聲音充滿熱誠，溫馨地招呼抵達的賓客，和他們握手，親吻臉頰，以真摯的態度扮演親切的主人。我媽媽似乎位居次要地位，在這棟即將屬於她的豪宅裡顯得無足輕重。

我苦澀地對自己微笑，偷偷溜往我媽媽的豪華套房。我立刻回到了往日時光！哦，哎呀呀！我說出了小時候用的驚嘆詞，可以表示開心、驚訝、驚慌或沮喪，儘管我現在能隨意套用更精確的字眼。今晚的我沒有沮喪之情，只有一種合理化的輕快感。無論發生什麼事，都是她咎由自取。瞧，我心想，就是那張燦爛耀眼的天鵝床，依然在那裡，床尾還擺著那張小天鵝床。我四下張望，看見一切如故，不過牆面上的花緞布料，那和以前不一樣。現在它是柔和的紫紅色，不是草莓粉紅。那裡有個黃銅衣帽架，能預先掛起男士的外套，不會產生皺褶，直到他穿上為止。這個倒是新的。我加快腳步走進母親的更衣室。我跪下來，拉出一只特製的底層抽屜，摸索裡面的小按鈕，必須按下特定的數字組合，才能開啟那個複雜的鎖。而且信不信，她依然使用她的出生月、出生日、出生年當密碼！天哪，她還真是絲毫沒有戒心！

很快地，那只大絲絨底盤就放在我前面的地板上了。因此我能自行拿取那些她那年聖誕宴會配戴的祖母綠及鑽石首飾，我和克里斯就是在那時候第一次看到巴特洛繆．溫斯洛。我們當時多麼愛她，而且多麼憎惡他。我們依然沉浸在喪父的哀慟陰影中，不希望媽媽再嫁，永遠都不要。

我彷彿在夢中，戴上祖母綠及鑽石首飾，完美搭配我的綠天鵝絨及雪紡紗禮服。我看了一眼鏡子，想知道我的模樣是否和她當時一樣。我小了幾歲，但是沒錯，我看起來很像她。不是一模一樣，但是差不多，足以令人信服了，畢竟，同一棵樹上會有完全相同的兩片樹葉嗎？我把珠寶盤放回去，抽屜推回原位，一切都保持原狀。除了我現在配戴著不屬於我的價值數十萬美元珠寶。我又看了一次手表。十點半，太早了。我想在十二點鐘隆重現身，像灰姑娘那樣地反擊。

我以最謹慎的態度，沿著長廊偷偷溜到北側廂房，發現最後那個房間的門鎖上了。木製鑰匙依然合用，但是我的心似乎快要跳出了胸口。我的心跳是如此快速、猛烈又響亮，脈搏劇烈跳動。我必須保持冷靜沉著，分毫不差地做每件事，不要受到這棟在過去竭力摧毀我們的可怕大宅的威嚇。

我一走進有兩張雙人床的房間，就立刻返回童年時光。加了襯墊的金色絲緞床罩依舊鋪在床上，平整光滑，沒有一絲皺褶。那台十吋電視機依舊放在角落裡。娃娃屋和瓷偶娃娃，以及按比例打造的古董家具，都在等待凱芮的小手觸摸，讓他們再度復活。克里斯從閣樓搬下來的舊搖椅也還在原地。

哦！時光在這裡彷彿靜止不動，我們從來就沒離開過！

甚至地獄也還在牆壁上，以三幅名畫的複製品陰森森地呈現。哦，天哪！我沒想到這個房間會讓我感到如此心碎。我哭不得，那會讓我的睫毛膏流下來。不過我好想哭。克瑞和凱芮的幽魂不斷在我身邊出現，他們只是五歲的小孩，歡笑，哭泣，想出去外面，享受陽光，然而他們能做的只有推著小卡車，前往想像中的舊金山或洛杉磯。以前有火車軌道在整間房裡和家具底下到處穿梭。哦，那些軌道跑到哪兒去了？還有運煤車和火車頭呢？我從小小的晚宴包裡抽出一張面紙，在一側的眼角按壓，然後換另一側。我彎下腰去窺探娃娃屋。瓷偶女僕依然在廚房做菜，管家還是站在門口，歡迎搭乘雙馬馬車的賓客到來。我確認幼兒室時，搖籃甚至還在那裡！那個失蹤的搖籃！我們找了它好幾星期，深怕外婆會注意到它不見了，然後處罰凱芮。結果它竟在那裡！就在它應該出現的位置！但是嬰兒不在裡面，也沒有和起居室裡的父母在一起。帕金森先生和帕金森太太，還有嬰兒克拉拉現在是我的了，他們再也不會住在這棟娃娃屋裡。

是不是外婆自己偷走了搖籃，這樣她才會看到它不見了，然後問凱芮東西在哪裡。這樣一來，當它沒有被找出來時，她就有理由處罰凱芮了嗎？還有克瑞也是，他會毫無畏懼地自動跑過去保護他的雙胞胎手足。她就像是這種人，會幹這種可怕又殘忍的事。不過假如真的是她，她為何沒有動手，為何沒有把她的角色演到底？我苦澀地笑了起來。她**的確**把她的角色演到底了，不只是鞭打，而是更進一步、更糟糕的事。**毒藥**。在四個糖霜甜甜圈上灑砒霜。

這時候我跳了起來。我似乎聽到小孩的笑聲。這肯定是我的想像了。不過在這時候，我早該知道的，我走向壁櫥，還有在最後方的那道又高又窄的門，以及又陡又窄的漆黑樓梯。我爬過這些階梯無數次了。有無數次在黑暗中，沒有蠟燭或手電筒。爬上那個陰暗、令人毛骨悚然、龐大的閣樓，當我走到那裡之後，我才摸索著尋找我和克里斯藏起蠟燭和火柴的地方。

還在那裡。時間確實在這個地方停佇。我們有幾支燭台，全都是白蠟製品，有小手把可以抓握。我們在一只舊箱子裡找到燭台，還有一盒盒又短又胖、粗製濫造的蠟燭。我們總是認為那些是自製蠟燭，因為點燃之後有種難聞的陳舊氣味。

我喘不過氣來。哦！還是一樣！紙花依然垂掛著，懸吊飾物在氣流中擺盪，巨大的花朵依然貼在牆面上，只是所有的顏色都褪成了模糊的灰色——鬼魂般的花朵。我們黏貼的閃亮寶石中心已經鬆脫了，現在只剩下幾朵雛菊還有亮片，或是閃亮石子當花心。凱芮的紫色毛毛蟲還在那裡，只不過顏色也褪去了。克瑞的癲癇症蝸牛不再是一團不對稱的鮮豔沙灘球，比較像是一顆提不起勁的半爛熟透柳橙。克里斯和我以紅色顏料漆寫的「小心」標誌還在牆上，鞦韆也依然從閣樓的木椽懸掛下來。在唱片機附近的扶把是克里斯親手打造，然後釘在牆上，讓我能練習我的芭蕾舞動作。就連我已經穿不下的舞衣也軟趴趴地掛在釘子上，幾十件搭配好的緊身衣和磨損的芭蕾舞鞋，全都褪了色又布滿灰塵，散發出腐敗的臭味。

我彷彿置身一個不愉快的夢境，漫無目的地遊蕩到遠端的教室，燭光閃爍不定。鬼魂仍未歇息，回憶及幽靈對我亦步亦趨，周遭的一切開始醒轉，打起呵欠又輕聲細語。不對，我對自己說，這只是我那長雪紡紗飄帶的飄逸嵌條發出的聲響……就這樣而已。那匹有斑點的搖搖馬陰森地逼近，既嚇人又帶威脅性。我的手抬放到喉嚨上，忍著不放聲尖叫。似乎有雙看不見的手在推動那部鏽蝕的紅色手拉車，因此我的目光快速轉移到黑板上，我曾在那裡留下了謎樣的告別話語，要給那些以後來到這裡的人看。當初的我怎麼能預料到，那個人竟然是我自己呢？

我們住在閣樓裡
我、克里斯多弗、克瑞、凱芮
現在只剩三個人

我蜷縮在克瑞以前的小書桌後面，設法把我的腿塞進去。我想讓自己進入深度的幻想中，召喚克瑞的鬼魂，告訴我他葬身何處。

我坐在那裡等，外面開始颳起了風，風力愈來愈強勁，在呼號聲中將雪花吹得飛斜。暴風雪又來了，鋪天蓋地。隨著暴風而來的氣流吹熄了我的蠟燭！在黑暗的尖叫聲中，我必須逃離這裡！跑得飛快……跑，快跑，在我變得和**他們**一樣之前。

接下來的一個小時裡，每一刻都精心規畫好了。那座巨大老爺鐘敲打十二下時，我就站在二樓陽台的正中央。我沒有特別做什麼來吸引眾人的目光，只是站在那裡，讓耀眼的珠寶溫暖了我的軀體。她穿著深紅色錦緞禮服，禮服前面的設計很高，直抵她的喉頭部位，上面環繞著鑲滿鑽石的項鍊。我媽媽稍微側身，我看見裸背的設計彌補了正面的嚴謹，她的股溝隱約可見。她的金髮修剪得比我見過的還要短，蓬鬆地烘托出她的姣好臉蛋。從這麼遠的距離看過去，她顯得年輕又迷人，而且和她的實際年齡差遠了。啊……第十二下鐘聲終於響起了……

某種第六感警告著她，因為她的頭緩緩地朝我的方向轉過來。她的眼睛睜得好大，握著雞尾酒玻璃杯的手顫抖得厲害，以至於杯中的酒飛濺出來，流到地板上。因為她目不轉睛，巴特也跟隨她的眼神方向看過來。他瞠目結舌，彷彿看到了幽靈。現在男主人和女主人都像被人催眠似的，每位賓客的目光也都聚攏了過來，毫不懷疑他們會看到聖誕老人的出現，結果卻看到了我。只有我，就像我媽媽在多年前那樣，穿著同一件禮服，站在這群人的面前，我相信在我十二歲那年的聖誕節，受邀的也是同一群人。我甚至認出了幾張面孔，現在老一些了，不過我認得他們！

這是我的勝利時刻！我以芭蕾舞者才辦得到的姿態移動，刻意把我的角色發揮出最大的戲劇性效果。賓客往上凝視著，很顯然沉溺在倒流的時光裡。我幸災樂禍地看著我母親的臉色發白。接著我很開心看到巴特的眼睛睜得更大了，看著我，看向她，然後又回到我身上。在一片死寂中，音樂聲慢慢停下來了。我從雙盤梯的左側走下來，幻想著我是《睡美人》中的卡拉波斯，那個以死亡魔咒讓奧羅拉公主沉睡的邪惡仙子。然後我把自己想成丁香仙子，趁奧羅拉沉睡一百年時，偷走了她的王子。我很聰明，不去想自己是媽媽的女兒，也不想自己有多快就能毀了她。我真聰明，把這一幕變成了舞台劇演出，實際上卻在面對現實，讓它不再只是幻想，也讓鮮血能四下飛濺。

我以閃耀著光芒的手指，優雅地沿著紫檀木扶手輕撫，感受我的綠色雪紡紗嵌條隨著步伐飄逸翻飛，我也不斷接近我母親和巴特並肩而立的地方了。她渾身顫抖，但是設法保持鎮定。我彷彿看見她那雙藍色的瓷娃娃眼睛裡閃現一絲恐慌。當我踩上倒數第二階的樓梯時，我好意地給她一個最親切的笑容。在這種情形下，我讓自己站上需要的高度，比所有的人都還高出一些。所有的人都必須抬頭看我，穿著十公分鞋跟的銀色高跟鞋，還有像凱芮那雙鞋一般的厚鞋底，才能讓我立身於同樣的高度，和我母親四目相視。更棒的是能看到她如此驚慌，不知所措，徹底崩潰！

「聖誕快樂！」我清楚又響亮地對所有的人呼喊，聲音就像傳令喇叭響起一樣，把其他房間的人也都吸引過來了。他們成群結伴地進來，感覺是被全然的靜默吸引過來，而不是我的聲音。「溫斯洛先生，」我動人地呼喚道。「過來和我共舞吧，就如同你在十五年前和我媽媽共舞那樣。當年我十二歲，躲在樓上，她穿的禮服就和我身上現在穿的這件一樣。」巴特顯然大為震驚。驚人的震撼讓他的深色雙眼更加深沉，但是他不願離開我媽媽的身旁！

他逼得我不得不採取下一個動作。當大家都站在那裡等待著，大氣也不敢喘一口，期待更多爆炸性的真相揭曉，我遂了他們的意。

「我要自我介紹。」我抬高了聲調，讓它能傳得遠。「我叫凱西．莉爾．佛沃斯，是巴特洛繆．溫斯洛太太的長女，你們大部分的人一定還記得，她原先嫁給了我爸爸，克里斯多弗．佛沃斯。你們也記得，他是我母親的半個叔叔，麥爾坎．尼爾．佛沃斯的弟弟。麥爾坎取消他獨生女的繼承權，他唯一在世的繼承人，因為她犯下邪惡的魯莽行徑，嫁給了他的異母弟弟！不只如此，我還有一位哥哥，他也叫做克里斯，現在是醫生。我也曾經有過弟弟和妹妹，比我小七歲的雙胞胎手足。不過克瑞和凱芮已經死了，因為他們……」我不知為何停頓了一下，然後繼續說下去。「十五年前的那場聖誕宴會，克里斯和我躲在陽台的大櫺櫃，雙胞胎在北側廂房的最後面那個房間裡睡覺。我們的遊樂場是閣樓，而且從來都沒有下樓過。我們是閣樓的小老鼠，一牽涉到錢的因素，我們就沒人要也沒人愛。」我會把一切都說大聲說出來，一點一滴都不放過，但是巴特邁開大步走到我身旁。

「太精采了，凱西！」他高聲地說。「妳的演技無懈可擊！恭喜。」他伸出手臂攬住我的肩，迷人地對我微笑，然後轉身面對顯然不知該做何感想，或是不知該相信誰，更別提如何反應的賓客。

「各位女士先生，」他說，「讓我向各位介紹凱瑟琳‧甄娃，你們很多人想必看過她和她的丈夫，裘利安‧馬奎特在舞台上共舞。而且如同各位剛才親眼所見，她也是出色的演員。凱西是我妻子的遠房親戚，假如任何人發現她倆有任何相似之處，這就是原因了。事實上，各位可能知道，現在裘利安‧馬奎特夫人是我們的鄰居。因為她和我妻子的外表如此相像，我們便想出這場小小的鬧劇，利用我們的小玩笑，盡力讓今年的宴會生動活潑又別出一格。」

他不留情地掐擰我的上臂，然後抓住我的手，伸手攬住我的腰，然後邀我共舞。「來吧，凱西，在那麼精湛的戲劇演出之後，妳想必樂意一展舞技。」當音樂開始演奏，他強迫我和他共舞！我轉頭看見我媽媽萎靡地靠在友人身上，臉色如此蒼白，以至於臉上的妝有如青紫色汙點般突顯。即便如此，她的目光依然無法從在她丈夫懷中的我移開。

「妳這無恥的小賤人！」巴特嘶聲地對我說。「妳竟敢跑來這裡，上演這齣鬧劇？我以為我愛上了妳。我鄙視恣意傷人的惡毒女子。我不會讓妳毀了我妻子的生活！妳這小白痴，無論妳是為了什麼而謊話連篇！」

「你才是白痴，巴特，」我冷靜地說，儘管內心恐慌——萬一他拒絕相信呢？「看看我。假如我沒有親眼看過，我怎麼會知道她曾經穿過一件像這樣的禮服呢？假如不是我哥哥克里斯躲在那裡，耳聞眼見你們倆在二樓的圓形大廳做的每件事，我怎麼會知道你和她一起去看她那間有天鵝床的臥房？」

他直視著我，看起來很好奇怪，好疏遠，又陌生。

「沒錯，親愛的巴特，我就是你妻子的女兒。而且我知道，假如你的律師事務所發現你的妻子在第一次婚姻中生下四名兒女，你和她就會失去一切。所有的錢，所有的投資。你擁有的一切都會被奪走。哦，一想到就讓我難過得好想哭。」

我們繼續跳著舞，他的臉頰和我的只有幾吋的距離，他的唇邊掛著微笑。「看看妳身上的那件禮服。妳怎麼會知道，我第一次來這間屋子裡參加晚宴時，她穿的就和這件一模一樣？」

我佯裝歡樂地笑了起來。「親愛的巴特，你真的很笨。你認為我是怎麼知道的？我看過她穿這件禮服。她走進我們的房間，讓我們看她的模樣有多美，我很羨慕她玲瓏有致的身材，克里斯看她的眼神充滿了愛慕。她梳理的髮型和我現在的一樣。這些首飾是從她更衣室抽屜裡的保險櫃裡取出來的。」

「妳騙人。」他說，不過現在聲音裡出現懷疑。

「我知道密碼，」我繼續輕聲地說，「她用的是她的生日。她在我十二歲時告訴過我。她的確是我的媽媽。她的確把我們關在那個房間裡，等她的父親死去，這樣她才能繼承遺產。而且你明知道她為何要把我們當成一個不可告人的大祕密。遺囑是你擬的，不是嗎？你回想一下，在某個夜晚，當你在她的豪華套房裡睡著時，你夢見一名年輕的女孩，身穿藍色短睡衣，偷溜進去親吻你。你不是在作夢，巴特。那是我給你的吻。我當時十五歲，原本偷跑進去你的房間要偷錢，還記得你有一陣子老是短少現金嗎？你和她以為是僕人偷錢，不過其實是克里斯，那一回則是我……我什麼也沒偷到，因為你在那裡，把我嚇跑了。」

「不會的，」他嘆息著說。「不可能！她不會對自己的小孩做這種事！」

「不會嗎？她就這麼做了。陽台欄杆附近的那個大檯櫃，裡面有網狀背板，我和克里斯可以看得很清楚。我們看到外燴廚師在調理法式薄餅，侍者穿著紅黑兩色的制服，一座噴泉冒出香檳，還有兩只超大的銀質調酒缸。我和克里斯可以聞到每樣食物都如此美味，我們垂涎期待能一嘗樓下的美食。我們的三餐乏善可陳，總是冷冰冰或微溫。雙胞胎幾乎什麼也不吃。那年的感恩節晚餐，她不斷離席又回座，你也在場嗎？你想知道原因嗎？她趁管家約翰不在備餐室時，準備了一托盤的食物要拿上來給我們。」

他搖著頭，眼神茫然。

「沒錯，巴特，你娶的那名女子有四個小孩，她把他們藏匿了將近三年又五個月。我們的遊樂場在閣樓裡，你是否曾在夏天的閣樓裡玩耍呢？或是冬天？你認為那樣舒適愉快嗎？你能否想像我們的感受，年復一年地等待一名老人死去，好讓我們能展開生活？你知道我們受到重大的創傷，因為得知她在乎金錢的程度，遠超出在乎我們，也就是她親生的孩子們？還有雙胞胎，他們長不大。他們的個頭一直都很嬌小，有著大大的眼睛和憂愁的神情，而她過來的時候，從不曾看他們一眼！她假裝沒有注意到他們健康不佳的狀況！」

「凱西，求求妳！假如妳在說謊，別再說了！別讓我恨她。」

「為什麼不去恨她？她活該。」我繼續說下去，母親斜倚著一面牆，看起來不舒服到快吐了。「我有一回躺在那張天鵝床上，床尾擺著小天鵝床。你在她的床頭櫃抽屜裡放了一本關於性的書，偽裝的書衣上寫著《如何創造設計自己的刺繡》之類的。」

「是《如何創造自己的刺繡花樣》。」他提出糾正，看起來和我母親一樣蒼白又生病，儘管他保持微笑，可憎地微笑著。

「這些都是妳捏造出來的，」他以一種奇怪的語調說話，裡面沒有絲毫真誠。「妳恨她，因為妳想要我，暗中計畫來欺騙我，並且毀了她。」

我微笑著，並且以我的唇輕掠過他的臉頰。「那麼讓我來進一步說服你吧。我們的外婆總是穿著灰色塔夫綢衣裳，搭配手工編織衣領，而且領口總是配戴那只鑲了十七顆鑽石的鑽石別針。每天一大早，在六點半之前，她會拿一只野餐籃帶食物和牛奶給我們。起初她讓我們吃得很不錯，不過當她對我們的厭惡之情日漸加深，我們的三餐也愈來愈糟，最後我們幾乎只吃得到花生果醬三明治，偶爾有炸雞和馬鈴薯沙拉。她列出一長串的規矩，要我們照著做，包括其中的一條是禁止我們拉開窗簾讓光線照進來。年復一年，我們住在一個沒有陽光的昏暗空間。你一定想像不到，我們的生活有多麼枯燥、封閉、缺乏光線、受到忽視、沒人要、沒人愛。而且還有一條令人非常難以忍受的規定。我們甚至不能注視彼此，尤其是和你不同性別的人。」

「哦，天哪！」他驚呼了一聲，然後深深嘆息。「這聽起來就像是她的作風。你說你們被關在上面超過三年嗎？」

「三年又將近五個月。假如這段時間在你聽起來已經很久，想像一下，五歲的幼童，還有十二歲及十四歲的孩子會有什麼感覺？在當時，五分鐘感覺像是五小時，過一天感覺就像過了一個月，而一個月感覺就像一整年。」

他的懷疑和看清一切情節的律師思緒不斷兩相爭辯，看我說的故事是否屬實。「凱西，老實說，絕對地誠實。妳有兩個兄弟和一個妹妹，在那些日子裡，當我也在這裡的時候，你們一直被關起來，就住在那上面？」

「一開始，我們相信她，她說的每個字，因為我們愛她，信任她。她是我們唯一的希望，唯一的救贖。我們希望她能繼承她父親所有的財產。我們同意待在那上面，直到外公過世，儘管當母親說明我們為何要住在佛沃斯大宅時，她忘了提及，我們必須躲起來。起初我們以為這不過是一兩天的事，不過這種情況不斷持續下去。我們玩遊戲來打發時間，而且我們有很多時間都在禱告，還有睡覺。我們變得愈來愈瘦，病懨懨的，營養不良。而且當你和我們的母親去歐洲度蜜月時，我們挨餓了兩星期。你們去佛蒙特看你的姊妹時，我們的母親買了一盒兩磅的楓糖糖果。不過到了那時候，我們已經開始吃灑上摻了砒霜的糖霜甜甜圈。」

他冷酷嚴厲地看了我一眼，眼神充滿可怕的怒火。「沒錯，她的確在佛蒙特買了一盒那種糖果。不過凱西！無論妳可能會說出什麼話，我打死都不相信我的妻子會刻意毒害自己的孩子！」他輕蔑的眼神掃視我的全身，然後回到我的臉上。「沒錯，妳確實長得很像她！妳有可能是她女兒，我承認這點。不過要說柯琳會殺害自己的小孩，我死都不信！」

我用力將他推開，然後突然轉身。「聽好了，各位！」我高聲吶喊。「我就是柯琳·佛沃斯·溫斯洛的女兒！她的確把他的四個小孩關在北側廂房的最後一個房間裡。我們的外婆也參與這場密謀，讓我們把閣樓拿來當作遊戲室。我們以紙花布置，替雙胞胎把它裝飾得漂亮一點。這全都是為了讓我媽媽能繼承遺產。我們的媽媽說，我們必須躲起來，因為假如我們不這麼做的話，外公就不會把她寫入遺囑裡。各位都知道，他有多厭惡她嫁給了他的異母弟弟。我們的媽媽說服我們搬過來，住在樓上，而且要安靜得有如閣樓的老鼠。我們照做了，一心相信她會遵守承諾，在她父親過世的那天就會放我們出來。但是她沒有！她沒有！在他過世下葬之後，她讓我們在那上面繼續受苦了九個月！」

我還沒說夠，可是我母親已經尖聲高喊起來。「別說了！」她踉蹌地走上前，伸長了手臂，彷彿眼睛看不見似的。「妳撒謊！」她尖叫著說。「我這輩子從沒見過妳！滾出我的家！現在立刻滾出去，否則我會報警，把妳趕出去！妳現在就滾，不准妳再出現！」

現在每個人都盯著她，而不是我。一向冷靜自負的她現在已經完全失控，她渾身顫抖，怒氣滿面，想把我的眼珠給挖出來！我想在場的人沒有一個相信她，因為他們看得出來，我簡直是她的翻版，而且我知道太多真相了。

巴特離開我身旁，走向她的妻子，對她耳語了一些話。他伸出手臂安慰地攬著她，親吻她的臉頰。她那蒼白顫抖的絕望雙手無助地緊抓住他，天藍色的眼眸淚汪汪地乞求他的援助，那雙藍眼睛就和我、克里斯、以及雙胞胎的一樣。

「再次感謝妳，凱西，為我們帶來了如此精湛的演出。請跟我去圖書室，我會把妳的演出費用給妳。」他掃視四下聚集的賓客，輕聲說道。「很抱歉，我的妻子近來身體微恙，我不該挑這個時候演出這場小鬧劇。我應該更謹慎規畫這種演出。因此請各位見諒，繼續享受晚宴，盡情玩樂，開心吃喝，而且隨各位愛待多久都可以，凱瑟琳‧甄娃小姐接下來會帶給各位更多的驚喜。」

這時我真恨他！

當賓客四下走動，交頭接耳地注視著我和他，他抱起我母親，將她帶進了圖書室。她的體重比以前增加了，不過在他的懷中似乎輕如羽翼。巴特回頭瞥了我一眼，以頭示意要我跟上去，於是我照做了。

我希望克里斯能在這裡陪我，他也應該這麼做才對，不該留我一個人去跟她對質。我感到異常孤單，提高了防衛心，彷彿無論我說什麼，提出什麼證據，到頭來巴特相信的人會是她而不是我。我有足夠的證明，我能向他描述閣樓裡的小花、蝸牛、毛毛蟲，還有我寫在黑板上的神祕留言。而且最重要的是，我還可以給他看那把木製鑰匙。

巴特走到了圖書室，輕輕地把我母親放在一張皮椅上。他冷不防地命令我：「凱西，請把門帶上。」

這時我才看到圖書室裡還有誰！我外婆正坐在她丈夫使用過的那張輪椅上。一般人通常分辨不出輪椅之間的差異，不過這張輪椅是訂製的，而且精美許多。她在病人服外面套了一件灰藍色長袍，腿上蓋著一條膝毯。輪椅停放在壁爐旁，她才能得到吞噬原木的爐火帶來的溫暖。她轉頭看我時，光禿禿的頭顱閃閃發光。她的燧石灰眼珠散發出著惡毒的眼神。

房間裡有一名護士陪伴她。我沒多花時間去看她的長相。

「馬洛莉小姐，」巴特說：「麻煩妳離開這裡，把佛沃斯夫人留下來。」這不是請求，而是命令。

「是的，先生，」護士說，隨即起身急忙離開。「佛沃斯夫人需要上床休息時，您再叫我就可以了，先生，」她在門口說完便退下。

巴特似乎瀕臨爆炸的邊緣，在室內高視闊步。無論他現在感受到哪種怒氣，他的發怒對象都不只是我，還有他的妻子。「好吧，」護士一離開，他便開口了。「我們來把話說清楚，一次解決。柯琳，我向來懷疑妳有祕密，一個大祕密。我有好多次都覺得妳不是真心愛我，但是我作夢也沒想到，妳會有四個孩子，而且把他們藏在閣樓裡。為什麼呢？妳為何不能來找我，把真相告訴我？」他咆哮著說，完全失去控制。「妳怎能如此自私又冷酷，居然殘忍到把自己的四個孩子關起來，想拿砒霜害死他們呢？」

我母親癱坐在棕色皮革扶手椅，閉上了眼睛。她顯得毫無生氣，以單調的聲音問道。「所以呢，你要相信她，而不是我？你知道我絕不可能會對誰下毒，無論我可以因此得到什麼。而且你也知道，我沒有任何小孩！」

我很驚訝巴特相信我，而不是她。然而我覺得他不是真的相信我，只是利用律師的伎倆展開攻擊，希望能逮到她卸下心防，也許能因此得知真相。不過這招行不通，對她來說沒有用。她自我訓練太多年，不會讓誰意外抓住她的小辮子。

我大步上前，怒氣沖沖地低頭看她，然後以最嚴厲的聲音說道。「你何不把克瑞的事告訴巴特呢，媽媽？說啊，跟他說妳和外婆是如何在夜裡過來，拿一條綠色的毛毯把他包住，跟我們說妳要帶他去醫院。告訴他妳在隔天回來，對我們說他死於肺炎。騙人！全都是騙人的！克里斯偷溜到樓下，聽見那個管家約翰對一名女僕說，外婆是如何把砒霜拿到閣樓上去毒小老鼠。**我們就是吃掉那些糖霜甜甜圈的小老鼠，媽媽**！而且我們證明了那些甜甜圈有毒。還記得克瑞有隻寵物鼠，妳老是對牠視而不見？他只餵了牠一點糖霜甜甜圈，牠就死掉了！妳就坐在那裡繼續哭吧！妳就繼續拒絕承認我、克里斯，還有克瑞和凱芮曾經是妳的誰！」

「我這輩子從沒見過妳，」她激動地說，筆直地坐挺，並且直視我的眼睛。「除了我去紐約看芭蕾舞那一次。」

巴特瞇起了眼睛，衡量她說的話，然後是我的話。接著他再度看著妻子，雙眼瞇得更緊，眼神也更狡詐。「凱西，」他說，眼睛依舊盯著她：「妳對我妻子做出了非常嚴重的指控。妳指控她謀殺，預謀殺人。假如妳的說法證實無誤，她會面對謀殺罪的司法審判。這就是妳要的嗎？」

「我要的是正義，如此而已。不是，我不想見到她坐牢，或是被送上電椅，假如本州還有這種刑罰的話。」

「她撒謊，」我媽媽低聲說。「騙人，騙人，妳騙人。」

我已經為了可能面對這樣的指控而做足準備。我冷靜地從我的小皮包裡掏出四張出生證明文件。我把這幾張紙交給巴特，他拿到檯燈底下，彎下腰來仔細看。我冷酷又心滿意足地對媽媽微笑。「親愛的媽媽，妳真夠蠢的，把那些出生證明縫在我們的老皮箱內襯裡面。沒有了這些，我將不會有任何證據可以給妳的丈夫看，而且毫無疑問地，他會因此相信妳說的話。畢竟我是演員，習慣做出精采的演出。然而，真可惜，他不知道妳的演技才叫精湛。妳再繼續閃躲吧，媽媽，我手中握有證據。」我狂野地大笑，笑到幾乎流淚了，這時我看見淚水在她的眼眶中閃動。我曾經如此愛她，在所有的怨恨及憎惡底下，我為她感到難過，與生俱來的一絲親情依然時起時滅。這真叫人傷痛，哦，痛到令她落淚了。然而她活該，的確是如此，我不斷告訴自己，是她活該！

「你知道嗎，媽媽，凱芮告訴我，她在街上和妳相遇，妳卻不認她。不久後她就病得很嚴重，然後死了。妳也是殺死她的幫凶！少了出生證明的話，妳可以逃過所有的懲罰，因為格拉斯通的法院在十年前燒燬了。你看命運對妳多好，媽媽？但是妳從來就做不好任何事。妳為何不把這些證明燒掉呢？為何還要留著……？妳這麼做真是太欠考慮了，我最親愛的媽媽竟然保留這些證據。不過妳向來都是粗心大意，有欠思考，做每件事都毫無節制。妳以為殺了這四個孩子，妳可以再生，但最後外公設局騙了妳，可不是嗎？」

「凱西！坐下來，這件事交給我來處理！」巴特命令我。「我的妻子剛動完手術，我不會任妳危害她的健康。現在坐好，免得我出手逼妳坐下！」

我坐下了。

他看了一眼我的媽媽，接著看向她的媽媽。

「柯琳，假如妳曾在乎過我，甚至有那麼一點點愛我，請告訴我，這女人說的話有任何一句是真的嗎？她是妳的女兒嗎？」

我母親虛弱不已地回答。「……是的。」

我嘆息。我以為我聽見了整棟屋子在嘆息，巴特也隨之嘆息。我抬眼看見了我的外婆，她以一種萬分怪異的眼神注視著我。

「是的，」她繼續冷淡地說，呆滯的眼神凝視著巴特。「我沒辦法告訴你，巴特。我想告訴你，但是我害怕，假如我有四個小孩又身無分文，你會不要我，而我太愛你，太想要你了。我絞盡腦汁，想找出解決的辦法，讓我能留住你，留住我的孩子，還有我的錢。」她坐挺起來，脊背打直，像王者般抬高了頭。「我的確找到了解決方法！我找到了！我花了好幾個禮拜的時間密謀策畫，不過我的確找到了辦法！」

「柯琳，」巴特的聲音冷若冰霜，居高臨下地看著她。「謀殺絕對不是任何問題的解決方式！妳只要把事情告訴我，我就會想辦法來拯救妳的小孩和妳繼承的遺產。」

「但是你不明白嗎？」她激動地吶喊道。「我靠自己想出了辦法啊！我要你，我也要我的孩子和我的錢。我認為那是些錢是我父親欠我的！」她歇斯底里地大笑，開始再度失控，彷彿地獄之火就在她的腳跟後頭，只要她加快說話的速度，就能逃離烈焰的灼燒。「大家都認為我很笨，只是一名金髮女郎，擁有迷人的臉蛋和身材，卻沒有腦袋。你看，我騙過妳了，媽媽。」她對坐在輪椅上的老婦人說。然後她又對著牆上的一張肖像高喊。「我也騙過你了，麥爾坎．佛沃斯！」然後她眼中發出怒火，對著我說。「妳也是，凱西。妳以為你們在上面的日子很苦，被關起來，不能上學或交朋友。但是妳不明白假如拿我父親對待我的方式來相比的話，妳的日子有多好過了！就是妳，妳和妳的那些指控，總是把矛頭指向我，我何時能放你們出來？在樓下，我父親總是叫我去做這個，做那個，因為假如我不聽話，就繼承不到一毛錢，然後他還會把那四個小孩的事告訴我的愛人！」

我倒抽了一口氣，然後跳了起來。「他知道我們的事？外公早就知道了嗎？」

她再度大笑，冷酷、鑽石般尖利的笑聲。「沒錯，他知道，但是我沒告訴他！克里斯和我從這個可怕的家逃跑的那天起，他就找了偵探來跟蹤監視我們。後來，我的丈夫在那場車禍中喪生之後，我的律師說服我來尋求他們的協助。我父親簡直欣喜若狂！妳不明白嗎？凱西？」她說得飛快，字句接連不斷地傾洩而出。「他要我和我的孩子待在他的屋簷下，在他的掌控之中！他和我母親策畫了這一切，欺騙我，讓我以為他不知道你們躲在樓上。不過他從頭到尾都知情！他的計畫是要把你們一輩子都關在樓上！」

我倒抽了一口氣，目不轉睛地看著她。我也懷疑她，在她做了那麼多壞事之後，我怎還能相信她說的任何一句話？「外婆呢，她也贊成他的計畫嗎？」我問，一陣麻木感從腳趾往上蔓延。

「她嗎？」媽媽說道。同時對外婆投以輕蔑的冷酷眼神。「不管他怎麼說，她一律照做，因為她恨我。我小時候，他太愛我了，一點也不在意她最愛的那幾個兒子們。我們回來這裡之後，落入了他的圈套之中，他很得意能讓他異母弟弟的子女像動物一樣關在籠子裡，一直把他們關到死為止。所以呢，當你們在那上面，玩遊戲，布置閣樓時，他沒有一刻放過我，日復一日。『他們打一開始就不該出世，對吧？』他會狡猾地說，然後奸詐地暗示，你們最好是死了算了，也好過在這裡關到老，或是生病死掉。我起初不曾真正相信他的用意。我只是以為那是他折磨我的另一種方式。他每天都對我說，你們是討人厭、有缺陷又邪惡的孩子，應該被銷毀才對。我哭泣懇求，下跪哀求，他卻開懷大笑。有天晚上，他對我發怒。『妳這傻子，』他說。『妳笨到以為我會原諒妳和我的異母弟弟上床嗎？這可是違抗上帝的終極罪名，居然生下他的孩子？』他不斷地大發怒火，有時放聲大吼。然後他會拿起柺杖揮舞，打得到什麼就打。我母親會坐在一旁，心滿意足地笑著。然而，他沒有讓我知道，他知道你們在那上面已經好幾星期了……等到那時候，我已經陷入困境。」她懇求我相信她，有點同情心。「妳難道看不出來當時的情況嗎？我不知道該轉往哪個方向！我沒有錢，而且我不斷想到，他可怕的壞脾氣會害死他，所以我激怒他，他就會死去，但是他活了下來，責備我和我的孩子們。我每次去你們的房間，你們都會懇求我放你們出來。尤其是妳，凱西，特別是妳。」

「他還做了什麼，讓妳繼續把我們關起來呢？」我諷刺地問，「除了怒吼、責罵、拿枴杖打妳之外？不可能是什麼太過嚴厲的事吧？因為他當時已經非常虛弱，在第一次的鞭打過後，我們從沒看見妳身上有其他傷疤。妳能依照妳的意願自由來去。妳能想出辦法來，把我們偷渡到外頭他不知道的地方。妳想要他的錢，而且妳不在乎必須做什麼，才能把錢弄到手。妳想要那筆錢的程度，勝過妳要自己的孩子。」

就在我的眼前，她那張細緻又精心修復的臉蛋，浮現出她母親老邁的模樣。她似乎枯萎了，活在悔恨中這麼多年而逐漸形容憔悴。她的眼神狂亂地飄移，想尋找某個安全的避風港，能夠永遠藏身，不只是躲開我，也躲開她在丈夫眼中見到的怒火。

「凱西，」我媽媽懇求道。「我知道妳恨我，不過……」

「沒錯，媽媽，我確實恨妳。」

「妳不會這樣想，假如妳明白……」

我笑了，冷酷又苦澀。「我最親愛的母親哪，無論妳再多說什麼，都無法教我更明白了。」

「柯琳，」巴特說，他的語調毫無生氣，彷彿他的心被取走了。「妳的女兒說得沒錯。妳可以坐在那裡哭泣，訴說妳的父親是如何逼妳毒殺自己的小孩。不過我要如何相信妳？因為我甚至不記得他眼神淩厲地看過妳？他總是帶著愛和驕傲看著妳。妳的確來去自如。你父親對妳出手奢豪，讓妳買新衣服和妳想要的任何東西。現在妳卻編出一些荒謬的故事，說他是如何折磨妳，逼迫妳殺害藏匿的那幾個小孩。天哪，妳真令我作嘔。」

她呆滯地瞪視前方，蒼白又優雅的手不停顫抖，攤開來焦急地從腿部抬高到喉嚨，一再以手指撫摸那條防止禮服滑落的鑽石項鍊。「巴特，別這樣，我沒有說謊……我承認我過去騙過你，而且沒有老實地把孩子的事告訴你……但是我現在沒有撒謊。你為什麼就是不肯相信我？」

巴特雙腳張開，就像水手想在顛簸的海上站穩的姿態。他的雙手伸到背後，緊握成拳頭。「妳以為我是哪種人？或者曾經是哪種人？」他苦澀地問。「妳當時大可以把一切都告訴我，我會體諒的。我愛妳，柯琳。我會使出一切可能的合法手段去阻撓妳父親，幫助妳取得他的財富，同時讓妳的孩子活下去，自由地過著正常的生活。我不是怪物，柯琳，不是為了妳的錢才娶妳。就算妳身無分文，我還是會娶妳。」

「你鬥不過我父親的！」她大喊之後，一躍而起，開始來回踱步。

媽媽穿著閃亮的錦緞禮服，猶如一抹明亮的火焰，那種色澤讓她的眼眸變成深紫色，目光在我們之間來回梭巡。最後，我再也無法忍受看她這副模樣，沮喪、狂亂，女王般的從容神態全都消失了，目光持續停留在她的母親身上——那個彷彿沒了骨骼，癱坐在輪椅上的老婦人。她扭曲變形的手指虛弱地撫摸著鉤織毯，但是灰色的狂信者眼中燃燒著狂熱卑劣的火光。我看著那對母女的眼神鏗鏘碰撞。那對灰眼睛不曾改變，也不曾因為年老或害怕肯定在等待著她的地獄而變得軟化。

然後出乎我的意料之外，在這場對抗中，我媽媽站得又高又挺，成為這場意志之戰的勝利者。她開始以冷靜的方式說話，彷彿在討論別人的事。這就像是在聽一名女子說話，她很清楚每個犀利字眼都在殺傷自己，然而她毫不在意，再也無所謂了——因為我終究是勝利者，而且她開始轉身面對我，她最嚴厲的審判者，向我提出懇求。「好吧，凱西。我知道自己遲早要面對妳。我知道強迫我吐實的人會是妳。妳向來能以妳的方式看穿我，我想我並非總是我希望妳相信的那個樣子。克里斯愛我，信任我。但是妳從來沒有。不過在一開始，妳爸爸身故的那時候，我盡我所能地為你們去做。當我要求你們過來住在這裡，躲藏起來，直到我贏回父親的疼愛為止，我說的是我相信的實話。我不曾真的認為這會花超過一天的時間，或者可能是兩天。」

我坐在那裡動也不動，緊盯著她。她的眼神無聲地懇求著，**憐憫我吧，凱西，相信我！我說的是實話**。

接著她轉過身去，萬分痛苦地向巴特懇求，提起他們在友人家初識的事。「巴特，我不希望自己愛上你，然後把你捲入我的這場麻煩中。我想要把孩子的事告訴你，還有我父親對他們造成的威脅。不過正當我要開口，他的情況惡化，隨時都會走，所以我把這件事擱下，什麼也沒說。我祈禱當我終於說出口時，你會諒解我。我真是愚蠢，把一個祕密放了這麼久，變得不可能解釋清楚了。你想娶我，我父親不斷拒絕。我的孩子每天都哀求能被放出來。即使我知道他們有權利如此抱怨，我卻開始厭惡他們。他們不斷騷擾我，讓我覺得歉疚和羞愧，但是我已經盡力為他們去做了。而且就是凱西，向來是凱西，無論我買了多少禮物給她，從來沒有一刻放過我。」她又痛苦地深深看了我一眼，彷彿我折磨她到無法忍受的地步。

「凱西，」她低聲地說，這時她再度轉身面對我，淚汪汪的痛苦眼神稍微明亮了些。「我的確盡力了！我告訴我的父母，你們都有隱疾，尤其是克瑞。他們總認為上帝在懲罰我的孩子，所以很容易就相信了。克瑞總是不斷感冒，還有過敏的問題。妳難道看不出來我在試圖做什麼？讓你們都稍微生病，我才能把你們一個個送到醫院去，然後跟我母親說，你們都死了。我使用一丁點的砒霜，不過根本不足以毒死你們！我只想讓你們生一點小病，只要夠把你們救出來就可以了！」

她愚蠢到想以這種危險方式來密謀策畫，真教我驚駭莫名。然後我猜想這全是謊言，只是一個藉口，滿足正在以異常眼光看著她的巴特。我對著她微笑，內心卻難過到好想哭出來。「媽媽，」我輕聲地說，打斷了她懇求的話語。「妳難道忘了嗎，在糖霜甜甜圈開始出現之前，妳父親就已經過世了？你沒必要唬弄躺在墳裡的他。」

她向外婆投射了她的痛苦眼神，而外婆堅定嚴峻的視線落在她女兒的身上。

「沒錯！」媽媽哭喊：「我知道這點！如果只是那項附加條款，我根本不會需要用到砒霜！不過我父親讓我們的管家約翰參與了我們的祕密，他要親自監督我遵守那項約定，把你們關在樓上，直到你們每個人都死去為止。假如他不這麼做，我母親會保證他無法繼承答應要給他的五萬美元。再加上我母親，她希望約翰能繼承一切！」

這時出現了一陣可怕的沉默，我努力想消化這個消息。外公一直都知情，而且想把我們關上一輩子？而且彷彿這樣的懲罰還不夠，他想逼她害死我們？哦，他肯定比我想的還要邪惡許多！根本不是人！然而，我看著她，注意到她不安等待的藍眼睛，她的手不斷扭絞那條看不見的珍珠項鍊，我知道她在說謊。我看了一眼外婆，看到她皺著眉，努力想說什麼。她的眼中出現強烈的憤怒，彷彿她想全盤否認我媽媽說過的話。不過，她一直痛恨著媽媽，她總誘導我去相信最糟的一面……哦，上帝，我要如何找出事實真相呢？

我看見巴特站在壁爐前，深色眼睛注視著他的妻子，彷彿他從來不曾見過她，出現在他眼前的令他驚駭莫名。

「媽媽，」我開始以平板的語調說。「妳事實上是怎麼處理克瑞遺體的？我們找遍了這附近的墓園，查看他們的紀錄，沒有一個八歲的小男孩在一九六〇年十月的最後一週去世。」

她先吞嚥了一下，然後擰絞雙手，手上的鑽石和其他珠寶閃閃發亮。「我不知道該怎麼處理，」她輕聲地說。「我還來不及趕到醫院，他就死了。他忽然停止呼吸，當我望向後座時，我知道他已經死了。」她啜泣地回憶著。「我恨我自己。我知道我可能會被起訴謀殺罪，但我不是有意害死他的！我只想讓他生點小病而已！所以我把他的屍體扔進了一道很深的溝壑裡，拿乾樹葉、樹枝和石子蓋住他……」她絕望的大眼睛懇求我相信她。

我也吞嚥了一下，想著克瑞在一處又深又暗的溝壑裡，任他在那裡腐爛。「不對，媽媽，妳沒有那麼做。」我的柔和聲音似乎畫穿了龐大圖書室的凝結氣氛。「我下樓之前，去看過北側廂房的最後一個房間。」我停下來製造效果，讓我接下來要說的話更具張力。「在我下樓來和妳對質之前，我先走直接通往閣樓的樓梯，接著來到藏在我們囚室壁櫥裡的那座小階梯。我和克里斯總是懷疑有另一條通道可以通往閣樓，我們正確地推理，一定有扇門藏在那座沉重的大雕飾衣櫥後面。無論我們推得多用力，那座衣櫥總是文風不動。媽媽，我發現了一個以前從未見過的小房間。那個房間有種很奇怪的臭味，聞起來像是有東西死掉後腐爛了。」

她有一會兒動彈不得，臉色慘白。她空洞的雙眼注視著我，然後她的嘴和手開始活動，但是她無法開口。她努力嘗試，但是一個字也說不出來。巴特開始說些什麼話，不過她拿手摀住了耳朵，不想聽任何人說的任何話。

忽然間，圖書室的門開了。我怒氣沖沖地轉身。

我媽媽彷彿在夢魘之中轉過身去，明白了我為何目不轉睛。是克里斯走上前來，注視著她。她跳了起來，彷彿受到極度驚嚇，然後抬起了雙手，那姿勢彷彿是要抵擋住他。她是看見我們爸爸的鬼魂嗎？「克里斯……？」她問。「克里斯，我不是有意要這麼做的，我真的不是！別那樣看我，克里斯！我愛他們！我不想給他們砒霜……但是我父親逼我！他告訴我，他們打一開始就不該出生！他試圖告訴我，他們是如此邪惡，死不足惜。只有一種方式能補救我嫁給你而犯下的罪！」她不斷地說，淚水也從臉頰滾滾流下。然而克里斯只是搖著頭。「我愛我的孩子！我們的孩子！但是我能怎麼做呢？我只是想讓他們生點小病……剛好足夠拯救他們，就這樣而已，這樣而已……克里斯，不要那樣看我！你知道我不會去殺害我們的小孩！」

他凝視著她，眼睛變成了冰藍色。「所以妳是故意餵我們砒霜囉？」他問。「我們從這棟房子逃出去之後，有足夠時間去思考這件事，我從不曾徹底相信，然而妳確實下了毒手！」

她再次尖叫。我這一輩子從不曾聽過像那樣的尖叫聲，歇斯底里地高低起伏。那種尖叫聲聽起來像是瘋子的嚎叫！她不斷地轉圈，尖叫聲不斷，接著她衝向一道我從不知道它存在的門，她衝出門後，消失了蹤影。

「凱西，」克里斯說，他的目光從那道門移開，環顧圖書室，注意到巴特和外婆。「我是來接妳的，我有壞消息。我們要立刻回去克萊蒙！」

我還沒能回答，巴特便說話了。「你是凱西的哥哥，克里斯嗎？」

「是的，我就是。我是來找凱西的，她得去某個地方。」他伸出手，我慢慢走向他。

「等一下，」巴特說。「我有幾個問題想問你。我必須知道完整的真相。那名穿紅禮服的女子是你的母親嗎？」

克里斯先是看著我，我點頭表示巴特知情，這時候克里斯才略帶敵意地看著巴特。「沒錯，她是我和凱西的母親，也曾是雙胞胎克瑞和凱芮的母親。」

「她把你們四個關在一個房間裡，長達三年以上嗎？」巴特問，彷彿他依舊無法置信。

「是的，三年四個月又六天。有天晚上她把克瑞帶走，回來之後告訴我們，克瑞死於肺炎。假如你想知道更多細節，你必須等一等，因為現在還有別的人需要我們。走吧，凱西。」他說，再次向我伸出手。「我們要快一點！」這時他看著外婆，給她一個扭曲的微笑。「聖誕快樂，外婆。我從不曾希望再見到妳，不過現在我看到了，時間以它的方式進行報復。」他轉身面對我。「快點，凱西，妳的外套呢？我讓裘瑞和林斯壯太太待在我的車上。」

「為什麼？」我問。忽然間恐慌占據了我。這是怎麼回事呢？

「不行！」巴特反對。「凱西不能離開！她就要生下我的小孩了，我要她和我待在一起。」

巴特走過來攬住我，他帶著愛意，溫柔地凝視我的臉。「妳讓我看清事情的真相，凱西。妳說得沒錯。我絕對值得過比這更好的生活。也許我依然可以挽救我的生活，改做些有用的事。」

我朝外婆投出一個勝利的眼神，然後避免直視克里斯。巴特攬住我的肩頭，我們離開了圖書室和外婆，邁開步伐穿越其他的房間，直到我們來到大門廳。

喧鬧聲四起，大家都在尖叫、奔跑、到處尋找妻子或丈夫。濃煙！我嗅到了煙味。

「天哪，房子起火了！」巴特大喊。他一把將我推向克里斯。「帶她出去，保護她的安全！我必須去找我的妻子！」他狂亂地到處尋找，呼叫：「柯琳，柯琳，妳在哪裡？」

急得團團轉的人群全都湧向同一個出口。濃煙從上方的樓梯滾滾而下。女子摔倒了，大家從他們的身上踩過去。宴會的歡樂賓客現在不顧一切地想奪門而出，對那些沒力氣擠出大門口的人感到悲哀。我瘋狂地想以眼神追隨巴特。我看到他拿起電話，無疑是在打電話給消防局，然後他從雙盤梯的右側飛奔而上，奔進了大火的中心點。「不要啊！」我嘶喊。「巴特，別上去那裡！你會沒命的！巴特——別去！快回來！」

我想他一定是聽見我的聲音，因為他在半途中遲疑不前，回頭對我微笑，而我正瘋狂地揮手。他以嘴型說出**我愛妳**，然後指向東邊。我不明白他是什麼意思。但是克里斯看懂了，他是在叫我們往另一邊出去。

克里斯和我又咳又嗆，加緊腳步走過另一間起居室，我終於有機會見到華麗的餐廳了，不過裡面也都是濃煙！「妳看，」克里斯大叫，並且拉著我前進：「那裡有法式落地窗，那些傻瓜，一樓肯定有十幾個或更多的出口，但是每個人都擠向大門！」

我們逃了出來，終於走到了我認得的那部克里斯的車。艾瑪在車裡抱著裘瑞，她凝視著那棟大宅正在燃燒，克里斯伸手到車內，拉出了汽車蓋毯，搭在我的肩上。然後他扶著我，我靠在他身上，為了巴特啜泣……他在哪裡？他為什麼沒有出來呢？

我聽見消防車的汽笛聲沿著山坡蜿蜒而上，在風雪交加的狂亂夜裡尖叫著。白雪落在起火房屋的屋頂，碰上了火焰時嘶嘶作響，變成散落的紅色斑點。裘瑞伸出了手，想要我抱，我將他緊抱在懷裡，克里斯的手臂攬住我，將我們倆抱在一起。「別擔心，凱西，」他想安慰我。「巴特肯定知道所有的出口。」

然後我看見我的母親穿著她的火紅禮服，被兩名男子架了出來。她不停尖叫，哭喊著她丈夫的名字，還有外婆。「我母親！她還在裡面！她無法行走！」

巴特來到了大門台階，這時聽見了她的聲音。他一轉身，跑回到屋裡去。哦，天哪！他要回去救那個根本沒資格活下去的外婆！冒著自己的生命危險，做他非做不可的事，為了證明他不光是條寵物狗而已。

這就是我兒時夢魘裡的那場大火！這是我向來最恐懼的事！就是為了這個緣故，我堅持拿撕碎的被單做成繩梯，好讓我們逃離到地面上，只是以防萬一。

看到這棟大宅燃燒，感覺可怕至極，儘管我曾經很樂意看它付之一炬。風不停歇地吹著，將烈焰吹得更高了，直到火光照亮夜晚，點燃夜空。舊木料太容易燃燒了，再加上古董家具，那些永遠無可取代的無價傳家寶。儘管那些打火英雄瘋狂地四下奔跑，連接噴出滅火泡沫的軟管，不過假如有東西能倖存下來，那會是一大奇蹟！有人大聲叫喊。「裡頭還有人！快點救出來！」我想那是我自己的聲音。消防員以超人速度和敏捷行動把人救出來，我猛烈狂野地嘶喊。「巴特，我不想要害死你！我只是要你愛我，如此而已。巴特，別死，求你不要死！」我媽媽聽見了，她朝我們的方向跑過來，克里斯正緊緊將我抱在懷裡。

「妳！」她尖叫著，臉上有一種瘋子般的狂亂神情。「妳認為巴特愛妳嗎？他會娶妳？妳這大傻瓜！妳背叛了我！就像妳向來背叛我一樣，現在巴特會因為妳而死！」

「不是的，母親，」克里斯說，他的手臂將我抱得更緊，語氣冰冷。「大聲喊叫提醒妳丈夫，妳的母親還在屋裡的人，不是凱西。這麼做的人是妳。妳一定知道他一旦回去那間屋子之後就一定無法活著出來。也許妳情願看妳的丈夫死去，也不願見到他娶妳的女兒。」

她目不轉睛地看著他，雙手不安地扭動著。她的天藍色眼睛有黑色睫毛膏暈開來的深色陰影。正當我和克里斯看著她時，她的眼中有某種東西崩垮了，一種微小的東西，曾為那雙潰散的眼睛帶來清明和才智。她似乎畏縮了一下。「克里斯，我的兒子啊，我是你的媽媽。你不再愛我了嗎，克里斯？為什麼呢？我難道沒有把你需要和要求的東西都帶給你嗎？全新的百科全書、遊戲和衣服？你還缺少什麼呢？告訴我，我就去買來給你，拜託告訴我你要什麼。我會做任何事，帶給你任何東西，彌補你損失的那些。我父親死了之後，我會加一千倍還給你。他可能在任何一天、一小時、一秒鐘之內死去，我知道！我發誓你不必在上面待太久了，不會太久了。」她就這樣不斷說下去，我幾乎要放聲尖叫了。然而我用手摀住耳朵，把臉埋在克里斯寬闊的胸口。

他對某位救護車駕駛示意，他們小心翼翼地接近我母親。她一看見他們就發出尖叫，然後試圖跑開。我看到她蹣跚摔倒，鞋跟被火紅閃耀的禮服長褶邊絆住，她摔倒在雪地裡，又踢又叫，搥打著拳頭。

他們讓她穿上約束衣，把她帶走，不過她仍繼續叫喊，說我是如何背叛她。克里斯和我緊抓住彼此，睜大了眼睛看著這一幕。我們感覺又回到孩提時代，無助地承受著新生的哀慟與羞愧。在他為那些燒傷的人做點事時，我跟在他後頭來來去去。我只會礙手礙腳，但是我無法讓他離開我的視線。

巴特．溫斯洛的遺體在圖書室裡被發現，外婆的骸骨被緊抱在他懷裡，兩人的死因都是濃煙窒息，不是遭到火舌吞噬。我踉蹌地走過去，把綠色毛毯往下摺疊，凝視著他的臉，說服我自己，死亡確實再度來到我的生命裡。我親吻他，哭倒在他僵硬的胸口上。我抬起頭，他直視著我，並且穿透我，去到一個我無法觸碰他的地方。我向他坦白承認，我從一開始就愛上了他，**就在十五年前**。

「凱西，別這樣，」克里斯說，並且把我拉走。我啜泣著，巴特的手從我的抓握中滑落。「我們該走了！我們沒有理由留下來，現在一切都結束了。」

結束了，都結束了。一切都結束了。

我的目光追隨載著巴特遺體的救護車。我的外婆也在裡頭，但我並不為她感到難過，因為**種什麼因就該得什麼果**。

我轉身面對克里斯，再次哭倒在他懷裡。誰能活得夠久，讓我留住我必須擁有的愛？有誰呢？

一小時又一小時地過去，克里斯懇求我離開這裡，這地方什麼也沒帶給我們，除了不幸和悲傷。我為何沒想到這些呢？我傷心地彎下腰，撿起手工藝紙張的零落碎片，那些曾經是橘色和紫色的，我們閣樓裝飾品的其他碎片都飄盪在風中了，碎落的花瓣和有缺口的樹葉，全都從花莖上扯落了。

直到黎明時分，火勢終於獲得控制。到了這時候，曾經是佛沃斯大宅的龐大建築，如今只剩下悶燒的廢墟。那八根煙囪依然矗立在堅固的磚造地基上，而且夠奇怪的是，蜿蜒往上空轉的雙盤梯依然矗立在那裡。

克里斯迫不及待要離開，但是我必須坐在那裡看，直到最後一絲濃煙散去，成為永遠不再的如風往事。這是我向十二歲時首次見到的巴特洛繆・溫斯洛，最後一次致意。我在見到他的第一眼就把心交給了他。我愛他至深，以至於我必須要求保羅蓄鬍，這樣看起來比較像巴特。我嫁給裘利安，因為他有深邃的雙眼，就像巴特一樣……哦，天哪，我害死了我最愛的那個男人，我要怎麼活下去？

「求求你，凱西，外婆已經死了，我無法說我很遺憾，儘管我對巴特的事感到遺憾萬分。一定是媽媽縱火的。根據警方表示，起火點是在樓梯上方的那個閣樓房間。」

他的聲音彷彿從遠處傳過來，我被關在自己打造的殼裡。我搖搖頭，想釐清思緒。我是誰呢？在我身旁的那名男子又是誰？還有在後座，一名年長婦人的懷裡熟睡的那個小男孩又是誰？

「妳是怎麼了，凱西？」克里斯不耐煩地說。「聽著，杭妮今晚重度中風發作。為了救她，保羅心臟病發作！他需要我們！妳難道要在這裡坐一整天，哀悼那個妳應該離開的男子，然後任憑那個為我們做了最多的人死去嗎？」

外婆說對了幾件事。我是邪惡的，天生有罪。一切都是我的錯！全是我的錯！**假如我不曾來此，假如我不曾來此**，我不斷對自己說著這些話，為了失去巴特流下悲痛的淚水。

35 收因結果

又到了秋天，熱情洋溢的十月。今年的樹木受了初霜顯得閃閃發亮。我在保羅那棟白色大房子的後陽台上，一邊剝著豌豆，一邊望著巴特年幼的兒子在他同母異父的哥哥裘瑞身後追逐。我們以巴特的名字為他的兒子命名，只能取這名字才行，不過他姓薛菲爾，不姓溫斯洛。我現在是保羅的妻子。

再過幾個月裘瑞就滿七歲了，雖然一開始他有點嫉妒，但他現在樂得有個弟弟參與他的人生，他可以使喚弟弟、教弟弟東西而且護著弟弟。雖然巴特年紀還小，但他不是那種會任人使喚的性格。他一生下來就很有主見。

「凱瑟琳。」保羅虛弱地呼喚我。我馬上將那盆豌豆擱到一旁，匆匆走向他位於一樓的臥房。雖然我們結婚那天他臥病在床，現在他一天能起身在椅子上坐幾個小時。我們新婚夜那晚他睡在我懷裡，僅此而已。

保羅的體重掉了很多，看起來很憔悴。過往的所有青春活力幾乎一夕間全都不復存在。可是他只要張開雙臂對著我笑，就沒有其他事物可以打動我了。「我只是隨口一叫，看妳會不會來而已。我給妳開個醫囑，妳要走出這棟房子去尋求改變。」

「你講太多話了。」我告誡他。「你知道你該少開口說話。」只能聆聽卻不能參與交談，這是他的痛處，但他努力接受。他隨後說的話讓我完全愣住。我只能目瞪口呆地望著他。「保羅，你不是認真的吧！」

他鄭重點頭，他那依舊燦爛的漂亮雙眼緊盯著我。「凱瑟琳吾愛。將近三年來，妳一心為我，盡力想讓我的餘生過得開心。可是我再也好不起來了。我會年復一年這樣下去，像妳外公一樣，而妳年紀愈來愈大，錯過了妳最佳年華。」

「我什麼也沒有錯過。」我喉頭一哽地說道。

他對我溫柔一笑然後伸出雙手，儘管他抱著我的雙臂不再有力，我還是欣然坐在他膝上依偎著他。他吻了我，我屏住呼吸。哦，再次被人愛著……但我不會遂他的意，我不會！

「我的寶貝兒，好好想想。妳的小孩需要爸爸，那種我現在無法勝任的爸爸。」

「是我的錯！」我叫喊著。「要是我沒嫁給裘利安，早早就嫁給你的話，我就能讓你多保重身體，不許你沒日沒夜地辛苦工作。保羅，要是我們三個沒來到你生命中，你就不用非得賺那麼多錢不可，只為了讓克里斯念醫學院和送我去學芭蕾……」

他將手掩在我嘴上，說要是沒有我們，他早就過勞死了。「凱瑟琳，三年了。」他又說道。「當妳仔細一想，妳會明白自己確實成了囚犯，就像妳當年在佛沃斯大宅等待外公去世一樣。我不想讓妳和克里斯恨起我來……所以好好想想吧，去跟他談談，然後做出決定。」

「保羅，克里斯是個醫師！你知道他不會同意的！」

「凱瑟琳，時間不多了，不只為了我，也為了妳和克里斯。裘瑞快七歲了，他對事情的記性會愈來愈好。他會知道克里斯是他舅舅，但如果妳現在離開這裡然後把我忘了，他會把克里斯當成他繼父，而不是舅舅。」

我嗚咽啜泣。「不要！克里斯絕對不會同意。」

「凱瑟琳，聽我說。你們在一起不會是邪惡的！妳現在再也不能生育。雖然我很遺憾妳上一胎生得那麼艱難，但也許這是因禍得福。我虛弱無能，沒能和妳真正結為夫妻，而且妳很快又要變成寡婦了。克里斯等了那麼久。難道妳不能為他著想，別去想這是罪惡的嗎？」

於是，如同媽媽一樣，我跟克里斯也寫下了我們自己的人生劇本。也許我們的劇本沒比她好到哪去，雖然我從沒構思殺人情節，也從未有意將她逼到發瘋邊緣然後在「療養院」裡度過餘生。而最最諷刺的是，她從外公那裡繼承來的一切都被剝奪，繼承權回到外婆手上。而在外婆的遺囑宣讀後，所有財產和佛沃斯大宅的殘骸，現在全都屬於一個只能坐在精神病院裡環顧四壁的女人。哦，媽媽，在妳初次起意帶四個小孩回佛沃斯大宅時，如果妳曾經周詳考量未來就好了！現在，妳深受百萬財產之苦，連一分錢也沒辦法花。而我們連一毛錢也得不到。等媽媽過世，那些財產會分配到不同的慈善機構。

隔年春天，我們坐在靠近小河的地方。茱莉亞曾把史科帝領進河裡然後把他按在水中，讓他在淡綠色的淺水裡溺斃，在同樣的地方，我兩個年幼的兒子正玩著小船，踏進淹到他們腳踝邊的水裡。

「克里斯，」我支支吾吾地開口，覺得難為情但又高興。「我跟保羅昨晚做愛了。我們都很開心而且還哭了。這樣不會傷到身體吧，是不是？」

他低頭遮掩表情，日光照得他金髮熠熠生輝。「我為你們兩個感到高興。沒錯，性行為現在對身體沒有大礙，只要妳別讓他激動到太亢奮。」

「很好。」

「我們會慢慢來的。」在心臟病四度劇烈發作後，性事非得慢慢來不可。

裘瑞發出尖叫，因為他釣到一條魚。是不是太小？他得把魚扔回河裡嗎？

「對，」克里斯對他喊道，「那還是隻小魚。我們不吃小魚，只吃大魚。」

「過來，」我喊道，「回家吃晚餐了。」他們笑著跑來，我的兩個兒子長得很像，看起來就像親兄弟，而非同母異父的兄弟。我們至今還未告訴他們這件事。裘瑞沒開口問，巴特太小還不會想問。不過等他們問起，我們會告訴他們真相，雖然這很難。

「我們有兩個爸爸。」裘瑞叫著，他撲進克里斯懷裡，我抱起巴特。「學校裡只有我的爸爸是兩個，我跟他們說的時候他們都搞不懂……也許是我沒講好。」

「我很確定是你沒講好。」克里斯淡淡一笑。

我們坐上克里斯的藍色新車一路開回家，回到那棟白色大房子，我們曾在那裡得到了那麼多。就跟第一次到那裡時一樣，我們看到前陽台有個男子將腳上白鞋擱在欄杆上。克里斯帶我的兒子進屋，我走向保羅，看到他面露愉悅笑容打著盹，我也笑了。他原先翻看的報紙從他無力的手中滑落，在陽台地板上攤成扇形。「我去屋裡幫孩子沖澡，」克里斯小聲說道，「妳可以把報紙撿起來，免得被風吹到鄰居草坪上。」

本想安靜地撿起報紙然後整齊疊好，但報紙還是沙沙作響，保羅很快就半睜著眼對我笑。「嗨。」他睏倦地說道。「妳玩得開心嗎？抓到什麼了嗎？」

「有兩隻小魚咬了裘瑞的魚鉤，不過他得把魚扔回水裡。你醒來之前夢到什麼？」我倚身親吻他。「你看起來好開心，做了春夢嗎？」

他又笑了，笑得有點惆悵。「我夢到茱莉亞。」他說道。「她和史科帝在一起，他們都對著我笑。妳知道，我跟她結婚後她很少對我笑。」

「可憐的茱莉亞。」我又親了親他。「她錯過太多了。我保證我的笑容可以把她沒笑的份都補上。」

「已經補上了。」他伸手摸我臉頰，然後輕撫我頭髮。「我的幸運日就是你們踏上我陽台台階的那個星期天……」

「那個該死的星期天。」我糾正他。他笑了。「讓我再睡十分鐘，之後再叫我進去吃晚餐。我想逮住那個巴士司機對他說，只要你們待在車上，星期天一點也不該死。」

我進屋幫克里斯打理孩子，他替裘瑞扣上睡衣鈕釦時，我就幫巴特．史科特．溫斯洛．薛菲爾穿黃色睡衣。我們很早開飯，所以可以跟孩子一起吃晚餐。

十分鐘很快就過去，我又去叫醒保羅。我輕聲叫了他名字三次，溫柔地摸他臉頰，接著往他耳朵吹氣。他還是沒醒。我又叫了他名字，這次叫得比較大聲，他發出一些細微聲音，聽起來像在叫我名字。我看著他，顫抖害怕起來。光是他出聲的那種違和感就令我滿心恐懼。

「克里斯，」我虛軟地叫喚，「快來瞧瞧保羅。」

他人一定早在走廊上了，被艾瑪叫他來看我們怎麼還沒進屋，因為他立刻就奔出門外跑向保羅。他抓住保羅的手量脈搏，然後下一秒就將保羅的頭往後仰，捏住保羅鼻子朝嘴巴吹氣。他發現那方法不見效後，便對著保羅的胸口用力壓了好幾次。我奔進屋內打電話叫救護車。

然而，想當然耳，一切都不管用。我們的善心贊助人，我們的救星，我的丈夫，現在已然逝世。克里斯的手環住我肩膀，將我按向他胸膛。「凱西，他走了，我也想要這種死法，在睡夢中無病無痛、快樂地離開人世。對一個好人來說，這種死法再好不過，沒有痛苦與折磨。所以別露出這副模樣，不是妳的錯！」

一切都不是我的錯。在我身後有一長串亡者。我不需要為誰的死負責，是嗎？對，當然不需要。奇怪的是，克里斯竟有勇氣上車坐在我旁邊，開著他的車子向西前進。在我們車子後面拖著一台租來的運貨拖車，裡頭放了我們所有家當。我們就像拓荒者般往西邊去，尋求新的未來以及截然不同的人生。保羅留給我所有遺產，包括他的房屋。不過他遺囑中聲明，要是我打算賣掉房屋，他希望最後得標的是亞曼達。

所以保羅的姊姊終於得到她一直想要並試圖謀取的祖傳房屋，但我保證那絕對是高昂的代價。

我和克里斯在加州租了房子，直到那棟依照我們要求定製而成的平房蓋好，有四間臥室和兩套半的衛浴。另外，我們的女僕艾瑪．林斯壯也有自己的臥室和一套衛浴。我的兒子都對著我哥哥叫爸爸，他們都明白自己還有真正的爸爸，在他們出生前就去了天國。目前為止，他們還不明白克里斯只是他們的舅舅。裘瑞老早就忘了這回事。也許小孩只要想忘就能忘掉，不會開口問難以回答的尷尬問題。

至少每隔一年我們就會去東部旅行訪友，包括瑪芮莎夫人和佐爾妲夫人。她們兩個都對裘瑞的舞蹈能力做了宏大規畫，而且都強烈熱心地想讓巴特也去當舞者。不過目前為止，他除了想當醫師之外沒有別的偏好。我們拜訪了所有摯愛親友的墳墓，在墓前放上鮮花。我們總是送凱芮紅色和紫色鮮花，給保羅和杭妮各種顏色的玫瑰。我們甚至去格拉斯通找到我們爸爸的墓，同樣地獻花向他致意。裘利安和喬治也從未漏掉。

除此之外，我們也會去看媽媽。

她住的地方很大，那裡想弄得有居家感卻很失敗。她見到我通常會尖叫。然後她會跳起來想從我頭上扯掉頭髮。她被關在這裡以後，她的仇恨對象轉向自己，一再對自己的臉自殘，讓自己再無一處與我相似。她彷彿再也沒照過鏡子似的，要是她真的照了鏡子，她就會明白我們不再相像。自責令她變得慘不忍睹。而她曾經那麼漂亮。她的醫師只允許克里斯一個人進房探望她一小時左右，而我跟兩個兒子在外頭等他。他對她提過，就算她精神康復也不會被起訴殺人，因為我跟克里斯都否認她曾生下名叫克瑞的第四個小孩。她沒完全相信克里斯，察覺他深受我的邪惡影響，要是她放棄自己精神錯亂的外在假象，最後就會被判死刑。所以她決定年復一年堅守自己精心算計的謬論，藉此逃離沒人在乎她的那個未來。又或者更確切的是，她想透過克里斯、透過他對她的同情來折磨我。她就是讓我們的關係無法更臻完美的關鍵。

因此，那些盡善盡美、名望財富和永垂不朽無瑕愛情的夢想，就好像舊時的玩具遊戲，以及所有我不再擁有的所有年少幻想，我必須拋開那些夢想。

我時常望著克里斯，猜想他到底喜歡我哪一點。是什麼將他永遠綁在我身邊？我也想知道他為何不擔憂自己的未來和壽數？畢竟比起保住自己丈夫的命，對我而言可能寵物的命更容易保住。他回家時總一臉快活地開心咧嘴，大步走向我的迎接懷抱，我也總用懷抱飛快回應他的招呼，「愛我就用親吻來迎接我！」

他的行醫工作很忙，但不是太忙，所以他有空打理我們家四英畝大的庭院，院子裡擺了我們從保羅的庭院帶來的大理石雕像。我們盡力將庭院弄得跟保羅的一模一樣，只缺了一攀再攀然後將樹木勒死的松蘿鳳梨。

我們的廚娘、管家兼友人，艾瑪．林斯壯與跟我們同住，就如同杭妮跟保羅住在一起。她從不多問。除了我們她沒有別的家人，而且她對我們忠心耿耿，不會多管閒事。

身為務實快活、永遠無可救藥的樂天派，克里斯打理庭院時會唱歌。他早上刮鬍子時會哼幾首芭蕾舞曲調，彷彿無驚無悔，彷彿他就是很久以前那個在閣樓暗處跳舞的男子，永遠永遠不讓我看清他臉上的表情。他是否一直都知道最後贏得我的人會是他？就像他永遠在所有遊戲上勝我一籌一樣。

為什麼我自己卻不知道？

是誰遮了我的眼？

一定是因為媽媽曾對我說，「凱西，嫁個眼睛顏色好深好深的人。深色眼睛不管看什麼都好認真。」多可笑！好像藍色眼睛就少了深刻堅貞？她早該明白。

我也早該明白。我很煩惱，因為昨天我走上我們房子的閣樓。在閣樓一側的小凹室裡，我發現兩張單人床，床鋪大小夠讓兩個小男孩睡到長大成人。

哦！我的天啊！我心想，是誰放的？我永遠不會把兩個兒子關起來，就算裘瑞有一天憶起克里斯不是他繼父，而是舅舅，就算他把這件事告訴我們的小兒子巴特，我也永遠不會這麼做。我會面對羞辱，面對難堪，面對可能會毀了克里斯醫師生涯的公眾眼光。然而……然而我今天買了一個野餐籃，是那種有雙掀蓋，可以從中間打開的，跟外婆以前帶食物給我們的，是同一種野餐籃。

於是我不安地上床睡覺，清醒地躺著，恐懼著我自己最糟的那一面，努力抓牢自己最好的那一面。當我翻身偎向那個我愛的男人，我可以聽到冷風從遙遠彼方的藍霧山脈吹來。

那是我永遠無法忘懷的過去，將我所有時光覆上陰影，克里斯在家時，我會偷偷將它藏在角落。我努力想要像他那樣，永遠當個樂天派。我完全不是那種一點也不在意閃亮硬幣反面小小汙點的人。

但是……我絕不會像她一樣！也許我長得像她，但我的心是高尚的！我更堅強，也更果決。我最好的那一面終究會獲勝的，我知道一定會。畢竟，有時候，不得不贏……不是嗎？

暢小說 RQ7064

閣樓裡的小花2：風中的花朵

Petals on the Wind

•原著書名：Petals on the Wind•作者：V.C.安德魯絲（V.C. Andrews）•翻譯：鄭安淳、簡秀如•校對：李鳳珠•美術設計：莊謹銘•責任編輯：徐凡•國際版權：吳玲緯•行銷：艾青荷、蘇莞婷、黃家瑜•業務：李再星、陳玫潾、陳美燕、枏幸君•副總編輯：巫維珍•副總經理：陳瀅如•編輯總監：劉麗真•總經理：陳逸瑛•發行人：涂玉雲•出版社：麥田出版／城邦文化事業股份有限公司／104台北市中山區民生東路二段141號5樓／電話：(02) 25007696／傳真：(02) 25001966、發行：英屬蓋曼群島商家庭傳媒股份有限公司城邦分公司／台北市中山區民生東路二段141號11樓／書虫客戶服務專線：(02) 25007718；25007719／24小時傳真服務：(02) 25001990；25001991／讀者服務信箱：service@readingclub.com.tw／劃撥帳號：19863813／戶名：書虫股份有限公司•香港發行所：城邦（香港）出版集團有限公司／香港灣仔駱克道東超商業中心1樓／電話：(852) 25086231／傳真：(852) 25789337／E-mail：hkcite@biznetvigator.com•馬新發行所／城邦（馬新）出版集團【Cite(M) Sdn. Bhd. (458372U)】／41, Jalan Radin Anum, Bandar Baru Sri Petaling, 57000 Kuala Lumpur, Malaysia.／電話：+603-9057-8822／傳真：+603-9057-6622／E-mail：cite@cite.com.my•印刷：前進彩藝有限公司•2016年（民105）6月初版•定價380元

國家圖書館出版品預行編目資料

閣樓裡的小花2：風中的花朵 / V.C.安德魯絲（V.C. Andrews）著；鄭安淳、簡秀如 譯. -- 初版. -- 臺北市：麥田出版：家庭傳媒城邦分公司發行, 民105.6
面； 公分. --（Hit暢小說；RQ7064）
譯自：Petals on the Wind
ISBN 978-986-344-346-9（平裝）
874.57 105006585